谜想计划

2022中国年度悬疑小说

蔡骏 主编 贺老鱼 马亿 选编

漓江出版社
·桂林·

目　录

contents

序

贺老鱼

悬疑小说在国内一直是个定义不明的文学门类，常常听到的说法无外乎两种：悬疑小说 = 推理小说，或是只要包含“悬念”元素的小说都是悬疑小说。然而，当“悬疑小说”这一定义还未统一时，国内主打悬疑和推理的文学期刊却正好赶上纸媒的集体衰弱，又遭遇电子阅读的冲击，还没来得及发扬光大便被“一锅端”了。

近年来，得益于悬疑犯罪类影视剧对原著的帮衬，悬疑小说似乎有重新回暖的迹象，但真正被大众所熟知的“出圈”悬疑作家的数量，却并没有明显的新增。究其原因，影视剧顶多是让悬疑类长篇小说进入了图书出版市场，当年那些借助悬疑刊物的百家争鸣而冒出来的新秀，终是缺乏足够大的舞台，要么转行，要么陨落。但是，影视所带来的影响也是显而易见的，具备强情节、具有“视觉感”的悬疑小说，与偏“文艺感”的悬疑小说分道扬镳，各自为战，前者走大众出版和影视化版权的路子变现，后者向一息尚存的文学期刊进军，互相之间鲜有交集。

这是可惜的。

致力于活跃悬疑领域的交流氛围，谜想计划应运而生。作为悬疑文化领域内的新势力，我们无意于给“悬疑小说”正名——那是学术权威和行业领袖的义务——但确确实实意图利用这样一个机会，拉近悬疑文本写作者与写作者、写作者与爱好者、爱好者与爱好者之间的距离，若能有一点微末的效果，就是意义了。

漓江出版社给了这个机会。漓江出版社在出版文化市场享有盛誉，策划出版的佳作不胜枚举，其每年一套的年度文学书系，到如今更是到了第26个年头，比我们许多作者、读者和编辑的年龄都大。今年也是这套历史悠久的年选书系第一次将悬疑小说纳入其中，感谢漓江出版社的信任，给了我们这样一个机会，让我们得以实践这一小小的抱负。

这本《2022中国年度悬疑小说》是在过去一年间公开发表的悬疑小说中进行遴选。与时俱进，我们将“公开发表”的定义做了适当延展，即只要符合“在国内正规期刊刊载或在网络平台发布并获得稿酬”的，都属于备选范畴。除编辑主动联系各类平台进行推荐之外，我们还将候选作品推荐机制做了优化，利用网上调查问卷，同时采用作者自荐、读者推荐等多种形式相结合，以搜集足够多的候选作品。这大约是我们做的最正确的决定之一，有效防止了陷入闭门造车的困境。我们一共收到了来自50余家机构和推荐人，共百余篇小说作品的推荐，其中不乏《当代》《花城》《青年文学》《广州文艺》《科幻世界》《萌芽》等知名主流文学刊物，网易文创·人间工作室、“ONE·一个”App等知名互联网文学平台，还包含数家高校兴趣团体社刊等。

在初选过程中，我们欣喜地发现，高校社刊由于是推理社团主办（没有悬疑社团），尽管所推荐的篇目几乎都是推理小说，也仍然不乏推理与悬疑结合较好的作品；许多青年作家和类型小说作家选择在电子阅读平台、微信公众号等网络平台上发布自己的小说，但这些作品与我们一般认为的“网络文学”差异巨大，甚至可以说，发布在这些网络平台中的优秀作品更接近主流文学的范畴，在通俗性的基础上尝试了更丰富的文学表达。

“更好的发展空间、更优质的平台、更健康的环境和更具公信力的奖项”——在漓江版《2021中国年度科幻小说》里，编选者星河老师为新人作者能够持续发展的问题提出了高屋建瓴的解决方案。此方案真挚而令人信服，其实同样也适用于悬疑小说。只是相比于科幻小说，悬疑小说在中国所处的阶段还要落后一个身位。科幻已经在强调“更好”，悬疑则在多个环节都需要从无到有去建立。

类型文学想要良性发展，可以借用当前在互联网流行的“人货场”营销理论。

一是要有人，一个繁荣的小说市场，必须要有位于供给侧两端的内容创作者和消费者；二是要有货，类型小说也是文化商品，应当正视其生产成本、使用价值和流通价值等属性和特点；三是场，即一个良性的类型文学市场环境。首先要有足够多的平台，可以是期刊、出版方、网络平台等，去撮合人与货，用合理的机制将小说、小说作者、小说读者形成一个平衡的供需关系。其次，平台要能够互相合作与竞争，共同维护良性的商业环境，提升好作品的价值，提高好作者的收益，让读者有为作品买单的习惯，让作者能通过创作获得与之匹配的回报，这是好内容源源不断的物质基础。除此之外，平台要能提供良好的交流氛围，开阔视野、传道授业、讨论与批评，为作者、读者以及行业从业者提供机会和进化的温床。最后，需要建立行业奖项，树立行业标杆，鼓舞悬疑行业里各环节的从业者。

以上几方面，悬疑小说都还有一段路要走。

谜想计划承担此次悬疑年选的选编工作，亦是抱着以上诸多目的。经过谜想团队对征集到的悬疑小说进行通读和反复讨论，最终一共筛选出 12 篇作品，其中半数来自国内知名文学刊物，半数来自互联网新媒体平台，一并按照发表时间排序。因其中有不少篇目来自主流文学杂志，与通俗小说（类型小说）对于悬疑的解读略有不同的表达，在初选时我们确实存在一定程度的顾虑，担心习惯了类型小说范式的读者和主流文学读者互相不能理解。然而，我们认为只有在题材选择、写作风格上更加多样化，文学审美和鉴赏的边界更加宽容，大众在态度上摒弃门户之见，才是悬疑小说发展环境能够得到改善的基底。

基于此，我们在内容策划上做了一点小心思，分别邀请每篇被选录作品的最初的伯乐撰写了推选理由，希望对大家的阅读和理解有些许帮助。

鉴于图书出版客观程序上和容量上的限制，我们只能将发表时间划定在

2021年11月1日至2022年10月31日之间；因年选筹备时间有限，在优秀候选作品的搜集上必然存在漏网之鱼，并且由于客观原因，亦不能将我们中意的所有好篇目一一收录，不能不说是一种遗憾。另，此选集仅收集中短篇小说，长篇小说、小说集则以存目形式置于书末的附录中。

最后，感谢谜想计划的马亿、晏燊、闲三里三位小伙伴组成的选编小组的辛勤付出，是你们在工作之余付出额外的心力完成全部稿件的通读和初选工作；感谢著名悬疑作家蔡骏老师对于选编工作的大力支持，没有你就没有这部年选。

2023年1月

多年未见的恋人于暮年再次相遇，仿佛是久违的激情让他们深陷，其实这场相遇潜藏着暗涌与杀机。美丽柔弱的萤火虫为了生存而杀戮，这一次，她是否能再次完成冷血谋杀，以动物一样的本能继续她“真实的生活”？小说并不直接展开情节，而是通过发生在两人之间的情感对话去逐渐还原他们分别几十年的人生历程，借助爱情的表象探讨欲望对人的异化。

——《广州文艺》编辑　杨希

真实的生活

朱秀海

他们同住在一座风光旖旎游人如织的半岛上，居所却不在观光客趋之若鹜的区域。有一条双车道的柏油路百转千回地从入口直达被称为“老虎尾”的半岛顶端的岸岬，其间先要行过一段长达五公里的弧形的海滩路，被这条路半围起来的就是那片眼下在国际上也有点名气的黄金海滩，游人一般到了这里就驻足不前了，但是柏油路却没有停在这里，它继续向前穿过一座小到不能再小的渔村，再往前是一片因过分葱郁而显得光线阴暗下来的森林。说森林有点夸张，只是车子驶进林间后一时的感觉。很快森林就结束了，豁然开朗地出现在眼前的是一座花木掩映的园林，很私密的样子。围墙却普通，乍看都像是用当地种得活的一种小竹子随着地形野生出来的，但还是加了一点不易觉察的铁栅栏。竹子长得细而密，一丛丛积压在一起，接青叠翠，让外人难以看到围墙内的景象。有一忽儿他甚至怀疑这是一座发了财的渔民自建的院落。这种院落他在岛上见过不少。但车开进去，里边的天地就大了。通向主建筑的道路新铺上了柏油，双车道，一条望不见尽头的三角梅长廊完整地笼罩着它，三角梅都在盛开，其间还杂有南方不多见的玫瑰和蔷薇。四月末的日子，有一处白蔷薇开得热烈而浓密，令人惊心动魄。

车子再往前行，他就看到了一座美式乡村风格的别墅。整幢建筑在一片被各种颜色的花点缀的深沉的墨绿色中显得不算很大，但是工艺品一样精致，好像还是一座崭新的建筑。

她很早就在门前台阶下等他了，而且——也许只是他自己的感觉——看上去对他没有陌生感。

“欢迎你来。”

她逆着初升的阳光望着他，眼里带着笑，温柔地说，然后便不顾他了，转身踏上台阶往别墅里走。“跟我来吧。”她又补了一句，让他听出了某种残留的他曾经十分熟悉的江城口音。

走过一片被雨水打湿的路面，上了三层台阶，他在门厅外停了一下，寻找换鞋的地方。这时他听到她在门里说：

“进来吧，到里面来换鞋。”

他在擦鞋垫上反复擦鞋底，才走进去。她已经把要换的皮拖鞋放在他面前了。

一层有一个很敞亮的大客厅，蓦然突兀地撞上他眼睛的是一架大三角钢琴，就放在客厅中心。他认得那个外国牌子。四面是落地窗，不是落地窗的壁上全是装满精装书的书架。他还留意到了一套价格不菲的音响系统，以及款待客人的名贵组合沙发。这些年对于家具他也算是个行家了，看出来了，家具式样保守，但是贵重，所有的家具边缘都镶有金色饰条。

两个人在沙发边面对面坐下来。他感觉到了自己的拘谨和不适。

“茶，还是咖啡？”

“啊，不用麻烦了吧。”他说，“我就是来送一本书。”

“咖啡吧。”她主动替他点了咖啡，“本地产的，比南美的还好呢，新牌子，叫什么，啊，‘玫瑰美人’。”

女佣用了一点儿时间才上了咖啡。手工现磨的，味道浓厚，醇香扑鼻。他知道这款新牌子咖啡，眼下已经成了当地卖得最俏的旅游特产了。

等待咖啡的时间里他们就一言不发地坐着。

“喝得惯吗？”

“啊？”

他本想开个玩笑说和我们当年在大学里喝的咖啡可是没法比，但他不想首先提起往事。

“从来没到过这边吗？我听说你也一直住在半岛上。”还是她先开了口，并且一眼一眼地看他，在他的感觉里像是在一页一页地翻陈年旧书。

“哦，是的。我住这里很久了。你先生不在家吗？”

“他住院了。你知道他今年八十有六了，身体一直不好。过完春节滑了一跤，就住院，直到现在。”

“你不到医院去陪他吗？”

“他也算是个人物了，省长特意批示给他配了护工，白天晚上都有人照顾。我要做的是每个星期去看他一次，处理一些医疗费用上的事。”

有那么一两分钟两个人都没说话。他一直不看她，她也没有看他。

“你不见老，还是那么……”

他没有把话说完，但意思她已经明白了。

“真没想过我们住得这么近。有人说……”

她终于没有把话说完。

男人的心忽然起了点儿急躁，想起了自己为什么来。“昨天我到市里，你先生的一位朋友，不，是学生，听说我也住在半岛上，就托我把他新出的一本书送给老师。真是不巧，你先生不在家，我不能亲手交给他。”

“没关系的。这一年多他已经不看书了。你交给我就好。”

他这时才敏感地注意到她一直没有用您称呼他。

他把书从包里掏出，放在茶几上——一本印得很漂亮的书——然后站起。

“我告辞吧，不多打扰了。”

她没有挽留，跟着站起。

“好吧。我正巧今天要去医院，可以顺便把书的事告诉他。”

她送他走出别墅，下台阶，一声不吭地看他上车。

倒车用了不少时间。然后他从打开的车窗内向车后一侧的她摆了一下手，算是告别。她也举起了一只柔软的小手，动作不大地向他摇了一下，然后看着他沿着那条因为刚刚又下了雨弄得满是积水的花廊把车开出去。

三个月后他听到了她先生去世的消息。讣告上了北京的电视台和报纸。

又过了不少日子，几乎入了秋天，在半岛尽头“老虎尾”岸岬前一座废弃的灯塔顶楼，他又看到了她。

当时他正沿着已经没有扶手的楼梯走向灯塔的最高一层——这段楼梯很危险，但他常来，不怕——她恰恰相反，正要从最高一层往下走，就先看到了他，在楼梯口一侧站住，并让开了路，居高临下地望着他。

他感觉到了上面的一双目光，抬头。

两个人就这样一上一下，默默地望着，渐渐地，都微笑起来。

“真没想到……”她含混地说了一句，像是表达意外邂逅的喜悦，又像是在打趣这终归躲不过去的相逢。

他没说什么。迟了一刻，继续走完最后几级台阶，踏上顶楼，走向面向大海的那个连生锈的窗框架也失掉了的大瞭望窗，站了一会儿。

他以为她走了，一回头却又看到了她。

“怎么，你没有……”

“这么巧遇上，也算难得，你就不想对我说点啥吗？”她的眼睛仍然在微笑，一边用一种友好却又不想显得过分亲热的声调说道。

“其实……第一天从电视里看到讣告，我就想过去看看……”他嗫嚅道，到底没有把“您”字说出来，“可是一想到那么多省里市里的大人物都在那儿，我就……”

“你不去我也理解，用不着找许多理由……你凭什么要去看我呢？不是吗？”

刚才说话时他一直背向她，现在他回过头来，盯着她一直都在微笑的眼睛道：

“你这样说就没良心了……可是，我什么人哪，再说你也有可能不稀罕。我不想做一个不受欢迎的不速之客。”

“丧事办完这么久，住得这么近，也不去同情一下我，也是这个理由？”她紧追不舍道，并且开始使用一种嘲讽、责备和自怜的语气。

不过这声腔中有一点东西他感觉到了，而且喜欢：她仿佛已经从丈夫去世的打击中恢复过来了。或者应当这么说，她已经不再被失去丈夫这件事困扰了。

就因为这一点点喜欢，他说出了下面的话：

“好吧，我现在郑重地对你失去那么著名的丈夫补上一个哀悼。请您节哀顺变。”

她也走到那面只剩下一个巨大的四方形窟窿的瞭望窗前去，目光幽幽地眺望着大海，半晌才道：

“你那么有名的妻子去世后，其实我好几次想去看看你……可是，我胆小，怕被你拒之门外。”

他真诚地吃了一惊，望着她，几乎要叫起来了，道：“那怎么可能！”

说完他就后悔。他不想让她觉得这句话里含有他想和她再续前缘的意思。

“回去吧，要下雨了。”两人沉默了好一会儿，谁都不想再说什么时，女人望着海上天穹下蓦然翻卷起来的大团乌云，惊慌道。

刚出灯塔，雨就大滴大滴泼洒起来。他和她却都是沿着海边新修的木栈道跑步过来的。

“怎么办？雨太大了，回灯塔里去吧！”她提议道。

“灯塔里四处透风漏雨……要不，我带你跑几步。我家离这里不太远。”说到这里他马上又补一句，“你可以拒绝的。”

她没有拒绝，正巧雨又停了。两人跑了一段路，中间他等过她一两次，这时他们巧遇了一辆放空的出租车。十分钟不到，两人已经进了他的家。

和他见过的她的独栋美式乡村园林别墅相比，他的住处更靠近半岛顶端，绿植不多，庭院也不大，但距离喧闹的旅游景区更远，四周围林木更密，环境因之显得更为幽静。

车子来到院门前，她随他就在那里下车，他付了车费，然后带她一路走进去。她第一眼就看到了那座白墙黑瓦的房子，房子极大——比她家的别墅大多了——可是就建筑风格论则平平无奇，让人想起一些公共建筑。倒是进门换了鞋，再回头时她的一双眼睛刹那间就睁大了，几乎是不由自主地喊出了声：

“你们家好大！也有一架这么高档的三角钢琴！”

她迅速意识到自己失态了。客厅很大，给人一种身临某个国外小广场似的感觉，中心摆放着一架久负盛名的奥地利“贝森朵夫”三角钢琴，且是价格最高的一款，比自己家那一架同品牌的价格要高出不知多少倍。如果说她家那架钢琴基本上是个摆设，这一架则完全可以在大型音乐会上供专业演员演奏使用……完全是一架三角钢琴中的极品。

回到自己家里他明显放松多了，如同一只动物回到了自己的巢穴，连气味都是舒适的。他回避了她因意识到自己失态出现的窘迫表情，不看她，却很写意地对她挥了一下手，道：

“她本来就是学钢琴的，完全是因为不幸才当了个不大不小的官……这么好的一架琴就成了摆设。眼下就更……”

“我有点冷。”她忽然说道。因为一扇窗子没关，风从屋外刮进来，还裹挟着一些雨点，真的让她发了抖。“衣服都湿了……我能在她的房间里换换衣服吗？不，瞧我说了什么，你们当然共用一间卧室……可是我没想到今天会下雨，天气预报说今天没雨……”

他把一时显得有点语无伦次的她引进自己的卧室，打开衣橱，看着她，大了胆子说：

“还是换我的吧。她的衣服你不忌讳？她在世时我们一直分房睡。原因是她每天都有公务，睡眠时间长期不足，必须休息好——你当年不是喜欢穿我的衬衣吗？”

她脸红了，默默飞了他一眼，但也就是一眼，就闪开了。

但他意识到了这一刻她心中的高兴。

“你出去，等我喊你进来时你再进来。”她努力地不把欢快的情绪喊出来，但他还是感觉到了。

两个人之间那条隐隐约约的线一旦被突破……她再对他喊可以进来时，他看到的情景和他的想象差别不大：她换上了他的一件花格子衬衣，人也上了床，拉起被子盖住了脸。

他们连续三天留在大得惊人的床上，如同当年他们在江城同一所大学他的宿舍里度过的最后三个日夜一样疯狂。那年他读研三，她读大四，都面临着毕业，穷到时常一天只吃一顿饭，还是从学生食堂里打来的最便宜的简餐。安静下来两个人就一起遥想未来。他学生物，她学新闻，但专业和爱情无关，从第一次在大学学生会操办的简陋舞会相互望见，两个人就像火焰遇上了火焰，星球撞上了星球，两个人的心，不，是生命，全部熊熊燃烧起来，是那种有可能毁掉一切的、投入了全部青春生命的激情燃烧。当时他认为她就是他此生中的唯一，他的天空和大地，他的山川森林和清溪草地。而她也有这种感觉，仿佛她遇见的不是一位才华横溢的英俊青年，而是她自己的生命、心、灵魂遗失在前世的一半，今天他们重逢了，除了在一起像一只冲天的火炬一样把自己燃烧成灰烬，她不知道自己还能怎么样表达那种发自生命深处的无可替代也无可选择的依恋与缠绵。是的，甚至不是爱，仅仅是依恋和只想将两个人合在一起永远不分开的渴望。只有一种事物能让他们分开，就是死。

可怕的是当时他们很快就意识到两个人没有未来。在那样一座大都市里，所有的灯红酒绿他们都非常有幸或者说不幸地见识过了，可所有的那一切——轻歌曼舞，衣香如花，鬓影春风，还有财富，虽然只是远远看到了黄金的颜色，嗅到的也只是它才能发出的诱人的气味——都和他们无缘，而自忖他的才华和她的美貌，他们一度也坚定地认为那样的生活应当属于自己，至少他和她应当成为那种白玉为堂金作马的浮世繁华中的一员并且一生都能够享受到它。

他们曾一天天在耗尽火山熔岩般的激情后，相互蜷缩在对方怀里，仔细探讨过每一条进入这种梦幻的浮华之境的大路和小径，甚至想到过他们有限的人生阅历和经验能够帮他们想到的最不可思议的方式，但结果却全是绝望，而所有单独的绝望加起来又围成了四面高起无法逾越的绝望之城。终于有一天，她在他怀中哭了，而他也很快就看到她和一名西方留学生跳着刚刚兴起的新的火辣辣的狐步舞。

他虽然妒火万丈但还是心软了，选择了原谅，以和她分开的方式给她自由，同时也记下了一件事：这对他们两个人都是巨大的人生挫败，是第一场挫败也是最会让他和她铭心刻骨痛苦一辈子的挫败。可在那个时代，这种发生在大学校园里的景象又极为平常。一个月后她在拿到了毕业证、学士学位的同时也拿到了签证，要和那位西方留学生一起离国远行。

两个人单独见了最后一面，还是在那间曾让他们以为耗尽了生命的全部热情的简陋的学生宿舍。她扑上去死命抱住他，那一场痛哭惊天动地。他咬牙坚持住了，不让自己和她一起哭，却听到了左胸深部心脏发出的碎裂的声音。

当天他唯一不是很能理解的，就是她那一刻的悲痛怎么也会如此强烈！

“你是我一半的命，一半的肉体，一半的心，我现在离开你，是要把我自己撕裂成两半，一半去异国他乡，一半留在你的身体里。”她最后揩净眼泪，这样对他说道，“你给我记好了，我一旦成功了就回来，和你过我们‘自己的生活’，‘真实的生活’。”

然后她用很大的力量推开了他，整理衣服，又细心地补妆，开门离去，风一样快地消逝，再没有回头。

她出国那天他没去机场送她。和她说的正相反，她弃他而去没有给他留下半个她，却带走了半个鲜血淋漓的他。他觉得自己从她离开那天起就不再完整，他成了半个男人。

为了逃避校园内她无处不在的衣香鬓影，他毅然放弃留母校任教的机会，带着对未来人生巨大的不确定来到了这座遥远的半岛。一个研究生物的人进入职场之初是不会被人重视的，但负责招聘的人重视他获得的研究成果。由于他研究的是一门商业大潮下谁都不愿去研究的冷门科学——热带外来植物在半岛的分布演化及生长习性——很快就连他本人也异常意外地获得了半岛有史以来第一个国家级大奖，荣誉、待遇随之而来，第二年早春他便在一次政协会议上遇上了自己后来的妻子，也是被引进的人才，一位刚刚在国家级钢琴比赛中拿到唯一的金奖的青年演奏家。市长亲自撮合他们俩的婚姻，最初他以为女钢琴家不会看上他，但这件事居然进展得异常顺利，而这时他远赴异国的旧情人却自离去后一点儿消息也没有再给过他，连一封信、一张明信片都没有寄过。她让他们之间的联系中断得这么彻底和干净，先是让他伤心，后来反倒给了他暂时的忘却，连同身心的解脱和自由。让他多少有点诧异的是女钢琴家对他的感情升温很快，接触后他才发现她竟是个温柔寡言的女子，有一副典型的知识分子的平静与从容，面冷心热，待人诚恳。但是心里也生出过一点模糊的不安：一旦开始谈婚论嫁，女方就表现出了比他更成熟更主动的心态，两个人还没有经历热恋她就成了他的未婚妻，随后她也就成了一名极称职的妻子。这一切都和他的初恋经历完全不同。直到走进婚礼现场，他都有一点晕晕的感觉。

十年前他们才搬进这所位于半岛顶端人迹罕至的房子，之前她一直住在省歌舞团分给引进人才的一套大三居的政策房里。这时她早已不是那个文艺团体的首席钢琴师，她从政了，先是副局长、局长，后又成了本市分管科卫文体事务的副市长，有了秘书和专车，他却在家庭生活层面失去了妻子。也不是全部失去，但是妻子的绝大部分时间都不再属于他和她的家。再后来一些绯闻传到了他耳中，而他的副市长妻子知道后当晚早早结束了公务活动，回到家里和他开诚布公地进行了一次谈话。

“啊，我并不想做这个副市长，但现在也后悔不来了……一个班子总得有一名女性……你今天听到的那些话不是真的，我希望你相信我的清白和洁身自守。当然如果你因为这个想和我离婚，我也会表示尊重。不过……我另外还有一句以前没有机会说的话，今天倒可以说出来了：我就是当了副市长，也仍然想做一个我丈夫认可的好女人、好妻子。”

三天后他开车带她回到自己的别墅里，收拾了两大箱子衣物，直接搬进了他的房子里。晚上并肩躺回到他那张大得让人产生空旷之感的床上，他终于将憋了许久的话问了出来：

“二十五年了……说说，这些年先是在国外，后来在国内，是怎么活过来的？”

“我简单地交代一下。”她苦笑了一下，看他一眼道，表情中显示出自己其实并不情愿。“詹姆斯，就是那个带我出国的留学生，其实我们不是恋人，当初说好了我们假扮成一对恋人，是为了方便他把我带出去……刚到英国我们就分开了。”

“后来呢？”一段很久的沉默过后，他接着问道。

“我一个人在英国，没有生活来源，就去了美国。我英语还凑合，去美国是想加入一家华侨办的中文小报当记者，我本来学的就是新闻……可是到了美国后才发觉不是那么回事……我过了一段居无定所的日子……说实话，很可怜的。

“一个女人，无依无靠，又年轻，任何一种工作都干不久的。你懂我的意思。我不停地换工作，什么都干过，只是没刷过盘子。不是不想去，是害怕晚上……我干的全是一些和文字处理相关的工作。为中文小出版社当过临时编辑，帮人当枪手翻译过文章，有一阵子还试图把自己的经历写成书，想当个作家，也没成功……一转眼十几年就过去了，直到遇上我老公。”

“你是怎么遇上那位大师的？”他明知故问道，因为他想让她自己把这件事的来龙去脉对他讲一遍。

“那年，他作为访问学者，去美国爱荷华州一所大学进行学术交流。我当时恰好寄居在那里。”说到这里她敏感地看他一眼，迟疑了一会儿，见他没说什么，才接着说下去，“也没啥好避讳的。我希望你理解我当时的处境。我穷得很，租房的钱都没有……那样做也是没办法。”

“我理解。”他说，目光盯着天花板，语气听上去有点斩钉截铁。“过去的二十五年里，我也有过一些同样的经历。”

她心中热起来，有点感激他的体贴，将身子往他身边挤了挤，人也仿佛一下子松弛下来，又想了想，道：

“他……是江浙人，吴侬口音重，那所大学临时给他配的中文翻译听不懂他的汉语，学术交流刚开始就进行不下去了。我当时同居的一个外国老头儿，其实我们也是有过结婚打算的……正好也在现场，忽然想起我，就说他有一个从中国去的研究生，可以让她去试试……他这么说是撒谎，我并不是他的研究生，但当时也没人计较，于是我就到了现场，给我老公——刚过世的这一个——做中文翻译。”

“你交了好运。不但成功地为他做了翻译，还让老头儿看上了你。”

她的脸慢慢地起了红晕，不安地看他一眼，道：

“你就不能不这样说话吗？我当时的经济状况，真是窘迫到了面包都吃不起的地步。我差一点自杀。任何一个人给我工作，给我饭吃，给我房子住，还有安全方面的保障，我都可能嫁给他。这和爱情无关，只和活下去有关。”

他又有好长一阵子不说话，也不看她，只看着天花板。

“怎么，不想打破砂锅纹（问）到底了？”等了他一会儿，她不想等了似的，也许是意犹未尽，换了一种嘲讽却不失友好的腔调看着他道。

这时她才意识到他的眼睛全是泪水。

“怎么了呀你。别这样。现在说起来，恍若隔世，连我都不怎么伤心了。”

他借着下床去找一件小东西避开她的注视，让自己平静……回到床上后，他能够看她了，笑道：

“我刚才不说话，是怕你觉得我在审你……你愿意往下讲就讲。”

“我不信。我都不怕了你怕什么？就是到了今天，我老公去世了，我也仍然是他名正言顺的太太。我就是到这里跟你鬼混，也还是他的遗孀。我啥也不怕。要怕也是你怕。你要是怕，我就离开。”

“对不起，终归是我错了……我认错还不行吗？”

“并不像你想的那样，当时他就对我或者我就对他起了什么心思。他到底也是受人尊敬的大学者呀，没那么俗。他其实也不风流。可能是因为我的现场翻译让他满意，离开时听说了我的境况，特意从大学给他的酬金中取出一部分付给我做小费。说是小费其实数目不小，足以让我省吃俭用在美国过两年。两年后他第二次去讲学，提前打电话通知我，仍然请我为他做翻译。”

“这一次的结果是他把你带回国，还让你成了他的夫人。”

“我就是这样做了，也轮不到你今天说三道四吧。我出国快二十年了仍旧一贫如洗，我又不能一直年轻下去。继续留在国外过那种穷困潦倒又没有安全感的日子，每天对我都是一种摧残。嫁给他是我经过慎重考虑做出的正确选择。”

这一夜他们搬到一起后第一次没有缠绵。凌晨一点，他被点点滴滴的声响惊醒，下床走出去，发现她正在他前妻的卧室和衣帽间里巡查。

“她还真藏了点衣服呢，”感觉到他走进来，她没有表现出丝毫的吃惊，回头道，“她一个副市长能有多少收入，买得起这么多贵重的时装，还有这些包包？”

“你老公不会连一个这样的包包都没给你买过吧？”他说。话说出去才知道并不恰当。

“还真没有。你不要老用这种话伤害我。我嫁的是他，不是你，所以他怎么对我也轮不着你冷嘲热讽……好像还有一点吃醋。”

“我可以道歉吗？”

“你道什么歉？再说我也不需要。谁让我命苦呢？他的秘密让你知道也没关系。我老公一辈子虽然功成名就，钱也挣到一些，可他出身苦，一生节俭。这几年他年年出国讲学，却从没想过给自己买一套像样点儿的西装。”

“那我替他说一句……他这辈子活得不值。”

“好啦，别老说我们家那一位了，也别老说我的过去，也该说说你们家这一位了……看出来了，虽然有人送她这些衣服和包包，可在我看来，这些贵妇人穿的华装丽服她有可能只在家里偷偷试穿过一两次，更多的恐怕是拿回来就挂在这里，动都没机会动它们一下。真是暴殄天物啊。”

“她不像你，不管前半生如何，后半生成了名人的太太，有机会整天穿得像个英国贵妇人。她是公务员，一出门就有摄像机跟着，只能穿她那一种职业穿的服装。”

这次她没再和他斗嘴，却不客气地从他妻子的衣橱里取出了一件连吊牌还没动过的袍子，看着他，眼眸都因为欢喜而湿润了，道：

“这可是法国名牌……我能替她试一试吗？”

“你要是不忌讳……”他耸了耸肩，道。

“那你快点出去！”她欢喜地叫道。

他走出去，在门外立了好大一会儿，才见她穿着那件华丽的、反正他怎么也看不出哪儿好的袍子走出门，涨红了脸，少女一样娇羞地看着他，道：

“怎么样？好看吗？……我穿上它像不像她？”

他本想开玩笑说一句“你比她漂亮”，但想到了故去的妻子，终于没说出口。

她刚才是风一般地旋转着飘出来的，转眼又风一般地飘了进去，再出来已经脱掉那件袍子，换回了自己的睡衣，人也平静了很多，道：

“你还是爱她的，别瞒我了，我就刚才那一下子就从你眼睛里看出来了……太可惜了，这么年轻就得了那样的病。不过也好，她这么早去世，避免了她早年的风流韵事被抖搂出来。”

回到床上后他想：如果她要报复他，刚才这一冷不丁的一拳力道可不小。

“你生气了……对不起，现在轮到我道歉……求你了，别这样吊着脸子，我也是女人，看她去世这么久你心里还忘不了她，我不吃点醋倒不正常了……好了嘛，过来抱抱我。”

两人搂抱了一会儿，她抱得比他紧，但他的情绪也有点缓过来了，才道：

“你以为我不知道她和那个人的事吗？”

她反倒被他惊得瞪大了圆圆的眼睛：“啥？你知道？你啥时候知道的？”

“我不是傻子。我是科学家，多难的科研题目都被我破译了……难道非要抓到奸才知道她早就做了他的情人？……可在猜出这件事的同时我也明白了另一件事：她做他的情人是不情愿的。”

“你都猜出来了，为啥没和她离婚？”

他长久地沉默。她感觉到了，他的胸膛开始像台风季节大海的波涛一样汹涌起伏，但是后来，也像台风过后的大海一样平静下去。

“我想过，可我不能。我陷入一种处境中去。本来应当由别人来可怜我，可我反倒可怜起她来……你一定想知道原因……婚后的每一天我都能感觉到，她说有机会的话她想做一个好女人、好妻子，这话是真的。”

“她天天瞒着你在外面和别人上床，他们让你年复一年众所周知地戴一顶绿帽子活着……这个女人都这样了，你还相信她想和你好好做夫妻？都到了这会儿，你仍然坚持认为如果没有那个第三者，她真会和你举案齐眉？”

“这矛盾吗？即使有那个第三者，她在家里，也一直和我举案齐眉……我在我们进行过那场开诚布公的谈话后不久就发现了，她过着两种生活，一种是外面的生活，一种是在这幢房子里和我在一起做夫妻的生活。我不知道她是怎么想的，哪一种被她认为是自己真实的生活，哪一种是虚假的，可是我有时候真的会想，她很可能是把每天回家后和我在一起的生活看成是她的真实的生活。”

“果然那句话不错，男人都是傻瓜……你对她的这种信心是从哪儿来的？”

“不信你可以去我的衣橱和衣帽间里看。她当年给我熨过的衬衣、配好的领带，直到今天我还没有全部穿完一遍。那些衬衫全是她亲自为我选的，全是纯棉的，质量上等，我生下来以后就没有穿过这么好的衬衫，更别说她亲自为我选的西装和领带了。对了，还有一年四季各种必备的服装……她甚至为我花大钱从国外订购了一套名牌猎装……”

她居然一跳就下了床，动作利索得让他吃惊。除了卧室里的衣橱，他妻子当年装修房子时也为他单独装修了一个衣帽间，里面全是她为他购置的服装。

她在他已经两年没打开过的专属衣帽间的第一个壁橱的第一个触手可及的抽屉里发现了第一件熨烫得整整齐齐的红衬衫与一条和衬衫配色的条纹领带，连同一张留言条。她取出了那张留言条，把上面两行娟秀的字读出来：

明天去市科协开会穿这件衬衫，打这条领带，西装就是上面挂的一套。妻。

23/6。

发言要搂住点火。市长有难处。不是只有你们那个口子经费不足。又及/妻。

下面还手工画了一个女生的唇形。满满的爱意啊，她想。

她以一种她自己都没意识到的疯狂把衣帽间所有的抽屉全部打开，发现每一个抽屉里都有这样一件衬衫和一条配色领带，连同一张内容大致相同的留言条。而在这些抽屉上方，则分格挂着一套套价值不菲的西装。

蓦然间她又想到了什么，无边无际的怒气在消逝，慢慢回头看他，最后呈现给他的居然是一脸的眉开眼笑，她说：

“怪不得她能哄住你这个傻瓜……她有多会哄人哪……这么体贴的太太，每天那么多公务，回到家里来一定很晚也很累了，还要精心为丈夫明天穿的西服、衬衫、领带做好准备，还要写一张情意绵绵的纸条……对了，一定还有皮鞋，天气冷了还会有大衣，冬帽。对吧？”

“大衣和帽子在那边。”他说，用下巴指了指衣帽间左边一侧的壁橱。

她打开了那一侧的壁橱。那么多的大衣和帽子啊！……可她望着他，心情却显得越来越欢乐了。她说：

“这些高档西服，精心准备的衬衫、领带，这些大衣、帽子，你并没有动过，直到今天还像经她的手摆放时一样被冷落在这里。你辜负了这么好的一个女人，你是世界上最狠心的那个男人啊！”

“这也值得你高兴得欢呼吗？”他淡淡地看着她的眼睛，她的脸，反唇相讥道，“并不是像你说的那样，你最先看到的那件衬衫，还有领带、西装，她为我准备好，第二天就住院去了。后面你看到的那些，有些是我自己不喜欢穿，有些是会议取消，我没有机会穿上它们……她住进医院就再也没回到这个家里来，所以，我也再没有机会，不，是没有心情，去碰它们。”

“因为它们成了你对你那位贤良淑德的妻子的最后回忆？”

“……”

“对，我就是高兴，就是要欢呼……因为你即便没跟她离婚，也从心底里厌恶她。你不爱她，甚至恨她。你不愿意碰她为你准备的一切东西，不管是全棉的高档衬衫还是西装。对，你一直恨她，恨她到死，她死了你更不愿意碰这些东西了，你有这种反应才像个男人——我都说对了吧？”

他不再理她，回到自己卧室床上去。

她像小猫一样跟着溜进来，爬上床，直接拱到他怀里，蜷缩在那里，一动不动。

“你一直爱着我，哪怕我当初一时软弱狠心扔下你远走天涯，你对我的爱也是她用任何手段都从你心里清除不去的，虽然你一时糊涂娶了她。你没有早点和她离婚我这会儿不想责备你了，就像我，不情不愿地和我老公结婚，没有一天不想……”

“不想什么？”他本不想再说话，但还是问了一句。

“没有一天不想和他离婚。不是他对我不好，他对我很好，知道自己不久于人世，特意改了遗嘱，为我的下半生做了安排……我得到了那幢别墅，它现在市场价已经过亿。”

“一定还有一大笔钱，足够你维持体面的生活，直到一百岁。”

“你在嫉妒我。不错。本来你就不该问到我的钱，但告诉你也没关系，这样可以不让你担心我搬过来和你鬼混是想赖上你，让你后半生养我。”

“你这么说我就放心了，”他说，“而且，我怎么还觉得这会儿又想要你了。”

“男人一旦发现不用对女人负责任，马上就会变得像你这样无耻。”她笑着对他说。

这样的日子一天天继续，争吵和甜蜜的戏码交替上演，但两个人都知道，他们彼此被时光湮灭了二十五年的感情却在回温。越是因为他的妻子和她的丈夫吵架，两个人越会一天到晚黏在一起，相互嘲讽着，心里却在想当年大学宿舍里的好日子又回来了。

只是男人的激情大不如前。更多的时间是两个人蜷缩在被窝里漫无边际地闲谈，想到哪儿说到哪儿，饿了有什么就吃什么，什么也没有就开车出门，找一家上档次的大饭店，轰轰烈烈猛撮一顿大餐。

“也说说你自己，别光说别人。”有一天两个人早上醒来就赖在床上不起，饿了也不想出门，因为外面下大雨，台风正在半岛肆虐。别的话题好像早说完了，是她灵机一动又想起来一个，“我真笨，怎么忘记问你这个了。你和她做了二十多年夫妻，明知道她天天在外面和另外一个男人鬼混，你自己成了个被她冷落到半岛上这么一个角落的‘第三者’……你连‘第三者’都不是，‘第三者’还有人关心……你以为她给你准备衬衫、领带、皮鞋和西装，就是对你的关心，不，你不要想骗我，你也别骗自己，西装衬衫领带那些东西，和真正的关心，夫妻间的相互扶持，相濡以沫，完全不搭界，对她来说做那些事只是她和你过的虚假的生活，虚假的生活中带有表演性质的部分……我倒是觉得你们俩之间只有心是通的，你知道她过的真实的生活是什么，她也知道你知道这个，并且也知道你过着一种什么样的生活，后面这一种生活对你才是真实的……我就是对这一块充满好奇，她知道你有自己真实的生活，可我不相信她真的知道这种生活的内容，她恐怕也不屑去搞清楚它，因为她已经在你身上下了那么多功夫，所有可以被人称为好女人、好妻子的功课她都做了，她每一天都在演出，而且效果还很出色……当然你知道她做的一切都是表演，为了掩饰她真实的生活，你恨她，恨你和她过的这种被操纵的虚假的生活，可你却没有揭穿它，二十多年间你居然选择了忍受，你忍受了这么多年，人生的最好年华全都消耗在里面……说句你肯定不想听的话，是你自己，一个被侮辱和被伤害的男人，虚假的丈夫，而不是别人，甚至那个著名的第三者，在这些年间帮助她掩饰了她生活中的丑闻。”

“你是想说，我一点儿也不比她更值得你怜悯，因为我自己选择了过一种心甘情愿被侮辱和被伤害的生活，一种虚假的生活，你是这个意思吗？”

“不是，比这个意思多一点伤心和一点不理解。好在伤心的岁月都过去了，我们今天是话赶话说到这里了，不过我真的想从你这里得到解释。”

“我有自己更真实的生活。”她听到他用一种清晰有力的声腔说道。

她吃惊了："你在说啥？更真实的生活？"

"一年三百六十五天，她都不会准时下班。我开始还会等她，毕竟是夫妻。可后来我不想这些了，你懂的，一想到这个就会猜测她是不是正和另一个男人在一起，其实说不定她只是还在开会。"

"……"

"开始时我想到要有意识地将她和我的生活切割。一个女人，婚姻之外有别的男人和另外的生活（不要再讨论她是不是情愿），作为丈夫，又不能和她离婚，能做的就是从精神和生活两个方面与她做出切割。你可以想你已经和她离婚，现在只是和一个与你没有婚姻关系的女性同住在一个屋檐下，这样你的心情会好很多，一天天地坚持这么想，你的心情会越来越好，最后把想象当成你真实的生活。何况它本来就是我在这桩婚姻中的真实的生活。"

"然后……你好像把精力转向了学术。我早几年看到过一篇记者写你的专访，说你在热带植物研究方面硕果累累，成了一代宗师。"

"记者太夸张了。即使到了今天，我在自己的专业领域内也算不上什么大师。真正让我倍感骄傲的是这些年来我进行的一项跨专业的科学探测。口子开得小，成就却不小。不客气地说，我这些年来对萤火虫生活习性的研究有可能填补了国际上对这一物种研究的空白。"

"什么？你这么大一个科学家，这些年来大家一直盼望你在你的专业方向上有更大的突破，可你却一直在悄悄地研究萤火虫？"

"每天晚上，我独自一人吃完饭，坐在家里。这个家安静得像深山古寺，会时时意外地让你陡然感觉到人生的荒凉。这种人生的荒凉感有时会进入梦中——有天她又是整夜没回家，我一个人拂晓时醒来，接着又睡着了，做了一个梦，仿佛是小时候的我，一个人回到了久违的故乡，看到了自家的老屋，门开了，没有人，家变得荒凉——我就在那一刻，人还在梦境中，突然感悟到这个世界——其实是我自己的生命——原来如此荒凉。

然后我就醒过来了。我不知道为什么要急着穿衣服走出去，天还黑着，院子很大，植被丰富，空气湿润，一条人工小溪曲折地通向后山……我看到了第一只萤火虫，闪闪烁烁、明明灭灭地飞过来，我被这么弱小的一个生命体吸引了，我不知不觉地跟着它走，从后门出了这个院子、这个荒凉如同坟墓般的家，走向后面的山坡，山坡下的小河，走向河边的草丛。我就在那里站住了，看到了半座山都在黑暗中亮起来，闪烁明灭，如同一个幻景，大自然用如今十分时髦的 AI，也即人工智能技术制造的幻景，无数的萤群明明灭灭，灭灭明明，这儿一片，那儿一丛，让大山的草木此起彼伏地亮起来，如同明亮夜晚的星空。它们还像音乐，像伴随着音乐的欢快舞蹈，这些弱小的萤火虫，是它们在自己的音乐中，翩翩起舞，尽情享受着生命的欢乐……当时我就特别急切地想知道一件事，太急切了，急切到无法自制。这么弱小的生命，它们是怎么生存繁衍下来的，并且被生命和自然赋予了如此规模的享受，如此深度的欢乐，而我作为另一种被宇宙和大自然赋予形体和思想的生物，却得不到这些。”

“不要再说了……我要哭了……你是被你自己的不幸、你自己的痛苦引到后山去的。是你的不幸让你从萤火虫那里感受到了如此任情恣意的欢乐，可是……”

“我很快就开始了对萤火虫的研究，并被它迷住了，我为之投入了巨大的精力，不，是全部的精力。还因为萤群总是在夜间活动，于是这种研究活动开始充满我的夜晚，至于她每天晚上是不是回家，以及是不是在家过夜我都注意不到了。”

“她有什么反应？”

“开始可能有点诧异，但是很快，她像是悟到了什么，适应了我夜夜不归的生活。我相信这个家也渐渐地对她显出了荒凉……总之我对萤群研究越是深入，就越会忍不住越过后山下的小河到对面的大山里去。我晚上工作白天睡觉，为了方便我后来干脆在后山的一处沼泽边建了一间木屋，当然我称之为我的工作间，我有时会在那里一住好多天，直到必须换衣服或者补充食物和水时才会回家一趟，最长的一次我在木屋里住了六个月。因为每个星期，她会派人甚至自己过来和我在木屋里住一夜，同时给我送来我需要的衣服和食物。”

“你这么投入对萤群的研究，发现了什么？我是说你取得了什么成果？”

“首先，我觉得作为一个生物种群，每一只萤火虫的生命虽然短暂——其实作为人，我们的生命也很短暂——但在这短暂的群居生活中，它们很可能是所有生物种群中活得最快活的种群之一。”

“快活？我是个悲观主义者，觉得但凡是生命，生存都不可能快活……每一种生存都有它的艰难……当然，我不否认生存有时会呈现出它具有迷惑性的短暂快活的表象。”

“萤科昆虫在全世界已被发现2000余种，热带、亚热带和温带地区都有它的种群。中国有150多种水生、陆生萤科昆虫。萤火虫腹部末端下方有发光器，而由它体内的荧光素和荧光素酶发生反应，发出黄绿色的荧光。但只有雄性萤火虫能飞。”

“你说什么，我以前夜晚在山里看到过的一群群飞过的发光的萤火虫全是雄性？”

“是的，但你也一定看到过趴在树干上、草丛里发光的萤火虫，它们很可能是雌虫。”

“你还是没说出你在对萤火虫的研究中到底发现了什么。”

“它们真实的生活。”

“又是真实的生活？你吓到我了，那么一点点大的昆虫，它们也有‘真实的生活’？”

“虽然庄子老早就说过‘夏虫不可以语冰’，但萤火虫作为生物的一种，无论是种群还是个体，仍然有自己的生命史。你不能因为它弱小就认为它没有。它有。”

“……”

“只要你认定了这个，一旦开始对它的研究，了解它的生命史就成了你首要的任务。”

“快说下去，我想听。”她不知为何要大叫起来，脸色也一点点白了。

"萤科昆虫属于完全变态昆虫，一生要经过卵、幼虫、蛹、成虫四个阶段。水生萤四个月完成一个世代，陆生萤则要一年。它的幼虫从卵到蛹要经过六次蜕皮，蛹变态的历期又因为种类不同而不同。至于成虫，野外寿命一般是三到七天，但也有长达二十至三十天的。"

"一个生物，好不容易经历了生命前期的三个阶段，变成了自己，却只能活三到七天！这值得吗？"

"你想知道萤火虫发光的生物学意义吗？"

"当然！快说！都到这会儿了，你还没有说出你在这一物种研究中的开创性贡献！"不知为什么她又叫起来。

"成虫利用它特有的闪光信号定位并吸引异性，完成求偶、交配、繁殖的使命。还有一些种类的成虫会利用闪光信号捕食。第三种情况是发现了天敌和不明威胁，用闪光向同类发出报警。"

"你说到我感兴趣的部分。发光和交配有关系。这个我喜欢。"

"下面的话你就不一定喜欢了，它是我所有发现中最重要的发现。任何一种生物生存繁衍都要捕食，萤火虫也不例外，这一点你应当能够理解。"

她没说话，神情却表明她听得十分认真。

"水栖萤幼虫吃螺类、贝类和水中的小生物，陆栖萤幼虫以蜗牛为食。我进行过世界范围的检索，居然没看到与萤火虫捕食行为相关的专业论文。我现在还没发表我的研究报告，不敢肯定我是不是这方面的第一个专门研究者，如果是，我就真会成为这一课题的开山者。"

"它们是怎么捕食……我现在脊梁沟都开始冒冷气了！"她说。

"刚才我说过了，陆栖萤幼虫以蜗牛为食。我不能下水做研究，主要研究陆生萤幼虫的捕食行动。我发现蜗牛的腹足会分泌一种黏液，只要它爬过的地方，都会留下一道液痕，陆生萤幼虫用自己的嗅觉可以顺着后者找到蜗牛，然后不知不觉地爬上蜗牛的壳，用三对吸盘式的足将其紧紧抓住，尾足也牢牢吸附在蜗牛壳上，然后用它针状的上颚攻击蜗牛的触角——你的眼睛为什么睁得那么大？真的是触角而不是别处——并注入麻醉液，直至蜗牛缓缓地失去知觉。”

“不要说了，我受不了了！”她大叫道，脸色全变了。

“真的不听下去了？”

她脸色惨白，但没有再次阻止他。

“然后它分泌消化液于蜗牛肉上，将肉分解成流状的肉糜，吸入腹内。吃完后还会用尾足弄干净自己的身体。陆生萤幼虫取食一次可以维持几天甚至一个月不进食。水栖萤幼虫则在水中完成捕猎，过程会复杂一点，它首先要用大致相同的办法把捕获的猎物拖到岸边，才开始慢慢享用。”

“你只研究了它的幼虫期，四个生命期中卵和蛹不会进食，可是成虫呢？难道它就不捕猎了？”

“萤火虫在成虫期表现得优雅很多，因为它们体内有幼虫期贮藏的大量脂肪，这时它们可以只喝水，或者吃一点花粉和花蜜。但也有捕食的，它们捕食的主要是别的属或同属另外种类的雄性成虫，原因是它在幼虫期的脂肪贮藏不足，或者这种捕食可以让它们体内产生有毒物质，将来保护它们的卵和幼虫避免天敌的伤害。”

“在你说的萤火虫的这些习性中，最让我受不了的是幼虫对蜗牛的捕食。那么小的一个东西，能够悄没声息地爬到那么大那么坚硬的一个壳上，然后——还是悄没声息地——将比它大几倍的蜗牛麻醉，然后吃掉……这要是人，得付出多大的坚忍和耐心哪！”

天亮后，他第一次让她走向这幢大房子后面一直封闭的部分，看了他妻子当初为他专门修建的萤科昆虫研究室。在不让外人进入的实验室里，她看到了一群群的萤火虫幼虫正在捕食蜗牛，那些蜗牛一动不动，要不被麻醉了，要不正在被麻醉。

几天后，她瞅着他外出，招呼也没打一下，就悄悄地收拾衣物搬回了自己的家。

他也没有再同她联系。

半年后的一个深夜，半岛上的一个派出所打来电话，说她遭遇车祸，人已经不行了。弥留之时，神志已不大清醒的她却留下遗言：不让他知道她的死讯。

对这起普通车祸的调查后来突然加进了刑事犯罪调查，因此警察也上了他的门。经验丰富的刑警立马排除了他作案的可能：听到噩耗的瞬间他虽然没有像座山一样崩塌下去，但他的脸色和情绪的急剧变化，让前者极为震惊地感受到了他对这个女人爱得有多么深。

她的尸体经过解剖，刑事犯罪的嫌疑终于被排除。原来她的心脏早就不堪一击，一次中等力度的撞击就让它像一块满布裂纹的车窗玻璃一样稀里哗啦地碎掉了。

又是一年春草绿。有关她的一切完全平静下来。他带着大捧的花，来到了她的墓前，蹲下，看着墓碑上她年轻时一张最漂亮的照片，哭着道：

“以为我不知道你刚到美国就被一个犯罪团伙控制了吗？他们利用你的美貌，让你一个接着一个嫁给那些富有却丧偶的老头儿，等待他们死亡后继承遗产。这些人本来都到了风烛残年，哪怕在地下洒一点水，让他们滑倒，都能加快他们的死亡速度……我不相信你会动手做这些事，但我不敢想你后面的那个团伙不这么做……还有车祸，是他们常用的手段，还让警察查不出真凶……后来你在美国终归待不下去，因为坊间开始流传你的恐怖传言……这就是你回国嫁给最后这位著名的丈夫的原因。

“你和他生活了五年，他看上去是自然滑倒导致死亡，不过我相信他们早就大致上估算到了他的死期……然后让你把目光盯上了我。我也算是个‘名人’了，他们认为因为我死去的妻子，我的心也早就裂纹遍布，只需要最后轻轻一击，甚至只需要等待，它自己就会稀里哗啦地碎掉……可他们做梦也想不到，我就是当年那个让你进入你所说的那种一生的‘虚假的生活’的男人……他们安排了一切，只是没料到这次你会激烈地做出反抗，选择毅然决然地离开我，而他们也用对付你历任老年丈夫的办法之一灭了你的口……在你的死亡里我也有责任，我不该跟你讲那些萤火虫的事儿，你可能真被吓住了。你的心早就碎了，可你还是发现，我工作间里任何一只萤火虫幼虫都比你更凶残。

“当年抛弃我远赴异国他乡时你留话给我，说你如果能够成功，早晚会回国和我过一种我们‘自己的生活’‘真实的生活’。你走上那条路只有一半责任在你，我也这么想我故去的妻子……其实你再次抛弃我回自己家去之前，我们重新到了一起时，我以为你明白，其实你并不明白，我们经过了这么多年的坚守、耐心的等待，已经过上了你当年说的那种‘自己的生活’和‘真实的生活’。但有些话我是不能明说出来的，因为你一直没问我那个问题：为什么我会以一种萤火虫幼虫般的坚忍，承受一切侮辱和伤害，和我妻子过了二十多年‘虚假的生活’？

“我不想说这个了。因为你不在了。我们已经不能在我们一生的最后一段年华共享我用巨大耐心和坚忍为我们俩挣来的‘自己的生活’——‘真实的生活’了！

“让我最后喊你一声‘亲爱的’！我的亲人，我一生最爱的女人，我的生命、心、身体、灵魂的一半……说到底，什么是‘自己的生活’和‘真实的生活’？我们的一生都在过‘自己的生活’和‘真实的生活’，没有一天过的是‘虚假的生活’……这才是最让我悲痛的！”

原刊《广州文艺》2022 年第 4 期

作者简介：

朱秀海，当代作家、编剧。主要作品有长篇小说《痴情》《穿越死亡》等，电视剧剧本《百姓》《乔家大院》等。曾获第二届全国优秀报告文学奖，中国人民解放军文艺奖，中宣部“五个一工程”奖，第三届电视剧风云盛典最佳编剧奖，《乔家大院》入选“2017 年中国好书”等。

本应是大学社团的一次普通聚餐，饭桌上却发生了“不可能‘犯罪’事件”。本篇作为孤杏的处女作，很好地将日常现象融入推理当中，颇有些寓教于乐的味道。故事文字流畅，推理的切入点也很生活化，读起来有一种亲切感。相信坚持创作，未来可期。

——推理文化推广人　华斯比

杯之壁障

孤　杏

“没想到，我们还是走到了这一步啊。既然师出同门，你应该清楚我的手段。”

“师父他老人家教给你的本事，就是让你用来干这种龌龊的勾当吗？”

“哼，大家都不过是为了自己的利益罢了，你虽然自诩正义，但背后做的不合规矩的事，也比我少不到哪儿去。”

“多说无益，动手吧！”

“咔！”

随着导演喊咔，舞台上两个民国装束的演员同时像泄了气的皮球一般长舒一口气，像是要把自己刚刚扮演的角色的灵魂从身体中吐出去一般。

半个多小时后，随着场灯渐渐暗淡下来，剧场中的嘈杂声也相继出了门去，逐渐减弱，直至消失。

观众席倒数第二排的角落当中，有个人在彩排散场后迟迟没有离去。终于，这个人像下定了什么决心似的，将手中的一颗胶囊揣进了羽绒服外侧的口袋中，站起来拍了拍衣服下摆，拎起旁边座位上的书包，快步走了出去。

1

鱼跃居，位于长师大东门口的一家火锅店，兼营烧烤、炒菜。因其物美价廉，店主待人热情，且店名取自“鲤鱼跃龙门”之意，故深得学生们的喜爱。尤其是考试前夕，更是一位难求，不少学生为了讨个好彩头，都会提前一两天来这里吃上一顿。考试后为了图个安心，这里也成了大家聚餐庆祝的不二之选。甚至同在大学城的其他几个学校的学生，有时都会特意打车来这里吃上一口。

周四晚九点半，刚刚结束了一次彩排的话剧团成员决定来这里聚餐。由于是周内，且距离考试周还有一段时间，所以店内的人并不算多。靠窗的位置坐着一对窃窃私语的小情侣，二人面前摆着一条冒着热气的烤鱼，男生在细心地用筷子剔着鱼刺，不时把一块泛着油光、带着焦黄鱼皮的鱼肉夹进对面女生的盘子里。正门旁盆栽后的角落里坐着个胖胖的男生，正在聚精会神地盯着闪动的屏幕，手指快速地在上面滑动着。良久，才停下来扒上两口面前没怎么动的盖浇饭，边嚼边又开始了下一次滑动。剩下的，便只有店内正中央的三名男生，正大口地撸着烤串、喝着啤酒，脸上泛着红光，已然是有些醉了。

柜台后那位长得憨厚敦实，稍微有些络腮胡的男人便是这家店的老板了。此刻他正哼着小曲儿，愉快地敲打着能发出人声的计算器，计算着一天的营业额。旁边不远处，店里的两名服务生正坐在小凳上，围着一盘毛豆花生，就着手机里的短视频，吃得不亦乐乎。

话剧团一行八人走进店后，由于生意比较清闲，老板便亲自上前迎接。

“哟，欢迎欢迎，里面坐！”

说着，便将几人引至最里侧的一个用挡板隔开的简易小隔间里。众人依次落座后，老板递上两份菜单分别打开放在圆桌两侧。

“各位吃点儿什么？”老板笑吟吟地问道。

话剧团团长于天玮翻了几页菜单后，望向大家。

“都能吃辣吗？”

“可以！”“都行。”大家不痛不痒地回应着。

于天玮望了望默不作声的几人，犹豫了片刻。

“这样吧，来个鸳鸯锅。再烤上……五十串筋、五十串肉吧。”

“要酒吗？”

“要要要！”坐在靠墙一侧的吴勇迫不及待地说道，他旁边的王冲也连连点头。

“那这样，来几瓶啤酒。白酒就不必了，再开瓶黄酒吧，帮我们烧热，正好这天儿也怪冷的，大伙儿暖暖身子。”

“这样吧，啤酒给你们来一箱，到时候喝多少算多少。单子给你们放这儿，火锅吃啥配菜你们先写着，我先去招呼给你们把串儿烤了。”

“好嘞，那老板您先忙。”

没一会儿，喷香的烤串和挂着水珠的冰啤酒就已经端上桌了。圆桌中央嵌着的电磁炉也将鸳鸯锅中的食材加热得冒出袅袅水汽。

几番欢声笑语过后，数轮推杯换盏作罢。正在大家刚刚饱腹之际，坐在话剧团团长于天玮左手边第三个座位的郑坤昆突然站了起来，冒着冷汗、颜色通红的脸上露出痛苦的神色。郑坤昆抓起桌上的一个茶壶，直接对着壶嘴灌向嘴里。不知是没拿稳还是怎么的，里面的液体基本都浇在了他的脸上、身上，甚至灌进了衣领里。紧接着，他整个人便软软地倒了下去，众人一时也都没反应过来，酒精给大脑带来的兴奋感让他们一时都无法接受这幅诡异的图景。整个隔间中的时间仿佛停滞了几秒钟，所有人都屏住了呼吸，空气中只剩下了锅底的沸腾声，倾倒的液体与地面碰撞的滴答声，和杯中二氧化碳气泡的破裂声。

2

长师大本科生校区内共有两个餐厅，分别命名为“锦绣”“年华”。其中位于校区西侧，靠近女生宿舍楼的这个，便是装修较为简单、饭菜价格也相对低廉的年华餐厅。现在是中午十二点刚过，已经开始有学生陆陆续续地走进餐厅，各个窗口后的大妈们也都拿起饭勺严阵以待了。

“哇，原来你舅舅是警察啊。”李欣悦挑中了个四人桌，放下餐盘后对身旁并排坐下的刘芮说道。

“嗐，也就是街道的片儿警罢了，这么些年了，一直都在那个位置，处理些家长里短、邻里纠纷什么的。我妈经常教训他，说他不思进取呢。”刘芮尴尬地笑了笑。

“不啊，我倒是觉得他很威风呢。我给他开门的时候，可是吓了一跳。”李欣悦轻咬着勺子，眼中闪烁着兴奋的光芒，“给人很强的安全感呢，是我的理想型。”

“花痴……”刘芮小声嘀咕了一句，拿起筷子将餐盘中的食物送进自己口中。

吃了两口，她的余光突然瞄到一个白色的身影。

“闻言，这里！”刘芮扬起左手，口齿不清地喊道。

闻言穿着白色的摇粒绒外套，捧着蓝色的饭盒坐在了刘芮对面的位置上。她们三人是同一个宿舍的室友，闻言空闲时会自己做饭，但还是会带下来坐在餐厅和室友们一起吃。既不是为了省钱，也不是节约时间，至于个中缘由，就只有她自己清楚了。

闻言留着披肩的长发，并且在右侧扎了条细细的辫子，用彩绳系着垂至胸前，甚是可爱。她扶了扶脸上的圆框眼镜，打开饭盒，拿起筷子夹了块儿土豆嚼了嚼，脸上露出满足的表情。随后看向李欣悦，开口问道：

“欣悦，早上找你什么事儿啊。”

李欣悦当然知道她指的是刘芮舅舅找她的那件事，脸色瞬间变得忧愁了起来，噘起了嘴，缓缓回忆道：

“昨天晚上，我不是被叫去和话剧团的学长学姐们一起聚餐嘛。唉，早知道会发生这事，我应该拒绝林学姐的。

“于学长，哦，就是话剧团的团长，昨天彩排完后，大家都走得差不多了，他却突然提议要聚餐。我不是校团委的嘛，负责小剧场后勤的，一直坐在台侧等他们走了之后我好锁门。林瑶学姐是话剧团负责灯光和音响的，跟我比较熟，看我一个人就问团长能不能带我一起去。团长爽快地答应了，我也不好拒绝，就跟着一起去了。说起来我当时挺蒙的，走的时候连剧场的门都忘了锁了……”

李欣悦懊恼地捶了捶自己的额头，扒了两口面前的咖喱饭。

“就是说，除了你以外其他人都是大二大三的啰？”刘芮咽下了口中的饭菜后说道。

“对，除了我还有……一、二、三、四……七个人。都是话剧团高年级的学长学姐。”

“你接着说。”闻言淡淡地说。

“接下来就到重点了。”李欣悦干脆放下勺子，交叉双手撑住下巴神秘地说道：

“本来大家兴致很高，因为昨晚的彩排相当顺利，这也是团长提前结束彩排的原因。大家在饭桌上都兴高采烈，大二的学长学姐们为了下下周的‘双旦晚会’提前庆祝，大三的各位则为了即将到来的保研资格而跃跃欲试。

“可就在大家差不多吃饱的时候，有个学长却突然倒在了桌子上。后来叫来了救护车，那位郑学长就被送走了，团长让我们先回宿舍，我就和林学姐先回去了，当时真是吓坏我了。”李欣悦喝了口小碗中的蛋花汤，润了润嗓子。

“回宿舍后我用微信问了下林学姐，她说医生的诊断是……是中毒。”

“中毒？”刘芮惊讶地说道。看来她从舅舅那儿并没有获得多少“情报”。

“对，好像是叫什么双轮……轮流什么的……”

“双硫仑。”闻言赶紧咽下一口饭团，抢着答道。

“没错，就是这个名字！不过具体是什么，我就不太清楚了。昨天喝了点儿酒，晕乎乎的，再说除了林学姐我和其他人也都不太熟，就没再细问。”

闻言干脆也放下筷子，耐心地解释道：

“双硫仑样反应，说白了就是乙醛中毒。酒精，也就是乙醇在进入人体后会经历两次催化后变成乙酸被人体代谢出去，中间产物就是乙醛。有些人不胜酒力，其实就是因为体内的乙醛脱氢酶含量太少，乙醇脱氢成为乙醛后不能被及时地转化为乙酸，就会让人产生轻微的中毒症状。我们一般称其为——醉酒。

“而双硫仑类药物会抑制乙醛脱氢酶，阻挠乙醛的正常代谢，使人产生中毒症状。头晕、胸闷、呼吸困难，甚至死亡。双硫仑类药物的代表就是大部分头孢菌素，哪怕是微量服用，即使酒量再好，也会中招。就像是优秀的拳击手，即使力量再大，一旦被缚住了手脚，也只能落得个被对手一拳 KO 的下场。”闻言捋着自己的小辫子，简洁明了地解释了什么是“双硫仑样反应”。

正当刘芮准备拍手叫好时，李欣悦却放下勺子，缓缓地抬起头。

“不对，昨晚我们所有人都可能产生双硫仑样反应，唯独郑学长不可能中这个毒。”

“为什么？”

“因为他是在场八个人当中，唯一一个没有喝一口酒的人。”

3

结束了一下午的课程，三人结伴回到了宿舍。

“哇！终于又到周末了。”李欣悦将书包扔到床上，坐在椅子上兴奋地喊道。

“刚刚下课后我看到了舅舅回复我的消息，他说郑坤昆学长已经脱离生命危险了，但还在昏迷当中，叫我们不要担心。”刘芮边将书包中的书掏出来边说。

“人没事就好。”闻言把书包挂在了衣柜门上粘着的挂钩上，打开台灯，从书架上抽出本书，自顾自地看了起来。

“那你舅舅那边呢，调查得如何了？”李欣悦好奇地问道。

“目前没有投毒的证据，不是命案，现场没有保护起来。物证几乎为零，所能依仗的，基本上只有在场其余七人的证词了。”

“就是说啊，我觉得可能就是个意外事故，可能是谁碰杯的时候不小心把酒溅进他的杯子里了吧。”李欣悦举起水杯比画着。

“那头孢呢？这种处方类药物可不是随随便便就能出现在酒桌上的。”闻言插话道。紧接着，闻言翻了一页书，似乎听别人说话甚至和旁人对话根本无法干扰她获取书本上的信息。李欣悦有时真怀疑她是不是有两颗大脑同时在运转。

一阵静默。

闻言又翻过一页书后接着说道：“对了芮芮，你刚说物证‘几乎’为零，那就是还有少量的证据留存下来啰。”

“嗯……也不能算什么证据吧。其实这事本来当成意外处理就好，但郑学长的母亲得知了事情之后就说，他儿子绝对不可能有双硫仑反应。因为他的父亲，在一个月前才因为同样的事情住过一次院。”

“什么？这也太倒霉了吧！”李欣悦睁圆了眼睛。

“听我舅舅说，那次是真的意外，郑叔叔因为长时间加班，用眼过度引起眼睛发炎。他去医院开了头孢类消炎药，配上眼药水，眼睛很快就好了。但过了三四天之后吧，公司聚餐，郑叔叔没经得住同事劝酒，喝了几杯，过后就人事不省送医院去了，好在药物残留不多，很快就康复了。”

“自己的父亲出现了这种情况，作为儿子的郑学长肯定会更加小心，不会出现吃了头孢后喝酒的情况。所以，郑学长的母亲对这起事件持怀疑态度也是情有可原。”闻言捋着自己的小辫儿说道。

“难不成是，有人想害郑学长？”李欣悦哈哈一笑，打趣似的说道。既然人没出事，她也就有些口无遮拦起来。“虽然这样说有些唐突，但我估计，那位阿姨肯定也是这样的想法。”

“我舅舅可是很尽责的，在阿姨的强烈要求下联系了校方，不但调查了昨晚饭桌上的七人，还详细询问了郑坤昆的舍友。可他们的回复相当一致，郑坤昆身体十分健康，最近也没有过受伤感染之类的情况，更没见过任何药物的包装盒在他面前出现过。”刘芮一边笃定地说，一边拿着手机飞快地输入着什么，应该是在和屏幕那边的舅舅对话，确认并完善信息。

“我舅舅还联系到了昨晚一同在场的其他桌的几位食客，但都没有得到什么有用的信息。

“唯一留下的证据，就只有昨晚的餐具了。但锅底和剩菜都处理了，没有留下什么，餐盘也用洗涤剂泡着，准备第二天上午清洗了。”

“对，我和林学姐离开的时候正好看到装湿垃圾和收泔水的车一起来了。我记得垃圾分类后，湿垃圾的收取时间是周四，干垃圾是周一。”

“杯子呢？检测到什么了吗？”闻言用辫子的发梢轻轻在书页上滑动着。

“稍等，我问问啊。”刘芮用手指在屏幕上快速地敲打着，没一会儿便收到了确切的回复。

“舅舅说昨天半夜他赶到现场的时候，饭店的杯子确实都还没来得及洗。但一整天的杯子都混着摞在了一起。”刘芮在细细查看着聊天记录，把其中的信息整理简化后再传达给两位舍友，“但有几个模样特殊的杯子被特意分开放在了一旁。”

“特殊模样的杯子？”闻言疑惑道。

“啊！”李欣悦好像突然想起来什么似的，“昨天的餐桌上是有几个杯子不太一样。”

刘芮放下手机，闻言干脆也合上书，二人一齐听李欣悦讲了起来。

“昨晚老板把杯子拿上来之后，坐在郑坤昆学长右手边的李少恒学长正准备给大家倒酒时，于团长的女朋友徐曼妮——噢，她坐在团长和李学长中间——突然提议让老板给他们大三的四个人换下杯子。

“咱们大一的刚来还不清楚，鱼跃居是有一批特定的杯子的，只在考试周特别供应。说起来那杯子可真漂亮呢，不是普通的玻璃杯，而是精美的陶瓷。上面浮雕着一尾锦鲤，鳞片片片分明，跟一个个小勺似的。活灵活现的锦鲤盘在纯白的杯体上，超好看的！据老板说是为了迎合他这‘鱼跃居’的名号，刚好锦鲤也代表了好运，以此祝愿大家都能取得个好成绩。”李欣悦双手交握，脸上充满了希冀的神色。

“啊，我是不是忘了说，团长他们之所以要换这个杯子，是因为下周大三成绩排名前 35% 的学生们会有一场考试，考试的分数和前两年的成绩加权之后按排名决定保研和优研的资格。”李欣悦挠了挠头，嘿嘿一笑，为自己不清不楚的逻辑表示抱歉。

“这么一来，就有投毒的动机了……”闻言微微皱了皱眉，托着腮喃喃道。

刘芮也用左手托着腮，另一只手百无聊赖地在桌上轮番敲打着。“唉，我舅舅那边貌似也没什么进展，看来，只能以意外事故作结了。”

闻言也不搭话，闭上眼睛微微摇了摇头，翻开书页，取出夹在其中的小辫，接着读下去了。

“嗡——嗡——”刘芮的手机适时地响了。

“喂？舅舅——”一番交谈过后，刘芮下了总结：

“由于区分不了餐盘和其余四人的杯具，警方将所有杯子中残留的液体和浸泡餐盘的水进行了采样并送检，刚刚结果出来了。”刘芮闭上眼睛深吸一口气，闻言和李欣悦都转过头来看向她。

“所有样品，无一检测出头孢类药物的残留。”

4

一夜无话。寝室的第四个女生叫周阳，是个少言寡语的学霸。说是学霸也不恰当，因为她的成绩并不十分出彩，但她却比所有人都刻苦，整日泡在图书馆，似乎世界上除了学习的事都与她无关。所以虽然同为舍友，但其余三人却根本见不到她几次，她出去得比别人早，回来得比别人晚，慢慢就显得格格不入，与其余人生疏了。

周六早上一睁眼，三人看到周阳床上只有整齐的被褥，和睡前看到的景致无二，似乎周阳晚上不曾回来过一般。如此景象，三人早已习惯了。

盥洗室。

“舅舅给我发消息，说郑坤昆醒了。”刘芮嘴里含着牙刷，支支吾吾地说道，“而且他否认自己吃过头孢类药物。”

李欣悦把洗面奶细细地揉搓出泡沫，覆盖在自己脸上说：“那就奇了怪了，他怎么会中毒呢？”

“虽然她妈妈还是不依不饶，但既然孩子已无大碍，她也不好再得寸进尺，更何况医生说郑坤昆还得再住几天院，她也没精力去闹了。我舅舅说他处理好了相关事宜，现在已经回所里了。”刘芮吐掉口中的泡沫说道。

“这事总算过去了，唉，希望郑学长一切安好。”李欣悦用毛巾擦完了脸，隔着毛巾双手合十，在面前拜了两拜。

“真相呢？”提前洗漱完毕，正对着镜子编辫子的闻言冷不丁地插话道。

“什么真相？”李欣悦一时有些愣住。

“郑坤昆中毒的真相。”

李欣悦突然两眼放光，猛地扑过去从背后一把抱住闻言：“我就知道，你早就看穿一切了对不对，真不枉你平时看那么多推理小说。”说完还用刚洗完的脸在闻言的睡衣上蹭了蹭。

闻言笑着挣脱了她的怀抱，转身说：“还早呢。想要得知真相，还需要你好好配合。毕竟缺少了实物的佐证，你这个见证了全程的人证，可是至关重要的一环呢。”

“还有，”闻言伸手拦住了龇着牙想要再度扑上来的李欣悦，“在真相揭晓之前，你也是嫌疑人之一。”

李欣悦登时愣住了，哼了一声，转身跺了下脚返回卧室去了。

闻言一副奸计得逞的样子，笑吟吟地看着李欣悦离去的身影。刘芮无奈地摇了摇头，耸了耸肩，拿起杯子含了一口水，漱了漱口，吐进水池当中。水花四散飞溅，就像前天晚上掉落到地上那个杯子中的酒液一般。

5

“你说那晚服务生打碎了一个杯子？”闻言若有所思地问。

“对啊，你不是让我回忆那天晚上发生了什么印象深刻的事嘛，就这个印象最深刻。剩下的……他家烤肉味道还不错。”李欣悦笃定地说道，丝毫没有注意到一旁的刘芮正以一副看傻瓜的眼神看着她。

“谁的杯子？”闻言追问道。

“哦，是放在于团长和他女朋友中间的一个杯子。应该是……他女朋友的吧。我记得是服务生上菜结束，收取空盘子的时候不小心碰掉的。那还是个‘锦鲤杯’呢，那个服务生小哥连忙道歉，收拾好碎瓷片，拖了地，然后给学姐重新换了个杯子。即使如此，他还是被老板臭骂了一顿，所以我才记得很清楚。”李欣悦吐了吐舌头，露出一副幸灾乐祸的表情。

“这样吧，你把当晚的座位图画一下，然后我们拿上图纸，下午去实地考察一下，路上你还可以给我们详细介绍介绍这些人的关系。”

李欣悦欣然应允，拿出一张空白 A4 纸，翻出了很久没用到的圆规，画出了如下的示意图。

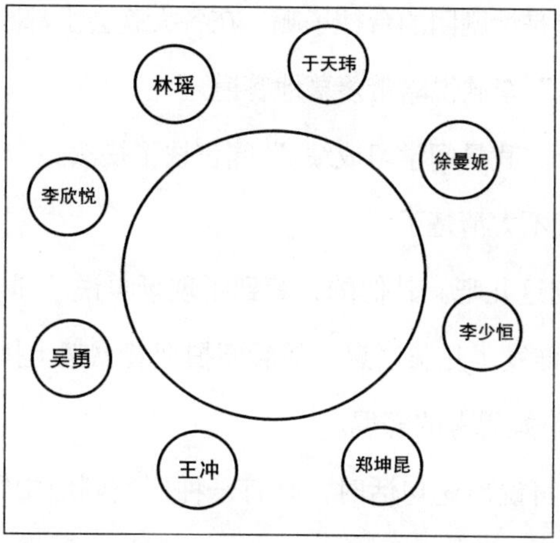

画好后，李欣悦把纸递给了闻言，刘芮也凑过头来细细端详着。

收拾好文具，李欣悦开始给两位认真介绍起来：

“这八个人中只有我是大一的。图上右边这四个——于天玮、徐曼妮、李少恒和郑坤昆是大三的。而左边这几位——林瑶、吴勇和王冲是大二的学长学姐。其中吴勇和王冲是即将演出的话剧《双雄》的两位主演。于天玮是团长兼导演，负责整个话剧流程的统筹。李少恒和郑坤昆学长之前也是经常上台的演员，可在换届之后，为了给新人上台展示的机会，也转到了幕后，偶尔跑跑龙套。

“李少恒学长现在主要负责道具，郑坤昆负责编剧。据说这次的剧本就是他在看一部谍战片时突然来了灵感，然后熬了两晚上写好的。徐曼妮学姐是郑坤昆的同班同学，当时也是跟着郑学长一起加入话剧社的，听说后来两人还在一起了。可现在……徐曼妮是团长于天玮的女朋友了。”李欣悦叹了口气，嘴里不断发出“啧啧啧”的声音。

“你不是说除林瑶以外，跟其他人不熟吗？怎么介绍起来跟说自己家亲戚一样流畅，连个磕绊都不打。好八卦啊。”刘芮趁机讥讽她。

“哎呀，不熟又不代表我不了解他们。我平常在机房歇着，跟他们又说不上几句话，也就是管设备的林瑶学姐跟我关系好。这些全是从她口中听说的。”李欣悦努了努嘴，不服气地说道。

“徐曼妮啊……她成绩怎么样？”闻言问道。

“哦，她当时可是话剧团的台柱子呢，在各大晚会上都亮过相，听说当时有好多男生追求她呢。”李欣悦略带羡慕地答道。

“我不是说这个，我是问学习成绩。”闻言扶了扶额。

“这个嘛……就不太清楚了。”

“那行，先说到这儿吧。其他的，等到了现场再说。”闻言说完，转过身拿起手机，好像是给谁发了几条消息，随后便扫视着书架上排列着的书脊，右手轻捋着辫子——那是她思考的表现。

刘芮觉得，闻言说出这句话时，颇有一种刑侦剧当中警察出警时的风范。

而李欣悦那边，则在雀跃地思考中午去鱼跃居吃什么，似乎那晚坐在现场目击一切的，根本就不是她自己一般。

下午两点半，三人并排走进了鱼跃居。早饭吃得比较晚的她们，在闻言的提议下，特意错开了饭点前来。店里没什么人，三人没有犹豫，点完餐后，径直走向了最里侧的简易隔间。

不知是有意还是无意，闻言和刘芮分别坐在了当时于天玮和徐曼妮的位置上。而李欣悦则空了一位，坐在了当时郑坤昆倒下的位子上。

落座后，闻言把座位图在桌子上摊开，旋转到了和现场相对应的位置。二人扭头看向闻言，期待着她的发言。

"首先，我们先从动机入手。在场的七人当中，都有谁有可能与郑坤昆结下仇恨。"

"喂，怎么是七人啊，不可能是我的，我们压根不熟的。"李欣悦听到闻言再次怀疑自己后连忙摆手，想要撇清自己的关系。

闻言没有作声，掏出手机点开了个表格给二人看。

"我中午问你徐曼妮成绩如何，是因为只有她是郑坤昆的同班同学。这就让我不得不联想到下周的考试——一旦现在住院错过考试，可是会失去保研资格的。这算是很严厉的报复了吧。"

二人连连点头。

"但是，你们看这份成绩排名名单。我特意发消息给周阳，让她帮我查的。她平时很关注这些事，要来一份成绩排名对她来说易如反掌。"

"喔！原来徐曼妮学姐的成绩这么好，真是德智体美全面发展，我要是个男的，我也要追她。"李欣悦咋咋呼呼地喊道。

"但这个郑学长就成绩平平了，他的成绩也就刚刚获得考试资格的水平。"刘芮在心里略微计算了一下，冷静地答道。

"你们再看看这张。"闻言接过手机，切换到了另一张表。

"郑坤昆——专业排名第三！"这次连刘芮也没忍住惊呼了起来。

“这是他大一学年的成绩。”

“虽然大二成绩占的比重大一些，但这落差也太大了吧！”

“其间发生了什么事我们不得而知，但有一点可以肯定，要是有人给郑坤昆投毒的话，应当不是为了考试这件事去的，他这个名次，去了希望也不大。”闻言有些不近人情地说出了结论。

“那团长呢，他不是抢了郑坤昆的女朋友吗？”刘芮见分析无果，转而将目标指向下一人。

“那不是抢，徐学姐和郑坤昆分手后，过了半学期才和于团长在一起的，都是你情我愿的好不好。虽然之后郑坤昆对徐学姐有过纠缠，甚至还和于团长打过几架，但后来都和好了，毕竟都是同一个社团的嘛，抬头不见低头见的。那天晚上他俩还有说有笑地碰了好多次杯呢……”看着二人望向自己的目光逐渐变得鄙夷，李欣悦渐渐没了底气，说出最后几个字的时候，声音已经细若蚊蝇。

“以前怎么没发现你这么八卦。”刘芮眼含着笑意拍了拍她的肩。

之后，三人又依次讨论了其他人的可能性。吴勇和王冲因为剧本的事情和郑坤昆起过争执，但这在话剧团是很常见的事，犯不着记仇。林瑶平时跟导演沟通最多，和郑坤昆基本上没什么来往，用李欣悦的话说就是“还没我跟林学姐说过的话的百分之一多”，故也排除在外。至于李少恒，从他愿意奉献自己坐在昔日的情侣中间这么尴尬的位置上，就能看出他和郑坤昆的关系相当不错。事实上，他可能是话剧团里最活络、人缘最好的一个。最后，讨论的对象落到了李欣悦头上，而话题刚进行到这里，便被三道热气腾腾的菜肴给截断了。李欣悦暗暗庆幸自己逃过一劫，不然少不了要被讥笑和嘲弄一番。

6

为了还原当时的情况，闻言点了一小壶黄酒和两瓶啤酒，端上来时，服务员的眼中隐隐透露着讶异和敬佩的目光。

三人祭好五脏庙后，决定换个角度，从酒切入。

“当晚桌上只有几瓶啤酒和一壶黄酒，就跟我们现在一样。”李欣悦笃定地说。

“菜肴中会含有酒精吗？”闻言反问道。

“这个我知道，舅舅找老板确认过的，当时桌上只有火锅和烤肉，这两者都是不含酒精的。只是还有个小碗……”

“是酒酿圆子！当晚点的豆皮不够切一盘的了，老板为表示歉意，就送了碗酒酿圆子，最后好像是被林学姐吃了。对了，我还尝了一勺，味道不错。”李欣悦舔了舔嘴唇，仿佛在回味酒酿圆子的美味。

闻言点了点头：“但是据你所说，不论是黄酒还是啤酒，郑坤昆全程都没有碰过对吧。”

李欣悦仰头想了想道：“对，他也没吃那碗圆子，全程只喝了饮料和茶水。他说不喝酒时团长他们还都挺诧异的，好像他之前还挺能喝的，但郑学长一再坚持，大家也就不好继续劝了，毕竟都是同学嘛。”说完她指了指桌面正中央的电磁炉上放着的一瓶果汁和一瓶可乐，补充道：“当时桌上和现在一样，在我们进来之前就摆着这样两瓶饮料。”

“郑坤昆两种都喝过吗？”

“应该吧……我记不清了。哦，他应该喝了不少可乐，我记得烤肉刚端上来的时候，他嫌桌上的可乐不冰，让老板给换了一瓶。中途应该还喝过茶，他上厕所的时候王冲给自己倒茶时还帮他添了点儿。”

“王冲没喝酒吗？”

“他和吴勇喝的都是啤酒，说是黄酒度数太高。不信你尝尝。”

闻言也没有拒绝，拎起桌上的茶壶倒了小半杯。琥珀色的酒液带着热气淌入杯中，闻起来有些许药味。闻言小小地抿了一口，并没有想象中的刺激感，柔和的暖流带着醇厚的香气从食管流进胃里，数秒后才返上来一股酒精的辛辣感，并伴着一丝姜的味道。闻言打开壶盖一看，果然，壶中有着不少姜丝。又尝了一口，闻言感觉全身都暖了起来，脸上也有些发烫，她想那里一定泛起了两抹酡红。

“老板是苏州人，这可是他们自家酿的酒，度数有 20 左右喔。”李欣悦学着昨晚老板的话说道，随后笑着给刘芮也倒了一杯。

“来，咱们干一杯。”闻言举起玻璃杯，向李欣悦扬扬手。

李欣悦欣然应允。

叮——

“当晚，郑坤昆和于天玮就是这样干杯的吧。”闻言喝完了杯中剩余的酒，放下杯子问道。

“嗯，对啊。”李欣悦咽下口中的酒连忙说道，“不过基本上是郑坤昆找团长碰的杯，应该是想借这个机会冰释前嫌吧。”

闻言点了点头，心中隐隐已经察觉到了些什么。

“酒完全可以在不经意间倒进或洒进杯子里吧，我觉得更重要的是饭桌上基本不可能出现的头孢是哪里来的。”刘芮似乎更在意药物的来源，毕竟这也是她舅舅苦寻未果的证据。

“会不会是谁趁大家不注意，偷偷放进郑学长杯子里的？”李欣悦用手掩着嘴小声说，“或者冻成冰块放进可乐里，电视里不都这么演的嘛，等冰块化掉，郑学长就……”

“头孢，溶于水吗？”刘芮问了个关键的问题。

“分不同种类。像头孢唑林钠这种就极易溶于水，像头孢哌酮这种就基本不溶于水。”闻言翻阅着手机上的记录说道。

“我记得欣悦说郑坤昆是在最后干杯后不久才倒下的，那有没有可能是药物沉在杯底，最后一仰头喝下去的时候才……”刘芮捏着下巴说道。

闻言脑海中突然出现了一本阿加莎的小说名，她摇了摇头，很快将这个念头甩去。

“不对，不管是冰块儿还是沉淀，杯中一定会有残留。但现场无论是餐具还是杯子里面都没有检测到药物。”闻言反驳道。

“那胶囊呢，要是装在胶囊里不就好了？”李欣悦傻乎乎地问道。

“你傻啊，那么大块儿胶囊漂在杯子里谁会看不见啊。”刘芮鄙夷道。

“哈——看起来进度不佳啊。”闻言打了个哈欠，无奈地笑了笑。

“就分析到这儿吧，我先去结账。”闻言说着站起了身，拿起桌上的两瓶啤酒去找老板退掉了。

李欣悦连忙又倒了杯黄酒，趁机喝了起来。刘芮注意到，闻言在结账时和老板说了句什么，老板便回身去后厨了。不久后，闻言已经提了个小黑塑料袋站在了二人面前。

“我们走吧。”闻言偷偷地将手藏在身后对二人说道。

“那是什么？”李欣悦抢先问道。

“秘密。”闻言微微一笑，转身率先走出了店门。

“对了，”闻言在门口突然停下脚步，回头向李欣悦问道，“杯子打碎那件事，在郑坤昆去厕所之前还是之后？”

李欣悦愣了一下，缓缓开口道：“应该是他去洗手间之……时。”

7

回宿舍的路上，闻言顺路去了趟快递点。她再次出现在二人面前时，手上的黑色袋子已经消失不见了。

第二天一早，闻言接了个电话后，神秘地将李欣悦和刘芮叫到身前。今天她罕见地没有编辫子。

“你们听说过‘长岛冰茶’吗？”

“那是什么？”刘芮对这突如其来的发问感到奇怪。

“好像是……一种什么酒？”李欣悦用食指轻点着下巴，在脑海中搜寻着曾经在哪儿听到过的这个名词。

“是一种鸡尾酒。”闻言补充道，“一种以可乐为主体的鸡尾酒，类似的鸡尾酒有很多，大多是以可乐的甜味和柠檬的酸味盖过酒精的刺激感。因此，喝它的人会在不知不觉中摄入不少酒精，等到感觉酒劲儿上来时，其实早已经醉了。”

“你的意思是说，郑坤昆喝下的可乐，正是这样的一杯‘鸡尾酒’？”刘芮立刻就明白了闻言想表达的意思。

“不错。严格来说是一杯不加任何其他配料，只由可乐和基酒组成的‘长岛冰茶’。”

“但全程并没有人往郑学长杯子里倒酒啊？”李欣悦疑惑道。

“不，有的。而且是你亲口告诉我的。”闻言盯着她的眼睛说道，“你曾说过，全程只有王冲在郑坤昆上厕所的时候给他添过茶。我想，当时郑坤昆杯中剩余的应该不是茶水，而是可乐吧。而王冲倒进他杯中的也不是茶水，而是度数不算低的黄酒。”

“怎么会……”李欣悦一时有些愣住了。

“对哦，我们昨天去店里的时候，老板端上来的加热好的黄酒，是用茶壶装的，这样一来，无论是颜色、外形还是温度，都几乎和茶水一模一样了。”刘芮喃喃地说道，语气中露着恍然。

“据你的描述，王冲和吴勇在点菜时对酒表露出了非常积极的态度，由此看来，这二人应当是喝酒的老手。他们很可能知道可乐会很大程度上掩盖酒的味道，想以此捉弄一下这位一反常态滴酒不沾的学长。故此，他们特意选择了口感相对柔和一些的黄酒，而不是苦味较为明显的啤酒。”

李欣悦听完皱了皱眉头，反驳道：“不对不对，桌上虽然是有两个一模一样的茶壶，但我记得它们的位置，就在王冲和吴勇面前，茶和酒并列着，从我的位置上看，茶在左边，酒在右边。而王冲倒茶的时候拎起的是左边的壶，所以我才会认为他倒的是茶。”

闻言微微一笑：“很简单，两个壶的位置被他调换过。”

“调换，什么时候？”李欣悦说完，就用手捂住了自己的嘴巴，显然她也意识到了那个时机，“难道是杯子被打碎的时候？”

“对，服务员上菜，杯子被打碎的时候，所有人的注意力都被吸引了过去。而这时候王冲只需要把面前的两个壶拿起来交换一下就好了。如果我没猜错的话，吴勇应该也参与了。而他俩在事发之后谁也没主动承认，应该是怕被追究责任吧。”

“怎么会这样……”刘芮叹了口气。

“另外，我猜测茶壶被调换还有另一个明显的证据。欣悦你记得吗，你提到过郑坤昆在碰杯之后不久就晕厥了。虽然可乐中的二氧化碳会刺激胃肠蠕动，加快药物和酒精的吸收速度，但即使是 20 度的黄酒，在不足一杯的情况下，酒精含量也还是非常少的，难以迅速产生这么猛烈的症状。你们记不记得他症状发作后曾拿起桌上的茶壶灌了两口，但是在喝完之后不但没有稍微好转，反而直接倒了下去？那是因为他原本认为的茶在他离席的时候已经被调换成了对当时的他无异于毒药的黄酒！这是在饮鸩止渴！”闻言的声音突然提高了几分，情绪也渐渐有些激动。

闻言总结似的说道：“这便是双硫仑样反应中酒的来源了。”

李欣悦和刘芮没有搭话，等着闻言发表下一阶段的推理。

“而另一个反应原料，在事发后，并没有从残留的任何物品上找到，就好像头孢根本就没有在整个餐桌上出现过一样。

“但是，警方恰恰忽略了一点，那就是整个酒桌上唯一一样没有正常离开，并逃脱检测的物品。”

“难道是……那个碎掉的杯子！”刘芮脑海中突然浮现出了昨天闻言手上提的那个黑色塑料袋。

“正是！我昨天结账时，谎称学校做化学实验的沸石不够了，问了下老板有没有破碎的杯子，并且一定要是陶瓷，不能是玻璃的。果然，老板说正好前不久碎掉了一个陶瓷杯。由于干垃圾的回收是在周一，所以他还保留着，就装在塑料袋中给我了。我向老板确认了下，这个特殊的‘锦鲤杯’确实是在周四晚上碎掉的。”闻言说着点亮手机屏幕，上面的照片便是那个碎掉的杯子，锦鲤的身体段成了两截。

“回宿舍的路上我就把碎片寄出去了，寄给了西科大的白老师，请他帮我检测上面是否残留有头孢类药物。果不其然，刚刚我收到白老师的电话，杯壁内侧检测出了甲硫四氮唑，是头孢类药物产生双硫仑样反应的侧链，从而证实了我的猜想。”

“可是那个杯子是徐曼妮学姐的啊。”李欣悦挠了挠头，巨大的信息量已经让她怀疑当晚坐在饭桌旁的不是自己，而是闻言了。

“说明下毒的人想害的不是郑坤昆，而是徐曼妮！”刘芮惊呼出声。

“那么，我们之前的分析就得倒转过来了。在场的七个人当中，与徐曼妮有矛盾，并且能接触到头孢，甚至在徐曼妮倒下之后能直接获益的人只有一个了，那就是——郑坤昆！”

“嘫——”二人不约而同地倒吸一口凉气。

“之前我们看过成绩排名，徐曼妮的排名很靠前。而郑坤昆并不是单单徘徊在拥有考试资格的成绩线周围，经过计算，我发现他刚好被排除在了 35% 的资格线之外。只要前面任何一个人因特殊原因放弃考试资格，他便能顺利补位，争夺保研和优研的名额。一旦徐曼妮倒下，不但为她之前和自己分手报了一箭之仇，更是让自己重新获得了跻身前列的机会。

“而且，郑坤昆的父亲不久前才在医院开过消炎药，他想拿到头孢是很容易的事情。记不记得你提到过，郑坤昆在吃饭时罕见地与之前看不惯的于天玮多次碰杯，并且还是郑坤昆主动？我想就是那当中的某次，郑坤昆趁机在徐曼妮的杯中投下了头孢。”说完，闻言从抽屉抽出之前李欣悦画的那张平面图，然后在上面补了两笔。

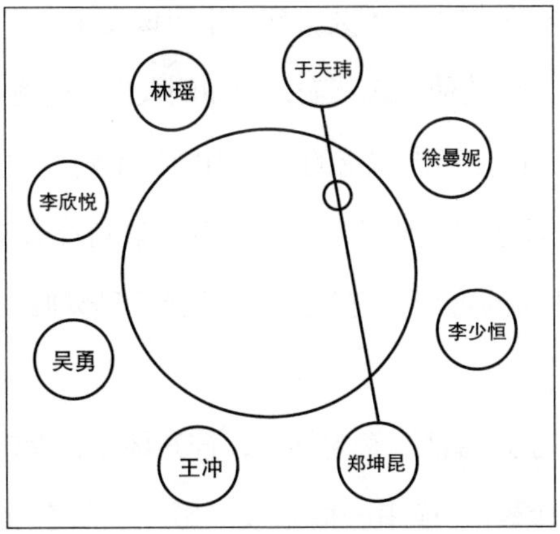

“喏，就像这样。只有他主动伸长手去碰杯，才可能够到徐曼妮的杯子。”

“他不是握着杯子么，又怎么腾得出手去下毒呢？”刘芮问道。

“只需要把药粉倒在手上，握在掌心与杯壁之间就可以了。当手掌移动到徐曼妮杯子上方停顿碰杯时，只需要松动手心，药粉便会滑落，在众目睽睽之下，悄无声息地落入杯中，溶解不见。这就是徐曼妮的杯中有头孢残留的原因。

“但遗憾的是，下完毒的郑坤昆在去洗手间洗掉手上的药物防止自己误食的同时，徐曼妮的杯子却在还没来得及送到嘴边时被服务生不小心打破了。对了，他应该还在洗手间处理掉了装药物的容器，可能是一粒胶囊什么的。他从一开始就拒绝喝酒，也是为了防止自己不小心误食药粉中毒吧。”

“既然已经洗了手，那他怎么还是中毒了？”

“是可乐。”

“可乐？”

“准确地来说，是冰可乐。你们想想，冰可乐和常温的可乐有什么区别？”

“汽儿……更足一些？”李欣悦没头没脑地答道。

“扑哧。”刘芮没忍住，原本严肃的气氛一下子被打破了。

“是冷凝水啦。大三的四个人用的是陶瓷杯，陶瓷的导热性本身就比玻璃更好，因此更容易在杯壁外侧形成冷凝水。当郑坤昆在不知情的情况下，仰头喝下最后半杯添了黄酒的可乐，原本蓄积在杯壁外侧的冷凝水，带着残留在杯壁外侧的头孢也一齐流进了他的口中。不久，预料中应该发生在徐曼妮身上的症状却出现在了自己身上，慌乱中的他拿起茶壶，谁知倒入口中的竟是温热的酒液……

“正因此，警方才在杯子内残留的液体当中找不到药物的残留，因为头孢其实是在杯壁外侧啊。那条原本象征着好运、身上雕刻着像勺子一般鳞片的锦鲤，承载的却是能取人性命的毒药，它就这样游动到了郑坤昆——这个始作俑者的嘴边。”

闻言一口气说完了这番话，拿起杯子，拧开杯盖，大口地灌了两口水。

震惊、难过、敬佩等一连串表情像放电影一般从李欣悦和刘芮脸上滑过，最后是一阵恍然，和无尽的沉默。包括闻言在内，谁也没有对这件事发表任何看法，谁也没有能力去怪罪或惩罚任何一个人。

这是卑鄙的伎俩，是杯壁的屏障。

8

一声枪响过后，最后那个人倒在了台上。随着场灯变暗，大幕也缓缓合上。

表演结束了，话剧团的演员们先后出面向观众鞠躬谢幕。据主持人说，剧本的结尾被临时修改过，原本善恶难分的开放式结局被临时改成了反派用最后一颗子弹结束了自己的生命。至于改动的原因，好像是编剧的极力要求，而两位主演也出奇地没有反对。

闻言坐在观众席倒数第二排的角落，在人潮差不多散去之后才缓慢起身，掏出一根棒棒糖，撕开包装后含在嘴里，默默地摇了摇头，自言自语：

“唉，现实可比戏剧要有趣得多。”

说完便走出门去。

数秒钟后，门口冲进来一个身影，快速地跑回了倒数第二排。

“哎呀，包忘拿了。”闻言尴尬地吐了吐舌头，低头跑出了剧场。

郑坤昆的自白：

睁开眼，我感到头痛欲裂。即使是曾经有过数次的宿醉也从没有像这次这样难受过。妈妈趴在床侧，看到我醒了，用手揉了揉发红的眼角。门口站着个陌生的高大男人，向她点了点头，便离开了。

喝了半杯温水，我才逐渐想起来昏迷前到底发生了什么。我问妈妈除了我以外还有没有人被一同送来医院，她摇了摇头说没有。之后那个高大男人进来问了我一些问题，我都摇摇头否认了。我不知道发生了什么，不知道最后喝下的那壶茶为什么会变成了酒，也不知道为什么倒下的本该是徐曼妮，如今却变成了我。我不知道。看着妈妈沧桑的样子，我也便不想知道了。

打开聊天软件，那个曾经置顶的聊天框里并没有新消息出现。聊天背景里还留着我和她的第一张合照。

我和徐曼妮是在大一开学后的第三周认识的。那天的高数课我迟到了，偷偷溜进教室坐在了最后一排。我注意到她坐在角落里打着手机游戏，她听到声音后也转过身来看了看我："要一起吗？"我很难拒绝。

她很聪明，却不愿意认真听课。我为了讨好她，只得认真听讲，细心做笔记，下课后给她誊抄。为了实现她的舞台梦，我们还一起加入了话剧社。下雨时我会多带一把伞，考试前我也耐心给她辅导，她学得很快，我也很开心。

不久后我向她表白，她不置可否，而后半开玩笑地同意了。为了给她证明，我努力考进了专业前三。

大二上学期期末考试前，她提出了分手。说我虽然是个热心肠的学霸，但是人比较木讷，不适合跟我继续在一起。我没有表态。那晚，我哭了——那是我 14 岁以后第一次哭泣。

直到大二下学期，我看到她挽着于团长的胳膊从我面前走过。我上去将于天玮那小子胖揍了一顿，她甚至没有上前阻拦。尔后还有数次。随着时间的绵延，我对她已再生不起喜爱之情了。没了动力，我也无心再努力学习了。

她只是为了找个人辅导她罢了，她想要改掉她学习上的陋习，找谁都好，只是碰巧是我罢了。我这样想着。

为了让她之前从我这里借去的成绩付诸东流，我决定惩罚一下她，反正这是她欠我的，也该还回来了。爸爸的那些药还有剩余，我当时问过医生，这种药不算致命，我可以放心地使用。

我明明向她杯子中下了药，可如今躺在医院的却变成了我。我感到一阵无力，或许复仇这个想法本身就是不对的吧。

闭上眼，脑海中却浮现出了王冲和吴勇的身影。他们是我新剧本的主演，二人饰演的角色各剩一枚子弹，在幕布拉上后，砰的一声枪响，没有人知道是谁活了下来。

“就这样结束一切吧。”我要以这句话作为新的剧本结尾，同时也是对我的一个结尾。那个挑起同门相残的反派，就让他自我了断吧。恶，终究还是要有恶报啊。

原刊《锐阅读·推理》2022 年第 4 期

作者简介：

孤杳，推理爱好者，喜欢推理、科幻和国漫。和两位朋友一起完成的接龙推理小说《子彦》收录于《2020 年中国悬疑小说精选》。

由悬案写到人性，由人性写到某个幽不可测的深渊。《铁锈新鲜》再现了某种东北气息，这在近年的小说中并不少见，但对世道人心的把握以及对终极思考的执念，超越了一般悬疑小说的范畴。

——《当代》副主编　石一枫

铁锈新鲜

阿　郎

1

第一次跟踪这么性感的女孩儿，我的心里还是有点异样。

我是在等红灯的时候，看见她从前面的 102 路下来，大冬天的，穿一个短裙，光着腿，腿细长，鹤一样，闪着光，招惹了我的好奇。下车后，女孩儿往北，沿着富江路走。走得急，两条腿紧着倒腾，紧翘的屁股有节奏地左右扭斜。

我一开慢，后面的车就追命似的鸣笛，晃大灯。女孩有所警觉，回头看了好几眼。在合江花园小区门口，一辆转弯的桑塔纳，差点撞上她。桑塔纳一个急停，我也跟着一个急停，桑塔纳的车灯和我的车灯在黑夜里重叠出一个“井”字形状。

桑塔纳鸣长笛，表达不满。后面的车也跟着鸣长笛，也表达不满。等我重新发动车子，让过桑塔纳，女孩儿已经不见。我计算了一下正常人的步行速度，在可能的范围内转了两圈，把车停在春风旅馆的路边。我把座椅调整到一个舒服的位置，车窗留一道小缝，点上一根烟，打开广播。一个男生压着嗓子唱：“静静的村庄飘着白的雪，阴霾的天空下鸽子飞翔，白桦树刻着那两个名字，他们发誓相爱用尽这一生……”

半个多小时后，女孩出现在春风旅馆门口的台阶上。仍旧光着两条腿，脑袋上已经扣上了一顶针织的帽子，再次坐上了 102 路。她在北钢厂东门下车，进了家属区。我在她进去的 3 号楼门口，用粉笔画了一个叉。回到车上，掏出笔记本，翻到最新的一页，做了必要的记录。我还想再写点什么，想了半天，思绪纷乱，抓不着头绪，只好作罢。

2

刑警队规定早晨八点半上班，但也就是那么一个规定，一忙起来，早上八点半还没下班，也是经常的事儿。像今天早晨八点半的时候，刑警队就已经开了快两个小时的会了。

支队长耿斌阴沉着脸，一根接一根地抽烟，他气坏了。昨晚在东郊发生一起交通事故，一辆小轿车把一个蹬倒骑驴的老头给撞了个四仰八叉。这本属于一起典型的交通事故，轮不到刑警队管，交通大队处理就得了。听说坏就坏在，小轿车司机下车，给了老头两刀，一刀捅到了肺部，现在老头躺在重症监护室。这下性质就变了，刑警队得上了。

安城全体干警奋斗一年，马上就要实现三百六十五天零发案的纪录了，让一个不知道哪儿冒出来的王八犊子一刀给废了。先进单位肯定是别指望了，要不尽快破案，整不好，给一个通报批评也得受着。

别看刑警们一天天牛 × 哄哄，吵吵有案必破，可破案哪有那么容易。我知道的，安城就有两三起肇事逃逸案悬在那儿，其中武百万的那个案子，当时连省里都下来人了，可十来年过去了，还是没什么头绪。

武百万那个案子就发生在城区，也就是天刚擦黑的时候，事发时，受害者车上还带着六岁的儿子，车没撞咋的，孩子也好好的，开车的武百万让人拽出来干了两枪，胸口那么大一个窟窿，车里车外都是血，安城首富当场死亡。最近几年，因为几起积压案件一直没弄明白，我们局长去市里开会都抬不起头，市局领导动辄就说：“你们这样还好意思叫安城？哪‘安’了？摸摸自己的良心，‘安’了吗？”

这次的案件比武百万那次还扎手，事发地点是在偏僻的东郊，事发时间是晚上十点多，夜深人静，黑灯瞎火，没有找到任何目击证人。是一个热心市民把老头送到人民医院，打给派出所的电话还是医院的号码。现场勘查获得的信息也极少，基本可以判断是一辆黑色的小轿车，事发时，时速不会低于六十五公里。大伙最担心的是，如果是路过安城的车辆的话，那破案的概率就更加微乎其微了。

按照耿斌的布置，大伙散开，分头下去摸排。摸排是一个辛苦活儿，行走路线遵循右手原则，排查入户，要一一落实到具体人头，犹如大海捞针。这是最笨可也是最有效的方法，只要下功夫，大海捞针也能捞出一根。

按理说，这样的会用不着我们宣传科的参加，最多就是人手紧张的时候，我们跟着执行。但是这次案子有些不同，肇事逃逸还伤人，接近蓄意杀人了，考验的已经不仅仅是刑警队了，犯罪分子等于骑在全体安城干警的脖子上拉屎了。副局长曹江要求，不但要尽快破案，还要破得漂亮。

我的理解是，刑警队负责破案，我们宣传科负责破得漂亮。

所以这次摸排和以往不一样，摸排对象除了惯常的肇事逃逸者，还要找到那位做好事不留名的热心市民。公安部门既要做到严厉打击犯罪分子的嚣张气焰，又要全力弘扬我市人民助人为乐的良好精神面貌。两手抓，两手都要硬。

散会的时候，老肖低声和我说：“真是奇了大怪了，做好事不留名就是不想让人知道，这得刑警队那帮人上啊，我们上哪儿找去？”我故意很大声地推动椅子，掩盖住老肖的牢骚。这个人啊，当了这么多年警察，嘴上还没把门的。

3

宣传科不像刑警队摸排经验那么丰富，不过，摸排这种活儿，也没什么技术含量，要的是腿脚勤快，多带一张嘴一双眼睛，反复过筛子。还有就是要做好心理建设，摸排的大多数时间都在做无用功，如果真的发现了点线索，那也是不知道什么时候烧的高香显灵了。忙活好几天什么发现都没有，也正常。更何况像这种肇事逃逸案，事发地周围二十公里才是关键区域，这些出活儿的地方，早就让刑警队那帮小子给占上了，轮不到我俩。

我和老肖负责的是北钢家属区那片。老肖有点磨叽，一路上叨叨咕咕，说自己肺气肿，好几年了，北钢家属区那一片都是老楼，楼梯又陡又长，这上楼下楼的，不得出人命。我安慰他，你就负责一楼的，上楼的活儿，我包圆儿了。他明显放松了些，但还是磨叽："不是那么一回事儿，我就是觉得咱们宣传科净干这些吃力不讨好的活儿，咱们这边吭哧瘪肚地累够呛，人家那边可能早就齐活儿了，净给人家当分母，走那个形式有个毛用。"

我和老肖负责排查的片区包含北钢家属区和三合名苑两个小区，一共十六栋板楼，住了有上千户，除了原来北钢的家属，就是回迁户，私占很严重，全区消防会议上通报过这片儿的安全隐患问题，工作量还挺大的。

也有好处，这样的老旧小区老年人居多，东北的老头老太太都热情，开门就往屋里拽，又倒水又拿瓜子，一唠起来就停不下。东家长李家短，谁家孩子在哪儿上班，一个月挣多少钱，谁家两口子离婚了，谁和谁搞破鞋了，谁家孩子不孝顺，连在外打工谁挣钱多少都知道……不到半天，这片儿的情况就摸了个大概。

北钢家属区一共六栋楼，都是正南正北的户型。叫家属区，但没有围墙，所谓的小广场其实就是楼和楼中间的空地。虽然看着简陋，但热闹，大冬天的，小区居民也都愿意到小广场唠嗑、晒太阳。最热闹的是三栋和四栋中间的那块，因为修了一个和儿童公园里一样四角飞扬的凉亭，凉亭里也有一个圆桌和四个圆柱形的凳子，水泥的，凉得跟冰一样，上面垫着纸壳。每天都有一帮老头聚拢在凉亭里下象棋，别看年纪都不小了，可棋风彪悍，一个车一个马的事儿，说说就瞪眼睛，下下就掀棋盘，场面那叫一个刺激。

老肖和我说，这帮下棋的人里，最不稳定的因素是三个老头。三个人水平差不多，手都挺臭的，但架不住瘾大，冻得又是哈喇子又是鼻涕，可天天来，削尖脑袋往里挤，抢着棋子就不撒手。

其中一个老头嘴不好，一边下棋一边唠叨，谁和他下谁憋屈。胜了，他能找理由，听他说那些，你自己都觉得胜之不武。输了，他在那边吹牛 ×，你这边更窝火。别看楚河汉界上温暾暾的，几个老头嘴上可热闹极了。

有人群的地方就有左中右，另外两个老头明显结成了一个阵营，俩人经常车轮战收拾嘴不好的那个。那个老头也看出来了，手上不闲着，嘴上不饶人，冷笑热哈哈，以一敌二，顾盼自雄。围观的人煽风点火里挑外撅，一会儿说这个下得好，一会儿说那个下得好，三个老头下棋下得急赤白脸。

几个老太太散坐在凉亭外边，一边晒太阳一边看热闹，根据太阳运行的轨迹挪动马扎，太阳转半圈，她们几个转一圈，可不管怎么转，眼睛一直望向凉亭这边儿。在老太太们的注视下，一群老头愈发轻狂。

4

耿斌对我们这边的摸排很不满意，质量没有，速度还上不去。不过他也没深说我们，毕竟刑警队那边的进展也不大。

他们那边倒是找到了受害者家属，受害者姓王，五十二岁，就住在事发地往前一公里左右的瓦盆窑。

老头在附近还挺有名，认识的人都叫他“王瘸子”。虽说叫王瘸子，其实不瘸，下岗前在化肥厂上班，受过伤，拄过一段时间拐，伤好了，拐杖就扔了，可外号落下了。平时蹬个倒骑驴走街串巷收破烂，手脚不大老实，顺手牵羊的事儿没少干，有几回让人当场抓住，还闹到过附近的派出所。

王瘸子有一个儿子，在深圳打工，两年前死的，听说是厂子欠钱，他上楼顶，举着横幅要账，摔死了。家里就王瘸子和老伴两个人，老伴瘫痪在床好几年了，一问三不知。也就是说，刑警队忙活两三天找到了受害者，除了还得抽调出人手帮着照顾老王太太，有价值的信息约等于零。

刑警队在医院里加派了人手，大伙儿都盼着王瘸子这个活爹能早点醒，好能从他嘴里抠出点什么。

排查车辆信息的小组也没什么进展，安城黑色的小轿车不下二百辆，车的档案都调取了，具体车辆信息和驾驶员信息还在排查。负责摸排汽修厂的小组说，已经排查了二十几家，没发现什么问题，还在排查剩余的十几家。

工作会上，队长耿斌气得把手机都摔了。

5

我跟老肖说，这三个老头太嚣张了，得给他们点颜色看看。你去和他们下两盘，以你的水平，一个人收拾他们三个都有富余。老肖觉得和他们这种臭棋篓子下太掉价，再说天儿这么冷，他还有肺气肿。我说，你的活儿我替你干，你这几天就和他们下棋就行，可是咱们得先说好了，下十盘，你得输三盘，不能全赢，对人民群众还是得以团结为主。老肖觉得，十盘输三盘挺难，比十盘赢十盘难多了。我安慰他，难为你了。

老肖说是那么说，一动起真格的来，就丢掉了党员的基本原则，下了十盘输了九盘，就勉强赢了那个碎嘴老头一盘。老头脸上挂不住，指着老肖鼻子骂：

“有你那么跳马的吗？别着马腿呢你还跳，长没长眼睛，哪儿来的二百五，会不会下棋。”

我们都叫他“老肖”，其实他跟我年龄差不多，也是三十出头。老肖中专毕业，比我早两年参加工作，天生少白头，人又懒，天天琢磨着怎么吃能养生，说话慢条斯理，跟个老干部似的。可是再怎么说，老肖毕竟年轻气盛，刚开始还跟老头赔不是，可老头骂骂咧咧的，得理不饶人，老肖那张胖脸就有点变颜变色了。

那俩老头也反过来损老肖，说他净瞎整。还问老肖：“你们年轻人是不是都不讲规矩了？都咋干咋有理了？还有人管没人管？改革开放了，就胡来了？就你那臭手，累折你的裤衩带儿也赢不了哇。”

老肖气得翻白眼，回头看我，那意思是让我上来帮帮忙。

我和那帮老太太坐在一起忙着晒太阳，正舒服着呢，哪有时间管这闲事。东北冬天黑得早，眼瞅着太阳就没了，得抓紧时间。

6

在晚上的工作会上，负责排查汽修厂的一组反映了点情况，青年大街一家修配厂里停了一辆黑色的桑塔纳，看样子刚修过，车主登记的是关亚玲的名字，这家汽修厂的老板也叫关亚玲。

耿斌眼睛立了起来。

两个小时后，刚出去的两拨人都回来了。情况汇总如下，关亚玲，女，四十三岁，属猴的。原来是化工厂的质检员，下岗后，倒腾服装，在轻工市场那站了几年床子。关亚玲能说会道，嘴甜，人长得也好看，买卖不错，应该是赚了些钱。结婚之后，就把床子兑了出去，安心在家侍弄孩子。前些年，男人出车祸死了，她接手了家里的汽修厂。刚开始可能是不大懂，被人骗过几回，就连厂子的人也对她使坏，技术大工故意刁难她，工资一年给涨了好几回，可暗地里也没少祸祸她。那段时间，安城人都知道，去她家修车给大工塞点钱，零件和手工都能便宜不少。

关亚玲这个女人不简单，没用两年就明白过味儿来了，开除大工那天，老娘儿们上去就抡了几个大嘴巴，那个大工连屁都没敢放。没过几天，关亚玲又新招了大工，买卖没塌，反倒红火起来了，安城这一片，她家算是干得最大的。

关亚玲具备作案的嫌疑，但不具备作案时间。有人看见事发那天晚上六点多，她带着儿子去了老六杀猪菜馆吃饭。服务员说，她娘儿俩不到一个小时就离开了，好像吃饭的时候发生了点争执，走的时候都气哼哼的，服务员和她打招呼都没搭理。

八点多的时候，有人看见关亚玲去了刘半仙儿家。那天去老刘家的有十来个人。还有一个多月就进入新千年了，最近安城的人都在传说 2000 年是世界末日，传得有鼻子有眼的，很多人都信了，去刘半仙儿家学习的人也比过去多了，待的时间也比平时长，那天他们是待到十点多才散的。

耿斌问："离开的人里有关亚玲吗？她走的时候开车了吗？"问前一个问题的时候，刑警队那帮人还挺淡定，回答说："有，她出来后，还去刘半仙儿家对面的仓买买了一包卫生巾。"问第二个问题的时候，大伙儿就有点傻眼，都没出声。耿斌又接着问："关亚玲的儿子调查了吗？"这回大伙不但不出声，还低下了头。

耿斌气得又把手机举起来了，这回没摔，又放下了，大概是心疼新买的手机。

他亲自带队去查。

关亚玲的儿子叫关海舟，今年十八岁，在哈尔滨第六中学上高二。大约十天前，休了病假，回安城养病。邻居说，关海舟这小孩挺仁义，别看家里有钱，可不讨人厌。放假就在家里待着，很少出门。

孩子长得白白净净的，从小身体就不好，瘦，手脚跟麻秆似的，害羞，见着人都躲，走道都顺着墙根走。哈六中的老师也说，关海舟学习挺努力，但成绩中等，甚至可以说是一般。在班级里和同学的关系也一般，要么客客气气，要么不大说话，这个小孩挺蔫儿的。

刑警队那帮人有点激动，一线干警都有一种说不清道不明的第六感，他们知道那些平时张牙舞爪的人，一般都折腾不出什么大事儿，越是蔫不唧的，越可能有内容。大伙都望着耿斌，就等一声令下，去会会这个关海舟。这时候耿斌倒不着急了，坐在沙发上慢条斯理地抽烟，都烧到过滤嘴了，还在抽，屋里弥漫了一股烟袋油子味儿。

干警们的情绪也跟着变得复杂起来，铁板一样的案件终于撬开了点缝儿，能不激动嘛，可在激动之余还是有点惋惜，一个大好青年的前途可能就此折了。一线干警经常这么复杂，一方面希望破案，一方面又不希望有凶手，这可能吗？

耿斌第二根烟抽了一半的时候，二小队的人回来了，在耿斌耳边说了几句话，耿斌狠抽了几口烟，没出声，头上笼罩了一层云雾。

又过了一会儿，三小队的人回来了，在耿斌耳边说了几句话，耿斌掐灭了烟，头上的云雾散去。

7

肇事车辆就是关亚玲那辆黑色的桑塔纳，车辆鉴定上明晃晃地写着保险杠是新换的。在关亚玲开的汽修厂后院，干警们找到了旧保险杠，受损痕迹和现场模拟状况一致。

关海舟交代说："我有驾驶证，十八岁生日后两个月就考下来了。有驾驶证的成年人驾驶合法车辆，不犯法吧？"

关亚玲交代说："我是开汽修厂的，好车谁修啊，都是磕着了、碰着了，才来修理厂。我修别人的车是修，修自己的车也是修，修理厂修自己的车，不犯法吧？"

负责维修的工人交代说："我给老板打工，老板让修哪辆车，我们就修哪辆。工作不就是干活儿吗？何况还是在上班时间。上班时间干活儿，不犯法吧？"

耿斌骂人了："谁让你们审问了，这样的人，审问能审出来吗，你得和他聊天。"支队长耿斌同志亲自和高中生关海舟聊天，一聊就聊了两个多小时。

两个多小时之后，耿斌不但没有下令逮捕关海舟，还客客气气送他到公安局门口，像父亲叮嘱儿子那样嘱咐他："你妈供你上学不容易，你也懂点事儿，别总气你妈，你再长大点就知道了，哪个当家长的都不容易。"

8

耿斌那边刚送走关海舟，我这边就接到了孙国庆的电话，让我立刻回局里，到曹局办公室来一趟。

老肖劝我："不在这一时半会儿，你两个小卒子都过河了，再走几步，就拱死他了。"

别看曹江是副局长，我只是一个宣传科的小科员，他的副局长办公室我还真没少来，没少喝他的茶叶。曹局知道我喜欢写东西，没事儿的时候，会叫我到他这儿聊天。他喜欢果戈理，不但看过《钦差大臣》《死魂灵》这些，甚至还看过果戈理写过的一个叫《结婚》的剧本。

他不明白我为什么喜欢《罪与罚》，他说他下了好几回决心，都卡在前两章了，看不下去，小拉那点把戏跟乞乞科夫怎么比。《死魂灵》才能代表俄罗斯文学，创作背景宏大、深刻，乞乞科夫一出场，就赶上农奴制开始土崩瓦解，社会处在剧烈的变革当中，那才叫个人命运与社会变革深刻交织。你瞅瞅人家果戈理说得多好，世界正处在旅途中，而不是停靠在码头上。果戈理才是有担当的写作者，《死魂灵》才是划时代的巨著。你说说《罪与罚》，那谁，是小拉吧，不就是一个地痞无赖嘛。那小子也就是在他们俄罗斯，要是在咱们安城早就收拾得他服服帖帖的。

副局长曹江的办公室还和以前一样，桌上的茶叶罐还是以前的那个，我知道里面一定装着今年的新茶，我也看出来了，今天的茶没我的份儿。孙国庆和曹局面前各放了一杯茶，看见我进来了，两人眼皮都没抬一下，直勾勾地盯着眼前的茶杯，两人脸色都不大好看。我的脸色也应该不大好看，孙国庆是我们警察最不愿意见到的人，他是局里纪检科的，他出现就意味着麻烦。

我的麻烦来自老肖，我被老肖举报了。

老肖详细列举了我在这次排查过程中的若干不正常行为，比如反常的积极，尤其是针对北钢家属区积极得让人匪夷所思，楼上楼下地跑，逐户逐人地核对，该问的不该问的都问个遍。特别是在家属区一些单元的门洞，老肖发现了一些特别的符号，凡是出现这些符号的楼洞，我对住户的核查就尤其积极。

出于一个警察的本能，他觉得这一切不可能是巧合。

还有就是老肖发现我一到晚上四五点钟的时候，就往北钢家属区门口张望，果不其然，他发现有几次差不多这个时间，都会出现一个女孩，身材高挑，小腿细长，穿过小广场，最后进了 3 号楼，3 号楼的楼门口就有那个符号。

出于一个警察的本能，他觉得这里面的问题大了去了。

老肖还提醒纪检科注意，我平时也开车，是一辆拉达，和肇事车辆一样，也是黑色的。

孙国庆还没说完，我的汗就下来了。曹副局长不说话，眯缝着眼睛盯着我，一口一口地抽烟，看着比孙国庆还瘆人。我一时语塞，不知道从何说起。

看我默不作声，曹副局长开口问我："那些符号是你画的吧，说说吧，你的目的是什么？"

我说："标注了符号的地方，都住着一些我想回访的人。我为什么要回访他们呢，是因为我觉得他们有故事，适合放进我的素材里。我为什么收集这些素材呢，是因为我想写一个长篇小说。我这么说，你们信吗？"

他俩说："不信。"

我说："我也不信。"

我说："那我说我发现了线索，行吗？"

9

老肖对一起下棋的碎嘴老头王志说："小袁找你，让你去找他一趟。"王志问："他找我啥事儿啊？"老肖说："不知道，估计他是不服气，还想和你再下两盘。"

在公安局走廊里，王志又遇到老肖，他问："小袁在哪儿啊？"老肖告诉他："你上三楼，往左拐，走到底，走廊最里边的一个屋，他在那儿修理椅子呢。"王志问："你们到底是什么科，怎么还干修理椅子的活儿呢？"

我回答他说："我们宣传科活儿不多，其他科看我们来气，总指使我们干这干那的，我们科长好说话，啥都答应，这不，椅子坏了，都让我们修。你看这椅子，人一坐上去都嘎吱嘎吱响了……就差几个螺丝了，等我拧好了，咱俩再杀两盘。"

审讯室很黑，整个房间只有椅子上方一盏灯开着，别看只有一盏灯，特别亮，怎么也得两百瓦。平时审讯犯人的时候，这盏灯能起到很大的威慑作用。

王志站在门口，背对着走廊的光，只能看见一个模糊的人形轮廓。虽然看不清脸上的表情，可说话还是那么客气："你忙，你忙，不着急，啥时候下都行。要搭把手吗？"

我说："你还真得帮我一下，这几个螺丝不好弄，你从那面帮我整整。"

王志干活挺利索，几下就弄好了。我晃了晃铁椅子，问他："真整好了吗？"他说："应该没事了，我上了好几扣，死死的了。"我说："我怎么觉得还晃呢，你替我坐上试试。"看他坐好了，我把桌面手铐和卡式脚铐都给他铐上了。王志一挣扎，发出哐啷哐啷的声音。

王志有点慌："小袁，袁同志，你不是要下棋吗，这咋下啊？"我说："是啊，这样下不了，你等会儿啊，钥匙在刑警队那帮人手里，我让他们送过来。趁这工夫，闲着也是闲着，咱俩先唠唠呗。"

王志脸色白得不正常，额头见汗，明显心虚了，这让我心里多少有点底。

我忽悠他："你看看你，一看就不是一般人。"王志说："我就一收破烂的，咋不一般啊。"我说他："你看你拿扳子那架势和我就不一样，螺丝也拧得好，跟个八级钳工似的。"王志说："你要是收几年破烂，你也得跟个八级钳工似的。收上来的那些破烂，哪个不得收拾，要不，人家也不收啊。"我装不懂，问他："你们收上来破烂，还有收破烂的收？"王志说："得收啊，我们就指着这挣钱呢。"

看他有点放松，我抽冷子问他："5号那天，你几点从刘半仙儿家走的？"他说："十点多散的吧，没看表。我那天收了一车货，去得晚，开始得也晚。学习完了，大伙儿就散了。"我说他："我就问你几点走的，你解释那么多干什么。从刘半仙儿家出来你去哪儿了？"他说："回家啊，睡觉。都说年纪大了，觉轻，我这几年是觉越来越重，到点儿就得睡，要不脑袋发胀，昏昏沉沉的。你说我是不是有点血稠？"

我问："你回家从哪儿走的？"他说："就从二副食，化工厂，一直到老江桥，下来就到了。"我问："谁能给你作证？"王志有点生气，气哼哼地回答："没人。"可能是觉得这么跟警察说话不妥，紧接着又说："回个家，就那么一节骨道儿，还找人作证，那人心里得有啥大病才这样啊。"我问他："那你都什么时候找人作证啊？"他愣住了。

我再次转移话题，问他："你们在刘半仙儿家都学习什么啊？"他说："这个不能说。"我说他："跟我还有什么不能说的，下了那么多盘棋，谁什么水平都知根知底了。"他说："要说也行，可现在不能说。"我问："那得什么时候能说？"他说："得一个多月后。"我问："为什么呢？"他说："一个多月后，人类就毁灭了。"

10

老肖对举报我的事，有点不好意思。我现在说什么，他都不大反对，可我让他去搜搜王志家，他还是有点犹豫，磨磨叽叽说没办手续，这么整不合法啊，再说他还有肺气肿。我说曹局都支持我，要不我敢在没有证据的情况下，就把王志弄公安局来吗？他不说话了，转身就走。

老肖说："王志不愧是收破烂的，家里基本就是一个破烂堆，都下不去脚，翻了个底朝天，也就这本书和房间整体气质不符。"

他从王志家里搜到了一本《诸世纪》，挺厚一本书，应该是经常看，都翻毛边了。我翻了翻，大概意思是说，1999 年，恐怖大王从天而降，太阳将会停止天天运转。也就是说，2000 年，是世界末日。整本书基本都在举例说明这位作者的预言有多牛 ×，就像王志说的那样，在几百年前，这个叫诺查丹玛斯的人就准确预知了普罗旺斯地区发生大洪水、法国大革命、希特勒出现，等等。

关于 2000 年后世界毁灭这一论断，书里也列举了一些证据。比如说在大西洋西部边缘会出现一条怪鱼，会发出小孩一样的哭声；某一个时刻，西北方向的天空会同时出现两个太阳，等等。王志说，这些都被各地教友验证了，都是亲眼所见，世界真的还有一个多月就毁灭了。趁着世界还是囫囵个的时候，人得多做善事，多反省自己的罪恶，只有干净的人，才能在下一个世纪里获得重生。

我问王志："真的还有一个多月了？"他面色凝重地点了点头。我说："那你觉得我在这一个月里还能干点什么？"他说："你得深刻反省。"我说："我反省。5 号晚上，我开车撞了人。"王志说："你这也不深刻啊，深刻咋还带撒谎的呢。"我问他："你怎么说我撒谎呢？"他说："那天撞人的不是你啊。"

孙国庆对曹局默许我把王志弄过来审问，感到不可思议。作为一个刻板的老纪检委，他无法理解一线干警那种神秘莫测的直觉，有时候，只需要对上眼神，就知道你有事没事。至于能不能找到你有事没事的证据，那就各凭本事了。好吧，就算孙国庆理解了一线干警的这种直觉，他也无法理解一线干警的直觉怎么就等同于一个宣传科文员文学上的直觉了。

他懂不懂不重要，曹局懂就行。但曹局也加了小心，叮嘱我："只能给你半天时间，记住，你是找王志聊聊天，不是审问。弄出格，我饶不了你。"

我在北钢家属区那个小广场第一眼看到王志的时候，就觉得这个人身上有事，但是我无论如何也没想到他和"11·5"撞人事件有关，听他这么说，心里掀起一阵惊涛骇浪，心脏差点从嘴里蹦出来，可脸上一点都没表现出异样。

我说王志："你看错了，就是我，我那天开了一辆黑色的轿车，把王瘸子撞了个四仰八叉。"王志说："可得了吧，这事儿你蒙不了我。"我说："为什么呢？"王志说："因为事发时我在现场，我就是你们要找的那个做好事不留名的热心市民。"

11

王志说，他从刘半仙儿家出来后，抄了半截近道，可还是没能憋到家，人有三急啊，就在铁路招待所的墙根儿那尿尿。他肾不好，年轻时候落下的病，尿憋得难受，真尿的时候，还一时半会儿尿不出来。刚尿出来一点，就听见背后咣当一声，一辆轿车和一个骑车的撞上了。开车的那人下来，先查看自己的车，又看看那辆轱辘朝天的自行车，踢了骑车的一脚，好像是骂他怎么不长眼睛，那么亮的车灯，还往上撞，是不是成心的。躺在地上那位还没等起来，挨了一脚，就势趴下。躺在地上嚷嚷，开个破车，你牛×啥，有能耐你撞死我，撞不死我，你这辈子就摊上事儿了，车赔上了，你都赔不起。王志说："开车那位听他这么说，也躺地上了，嚷嚷说，你撞死我得了。"

我和王志确认："就是说你看见一辆自行车和一辆轿车发生了碰撞，骑车的和开车的最后都躺地上了，都说你撞死我得了？"

王志说："我劝他俩，都啥事没有，赶紧起来得了，这天寒地冻的，别没撞坏，倒冻坏了，哪多哪少？"在王志的劝说下，开车的答应带骑车的去医院看看，医院说有事就有事，医院说没事就没事，都别耍臭无赖。

调查关海舟的那组人汇报说，1999 年 11 月 5 号 22 点 14 分的时候，关海舟开的黑色桑塔纳在富江路上撞到了王瘸子的倒骑驴。关海舟说，只是小摩擦，双方都没什么事。王瘸子下车，查看了一圈儿，确定车圈没瓢，还能骑，就不打算追究。上车的时候，顺嘴骂了一句，有钱牛 × 啥，开个破车，早晚得让人撞死。关海舟听见了，不让份儿，两人吵吵了几句，都没啥事，就各回各家了。

直到现在我才明白，5 号那天，在安城，起码发生了两起交通事故。一个是王志说的那个在医院里简单检查了一下，就各自回家的那一起。一个是关海舟说的那个连医院都没去，只是吵吵了两句那一起。刑警队找到王志说的当事人和医院当天的值班医生，坐实了他的说法。

一周前，刑警队排查肇事逃逸者，我们宣传科寻找做好事不留名的热心市民，原本以为是一件事，现在成了两件事了。

负责调查关海舟的那个小组负责人说："在安城，这样的小剐小碰一天能有个十起八起的，现在开车的人觉得自己是大爷，不管不顾，速度快，启停还猛，看着就危险。骑车的走道的也都没有看红绿灯的习惯，自己想咋走咋走，觉得你还能撞我是咋的，你要是真牛 ×，你就撞我，撞了我以后，我还不用干活儿了，你得有吃有喝地供着我，你以后就多了个爹。"

这次摸排第一眼看见王志，我就觉得发现了个宝贝，我肯定他身上有情况，没想到不但没情况，还是一个热心市民。现在看啊，文学上的直觉和一线民警的直觉，还真就不是一回事儿。

我问："可是王瘸子身上的刀伤是怎么来的？"我说出这句话后，就像按到了一个开关，大家都不说话了，有两个人甚至低下头，两丝不易察觉的笑，弯月一样斜挂在嘴角。我和老肖互相看了看，我们在对方脸上都认出了“蒙”这个字。我有点纳闷，可并没有放弃，继续说：“我们的调查方向应该多往查找凶器上用力，根据伤口的形状，大致可以推断出是什么凶器，国家对管制刀具严格管理这么多年了，一方面我们自己的经验已经很丰富了，一方面群众对这类刀具也已经很警觉了，从这一点入手，我们应该可以有所收获。”

一阵漫长的尴尬和可怕的安静之后，耿斌从牙缝里挤出了几个字：“不是刀伤，是枪伤。”

12

王瘸子的枪伤很重，伤口周围有灼烧的状况，应该是近距离开枪导致。但不是贯穿伤，说明枪的质量低劣，应该是自制的。医生从伤口周围起出不少沙粒子，说明子弹也应该是土制的。

耿斌看着这份验伤报告手有点哆嗦，虽然纸张都是新的，可看着上面的每一个字都眼熟。王瘸子的伤口和十几年前武百万伤害致死案中的枪伤非常接近。也就是说，当年杀死武百万的那把枪极有可能再次出现在安城，并再次被某个人扣动了扳机，实现了发射。

那个人是谁？两次开枪的是不是同一个人？

涉枪是重案，市里第一时间成立了专案组，省里也派出技术专家驻组。在党校学习的关局几次打电话关心案件进展，要求我公安干警发挥特别能吃苦、特别能战斗的优良作风，必须在最短的时间内将犯罪分子绳之以法，给党和国家，给安城人民一个交代。安城干警都憋了一口气，犯罪分子太嚣张了，简直是公开和警察叫号，这案子要是破不了，警察这身衣裳都白穿了，安城真得改名了。

外松内紧、并案侦查是曹副局长制定的原则。无论是肇事逃逸者还是那位做好事不留名的热心市民，他们都有另一个身份，就是现场目击者，找到他们是案件侦破的重中之重。

放关海舟只是一个缓兵之计，在刑警队那帮人眼里，他可不仅仅是肇事司机那么简单，但他们必须让他觉得他只是一个肇事司机那么简单。他们需要关海舟放松警惕，人只有在放松警惕的情况下才能露出破绽。

跟踪关海舟的两个小组二十四小时跟防，一点都不敢放松警惕，可关海舟也一点都没露出破绽，除了偶尔和关亚玲出去下一顿馆子，这小子整天待在家里不是看电视就是睡觉。对了，这两天，关海舟还和他妈吵了一架，那是晚上时间，他不让他妈出去，他妈非得出去。争吵得不激烈，都是小事儿，价值不大。

自从出了突审王志无果那事儿之后，“11·5”小组基本不管我和老肖了，我们和他们中间好像竖起了一层透明的挡板，我俩来了也跟没来一样，其他人忙得团团转，我俩闲得要死要活，看样子他们是对我俩彻底绝望了。

我去找支队长耿斌说：“要不，我们写一个长篇报道，把王志就当成“11·5”事件里做好事的市民，发在省报上，在舆论上发酵一下，施加点压力，凶手一慌，就容易露出马脚。我觉得关海舟那孩子油水不大了，我们应该趁机把侦查范围扩大出去。我还是觉得王志身上有事。”

看耿斌不想搭茬儿，我提醒他：“那帮晒太阳的老太太说，王志原来有媳妇，好像叫雪娥。不知道哪天，她们发现女人没了，怎么就剩下王志一个人了。王志说和人跑了，老太太到现在还纳闷，那他俩到底结没结婚。你说，王志这个人身上有没有故事？”

耿斌像看傻子那样看了我半天，叹了口气说：“他们说得对，你真是我们大家伙儿的活爹。”耿斌告诉我，我在排查的时候觉得王志有问题，要审讯王志，这事儿不但和“11·5”案件没关系，而且理由近乎胡闹：“就是你觉得有问题而已，你觉得，哼，我觉得的事儿多了，挨个核对谁觉得出来的问题，那公安局成了啥了？但既然曹副局长说了，把任何一丝线索都当成重大线索去对待，那就破破例，让你和王志面对面整一下呗。也算你走运，说真的，多少侦查员都没你这个运气，王志还真和“11·5”有点关系，但我警告你，到此为止，去干你们宣传科的事儿，别掺和刑警队的活儿，这不是你掺和得了的。破案不能靠运气，再说了你运气得多大，总能在点儿上？”

看我低头不语，耿斌大概也有点不忍心，他咬牙切齿地问我：“关海舟姓什么？”我回答：“关啊。”他又问：“他妈姓什么？”我说：“关啊，这不是明摆着的嘛。”他又问：“按照中国人随父亲姓的惯例，是不是他爸也姓关？”我说：“他爸不姓关吗？”耿斌回答：“他爸姓武。”

关海舟的爸爸就是十几年前在安城被当街枪杀的那个武百万，关海舟就是当年枪案现场那个六岁的孩子。他们跟踪关海舟是怀疑他，也是在保护他。他们跟踪关海舟，其实也是在跟踪他妈关亚玲。

老肖说我：“人家防着咱们你没看出来，核心机密一点都不让咱俩知道。你就老老实实待着，让你干啥你就干啥得了。帮不上什么忙，还自作聪明，净给人家添乱。你这也算是烧高香了，人家王志没告你，要是告你，一告一个准儿，你凭什么抓人家啊。真是小白脸儿，坏心眼儿，看你平时文质彬彬的，其实一肚子坏水，怪不得都说你心狠手黑。”

13

孙国庆把我叫到他办公室，原来是王志把我给告了。

我心里一沉，最近这两年民警被告的情况比以前多多了，像我这种宣传口的还好，犯的基本都是卡夹错误，卡夹的还都是小钱，顶多背一个处分，一线民警还有进监狱的。

孙国庆说我：“你很有可能开创安城民警的一个新纪录，一个宣传口的犯了刑事口才有资格犯的事儿。”根据《刑法》第二百四十五条规定，非法搜查他人身体、住宅，或者非法侵入他人住宅的，处三年以下有期徒刑或者拘役。司法工作人员滥用职权，犯前款罪的，从重处罚。

孙国庆告诉我，你可能得被开除出公安队伍。

一阵绝望淹没了我，虽然我不止一次地跟别人说我喜欢文学，不止一回地发誓，得写一个长篇小说，拿一两个诺贝尔奖回来，床头柜上放一个，办公桌上放一个，为此，我也不止一次地去做田野调查，一个素材本都快记满了，可在这个时候我才发现，我最喜欢的工作还是警察。要是现在让我选的话，我会选警察，不会选文学。

我垂死挣扎，问孙国庆："王志到底告我什么了？"孙国庆说："他告你上班时间不好好做自己的工作，去修理椅子。"我松了一口气问："这属于什么性质？"孙国庆想了想说："脱岗吧。"我说："这下严重了。"他说："嗯。"

我跟曹局请假，我说想出去散散心。他不同意。我说："我得出去转转，要不我发现有点管不住自己了，总想去审讯室修理椅子。"他说："滚吧。"

他也怕我再修椅子去。

14

伊春是典型的八山半水半草一分田的地貌特征，地势西北高、东南低，南部地势较陡，中部较缓，北部较平坦，海拔平均六百米。在课本上出现过的小兴安岭就位于伊春。伊春最有名的就是森林资源，落叶松、榆树、白桦、椴树、臭冷杉、柞树，动不动就是几十上百年。树干粗得几个人都抱不过来。据说当地人吃饭的桌子都是整个的，一棵树伐倒了，砍头去尾，锯成几段，就是几张桌子。

前几年伊春也和很多林场一样砍伐过猛，今年林业部门开始封山育林，一般人不让进山了。我这边儿有熟人，不但能进山还能进到小兴安岭的深处。小兴安岭深处都是原始森林，很多树木都不知道名字，越往里走树木越茂密，真的是遮天蔽日，抬头都看不见阳光。地上的落叶一尺来深，一脚踩上去，像冬天的积雪一样，吞没了小腿。

在伊春吃的都是山货，好多吃的我连听都没有听说过，吃法也特别，各种形状的蕨类植物，各种颜色的蘑菇，用水焯一下，蘸着酱吃，味道鲜美。有时候也用说不出名字的青菜炒狍子肉、鹿肉，吃一口，满嘴留香。听说我喜欢吃野鸡，那个熟人还特意带我去了南岔区，和一个专门打野鸡的老张头出去打了一天的猎。晚上鸡腿蘑炖野鸡，一起喝酒。老张头能喝，六十多度的烧刀子，

三两的酒壶，一人一壶，用热水烫上，倒进盅里，一口一杯，不一会儿，一壶就见底儿了。

最后也不知道喝了多少壶，反正是把我俩喝得人事不省，最后就记得趴在了炕头上，其他的都不记得了。

醒来的时候，已经是第二天中午了。嘴干，但头不疼，到底是酒好，纯粮食的。

老张头留我们再待一天，晚上喝家里自酿的酒，泡了好几年虎骨，今晚开封。别的不敢保证，保证好喝。我本来也想再多待两天，可曹局在电话里都开始骂人了，我只能就此别过。大伊春，老子会回来的。

15

“11·5”案件获得重大进展，专案组找到了作案工具。让一众干警震惊的是，最终摆到专案组桌上的枪不是一把，而是两把。

找到一把枪，预示着阶段性胜利，甚至可以说案件进入最后阶段了。现在一下子出现两把枪，则说明干警们最不愿意看到的更复杂、更棘手、更不可控的局面出现了。

两把枪样子差不多，都类似于左轮。之所以说是类似，是因为枪的构造原

理来自左轮，但一看手工就是民间干的私活儿。东北是重工业地区，稍微往前追几年，很多厂子原来都是军工企业，虽说是现在军转民，原本制造坦克的厂子现在成了车辆厂，生产炮弹的工厂变成重型机械厂，可很多老工人的技术还在，技术好的哥儿几个分工合作车出一把枪这事儿，以前也不是没有。前几年严打，收缴了不少民间枪支，但保不齐还有漏网之鱼啊。

安城民间到底还藏着多少私枪？看着桌上这两把枪，曹局的汗都下来了。

16

找到枪这事儿，还得感谢关海舟。

前天晚上，关海舟娘儿俩去老六杀猪菜吃饭，没吃几口又吵吵起来。关亚玲一把没拽住，关海舟就冲进后厨，关亚玲也跟着冲了进去。

负责跟踪他们的第二小组看见，先是关亚玲一步步倒退着出来，再就是老六杀猪菜的老板老六也一步步倒退着出来，再然后就是关海舟。饭馆里的人一脸坏笑地看着关亚玲出来，又一副看热闹不嫌事儿大的架势看着老六出来，等看到关海舟出来，像一块石头扔进了鸟群一样一哄而散。撞翻了好几张桌椅，踩碎了好多碗碟，酸菜汆白肉的酒精炉子满地滚，差点没把饭馆点着。

关海舟手里举着一把枪。

原来，老六杀猪菜的老板，就是几年前被关亚玲开除的那个汽修厂的大工，两人是这两年好上的。关亚玲觉得这么多年了，一直顾虑着孩子，没把自己当过人，更别说是当女人了。现在孩子大了也该为自己考虑考虑了。她没有料到儿子的态度这么激烈，说你要是和他在一起，要么是我死，要么是他死。

关亚玲越想越生气，武百万活着的时候就不是人，仗着挣俩破钱对工人张嘴就骂抬手就打。没钱的时候，挺老实一个人，有点钱后，怎么就变得不是人了。整天在外边大姑娘小媳妇地胡扯，一个月也就能回来三五天，回家对自己媳妇也是非打即骂，还一脚踹掉了老丈人的门牙。老天爷开眼，武百万死了，关亚玲以为好日子来了，没想到好容易把病恹恹的儿子拉扯大了，可脾气越来越像他那个死爹。我关亚玲造了什么孽，哪辈子欠了你老武家的了，给孩子改了姓，也改不了老武家的根儿。

关海舟吓唬老六的那把枪是假的，大伙虚惊一场，可干警们都觉得关亚玲害怕的样子太真了。

关亚玲家面积大，一看这几年开汽修厂就没少挣钱，楼上楼下两层，安城人管这样的复式叫楼中楼。装修得也高级，软包，去过的人说想自杀撞墙都撞不死，一看就是有钱人家。可是和一般有钱人家不一样的是，她家的东西太多了，堆得到处都是，连沙发边都码放着成盒成盒的茶叶，厨房里一整面壁橱装的全都是好酒，像仓库一样。

关海舟的卧室跟任何一个高中孩子的卧室相比也差别不大，书柜里有书，无非是课本还有一些文学名著，床头有一个掌上游戏机。和一般他这个年龄的男孩不一样的是，关海舟的卧室整洁、干净，甚至可以说是一丝不苟，像女孩的卧室。

干警们在老关家没搜到枪，倒在关海舟枕头底下搜出了一本《诸世纪》，这是和关海舟卧室气质唯一不符合的东西。

17

迄今为止，安城出现了两本《诸世纪》，在关海舟卧室里发现的这本，还挺新的，基本没怎么翻过。在王志家发现的那本，纸都翻薄了，王志解释说是在刘半仙儿家每天学习学的。

两本《诸世纪》都出现在不应该出现的场合，两本书所牵连的人会存在不应该存在的关系吗？

经常去刘半仙儿家学习的有十三个人，干什么的都有，有关亚玲这种老板，有小学老师，也有道边站大岗刷大白的。十三个人跟一个人似的，说话都一套一套的，动不动就天地玄黄、蒹葭苍苍，给你一顿背诵，弄得耿斌脑袋都大了好几号。

这帮人都坚信 2000 年是世界末日，人类还有一个多月时间的活头了，心里塞满了绝望。同时他们也坚信通过学习和反省，多做善事，可以获得重生的机会，心里又被希望填满。这是一群同时被绝望和希望捆绑了的人，虔诚是他们所能做出的最后的挣扎。

干警们想知道，他们十三个人是怎么跟一个人似的，那一个人到底是哪个人。出乎大家的意料，刘半仙儿不是这伙人的头，关亚玲也不是，他们的头竟然是王志。

在这些人里，王志威信颇高。其他人要么是老板，时间自由，要么在事业单位上班，时间相对固定。王志连个体户都算不上，他收破烂，有时候早，有时候晚，没个准儿。经常是其他人都到了，沏好茶水，默默地等他。他到了，饱饱地喝一壶好茶，出一身透汗，活动才开始。活动的主要内容就是王志带着大家学习《诸世纪》，每次读两页，再对这两页内容进行解释，然后一起闭上眼睛反省自己犯下的罪孽。一本书反复读了好几遍，各自的罪孽也反复反省了好几遍。他们管王志叫“教主”，把《诸世纪》当成了《圣经》。

王志是收破烂的，家里也跟个垃圾堆似的，搜查起来特别不容易，刑警队在他家忙活了小一天，搜出了这两把枪。

下岗前，王志在厂子里真的是一个八级钳工。那些年，国家对枪支的管理没有现在这么严格，东北人家里一般都有洋铳。早前吓唬胡子，后来打猎，一般都是打钢珠的，一打一大片，杀伤力不大，但威力惊人。真正有枪的人家很少，但王志有。身为一个八级钳工，王志车出过一把枪，还用那把枪打过野鸡。野鸡没打着，枪随手扔在家里，时间一长，就忘了。

王志承认，5 号晚上他遇见的其实是两起车祸，除了他和我们说的那起，他也遇见了关海舟和王瘸子那起。王瘸子欺负关海舟是一个孩子，长得又瘦瘦弱弱的，就耍臭无赖，躺地上讹钱。王志让关海舟先走，他觉得王瘸子能卖自己这个面子，平时都是收破烂的，也算是认识，再加上撞得轻，没什么事，就别跟一个孩子较劲了。没想到王瘸子不依不饶，看他让关海舟走了，就起来和王志撕巴，枪走火了。

王志问："枪是自己走的火儿，是枪都看不下去一个大老爷们儿欺负一个孩子。我承认枪是我的，我没有管理好它。那我犯的什么法，我认还不行吗？"

王志说的是事情的后半段，前半段是关海舟讲的，说的和那天差不多。无非是碰着了一个倒骑驴，吵吵两句，有人过来拉架，让他走，他就走了。后来发生了什么，他一点也不知道。

至于他吓唬老六的是一个玩具枪，虽然过了十八岁生日，算是大人了，可大人玩玩具，不犯法吧？

18

老肖给我打了好几个电话了，就连曹局也给我打了一个，问我到哪儿了。我也着急啊，可这辆破拉达一到关键时刻就掉链子，油门踩到底了，速度也上不去。给油快了，还灭火。天这么冷，我出了一头的汗。

301是安城分局最大的一间会议室，能容纳小一百人。能在这个会议室开会讨论的都是重大案件，一般都有分局领导参加，甚至任总指挥，直接做战略部署。现在三楼这个最大的会议室里坐满了人，只有中间一个位置是空的，平时都是刑警队那几个骨干坐的，好做专门汇报。这次像是故意给我留的，我犹豫了一下，还是坐了过去。

曹局冲我点点头，示意我可以开始了。

我说，张雪娥是十六年前离开伊春的，刚离开的前两年，过年还回去，可也待不了几天，急三火四的，过了初三就张罗走，现在十多年没回去过了。张雪娥她妈是前两年没的，不知道得了什么病，老太太死之前眼睛瞎了。她爸还活着，还挺硬实，偶尔还出去打野鸡。对这个姑娘老张头只字不提，也就是喝多了才骂几句。看得出来，还是想。

左右邻居说什么的都有，有的说张雪娥在广东，嫁给了一个大款，忘了父母了。有的说她没走远，还在黑龙江，过得不咋的，没脸回来。一个老太太说，张雪娥早就死了，那孩子面相不好，寡妇脸，不是克别人就是克自己。可以肯定的是，张雪娥根本不像王志说的那样，跟一个有钱人跑了。确切地说张雪娥应该是失踪，时间就是他俩处对象那阵儿。

在北钢家属区楼下，王志知道我是警察之后，眼神里明显露出了一个躲闪的动作，他很快就意识到这个躲闪动作不妥，又在最短的时间里，送给我一个欢迎的眼神。这一切发生得太快了，快到我用语言去形容都觉得慢了的地步。如果用文学的方式去表现，这一个眼神就能写出一个章节。我是警察，我只能用警察的方式去了解这里面的内容。

那次突击审问失败，不但没能打击到我，反倒坚定了我的直觉，这个人一定是用他强大的意志和惊人的忍耐力在掩盖什么。他竭力要掩盖的东西，一定严重到了值得他花这么大的精力去掩盖的地步。

老肖从王志卧室翻出来的那本《诸世纪》，都成了毛边的了，纸都翻薄了，一定是没事就翻看。我在书页里面发现了一张小小的仕女图，就是小学女生经常用铅笔画的，用蜡笔上过色的那种画，挺用心的。至于质量，也就是只能用挺用心去评价的水准。这幅画的时间应该不短了，蜡笔的彩色都掉色了，铅笔的部分也模糊了，应该比张雪娥失踪的时间还长。

这次伊春之行有遗憾，因为张雪娥的父亲没有认出这幅画，我无法从他嘴里直接确认这幅画就是张雪娥画的。可也有收获，老张头说张雪娥小时候就愿意画这些，那时候家里没钱，买不起蜡笔，她还闹过，被她妈打过两下屁股，那是他姑娘唯一一次挨打。嘴上说不知道，可老张头举着画，看了半天。

如果说，我之前对王志的怀疑，只是我在排查过程中激起的一个直觉的话，那么这幅蜡笔画的出现则验证了那个直觉。一个男人在他反复观看的书里，会放一个跟别人私奔的前女友的东西吗？

刘半仙儿那帮人说《诸世纪》能让人反省自己的罪孽，那这幅画里一定藏着王志的罪孽。

我对大家说，这次去伊春还有一个意外的收获，我在老张家发现了一张照片，老张头说照片里的人是姑娘和她对象。我从文件包里掏出照片递给曹局，他看了一眼，没什么表情，递给耿斌。耿斌看了一眼，也没什么表情，递给了边上一侦队的老万。老万看了一眼，不相信似的，又看了一眼，惊呼："这不是武百万吗？"

19

武百万还不是武百万的时候，住在距离安城两百多公里的南岔林场，十几岁那年因为打架斗殴进了少年管教所，在里面待了不到两年。刚改革开放的时候，最先富起来的一部分人，就有他这样没有正经工作的。像王志这样的八级钳工是厂子里的红人，厂长见了都先递烟后说话，谁会放着好好的工作不干去倒腾买卖啊。也就是改革开放了，要不然他们这种行为属于投机倒把，是犯罪，得进监狱。

王志他们做梦也没想到有下岗的那一天，也没有想到国家正式工人还有给武百万这些社会闲散人员打工这一天。

武百万和王志从小就认识，确切地说，两家是邻居。武百万四岁那年，他爸带着一家人从山东来到东北，就住在王志家边上。老武家初来乍到，没少受到老王家的照顾，王志他爸还从狼群里救过武百万他爸的命，有救命之恩。

因为两家大人的关系，武百万和王志小时候一起玩过一阵子。两人从小脾气就不一样，武百万鬼道，王志憨厚，两人在一起，武百万总欺负王志，王志任他欺负，毫无怨言。武百万进少管所那年，王志考上了一个职业中专，都离开了林场。

直到王志下岗，找活儿找到武百万这儿，才知道两人都先后来到安城。少年朋友再见面时已经物是人非，一个是打工仔，一个是大老板了。

我拿话刺激王志："你们说的那个恐怖大王不是7月14号就降临了吗，这都11月份了，怎么还没走到东北呢，车误道上了？"王志说："你这么说话，恐怖大王早晚打你大嘴巴子。"我只好虚心请教："那我这种行为，在你们那个说法里，属于什么罪孽呢？"王志说："无知，冒犯，得下油锅。"我问："那隐瞒欺骗呢？"王志说："沸水淋头。"我又激他："就你干的那些事儿，凭你这小体格子，能扛住几回沸水淋头，得下几回油锅？"王志说："我原本是万劫不复，通过这么长时间的反省，我马上就要实现救赎了。世界末日了，我怎么也得给自己争取一个重生的名额。"

老万不耐烦再听我俩胡扯，敲了敲桌子，严厉喝止："王志，端正你的态度，别嬉皮笑脸的。我们既然找你来了，就是手里有硬东西了。放你走一次，不是让你白走的。你打算先从哪里说，从张雪娥开始，还是从武百万开始，还是王瘸子，还是那两把枪？"

都说武百万有钱之后变得驴性八道，只有王志知道，他从小就这样。看着硬实，其实贼弱，一惹祸，就往身后躲，好几次都是王志替他出面跟人赔礼道歉。武百万嘴好，每次完事儿，都跟王志说上一大堆好话，让王志好一阵儿迷糊，觉得挺有成就感的。

也许是年纪一大，人就贼了，王志这回没迷糊。当武百万说把张雪娥介绍给王志的时候，他就觉得哪儿不对劲。武百万介绍说张雪娥练过体操，得过全省散打冠军。张雪娥身材确实好，长得也不错，脸白，加上年轻，穿得也好。王志一看就知道，这不是他这种离了婚的下岗工人能守得住的女人。可是还像小时候那样，武百万天花乱坠地说完，王志什么都没说。

王志说，张雪娥是一个虚荣的女人，但不笨，当她发现肯定挽不回武百万的时候，第一时间打量了身边的王志，虽然王志又穷又面，可是一个过日子的人，对她不打不骂，说话轻声细语。武百万对她也这么好过，现在把她当垃圾一样硬丢给了王志。

王志自己也说不清楚，是从什么时候开始不把张雪娥当成武百万的女人的，两个人不咸不淡地处着处着就搭伙过起了日子。王志说，人活一天就是熬一天日子，两个人总比一个人好过些。

再说了，自己是一个离过婚的人，张雪娥起码没有结过婚，扯来扯去，还是张雪娥吃亏多一点。日子像砂轮一样，早晚会把一切疙疙瘩瘩的都打磨平整了，搭伙时间长了，王志就想不起张雪娥和武百万好过一阵的事儿了。谁又没有一点过去呢，眼睛长在脸上，又不是长在后脑勺上，过日子还是得往前看。

武百万好像也忘了过去这一段，打发了张雪娥之后，就和关亚玲结了婚。不到半年，就生下了一个男孩。王志听说，那孩子没足月，出生的时候跟个小耗子似的，先天不足，好在老武家有钱，调着法养，钱花老了。

有一天，王志发现张雪娥怀孕了，高兴得直蹦。王志喜欢孩子，离婚时对外说是因为下岗，家里没钱，两口子总打仗，其实主要是因为结婚好几年，老婆肚皮一直没动静。但张雪娥并没有给他继续高兴的机会，说得打掉这个孩子，看王志目瞪口呆的样子，又说，这也是你的老板武百万的意思。

原来，武百万结婚不久，和关亚玲热乎劲儿一过，又想起了张雪娥，他俩在性这方面挺合的。这几年，武百万生意兴隆，出手也比以前大方。张雪娥觉得谈恋爱还能挣钱，比上班强多了。经常是王志上武百万汽修厂上班，武百万到王志家上班。

武百万这个人多少有点变态，做的时候，喜欢咬人。有两次王志发现张雪娥的胳膊青了，张雪娥搪塞说，干活儿撞到桌角了。武百万还不愿意戴套，这让张雪娥有些苦恼，在硬塞给王志之前，张雪娥就怀过武百万的孩子，这一次她也不知道这个孩子是王志的还是武百万的。关亚玲已经给武百万生了一个儿子，虽然都是关亚玲一手带着，武百万看着也闹心。武百万担心万一张雪娥肚子里这个孩子还是自己的，他不更闹心了嘛。

武百万对王志说："你爸照顾过我家，又不是你照顾过我家，你是你爸吗？我感激你爸，不是感激你。记住，你是我的工人，我是你老板，是给你开工资的人。工人不听老板的，你想死吗？"

张雪娥对王志说："拿啥养孩子啊，给他吃啥啊，拉屎给他吃啊？"

武百万对王志说："这些工人里，我踢别人都穿大头鞋踢，踢你我都换上布鞋。我对你这么好，你还跟我起刺儿，真是人心隔肚皮。你这么做对得起谁，良心让狗吃了？"

张雪娥对王志说："你想想，万一这个孩子不是你的，你心里不得疙疙瘩瘩的吗？你甘心养别人的孩子，我还不甘心呢。再说了，我又不是不能生，我给你生一个咱自己的孩子多好，到时候咱俩有个病有个灾的，也好伺候咱们。我这不都是为了你好嘛。"

关亚玲说："孩子小的时候，身体不好，伺候孩子都忙不过来，哪有精神头去顾及老爷们儿去干啥。等孩子大了一点，能脱手了，才发觉孩子他爸整天不着家。也问上哪儿，干什么去，每次他都没好气儿地说，去搞破鞋。我一直以为他故意气我，还骂他，有能耐你就去搞，别让人家老爷们儿给打死，让我去给你收尸。谁能想到他说的是真的，他说是去搞破鞋，真的就去搞破鞋了。"

关海舟说："那天，我妈不让我爸出去，把我塞车里了。那也没挡住我爸，他拉着我就走了，去了厂里，中午还给我买了一堆好吃的。晚上和他去下饭店，人挺多，都喝酒，我吃饱了，就在一边玩。我挺会玩俄罗斯方块，最厉害的一次干到七千多分。回家的路上，我爸还骂我，说再玩，眼睛就瞎了。快到百货大楼的时候出的事，我爸和一个车撞上了，我还不知道怎么回事，就从后座上飞出去，夹到了椅子中间，晕过去了。等我明白过来的时候，是我妈抱着我，我还以为到家了。我是坐警察的车回的家。"

20

王志说："我发现后座上有一个孩子，迟疑了一下，觉得当人家孩子的面儿杀人家爹不大好。我一迟疑，武百万就认出我了，我就不好意思了，就象征性地开了两枪，吓唬吓唬他。"

我夸他："到底是八级钳工，你开枪也挺准。"

王志脸上露出一丝害羞，回复我说："前几年我也这么想，怎么那么准，一枪就干死他了，应该是干了好几年钳工的原因，手上有准儿。这两年我不这么想了，不是我准，是神灵准。武百万死是上天注定的，他这种人做坏事太多，还不懂得反省，神灵都看不下去了。神是借用我的手，为人间除去了一个祸害。他们那一拨发财的，有多少瘫巴的，有多少出车祸的？都是自己作的。"

我问他："你那时候不是下班回家了吗，怎么跟过去的？"

王志说："可不是下班了吗？到家的时候，张雪娥擀的面条，都快出锅了。我看没醋了，就出去买瓶醋。我吃饺子、吃面条都得加点醋，要不没味儿。要不怎么说神灵神灵的呢，赶上了。刚拐弯儿，就看见俩车撞一起，我过去看热闹，发现是武百万，就顺手把他给干了。"

我问他："你买醋，怎么还带着枪呢？"

王志说："我是知道张雪娥做了流产手术之后，就一直带着枪，想找机会吓唬吓唬武百万。他自己儿子那么大了，他杀了我儿子。没想到机会要么不来，要么一来就给个大的，旁边正好没啥多余的人，捎带手的事儿。现在想想，不是我胆子大，都是天意。"

我问他："你把张雪娥埋哪儿了？"

王志说："不是我说你们，你们警察工作就是不到位，工作要是稍微做细致一点，在我住的厕所下边，再往下挖挖，还能挖出她的胯骨。那块骨头太大，化了好几天也化不掉。她屁股大。”

老万问他：“你为什么杀她？”

王志闭上嘴不说话了，我看他是不愿意和老万说话，就问他：“你已经杀了武百万，也算报仇了，为什么还杀张雪娥啊？”

王志说：“因为她把面条都吃了，没给我留。”

我追问：“就因为一碗面条，你就杀了一个人？”

王志说：“我杀的是张雪娥，又不是外人。”

听到这话，我有点喘不过气来，追问：“你这话什么意思？”

王志说：“杀了武百万后，我回家吃面条，发现张雪娥吃完了，没给我留，我就生气了。再看她撅着屁股在厨房洗碗那样儿，我更来气了。我挺喜欢她的大屁股，又圆又软，那天突然觉得这个屁股也让武百万摸过了，就觉得太恶心了，恶心得我连饭都不想吃了。不杀了她，我这辈子可能都吃不下饭。”

我问王志：“你也给了张雪娥一枪？”

王志说：“没有，我把她当面条给煮了。”

21

守护医院那组传来消息，王瘸子死了。伤口太复杂，又波及了内脏，胸口里乱七八糟的，和当年的武百万死因一样。

听到这个消息，绷在大家心里的那根弦，砰的一声断了。几组人沉默不语，一条重要的线索戛然而止，使得本就破烂的案情，变得愈发脏乱差。会议室里安静得可怕，窗外的东北风，像饿急眼了的狼一样凄厉地号叫。

好在老万那组带回来点好消息，枪支鉴定结果出来了，从王志家里搜出来的那两把枪，其中一把不但在最近开过火，而且不止一次，膛线出现磨损。另一把从来没有使用过，锈蚀严重，弹簧都断了，跟烧火棍差不多了。

22

读书这件事，一方面得讲究天分，一方面也得看有没有兴趣。关海舟明显不如王志对世界末日理解得深刻，他把《诸世纪》当成了闲书，随手翻翻，就扔那了。王志则把《诸世纪》当成了《圣经》，背得滚瓜烂熟。

关海舟纠正我："我没把《诸世纪》当闲书，当闲书能塞在枕头底下吗？闲书都扔床底下。我把《诸世纪》当枕头，高度正合适，原来我睡眠不好，总做噩梦，这两天有《诸世纪》垫着脑袋，睡得挺踏实。"

王志纠正我："我没把《诸世纪》当《圣经》，你下棋的时候就瞎走，明明别着马腿呢，还跳马，这又跳到《圣经》那去了。你们不是在我家里找到枪了吗，你能看出来吧，我已经好长时间不用枪了，我现在用《诸世纪》，这玩意儿比枪好使。"

老万激王志："吹牛不上税你就吹吧，你不是说安城就一本《诸世纪》吗？你不是用《诸世纪》把刘半仙儿他们收拾得立整的吗？怎么关海舟手里还有一本？我看他比你牛×多了，他才是安城的教主。"

王志说："你们这些警察太容易自我陶醉了，你怎么就觉得我只能有一本《诸世纪》？你怎么就能肯定海舟那孩子的《诸世纪》不是我给的？"

关亚玲证实，关海舟上初中的时候，有几次被校内校外的孩子欺负，确实那些人被打了，打得还挺厉害，有一个孩子门牙都给打掉了，家长找上门理论，以为是她找人打的。她原来还以为是命好，老天爷都照顾他们孤儿寡母，现在看来替海舟出头的那个人应该就是王志。

老肖和我感慨，人真是太奇怪了，像王志这种杀人不眨眼的恶徒，竟然在连杀了两个人之后，突然对被他杀死那人的儿子生出了怜悯之心，借着收破烂的机会，像一个侠客那样保护关海舟，而且这一保护就保护了十几年。

我问老肖："你觉得王志为什么要把《诸世纪》送给关海舟？"

老肖说："希望关海舟好呗，世界末日了，用他们那帮人的话说，让他也能重生。"

我问老万："学习《诸世纪》那帮人有没有什么共同特征？"

老万说："男女都有，穷富都有，年龄大小也都不一样……要说共同特征，大概是心里都有点让人睡不着觉的事儿，就连刘半仙儿都承认这些年没少靠算卦坑人。"

我问曹局："王志是不是有点主动暴露的意思，这都是死罪，一问就都交代了。"

曹局说："武百万人命案和张雪娥失踪案都是我市公安系统中的大案，侦破这类积案，固然值得庆祝，但就侦破过程来说，有运气的成分。别忘了我们成立的专案组叫"11·5"专案组，现在当事人王瘸子死了，这是人命案啊，还涉枪，我们必须得给安城人民一个交代。"

我问耿斌："耿队，关海舟得的什么病？"

23

这次搜查关海舟家动用了三十多名警力。出发前耿队画了一张图，把关家划出三十多个网格，每个人对应一个方格，要求是"往细里整，一张小纸片都不能放过"。三十多名干警在老关家搜查了八个多小时，最终带出来的真就是两张小纸片。

两张纸都很平常，一看就知道是从日记本上撕下来的，都有浅色的暗格，一个是蓝色的暗格，一个是红色的暗格。纸上的内容都差不多，画的好像都是一辆车，好像还有人，可看不大出画中的人在做什么。区别也有，第一张纸是铅笔画的，又用钢笔描过一遍。第二张直接用钢笔画的。

这两张纸都没什么特别的，特别的是两张纸的右下角都有日期，一个上面写的是1987年，一个上面写的是1999年。1987年后面的那个日期是武百万死后的第三天。1999年后面的那个日期是王瘸子案发后的第三天。

大家都很兴奋，这两个一点也不起眼的日期，才是纸片关键信息，只有循着这两个日期往前回溯，才能明白纸片上画的车和小人几乎就是两起案件的现场还原。大家都很兴奋，把两张纸小心地装在证据袋里，封好。这么硬实的证据抓在手里，看关海舟还怎么抵赖。

让人失望的是，关海舟看到这两张纸的时候，脸上没有露出任何特别的表情，还像前两次那样两手交叉，偶尔用右手心搓一下左手背，眼神像风中的羽毛一样飘忽。关海舟长得瘦小，坐在审讯室的铁椅子上，显得愈发瘦小。十八岁了，仍然一脸青涩，在顶光的笼罩之下，脸色尤其苍白。怎么看都还是一个孩子。

老万问了他一大堆话，关海舟都拒绝回答，低垂了眼皮，抿了嘴角，一耗就是七八个小时。

干警们第一次被一个十八岁的孩子给打击了，眼前这个嘴唇上刚刚泛出绒毛的孩子，显露出钢铁一般的意志，不吃不喝，也看不出什么情绪上的变化，就那么坐着，盯着水泥地面。审讯的干警换了三拨，关海舟仍然保持着刚坐下来的样子。换班下来的老肖说，这哪是个孩子，简直是一个魔鬼。

在隔壁的审讯室里，审问王志的那个小组收获也不大。和关海舟沉默对抗不一样，王志把所有的事情都包揽了下来，几次叙述，细节都差不多。无非是他杀死武百万后，有一天突然心生愧疚，毕竟从小一起长大的。就尽自己所能，把发小的孩子当成自己的孩子，能照顾就照顾一下。那天晚上碰巧看到关海舟被王瘸子欺负，就急眼了，一时失手，干死了王瘸子。

耿队跟王志说："你太没意思了，关海舟都撂了，你还在这抵抗，你是真把我们当傻子了，还是当成你的信徒了。你这么干，就不怕得不到那个重生的名额吗？"

王志说："这三条人命是我最大的罪孽，在世界末日之前我得了结了这些，只有真诚地反省了过去所有的罪孽，才能获得救赎，才能有明天。现在我敢说了，我获得了重生的资格，你都没有。安城就我王志一个人能看到 2000 年的太阳。"

耿队问："那关亚玲呢？"

王志说："她也没有，她和老六搞破鞋就是搞破鞋，还说是爱情。她本来有资格，现在没了。"

耿队说："那你帮海舟那孩子争取一个名额了吗？"

王志一脸凝重地说："帮他申请了，批不批就是神灵的意见了，我该做的都做到位了。"

突然之间，王志脸上闪露出一丝害羞，他问耿队："你说我现在是不是比武百万牛×，他那时候仗着有俩破钱，看他不可一世那样儿，瞧不起这个，看不起那个。我现在也没他那么有钱，可那些有钱有权的，看见我都服服帖帖的，让干啥就干啥，连问都不敢问。武百万媳妇在我面前比在他面前还听话，他儿子跟我儿子也差不多了吧。"

耿队愣住了。

24

安城历史不长，清朝顺治年间，达斡尔族人才开始在这里建屯，为的是打鱼打猎，图个方便。也不大定居，看天色行事，适合就待几天，抓紧干活儿，不适合就撤，主要是气候太恶劣了。解放前，现在安城的主城区还都是原始森林，四周都是山和沼泽，交通闭塞，易守难攻，是胡子的聚集地。解放后，政府在这里建立工厂才发展起来，即便是到了现在，安城也不大，常住人口不到三十万人，主要的经济支柱就是那几个大厂子。可就是这么一个需要放大地图好几倍才能找到的小城，出了这件震惊了省厅的大案要案。

抓捕王志犯罪团伙那天，没有动用任何安城警力，省厅下来人直接指挥，警力都是从邻近县市抽调过来的。1999 年 12 月 26 日凌晨四点，很多人都还在睡梦中，全市统一行动，代号雷霆，要求是在一个小时内完成抓捕任务。行动非常成功，除了王志、刘半仙儿他们十三人，其余一百零八个人也尽数落网。

安城人从来没见过这么大的场面，早晨一出门，就看见三四十辆警车，前后都有警用摩托护卫，闪着警灯、鸣着警笛快速驶出安城。队伍那个长，好像永远也没有尽头。有认识的看见安城刑警队长耿斌也好，副局长曹江也好，都站在路边维持秩序，保证车队顺利通过。有明白人说，这个意思就是所有的犯罪分子异地关押，异地审讯。

安城人都在传，这次行动捣毁的是一个邪教组织，组织架构挺大，人员众多，光舵主就有十二个，对应天上的十二星宿，都是安城有头有脸有钱的。最让人惊讶的是，这个组织的头目竟然是一个收破烂的。别看是一个收破烂的，过得跟皇帝似的，吃香的喝辣的，男教众争着抢着给钱，女教众为了和他上床，都打架。据说这个收破烂的那玩意儿巨大，体力也好，一般女的都受不了，一晚上得换好几个人。

有人说，前几年安城那几个人命案都是他们干的，铁路招待所附近的那个男尸案，就是他发现了老婆的事，堵着收破烂的，暴打了一顿。然后他被收破烂的教众给整死了。还有一个女的中途后悔，想退出来，也给整死了，不知道埋哪儿了，尸体到现在也没找到。

有人说，这些人集资给收破烂的修了一个庙，藏在距离安城一百多里的山里，庙正中间供着的神像就是照着收破烂的样子修的。

有人说，别看这样，收破烂的每天都回自己猪窝里住，还经常出去满大街收破烂，他这是修行，他们修行和别人不一样。

25

人的一生有三分之一的时间都是在睡眠状态里，可见睡眠对人类有多重要。睡眠是大脑暂时性休息的过程，是一种保护性抑制。

根据每个人的身体状况和耐力不同，坚持不睡觉的时间长短也不同。一般而言，如果一个人二十四个小时不睡觉，体内的多巴胺水平会迅速增加，短暂的兴奋过后，人的反应能力会大幅度降低。如果三十六小时不睡觉，身体就会停止代谢葡萄糖，会出现头昏脑涨、记忆力差、精神涣散、心跳加快等症状。如果四十八小时不睡觉，可能出现幻视、幻听、免疫力下降并可能引发高血压、糖尿病。

二十四小时的时候，关海舟仍然不动声色。三十小时的时候，他频繁打哈欠，眼神开始涣散。快三十四小时的时候，三班倒的干警都受不了了，老万心脏病都犯了，直接送到人民医院去急救了。

耿队找曹局商量：“够呛了，一般人熬个二十四小时就全都撂了，关海舟到现在也不说。要么像老肖说的那样，这孩子不是人，是个魔鬼，要么就真不是他干的。”

曹局咕咚咕咚地往嘴里灌浓得跟中药汤子似的茶水，脸色发青，眼睛通红，他也熬得差不多了。

曹局像是自言自语：“王志自己有事儿，也明显在替人挡事儿。”

耿队也像是自言自语：“关海舟装作没事，他身上肯定有事儿。”

曹局说：“得弄清楚，到底是谁的枪。”

耿队说：“得弄清楚，到底是谁开的枪。”

曹局问耿队：“有必要再搜一遍王瘸子家吗？”

耿队问曹局：“有必要再提审一遍关亚玲吗？”

曹局桌上的电话响了，负责审讯的人说，关海舟要告公安局。

26

关海舟跟曹局说：“我得告你们公安局。”

曹局问：“你告我们什么呢？”

关海舟说：“就先告你们刑讯逼供吧。根据《中华人民共和国刑法》第二百四十七条规定，司法工作人员对犯罪嫌疑人、被告人实行刑讯逼供或者使用暴力逼取证人证言的，处三年以下有期徒刑或者拘役。致人伤残、死亡的，依照本法第二百三十四条、第二百三十二条的规定定罪从重处罚。”

曹局说：“你不能告我们，我们是打你了还是骂你了？再说了，要告也得是我们告你啊，你才对我们使用暴力。你看你对我们多暴力啊，老万都让你暴力得心脏病犯了，差点牺牲在工作岗位上。”

关海舟脸上挤出一丝笑意，抬下巴指了指曹局说：“有三十多个小时了吧，你们警察要不是玩赖，总换人的话，你们都躺地上了，你信不？”

曹局说：“我信。”

关海舟问：“那你服不服？”

曹局说：“我服。干了这么多年警察，你挺有刚儿。”

关海舟说：“就你还算有涵养，怪不得你能当官儿。”

关海舟说，他从小就有刚儿，六岁那年，眼睁睁地看着他爸让人一枪打死，血淌了一地，别的孩子早就吓尿裤子了。他不，他死死地盯着眼前的一切，尽量记住现场的一切特征。在警察赶来之前，他还能下车捡起凶手落在地上的枪，揣进怀里，用衣服盖上。

他说，他从六岁那年就下定决心，他这辈子就干报仇这一件事儿。小学时候，在他面前张牙舞爪那些小崽子，他真不是怕他们，是不屑于搭理他们。

初中时候，他还有意和社会人混了一段时间，希望能从他们中间发现点蛛丝马迹。很快他就发现，那些所谓的社会人都是废物，就知道吹牛，一会儿要剁这个腿，一会儿要卸那个胳膊，给他们点钱，就能管叫你爹，他还是得单独行动。

关海舟是在初三上半年的时候发现王志的，也算是他自投罗网吧。一个收破烂的不好好收破烂，总在他家附近转悠，没法不引人注意。

关海舟说，两本《诸世纪》是他找人卖给王志的，第一本《诸世纪》是和几本杂志一起卖的，隔几天又单独卖给他一本。他记得很清楚，两本书都是当废品卖的，第一次卖了一块两毛钱，第二次卖了七毛钱。

他没想到王志把《诸世纪》当成了天书，还迷惑了刘半仙儿一帮人。关海舟就是想利用卖废品的机会近距离观察王志，两次钱他都没要，还奖励了帮他卖废品那孩子十块钱。卖第二本的时候，他甚至站在当年事发时他所处的那个角度，仰头看了王志好久。他确认，杀他爸的就是这个收破烂的。但他没出声，关海舟不但要找到开枪的人，还要找到那天开车的那个人，他一直觉得他俩应该是一伙儿的。

杀王瘸子是偶然，那把枪在关海舟怀里揣了好几天了，原打算是吓唬老六的。路上碰倒了王瘸子，老王八蛋躺地上讹人，还骂他早晚让车撞死，他一下就怒了。他爸死后，关海舟最听不得别人咒他被车撞死。

曹局说："关海舟最后几句话是一边睡一边说的，但也不能将他的供认行为都归结为疲劳审讯。关海舟从小就有自毁的倾向，关亚玲说，从小就不太敢说他，有一次，关海舟还没上学呢，她都忘了因为什么训他几句，这孩子转身跑到厨房，推倒豆油桶，给点着了，差点把家烧了。当然，这次杀人也有一些外部刺激的因素，关海舟在学校喜欢一个女孩，追了好久，前两个月拒绝了他。再加上，发现他妈想改嫁，情绪上有点绷不住了。"

耿队说："王志从刘半仙儿家出来不久，正好从附近路过，一听到动静，就知道是他当初丢了的那把枪的声音。关海舟毕竟还是一个孩子，开了一枪后，完全蒙了。王志过去一把夺过关海舟手里的枪，让他快走，接下来王志就做了一次好人好事，把王瘸子送到了医院。用王志的话说，反正人类没几天的活头了，他这是利用最后的机会救赎自己。”

老肖问：“是不是关海舟也和王志一样中了《诸世纪》的毒，这么快就都吐出来，其实是想救赎自己，获得一个重生的名额？”

耿队说：“有这个原因，但还是不大一样，关海舟不像王志那帮人那么想获得重生的名额，关海舟觉得自己就是诺查丹玛斯说的那个恐怖大王，他要毁灭世界。”

曹局说：“关亚玲现在醒悟了，她发现王志和武百万都不是什么好东西。武百万是有点钱就不知道自己是谁了，王志是有点权力就不知道自己是谁了，两人做的坏事儿都一样，最后都是钱和女人。关亚玲这辈子，在同一个地方摔了两跤。”

耿队说：“武百万那起案子，交通事故就是一次偶然，我们又调出了当年的出警记录，重新询问了当年出现场的交警，也找到了当年的肇事者，这一点确认无误。王瘸子和老关家也没什么纠葛，这不省里专家都在嘛，专家认定，关海舟是路怒症。医学界把路怒症归类为阵发型暴怒障碍。关海舟杀王瘸子是一次偶然，是突然就暴怒了，就是障碍了。”

老肖说：“也就是说，时隔十二年的两起交通事故和两起开枪杀人事件都是偶然，我们他妈的最终硬是干倒了偶然。”

27

会议结束的时候快十一点了，曹局说：“距离王志他们说的世界末日还有一个多小时，咱们出去转转，我们待在 1999 年 12 月 31 号结束的那一刻，迎接 2000 年。”

曹局、耿队和老肖都挤进我那辆破拉达里，耿队掏出烟，我们几个点着了，在安城街道上慢悠悠地晃荡。

收音机里一个男生在唱歌："……天空依然阴霾依然有鸽子在飞翔，谁来证明那些没有墓碑的爱情和生命，雪依然在下那村庄依然安详，年轻的人们消失在白桦林……"

这一个多月没黑天没白天地忙活，难得有这么清闲的时候。雪还没化，被人堆在路边，远远看过去，像是一队挺拔的卫兵，地上已经有红色的鞭炮碎屑，有男女笑着从上面踩过。安城不大，可生机勃勃。

曹局问我："小袁，听说你家老爷子那个厂子一年不少挣，是吧。"

耿队问我："小袁，你这车开几年了，遇到上坡是不是还得找人帮忙推两把，这得多麻烦人民群众。让你家老爷子给你换一辆得了。"

老肖说我："小袁，小说的素材积累得咋样了，动工没有呢？"

曹局说："小袁，那本《诸世纪》你也看了，老诺写得怎么样，跟果戈理比呢？"

耿队说："小袁，你是一个干刑警的料，胆大心细，关键时刻也挺疯，想不想调过来？我们刑警队可都佩枪。"

老肖说："小袁，你有没有女朋友呢，要不要我给你介绍一个？"

坐在副驾驶的曹局突然伸手把我嘴里的烟抢过来，扔出车窗。我吓得一激灵，转头看他，不知道他什么意思。曹局眼睛里射出一道寒光，命令我："靠边，熄火。"

曹局声音里都带着冰碴子，他问我："你知道5号那天晚上，关海舟想干谁吗？"

我说："老六啊，不是老六吗？"

曹局说："是你。"

"5号那天，在合江花园门口，关海舟你俩的车差点撞上，交警队的判断是你俩都走神儿了，你为什么走神儿你自己知道，你要是不知道的话，你那个破记事本上都替你记着呢。你知道关海舟为什么走神儿吗？他发现你开车抽烟时，是往车顶弹烟灰。

“十二年前，车祸发生前，他爸骂他玩游戏眼睛都快玩瞎了的时候，他捧着游戏机没敢玩儿，正好看见前面车司机这么弹烟灰，他刚觉得好玩，车就撞了。他找了十几年这么弹烟灰的人，那天晚上他就发现你了，他觉得终于找到当年和王志合伙杀他爸的人。他撞了王瘸子，就是因为他跟你跟丢了，忙着找你，你那时候停在春风旅馆门口了吧。”

我们的车正停在合江花园小区门口，就是一个多月之前，我和那辆桑塔纳差点撞到一起的地方。我不知道怎么就碰到了双闪灯，车里响着嗒嗒嗒嗒嗒嗒的双闪声。车灯明灭，前面一段路，随着车内的声音忽明忽暗。

明天是元旦，新千年就要到来了，街边的电线杆挂上了红灯笼，街上人来人往，人声嘈杂，世界安静。

我看见一个女孩从前面的102路上下来，大冬天的，穿一个短裙，光着腿，腿细长，鹤一样。没走两步，女孩两只胳膊像翅膀那样一上一下扇动，旋即，如鹤一样振翅飞走。

有人点燃了鞭炮，我知道，2000年来了。

原刊《当代》2022年第3期

作者简介：

阿郎，《看电影》主编，中国影协理论评论协会理事，中国电影评论学会理事。出版有影评集《并指如刀》《春天对樱桃树做的事》《晚安人类：阿郎看电影私享笔记》《闭上眼睛看电影》，小说集《肥梦》。

小说塑造了一起案中案，刻画出钟村、亚美、稻草、文斌等几个人物，草蛇灰线设下一个个悬念，在故事中逐一揭开。看似善良无害、怜爱弱小的钟村，果敢的亚美，每个人物背后几乎都有隐藏的一面。小说用蝌蚪找爸爸这个隐喻，映射作家钟村和小姑娘稻草这芸芸众生中两个孤单的灵魂，使整个小说的立意得以提升。

——《花城》编辑　许泽红

蝌　蚪

海　飞

我想去那个太阳暖烘烘的地方

——题记

亚美带六岁的女儿稻草租下半道绿小区 24 幢 4 楼这间 52 平方米的旧房时，感到了由衷的冷意包裹住全身。是那种湿冷，冷到骨头里的那种冷。那天亚美打开了空调，在巨大的响声中，老掉牙的空调轰鸣着像战斗机一样开始运动起来。亚美看到那墙上空调的外壳不停地颤动，总觉得它是得了帕金森。

这是那个寒冷的南方小县城的冬天，年关逼近。亚美在看到楼道里那厚厚的广告纸覆盖的过道墙壁时，心里就像永远复燃不了的死灰。她觉得自己陷入了南方小县城像井一样深的阴冷中，看不到希望。房东已经悄然离开，像飘走的灵魂。而她牵着稻草冰凉的手，深深地陷入了无边的寂静中。

亚美被这种寂静封冻，像一尊蜡像一般。她有点儿觉得，有时候时光和生命，都是静止的。这样的静止没有什么不好。然后她和稻草不约而同地看到了钟村，钟村穿着棉睡衣、棉睡裤，手里捧着一碗康师傅牛肉面。他平易近人地把身体靠在了楼梯口亚美刚刚租下的 401 室的门框上说，一千?

亚美不是很喜欢这个后来她才知道叫钟村的人。他戴着近视眼镜，头发有些乱，胡子没有理。亚美甚至怀疑他连牙也没有刷过。上一次租 401 的人是一千二，钟村吸了一口面条，像是有些自言自语地说，我觉得不值。

这楼太旧了，比旧社会还旧。钟村补了一句，就像一个迟暮的老人。

钟村之所以能说出迟暮的老人，是因为他是一位小说家。他对自己的遣词造句很满意，在这座单名叫杭的县城里，他连作协主席也不屑当。他对动员他当主席的文联书记说，让年轻人去当吧。而事实上他只有三十六岁。他不愿意当是因为他觉得县里的作协主席这个职位，已经配不上他的文学成就。

亚美不太喜欢方便面的那种气息，她抽了抽鼻子，挤出一个笑容说，你住哪儿？

我住你隔壁的 402 室，咱们这儿是一梯四户，就我一个人不是租户，我就住在这儿，住了十八年了，十八年，你就应该想到这楼得有多破。这简直是一个破得不成样子的楼，连这儿的岁月都是破的。

你是干吗的？亚美又问。

钟村迟疑了一下，终于说，我是作家，确切地说我是小说家。我比较贫困，但我吃方便面不是因为我贫困，是因为方便。

亚美没有说话，到现在为止，她确定她遇到的是一个话痨。果然，钟村接着说，我再过去的那间 403，住着一对小年轻，男的是一名快递员，女的是房屋中介。再过去的 404，空了一段时间了，没租出去。没租出去不光是因为破，还因为租得太贵，房东要一千三。房东是个老太太……

稻草这时候才说，你叫什么名字？

钟村又迟疑了一下说，我叫钟村。

稻草笑了，说我叫稻草，我六岁，我是我妈妈的女儿。

这是一个阴冷的黄昏。冬天的夜晚来得快，黄昏的时间就很短。当亚美亮起所有的灯时，这个夜晚才算正式来临。那空调的制热还算不错，亚美觉得有了一丝暖意。她看了一眼钟村笑了，说你这样靠着我家的门框，门框也会疼的呀。

钟村一下子就笑了，说，我觉得你都可以写小说。

亚美说，我对小说没兴趣。我连日子都过不好，我写小说干吗？

钟村一下子有了虔诚严肃的神情，他真诚地说，就因为日子过不好，所以我们才需要小说。小说是会让人温暖的。

亚美说，钟村，那小说是不是能代替空调？

亚美的老家是一个叫抚顺的地方。她在这座叫杭的县城寻好了一份工作，白天替万兴印刷厂去跑印刷业务，不停地跑。晚上就在豪庭夜总会里推销酒水，不停地喝酒助兴。她经常把女儿关在家里，她对稻草说，稻草，你要听话，你已经六岁了。六岁就是个大人。

于是稻草就问，那你也是六岁那年长大的吗？

亚美迟疑了一下没有说话，她想起自己六岁那年，父亲被一根水泥电线杆压死了。尸体被抬到家门口的时候，她看到父亲的头已经被压烂了。那天也是一个黄昏，亚美觉得那个黄昏，同样充满了寂静。她没有哭，她只是专注地看着院里发生的一切。母亲哭了，她开着电灯哭，哭好了就对亚美说，这都是命。

她很认真地对亚美说，我告诉你，命比什么都重要。

亚美是个很朴素的人。她很干净，不去上班的时候完全是素颜。她跟人交往，也很得体，话不多，印刷业务却接了不少，业务单位都觉得她像个小学或者初中的老师。晚上的时候，亚美很热烈，她卖酒的提成也不少。她可以陪人喝酒，因为她酒量太大。有一回一个老板说，一口喝下这一杯威士忌，我就在你这儿开一瓶两万块钱的。亚美知道，按这样算的话，她可以提成五千。

亚美就喝了一杯威士忌。

那天老板把手搭在了亚美的屁股上，说你挺敢喝啊。

亚美就把眼睛眯成了一条线说，连人也敢杀。

老板就愣了一下，说，你真会开玩笑，我喜欢。

亚美也笑了，说我不喜欢开玩笑，我以前杀过人，未遂，你信不信。

老板的笑容有些尴尬，说，我不信。

亚美吐出一口烟。她在夜总会卖酒的时候，是抽烟的。她盯着自己面前的一团烟雾认真地说，以后你会信的。

亚美又对着那堆烟雾说，破烟。

亚美后来终于知道，小说家钟村其实是个孤儿，很小的时候就一个人生活。他和这幢楼一样孤独，但幸好他的职业让他并不十分害怕孤独。他经常一个人喝啤酒、吃泡面，奢侈的时候，他会为自己加一根火腿肠、一个卤蛋。他经常一个人对着镜子扭胯跳舞，跳得十分难看。但是他怪罪于那面破旧的穿衣镜，那面镜子质量不好，失真，所以看上去有点儿像哈哈镜。夏天的时候，他会对着镜子数腿毛，他的腿毛浓密，壮观地长在他瘦弱的腿上。除了写小说，他还热衷于推理，他觉得他会是一个好的推理小说作家。

但是，他觉得推理小说属于类型文学，不登大雅之堂。他是一个对自己有要求的人。

那天他继续在穿衣镜前扭胯，嘴里发出轻微的歌声给自己伴奏。他唱的是一首老歌，叫《路灯下的小女孩》。这让他自己都觉得滑稽，一个三十六岁的不年轻的男人，竟然唱《路灯下的小女孩》。就在扭到一半的时候，他听到了亚美的声音。亚美说，你都六岁了，你好好待着，你长大了。

钟村就停止了扭胯。他走到门框边上，把身子倚了上去。这次他倚的是自己家的门框。他对亚美说，你怎么可以对一个六岁的小孩说这样的话，你怎么可以让她一个人住在家里？你要是这样的话，我是要报警的。这很危险。

亚美就说，那你领走吧。你不是小说家吗？小说家天天在家里，你可以帮我带孩子，我付你工钱。

钟村就笑了，你别以为我真穷。我的富足，你根本不懂。

亚美就说，我也不想懂。我上班了。

那天钟村从房间里出来，慢慢走到了401室的门口，门口其实就是楼梯口，钟村看到眼帘低垂的亚美一步步下楼。她的腰间挂着一只劣质的包，看上去是一只假名牌，上面标着一个 LV 的金属标志。她的右手就搭在包上，很像是武工队员手中永远搭着一把驳壳枪一样。有那么一瞬，钟村觉得自己是喜欢这个叫亚美的北方女人的。她的个子高挑，皮肤很白，脖子出奇地长，让人联想到湖里面的天鹅。特别是因为她腿长，所以穿裤子很有型。钟村就牵过了稻草的手，目送着亚美走下楼梯。他以为亚美会回一下头的，所以他的目光一直都在殷切地期待。但是亚美没有回头，她像一个陌生人一样下了楼。所以钟村就揉着稻草乱蓬蓬的杂草一样的头发说，以后你白天到我这儿来。

稻草就笑了，她用大人的口吻说，我也是这么想的。

钟村和稻草的生活是十分和谐的。每天早上，亚美用钟村给的钥匙打开钟村家的门，开上客厅的空调，让稻草在钟村家的木地板客厅玩。钟村一般要睡到近中午的时候才能醒来，他醒来的时候，发现客厅比春天还要温暖。这让他心疼地盯着空调看了半天，计算着一天的耗电量。后来他咬了咬牙，认为不能太在意这些身外之物，心下慢慢释然。一般情况下，他醒来以后开始安排两个人的午餐。他的午餐很简单，有时候是外卖，有时候就是煮面条或者年糕。他跟稻草说，在吃上面用不着太讲究。因为吃的功效只有一个，就是补充人体必需的能量。顶重要的是，精神上的富足。

稻草对这样的说法是不认同的。稻草说，我和妈妈都喜欢吃好吃的。我妈妈说，不然生活就失去了意义。

钟村无力去反驳一个小孩子老气横秋的话，所以钟村想了想，什么也没有说。他们的相处很和谐，有时候一起做个小游戏，下跳跳棋，或者他们在客厅里比赛跳绳。大部分时候他们各顾各的。稻草主要的工作是在 iPad 上刷动画片、刷小游戏。钟村一直在写小说，他的小说停停走走，有时候一天到晚一个字也没有写，这让他觉得焦虑。他的内心是很想成名的，县城里一名老作家说，成名有一半是要靠运气的。特别是小说，光有理想是不行的。

钟村不信。他说，我不信命。理想万岁。

老作家就笑了，说，那我祝你好运。

所以钟村就想，自己如果不写小说了，生活也同样失去了意义。

稻草对钟村的一间锁着的屋子很有兴趣，有一天她就站在门前，对着门说，钟村，我想去这里面玩。这里面是不是藏着很多玩具？

钟村就笑了，说不能进去玩。这里面堆着好多画，很贵重的。

这话钟村对亚美也说过，亚美说你应该让屋子通个风的。钟村说，我说过我不是穷，我有很多油画，都放在这间屋子里。随便拿出一幅画，就能买一套半套房子。

钟村又说，你不要被我吃方便面的假象迷惑了，千万别同情我。

亚美于是就笑了说，我不信你有钱。

钟村愣了一下说，为什么？我身上写着我没钱吗？

亚美就说，你骨头里写着。你那些破画，如果是市里的那些画家画的，全部卖掉都可能买不到一两平方米的房子。

钟村终于笑了，有些局促地搓着手说，是。但我还是觉得珍贵，珍贵的东西不在于有多少价值，在于在你心里的位置。

亚美说，我现在需要的是最不珍贵的钱。我和稻草，十分迫切地需要不珍贵的钱。

总的来说，稻草还是一个很乖的孩子，她的短而粗糙干燥的头发，是烫过的。烫成一个圆球的形状，这让稻草看上去就像一个洋娃娃。很多时候，他们吃着东西，相对坐着，这让钟村的心头暖烘烘的，他都觉得自己和稻草之间，像一对父女。他不仅需要给稻草讲故事，还要带她去城东的公园玩。他们已经相互熟悉了，稻草叫他钟村，不叫他叔叔。她糯滋滋的声音把钟村叫得很欢畅，仿佛钟村是一尾兴奋的鱼。

很多时候，稻草会在钟村家地板上睡着。这样的时候，钟村会把空调开到最高档，然后在木地板上抛一床棉被。这样的被窝里，稻草是感觉到温暖的。她把自己的身子蜷缩成一团，像一只刺猬。她睡着的时候，睫毛很长，神态安详，像个洋娃娃。钟村经常会这样自言自语，多么纯洁的孩子啊。

钟村给稻草做了一个玩具，竟然是一把弹弓，用铅丝做的，配上皮筋，配上一块人造革的皮。稻草很喜欢，她不时地织一些小纸球，用弹弓弹向钟村。钟村就问，你为什么每次都要瞄准我。

稻草说，又没有别的人可以让我瞄准了。

很多次，稻草在地板上睡着了的时候，手里还是握着那把弹弓。钟村就站在边上久久地看着地板上的稻草，仿佛稻草是从地板生出来的，又仿佛弹弓是稻草的一部分。她很像一座躺着的浮雕。

钟村心里头就叹息一声。他觉得稻草的生活前途未卜，因为他知道亚美其实是一个杀人犯。

亚美在外面很忙碌，在杭县虚无缥缈的阳光底下，她像一枚随风晃动的泡桐树叶。她经常打电话来问稻草的情况，无论是白天跑印刷业务的时候，还是晚上在酒吧里卖酒的时候。在钟村眼里，这个女人像精怪一样生活在这幢楼里。夜深人静，钟村会穿着棉拖鞋穿着棉睡衣上到楼房的天台，他喜欢在天台上抽烟。不知是哪一户人家，在天台上面建了一个鸽笼，所以天台上就有许多白色的粪便，以及鸽子特有的腥臊气味。钟村有时候站在天台边缘，俯视着大地，能看到爬山虎的藤蔓紧紧地抓住了这幢楼。这让他想到了亚美，他觉得亚美就是爬山虎，像一种妖怪一样存在着。这个妖怪白天穿着得体，素颜，素衣，但纤秀的体态与清爽的容貌，十分清丽，像一棵朴素的青菜。到了晚上，又十分活跃，眼睛里亮着光，从颜色上来看，她就像一粒草莓。从果实来看，她是饱满温润的牛油果。

偶尔，他们三个也一起吃饭。这样的时候往往都是亚美请客。亚美赚着两份工资，她点起菜来大手大脚，有一次甚至点了一瓶茅台。亚美是这样说的，她说钱就是用来花的，我以前也很会挣钱。这让钟村多少有些汗颜，他望着面前喝酒的女人。女人把自己的脸喝得一片绯红，像连绵的晚霞一样。这让钟村想到了黄昏，他喜欢黄昏，他经常在黄昏时分去天台上看看这座城市的风景。他最喜欢的是北门地带，那儿有一条狭长的弄堂，时常有烟火的气息升腾起来。

他还喜欢远处的一条江，以及江边化肥厂的烟囱。

他觉得眼前这个喝酒的女人可惜了，他特别害怕她会被警察突然逮捕。他甚至幻想，如果女人真的被警察带走了，那么他会抚养稻草长大。

这是杭县的一个中午。稻草已经按部就班地在地板上睡着了，她的手上仍然握着那把弹弓。她右边的脸胖嘟嘟，身上盖着一床随意抛下的棉被。这样的场景像一幅懒洋洋的油画一样，让钟村的目光流连忘返。那天亚美刚从一家业务单位回来，在此之前，她和那家制药公司企划部的经理，就产品包装的印刷问题谈了很久。当然，主要谈的是回扣。经理姓赵，很瘦，穿着白衬衣，十分纤细的样子，像一株枯萎了的文竹。他站在空调的暖风口下，故作书卷气的样子，让亚美特别想笑。她突然想，这么瘦弱的一个人，会不会在暖风口下站久了，风干成一个木乃伊？

亚美的业务最后还是谈成了。所以她往“半道绿”赶的时候，就有些兴冲冲的味道。她的脚步很轻，像是踩在云上的那种轻。她买了酒，买了熟食，想找钟村喝一杯，然后她就兴致勃勃地出现在了钟村的面前。她当然也看到了地板上沉睡的稻草。钟村把食指竖在唇间，很轻地嘘了一声，示意她噤声。这个举动让亚美觉得温暖，世界上所有的母亲，见到有人对自己的孩子好的时候，都会觉得温暖。在这样的温暖里，亚美露出满嘴的白牙笑了，她的两只手都举了起来，左手是熟食，右手是一瓶写满了英文的红酒。很像投降的姿势。

钟村点了点头，也笑了。亚美就用手指了指自己那间屋，钟村又点了点头。两人心照不宣地向 401 室走去，轻轻合上了门。

这是一个愉快的酒局。那个老掉牙的空调卖力地工作着，依然像帕金森一样抖动着机身。酒局的气氛很热烈，红酒杯是用陶瓷杯代替的。钟村一边喝着红酒，一边皱着眉，仿佛很懂酒的样子说，红酒有好多是假的。你以后不要买，这种红酒就贴了一张写满英文的商标纸而已。

亚美就说，你他妈的真扫兴。

钟村看了亚美一眼。亚美说，我说你他妈的真扫兴。

钟村就狠狠地咬了一口手中的酱鸭舌，说，我也觉得扫兴。我管它是不是假的干什么？

亚美于是笑了，说，你看咱们要不要猜拳。谁输了谁罚酒。

钟村就说，我认为猜拳行令，是古代文人的美好生活的体现。

亚美就说，不是的，是我拉了一笔业务，能分到钱了，所以就猜拳行令了。

钟村听了就有些失望地说，也是啊。接着他又说，来，人生得意须尽欢，八匹马呀。

亚美也伸出了手指头，夸张地挥舞着说，我要赚钱，六六顺风哪。

钟村接下来说，呼儿将出换美酒，五子登科啊。

亚美接下来说，业务多多啊，四季发财呀。

亚美不再像一棵朴素的青菜，她的脸色红润，脱掉了外套，显得干净利索。头发不时地在她的额前垂下来，所以她不时地拢着头发。屋子里的空调，已经开足了马力，所以屋里的热气中弥漫着熟食和红酒的气息。亚美不时地咬着嘴唇，她完全放松地笑着，笑得东倒西歪的样子。钟村就想，原来以前的亚美，是被心事封锁着的亚美。

于是钟村在又喝下了一杯酒的时候说，你不要再咬嘴唇了。

亚美就愣了一下，似笑非笑地说，怎么了？

钟村说，让我来咬好了。

那天钟村伏在亚美的身上时，才发现亚美原来有那么好。亚美的好，让钟村有一种想哭的冲动，所以他伏在亚美的怀里哽咽。他突然觉得，此刻才是真正的美好人间。亚美把自己舒展开来，她很放松，她像是在听一场音乐会，或者说她本身就是一片海边的沙滩。

你把你的长发理了，你可以理板寸。亚美抱着起伏的钟村，在他的耳边说。

钟村说，你管得真宽。

亚美就说，那是因为你现在对我了解得很深入，所以我也必须要管得宽。再说我不喜欢看到男人长发。

钟村说，为什么不喜欢长发。

亚美就说，因为脏。短发精神、干净。我男人也是板寸。

钟村就含混不清地说，你男人？你男人指的是不是你老公？

亚美就说，是的。你还不能算是我男人。

钟村流下了些许的口水，他的脸部压迫在亚美的右脸上，有些变形。他的声音也因为用力过猛变了形，声音奇怪地穿梭着，像从一条弄堂里奔出来的一缕着急的风。他说，你爱他吗？

很爱。像爱稻草一样爱。可是他打我。亚美抱紧了钟村胡乱挣扎的头说，他也很爱我。

他打你，怎么会是很爱你？

爱不爱，我心里有数。

那天穿衣服的时候，亚美望着钟村说，你会对稻草好的吧。

钟村说，会。

亚美说，你说话要算数的。

钟村就沉默了。他坐在被窝里抽了一支烟，抽完烟的时候，亚美说，被窝里抽烟，只能有一次，下次不允许。

钟村就觉得，其实亚美他是不了解的。亚美其实挺难搞的。于是钟村说，算数。

钟村的这句算数，是回应很久以前亚美说的，你说话要算数的。

亚美笑了，依然露出满嘴的白牙说，既然你这么说，那我以后不去酒吧卖酒了。我跑跑印刷业务就够了。

钟村说，为什么不卖酒了？不是卖酒赚得多吗？

亚美说，我不能让他们占了便宜。

钟村就警惕地说，什么便宜？

亚美说，他们摸我。

钟村停止了穿衣，他想了一会儿说，我就知道让别人买你的酒不容易。

亚美说，和你写小说一样，写个小说容易，写出名堂来不容易。

钟村觉得亚美说的话很有道理。他同时觉得，因为刚才的深入了解，亚美一下子变了很多。比如，她说你会对稻草好吗？再比如，她说她不再去酒吧卖酒了。亚美的变化，让钟村觉得自己也必须要用变化来做出回应。于是他说，我想同你谈谈。

然后钟村光着屁股跳下了床。他的目光瞥见了亚美小腹上的一小处文身，那是一块蜘蛛大小的青蓝色文身，如果不细看，会以为是胎记。钟村提着裤子，对亚美说，这是什么？

亚美望向自己平坦的小腹时，目光是美好的，像是在回忆往事。她说，是一只蝌蚪。

钟村就说，噢，它要游到河里去。

谈话是在天台上进行的。在开始谈之前，钟村用一小包玉米粒去喂那些咕咕叫的鸽子。玉米粒是鸽子的主人放在天台上楼道口的屋檐下的。主人是一个老头，他叫苏州河。他看到钟村喜欢喂鸽子的时候，莫名地对钟村有了好感。人总是这样，当有人喜欢自己喜欢着的人和事后，会平添出许多好感来。后来钟村才了解到，苏州河的爹是上海滩的旧警察，他养过一阵子警鸽，同样是在天台上。

那天喂完了鸽子，钟村就望着眼前成片的杭县的楼房说，生活会给我们一记响亮的耳光。

亚美点着了一支烟，很深地吸了一口，又吐出来说。她望着钟村被风吹起的长发说，我还是建议你去剃个头。

钟村说，你真不会聊天。所有的意境都被你聊坏了。

亚美说，你那不是意境，你是意淫。

钟村说，自从见到你的那天起，我就知道你藏着巨大的秘密。你孤身一人，从北方来到了杭县，你从东北跨到了江南，你是逃出来的，因为那个爱你很深的男人家暴你。

亚美没有说话，她瘦削的目光穿过了香烟的烟雾，投向了整座灰暗的城市。她特别想要望到城市最深的地方，或者，她特别想要望穿云层。她总是觉得云层里面不光有雨水，还有秘密。

钟村说，你动手了。为什么动手，那是因为你其实很爱他。当很爱的一样东西得不到的时候，人们往往都会选择毁灭。我还知道，你在酒吧里卖酒跳舞的照片，是在平安夜那天拍的，被做成了橱窗海报，印在了酒吧的宣传册上。你恼怒地找老板算账，说是侵犯了肖像权，一定要撤下，要销毁，给多少钱都不干。为什么要这么做，是因为你怕太多人见到海报，见到宣传册，你怕被更多人发现你生活在杭县。特别是警察。

说不定你就是一个通缉犯。钟村说，你应该是抚顺人，尽管你的手机号码是上海的，尽管你很注意了，但是你有东北口音，比如你有一次跟稻草说到了天擦黑。而且，有两次我看到你在翻抚顺的天气信息。

亚美点了两支烟，把点着的其中一支塞进了钟村的嘴里。

钟村喷出一口烟来，他用手掌挥赶了一下烟雾说，有一次你听到警车的呼叫，那时候你在盛一碗汤，你的手抖了。那天我跟你说，那不是警车，是消防车的声音。消防车和救护车，和警车，鸣笛声是不一样的。你说，噢。但你没有说，你并不怕警车。你只是说了，噢。

更重要的是，稻草经过了你严格的训练，竟然会讲好多上海话，她小小年纪，滴水不漏。她也在刻意地抹去老家抚顺的痕迹。只要我有心，我都能查到那个被你杀了的老公的名字。在杭县这样的地方，警察力量很强大，只要查起来，什么都能查得到。

亚美说，那你现在想怎么做？

钟村把目光投向了天空，一种使命感突然就从脚底板开始涌动起来。钟村平静地说，我会保护你的。也只有我能保护你。

亚美说，你是救世主吗？

钟村想不好要怎么回答。沉默了许久以后，他首先用一个笑容打破了僵硬的气氛。钟村唱起了一首歌，是那首“我们坐在高高的谷堆上面，听妈妈讲那过去的故事”，在钟村其实听上去很美好的歌声里，一天就十分美好地过去了。这一天钟村觉得自己了解了亚美很多，比从亚美住到“半道绿”以来了解的总和还要多。

钟村说，我们下楼吧。也许稻草醒了，也许稻草饿了。

那天钟村迈步离开天台的时候，黄昏呼啸着向他掩盖过来。像被海水吞没一样，他是被黄昏吞没的。亚美跟在钟村的身后，她的思绪很特别，她觉得这个叫钟村的人，是个善良的话痨。但这并不影响亚美对他的喜欢，喜欢这种情绪，最主要的是气息相投。她的骨子里，是喜欢伤感的男人的。

比如，钟村像一滴水掉进海里一样，钻进天台的门洞不见了，仿佛是被门洞吸收了。亚美觉得，这样的背影是能打动人的。走到402室门口的时候，钟村看到稻草就站在屋门口，她的身上滑稽地披着一床棉被，这使她看上去显得十分臃肿。她当然也看到了跟在钟村身后的亚美。稻草在沉默了一会儿后说，你们去干什么了？

晚饭是亚美做的。亚美很会做饭，她用小米电饭煲煮出了十分香甜的米饭。米粒来自北方一个叫五常的地方，饱满、圆润，最关键的是有光泽。不是一般的光，是亮晶晶的那种光。亚美替钟村盛了一碗饭，又替稻草盛了一碗饭，她用纤长的手指头捏着碗沿，十分温润地递过来。看上去她就像一个普通的居家女人。这让钟村产生了一种错觉，觉得自己是拥有一家三口的。

这时候隔壁403传来奇怪的声音。这声音让钟村想起，没五分钟前，快递员阿迅和房产中介成成，一前一后回到了出租房。他们的步速很快，像一堆突然刮起的胡乱的风。他们一进屋门就砰地把门关上了，然后奇怪的声音就传了过来。作为一名成年的小说家，钟村十分理解这对年轻人为什么会变成一阵风。在他的印象中，这对年轻人的精力十分旺盛，几乎平均一天两次，他们每次都会把声音搞得惊天动地。这多少令钟村有些微的感动，他认为这是生命力的象征。现在，在这连绵的声音里，刚端起一碗汤的钟村有些不知所措，他又想喝汤，又不想喝汤。就在他犹豫不决的时候，稻草的声音响了起来。她说，钟村，这是什么声音？

钟村想了想，这是年轻的声音。

稻草又问，那他们这是在干吗？

钟村想了想，他们在干年轻人喜欢干的事。

稻草又问，那钟村你喜欢干什么样的事？

这让钟村想起了刚刚和亚美进行的一场激烈而缠绵的事，但是他不能提这件事，他只能咳嗽了一声说，我爱好文艺。

稻草又问，那文艺是什么呢？年轻人干的事不文艺了吗？

钟村就想了想，最后竟然略略带有愤怒地说，文艺就是被隔壁那些快餐思维的人搞坏的。

钟村抽烟的时候，很多烟灰会掉在衣服上。

他喜欢坐在窗边抽烟，当烟灰掉落在衣服上的时候，他感到无边的悲凉。他十分喜欢烟灰飘落的过程，那是一种狼狈之中的粉身碎骨，或者说同一朵花的飘落是一样的。大概烟也是有生命的，烟也会开花，也会谢幕。尽管他是一个写小说的，但是他其实也读过大量的诗，他觉得诗人才是世界上最文艺的存在。他最喜欢读的，是李清照的词。他特别想回到宋朝和李清照交一个朋友。当然这不是最主要的，最主要的是，钟村认为烟灰掉落的过程，和一朵花开败的过程是一样的，是一首诗。

三个月前，在杭县的胜利路上，市里最有名的民营书店灯盏书局，钟村为他的新书《迷雾》开了一个小型的发布会。就在发布会结束后，他回到家的时候，发现范饭跑了。对于范饭的印象，钟村现在一团模糊。如果让他回忆的话，他轻而易举地想起那是一场台风过境之后，他把刚认识的范饭带回了家。他们的相遇是在一家餐厅，他们坐在各自的位置上，都吃得很慢。最后吃饭的客人们都走了，只剩下相邻的两个人。于是他们坐在了一桌，把菜盘子也端在了一起，说是不如搭伙吃吧。范饭还一直握着一瓶啤酒，特别像个酒客似的。最后他们走出了餐厅，走到了城市广场的边上。他们一定都很无聊的，所以钟村无聊地看了她一眼说，敢跟我走吗？

范饭就很惊讶，说你没觉得说这个“敢”字太老土了吗？

钟村就有了严重的挫败感，说你不怕我撕了你吗？

范饭就很不屑，说，还不知道谁撕谁呢？

那时候夜幕将临，城市广场上的灯突然亮了起来，而身边都是萧瑟的台风过境以后的残枝败叶。零星的雨，也会随风吹过来一些。在这样的萧条里，钟村一把捉住了范饭的手，他抬起头看着天空，一滴雨刚好落在了他的唇上。他笑了起来，说，哈哈，这破雨。

那天他们就并排着往前走了，大约在走出一百步以后，范饭挽住了钟村的手臂。从他们的背影来看，他们已经是一对相识已久的情侣。他们走得东倒西歪，是因为范饭确实是喝醉了。

然后他们就在这三天之内撕来撕去的，谁都没有被撕碎，但是撕得有气无力倒是真的。三天以后，钟村的最新作品《迷雾》新书发布会如期举行。在灯盏书局，钟村面对全市的文学青年，讲述了自己为什么写这本书，以及自己对文学的认知。他的目光一直落在角落里坐着的范饭身上，这是范饭三天内的第一次出门。她是悄悄跟来的，说你在台上讲你的，我不打扰你。她在角落里显得很安静，安静得让钟村以为，和自己撕来撕去撕了三天的女人，不是眼前的这个范饭。

然后，就在新书发布会结束后，范饭不见了。散场时钟村寻找范饭的身影，一直没有找到，于是他匆匆地回到他的“半道绿”24 幢 402 室，发现屋里已经没有人了。范饭的痕迹一点儿也没有留下，仿佛她从来都没有出现在他的生活里。范饭不辞而别，像一缕临时经过杭县的风。

这时候钟村才发现，他连范饭的手机号码都没有。钟村这样告诉自己，就当是一场梦。

钟村经常到亚美这儿蹭饭吃。只要下班早，亚美就会去菜场买菜。她是给印刷厂跑业务的，没有固定的下班时间，可以从业务单位直接回家。所以钟村经常理所当然地去401室蹭饭。有时候，他也会去顶楼的天台，一待就是半天。亚美就想，这人会不会精神有问题。他那么长时间，在天台上是在干什么？

钟村在天台上一般是在抽他的利群牌香烟。有时候，钟村也会替鸽子的主人苏州河喂一下鸽子。他蹲在天台上抽烟，看许多鸽子在他身边走来走去，会让人觉得他是另一种鸽子。有一天亚美找他，也走到了天台上。她走到钟村的身边蹲了下来，从他的烟盒里抽出一支烟，点燃，然后对着天空喷出烟雾。

两个人在很长的时间内是一言不发的。有时候偶尔相视笑一下，天空中滚动着生动的云层。

钟村说，你说，云层里面有没有神仙的。

亚美的一缕头发，在风刚好经过的时候掉了一缕，垂在眼前。她拢了一下头发，说，云层里没有神仙的，但是有许多秘密。

就在这时候，他们不约而同地看到一只鸽子跳下了天台。这只灰色的鸽子一言不发地在天台边上待了很久，它细微的目光一直望向很远的地方。然后它没有张开翅膀，像倒栽葱似的掉了下去。钟村和亚美对视了一眼，钟村说，我没想到鸽子也会自杀。

亚美没有说话。她又从烟盒里抽出了一支烟，点着，美美地吸了一口。后来她躺倒在了天台上，她就对着天空喷着烟。钟村也躺了下来，躺成一个“大”字形。躺倒的时候，钟村纳闷地说，难道鸽子也有抑郁症？

钟村那天在天台上告诉亚美，自己想写一个叫作《蝌蚪》的童话。那是因为他第一次和亚美上床的时候，看到了亚美的小肚上，文了一小块青颜色。钟村根本分辨不出来这是什么，就说，你文了一块胎记？亚美就打了他一记，说胎记是文出来的？这是蝌蚪。钟村就说，你为什么要文一只蝌蚪？

于是亚美告诉他，那是有一次老公完事的时候，把一滴精液遗落在了她的小肚上。于是，亚美就在那个部位文了一尾蝌蚪，说这滴精液里藏着无数的蝌蚪，小蝌蚪都在摇头摆尾热切地寻找着妈妈。当然，这还是亚美和她的老公在热恋的时候发生的事。阳光从云层里射了下来，像一柄剑的样子，直接劈向了大地。这让亚美的脸痛了一下，以为这把光剑把脸给劈开了。她下意识地用手掌挡住了一小缕的阳光说，那时候我很年轻。我真的很好。

钟村就说，你现在也很好。

那天钟村说，我构思的那个童话里面，蝌蚪不是蝌蚪，而是一个小男孩。男孩有一天去找爸爸，他偷偷地爬上了一辆敞篷的运货的火车，火车开起来了，风灌进了他小小的身体。这让他感到无比畅快，他觉得自己很幸福。

亚美说，后来他找到爸爸了吗？

当然找到了。爸爸住的地方，那儿的太阳是暖烘烘的。

有一个叫文斌的记者住了进来。那天他走在搬运工人的最后面，双手插在衣服袋里，眉头紧皱着，好像在想着一件大事。他住在走廊尽头的404室，经过402室的时候，看到了正在吃方便面的钟村。文斌努力地挤出一个笑容，钟村也笑了一下。他走到门框边，把身体倚在门框上说，一千？

文斌望向钟村，没有说话。

钟村就说，上一次租的人是一千二，他吸了一口面条，像是有些自言自语地说，我觉得不值。

你是干吗的？文斌问。

钟村迟疑了一下，终于说，我是作家，确切地说我是小说家。我比较贫困，但我吃方便面不是因为我贫困，是因为方便。

文斌没有说话。钟村接着说，夹在我和你中间的403，住着一对小年轻，男的是一名快递员，女的是房产中介。你这间空了一段时间了，没租出去。没租出去不光是因为破，还因为租得太贵，房东要一千三。不知道你是不是一千租下的。

文斌笑了，说，你叫什么名字？

亚美曾经在床上努力地让自己平息下来的时候对钟村说，那个住404的不像是个好人。

钟村就点了一支烟。他坐在床上抽烟。他是记者，钟村说，叫文斌，跑政法线的。

文斌长着一对三角眼，头发跟钟村一样，永远是乱的。他有一对深重的眼泡，仿佛用针一扎，就能掉出一眼袋的水来。

文斌跟钟村倒是很投缘。他经常找钟村下围棋，钟村后来慢慢发现，写小说和下棋，自己其实更喜欢后者。他们经常一下就几个钟头，下得饥肠辘辘。后来钟村这样对文斌说，你不要去采访什么警察。警察破案只会用摄像头。你采访我就行，我会推理。

文斌说，我以前也写小说，差点把我写饿死了。后来当记者，发现用小说的写法写长篇通讯，就显得特别精彩。

文斌又说，你知不知道前几天发生的一件命案。有一个女人失踪了。那是一个高档小区，摄像头密布。摄像头只看到女人进了小区，但没有看到她出过小区。女人的老公说，她肯定是出门去玩了。

钟村就冷笑了一声说，肯定被她老公杀了。你是政法线的记者，你一定知道刑事案件中，熟人作案的占比很大。

文斌说，她老公为什么要杀她？

钟村说，要么是有了外遇，有人想登堂入室。要么是谋财害命，你说的是二婚夫妻，老婆死了老公可以继承大笔遗产。要么是激情杀人，吵架吵得凶了，就一不小心失手杀了。既然摄像头查不出女人出小区的监控，那肯定是碎尸了。你知道有一个护士吗？把一个跟她有奸情的医生杀了，也是碎尸。尸体都碎成了肉丁，你说还有什么事是人干不出来的？

文斌盯着钟村的眼睛，说，那你觉得尸体组织会在哪儿？

钟村在棋盘上又下了一子，推了推自己鼻梁上的眼镜，望着文斌一字一顿地说，从下水道冲走了。

文斌抽了一口凉气，说，瞧你说得跟真的似的。钟村平静地说，我说的就是真的。这时候，一种奇怪的声音又响了起来，那是从 403 室传来的。钟村和文斌心照不宣地笑了一下，钟村说，一天能响两次，也不怕累死。

那天钟村又在天台上和亚美两个人抽烟。他们不太说话，只是望着远处的城市街景。很远的化肥厂，举着一支巨大的烟囱，烟囱在不停地喷着烟。钟村于是说，看到那支烟囱了吗，有一个女人跑到这上面，然后从烟囱上要往下跳。爬到顶上的时候，她突然不想死了。但是烟囱因为太高，塔体是会晃动的，于是她大喊救命。结果把全厂的人都喊到了烟囱底下了，最后她腿一软，还是掉了下来，把自己砸得像一团糨糊，全散了。

亚美问，你是怎么知道的？

钟村说，杭县就那么大，谁家的狗放了个屁，我也能知道。

然后，他们看到了身后突然多出来的两个男人，他们也上了天台，竟然悄无声息。亚美转过脸来的时候，脸瞬间就白了。男人甲叼着一根烟，他笑了一下说，你是杜亚美？

亚美说，是。

男人乙说，请你跟我们回抚顺。

亚美想了想说，好。

钟村知道，亚美杀她老公的事，还是留下了蛛丝马迹，现在警察找上门来了。钟村说，警察？

两个男人都从怀里掏出一个小本，扬了一下，又迅速收了回去。仿佛是害怕两本证件离开身体会着凉似的。

钟村说，她什么事？

男人甲说，我们怀疑她和一起杀人案有关。

男人乙说，你是谁？

钟村说，我是一名作家，确切地说是一名小说家……

男人甲就笑了，走的时候拍拍钟村的肩说，好好写小说。争取写得比生活本身精彩。

钟村的脸就白了，有些愤怒地说，你什么意思？

男人甲回转了身，望着钟村笑了，说，你很可爱。别把嗓门整那么响，我又不是和你来比谁声音大的。

那天亚美久久地望着钟村，但是她一直都不说话。钟村就说，不是你做的事，你一样也不能认。

亚美就重重地点了一下头，说，你一定要照顾好稻草。

钟村和稻草两个人的生活完全开始了。从现在起，他们像极了一对真正的父女。偶尔地，文斌会加入他们的生活中来。稻草好像完全忘却了亚美曾经的存在，她玩得很执着，热火朝天的样子。但是当钟村问她是哪儿人时，她会千篇一律地回答，上海人。

你是抚顺人。钟村盯着稻草的眼睛说。

稻草想了想，说，你知道我是抚顺人，为什么还要问我是哪儿人呢？

你有什么想要告诉叔叔的事吗？

稻草想了想，说，你能不能带我一起去旋转餐厅吃一顿自助餐？我特别喜欢吃自助餐上的冰激凌。

钟村认真地点了点头说，一定带你去。

文斌经常从报社的食堂里打一些熟菜、米饭和馒头回来。三个人有时候会坐在小方桌边一起吃饭。稻草叫文斌叔叔，她说，叔叔，我觉得我们三个人在一起玩真好。

文斌就说，你想不想妈妈？

稻草想了想说，妈妈说，她很快就回来找我。她要我听话，你觉得我听话吗？

文斌和钟村就对视了一眼。钟村说，稻草是全世界最听话的孩子。一会儿我和叔叔表演下棋给你看。

稻草说，下棋有什么好看的？半天不说一句话，把棋子移来移去，还移得那么轻。你们是怕吵醒我吗？

文斌和钟村就又对视了一眼。

钟村说，那你唱个歌给我和叔叔听听。

稻草想了想，嫩丫丫的声音就响了起来：小蝌蚪，像黑豆，成群结队河中游，慌慌忙忙哪里去，我要和你交朋友……小蝌蚪，摇摇头，转眼就把尾巴丢，我要变成小青蛙，游到田里捉害虫……

在稻草的歌声里，钟村把头转向了窗外。他突然发现，窗外的风是温暖的，春天已经无声无息地来临了。这让他的骨头咯嘣地响了一下，同时，他开始正式想念一个叫亚美的女人。他发现他已经爱上了亚美，他必须照顾好稻草，并且等待亚美的归来。

这比写小说有意思得多了。这时候的钟村，这样想。

第二天钟村就带着稻草去了杭县近郊一座叫作红卫的村庄。钟村用自行车载着她，他们还带上了圆形的小玻璃瓶。在红卫村的田野的沟渠里，他们一共捉了十五只蝌蚪，全部灌进了玻璃瓶里。春天在田坂中得到了十分好的体现，许多绿草激动地发出了嫩芽，泥土泛出了春的气息。那天的稻草表现出少有的兴奋，稻草像一只在春天里蹦跳的青蛙，向着更深的春天蹦跳前进。

她在一片开满了紫云英的田地摔自己，她跳起来，摔下去，摔在漫软的地上。她再跳起来，摔下去，在每次摔下去的时候，她都会咯咯地笑成一团。

钟村那天把一身泥的稻草带回了家。为了给稻草洗澡，他特意请了一个钟点工阿姨。那是一位清瘦的女人，十分干净和体贴。她深深地看了钟村一眼，于是钟村就开始联想，他认为这个阿姨认定了他，要么是离婚了，要么是死了老婆了，两者必居其一。这让钟村觉得好笑，他突然很想捉弄一下钟点工阿姨，于是他对着卫生间里大声喊，稻草，让阿姨把你洗干净点，爸爸晚上带你吃好吃的。

钟村说完，心里突然漾起了无限的甜蜜，他甚至有一种想哭的冲动，觉得稻草确实成了自己的女儿。那天稻草被洗得干干净净，包裹着一块巨大的浴巾，站立在那张方桌上。她咯咯地笑着，一些未来得及擦干的水，掉落在桌面上。她突然对着钟村叫了一声，爸爸。

就在这天的晚上，亚美回来了。那时候稻草已经睡着了，手里仍然紧紧握着那把钟村给她做的弹弓。屋子中央的空地上，一只小圆玻璃缸里，十五只小蝌蚪在自由地游动着。亚美敲开门，首先是冲向了稻草，很深地在稻草的脸上亲了一下，然后她侧过头来，望着钟村说，你很好。

钟村说，我当然好。

那天亚美和钟村去天台上聊天。钟村说，你一共回去了十一天零五小时二十八分。

亚美说，我已经决定了。

钟村说，你决定什么了。

亚美说，就在你刚说我回去了十一天零五小时二十八分的时候，我决定了，我要离开他。

钟村说，他是谁？

亚美说，他是我老公。

这时候，钟村才知道，亚美从来都不是一个杀人犯，原来亚美的老公不过是躲避别人的讨债，去越南生活了一段时间。现在他回来了，据说带回来一个越南少女。那个少女才十八岁，长相像青芒一样年轻，形状也很像。

两个便衣出现在天台上，他们来带亚美回去，是请她协助调查。她跟命案没有关系，而是她的老公跟一桩命案有关系。

钟村听到这里就很生气，吼了一声，原来你老公不是你杀的。

亚美说，我什么时候说我杀过老公了？好像你很希望我是一个杀人犯。

亚美又说，你别吼，你一吼我就去夜场卖酒。

钟村就说，不能去。那地方不能去，不纯洁。

华良那天在下完棋以后带走了钟村。这盘棋足足下了三个钟头，最后钟村输了三目。华良说，现在可以跟我走了。华良就是文斌的真名，他是杭县公安局刑侦队的警察。

在下这盘最后的棋之前，钟村说，你为什么要骗我？这令我很伤心。

华良没有回答，他只是拍了一下钟村的肩，很长时间内无语。

钟村说，你是怎么发现我的？

华良说，你只适合当小说家，你的那些推理，十分幼稚。范饭是你杀的，她的真名叫范小美。她来杭县是见一名网友的，事实上她和这名网友已经好上了，不过是网友的父母不同意。你刚好乘人之危……

钟村愤怒地说，我没有乘人之危，我们至少有三天的感情。

华良笑了，说，你这个性格不适合下棋，你的阵脚都乱了。

钟村就没有说话。华良继续说，范小美要走，你拦住了她。你把她杀了。你这个破小区里，除了主要大路并没什么监控摄像头。你和她相处其实只有三天，你们只能算是露水夫妻。但你确实是爱上过她，你觉得她水性杨花，所以你恼羞成怒杀了她。没有人会怀疑到你，是因为从来没有人知道你有过那么短暂的一个来自外地的女朋友。她是厦门人……

钟村的耳朵里，就灌满了厦门海边的涛声。

华良说，她其实是一名健身教练。如果她能和那名网友相处，她要选择的是在杭县找一家健身馆去应聘当教练。

钟村脑海里浮现出范小美粗壮的手臂。她确实有点儿像拳击运动员。

那天钟村被华良带下楼的时候，看到401的门口站着亚美和稻草。她们一言不发，久久地看着憔悴无措的钟村。那天快递员阿迅和房产中介成成，也站在他们的403门口，讶异万分地看着被带走的钟村。钟村一步步走下了楼梯，他好像是想起了什么似的，在半道上停住了，抬起头望向401的门口，对稻草说，稻草，我不能带你去自助餐厅了。

稻草没有说话，她紧紧地握着那把弹弓，但眼泪却唰地流了下来。

于是钟村就笑了笑，对稻草说，把蝌蚪养大。

那天破天荒地，阿迅和成成没有摇床，他们一言不发并排地蜷缩在靠近床尾的一堵墙边。白天的时候，他们看到一伙人破开了钟村那间长久关着的房间的门。他们惊得差点把眼珠子都掉下来了，因为就在靠近他们床头的地方，是一大截混凝土浇筑的墙体。当警察命令建筑工人用电动工具砸开那堵半人高的墙体时，发现里面安详地蜷缩着范饭，也就是华良所说的范小美的尸骨。

成成在夜色中，隔着几厘米的距离，声音清晰地对阿迅说，我们必须搬家。

他们都十分担心，那和尸体一起砌进水泥墙体里面的手机，会突然发出响铃的声音。

在夏天来临之前，半道绿小区 24 幢 4 楼的人，都已经搬离了。亚美带着女儿稻草去看守所看望钟村。

钟村很干净的样子，他剃了一个光头，但是能看到一寸长的短发已经开始爬满他的头皮。亚美笑了一下，说你现在的头发挺像板寸的。

钟村说，你不是说喜欢板寸吗。而且剃头是免费的，现在吃也免费、住也免费。

亚美笑了，她的眼睛里荡漾着一种爱意，说，免费的都没有好东西。

钟村一下子接不上话来，想了想，就说自己想要写一个新的小说。这时候亚美知道了，原来看守所里面和外面，都能写小说。

亚美问，你需要我做什么？

钟村说，不需要。

亚美问，那你自己还想做什么？

钟村想了想说，我特别想和文斌下棋。我认为他下不过我。

亚美笑了一下。那个叫文斌的便衣，后来叫华良的警察，先后找过她几次。亚美从华良口中知道，钟村的妈妈跟人跑了，钟村没有妈妈，所以最恨家里的女人跟人跑。因为钟村的妈妈跑了，只有爸爸带着他生活，所以他和爸爸的感情特别深。

这让亚美突然想起，钟村特别想写的那个找爸爸的童话。

钟村说，你离婚了吗？

亚美说，我离不了婚。他不会同意，他只会打我。我只能逃。

钟村说，他不是跟一桩命案有关吗？

亚美说，跟他没有关系，现在查清楚了。我发现他不敢，他要真敢了我倒会高看他一眼。

在亚美和稻草离开接待室之前，钟村特别抚摸了一下稻草棕黄粗糙的头发，对亚美说，你一定要保护好稻草。

仿佛稻草是他亲生的女儿。

亚美说，我们要走了。我们要离开杭县。

回抚顺吗？

不是，我们想去三亚。那儿的太阳暖烘烘的。

亚美这样说着，呼啸而至的三亚的阳光，就扑进了她的脑海里。这样，她又笑了一下，稻草也笑了一下。她的手里捧着那只玻璃缸，缸里的蝌蚪已经脱掉了尾巴，长出了两条腿，身上开始慢慢覆盖春天的绿色。

玻璃缸里的那些小青蛙蹬了一下腿。在这样的蹬腿中，亚美拉着稻草，慢慢向外走去。她们直到离开钟村的视线，也没有回一步头。

那天，杭县的杀妻案告破。案犯就是死者的丈夫，一共使用了两吨水。

原刊《花城》2022 年第 4 期

作者简介：

海飞，小说家，编剧。曾在《人民文学》《收获》《十月》《当代》等刊物发表小说 1000 多万字，获中宣部“五个一工程”奖、人民文学奖等多个奖项。著有小说集、散文集、长篇小说等数十部作品，编剧影视作品多部。

小说从日常生活的细微处着手，以一个看似虚构的故事引起另一个虚构的故事，故事背后隐藏着秘密。主人公吴桐对丈夫编造了一个故事，故事在双方不动声色的试探中展开，中年夫妻之间的不信任也由此显露。表面平静的生活下，涌动着婚姻危机的暗流。小说构思精巧，对人物微妙心理的刻画尤为细腻，巧妙自然地营造了一种亦虚亦实的悬疑氛围。

——《青年文学》编辑　李璐

虚构的灰

戴　冰

吴桐先是按计划买了两袋麦片、三根手臂粗的萝卜和一些葱蒜，等要结账时才又获知超市正在做活动，每桶金龙鱼油比平时便宜三分之一，于是又顺便买了两桶。所有东西加在一起，提在手上就有点沉了。她站在超市门口，给李江打电话，想叫他下来接她，但连打几次，李江都没接。她有点气恼，是该打辆的士呢还是自己走回去？她一时拿不定主意。超市距她住的小区其实不远，只有八百来米，打辆的士似乎有点夸张，但提着这么多东西，她估计中途至少得休息两到三次。她又站了几分钟，正准备再给李江打个电话，一个背着双肩书包，看上去十三四岁的男孩突然走过来，问她要不要帮忙。

阿姨，男孩说，我家也住丽景阳天，我见过你。我帮你提回去吧。

吴桐进超市之前就看到这个男孩站在门口一株布了一层灰尘的发财树旁边，比树还矮一截。听了男孩的话，她有点意外。

我们原来住一个小区啊！她说，难怪我发现你一直在看我。

她原本想让男孩帮她提轻一些的萝卜和麦片，但男孩坚持要提那两桶金龙鱼油，说两只手上的重量一样，正好保持平衡。

我力气很大的，他说，平时都是我帮我爸爸翻身。

吴桐停下来。你爸爸怎么了，为什么要你帮他翻身？

男孩也停下来，把右手的油放到地上，指了指自己的脑袋，然后又重新把油提起来。

他这里出血了。他说。

啊，脑出血。吴桐怜悯地看看男孩，想着是不是还是自己把东西提回去，但立即又意识到两件事之间没关系。

你爸爸现在是住在医院里还是家里？她问，你妈妈在陪他吗？

医院里。男孩说，我妈下班的时候去陪他，她上班的时候就是一个穿蓝色衣服的阿姨陪。

吴桐想了一下才反应过来。

你说的是护工吧。她说，为什么不请个男的呢，女的多不方便。

什么不方便？男孩问。

比如你爸爸要小便或者大便……吴桐没说下去，她觉得和一个小孩子讨论这些细节有点滑稽。

医院里穿蓝衣服的全都是女的。男孩突然笑起来。我爸爸每次要擦身上的时候，都要先躲在被子里把他的小鸡鸡藏好，不让那个阿姨看见。

吴桐笑起来，说，这么热的天，是要经常擦干净身上的汗，要不会得褥疮。

他们是从小区三号门进去的，走到第一个十字路口时，男孩用下巴指了指左边的岔道，说，我家就从这里进去，二十三栋二单元三〇二。

丽景阳天是依山势而建的小区，高一组低一组，吴桐虽然已经搬进来七八年，却从来没弄清楚过那些似乎跳来跳去的序号，所以她也不知道二十三栋具体在什么位置。她想等男孩帮她把东西提到家时，她是不是应该拿点什么东西谢谢他。

到了十五栋电子门前，吴桐把东西放到地上，准备从挎包里掏钥匙开门，男孩却把两桶油往门边一放，说，我要回家了。

反正有电梯，他说，我就不上去了。

你还是帮阿姨提上去吧。吴桐说，阿姨家里正好有一盒巧克力，俄罗斯的，特别甜。

男孩轻轻笑了一下，那一瞬间，吴桐觉得他的年纪应该不止十三四岁。

阿姨，男孩说，你是不是听了我爸爸的事，可怜我，才要送我巧克力？

当然不是，吴桐说，是因为你帮了阿姨呀。

不，男孩说，你就是因为可怜我才要送我巧克力的。

吴桐有点难堪，她想了一下说，谁遇到这样的事都挺可怜的呀，不是吗？你还这么小，你爸爸年纪也不会太大吧。

男孩把脸转向旁边，又笑起来。

其实我刚才说的都不是真的，他说，是我编的故事。

吴桐睁大眼睛蒙了。

我们作文辅导班的老师说的，男孩说，如果你以后想当一个作家，就得会编故事，要编得所有的人都以为是真的。

吴桐好半天才回过神来，问他，你以后想当一个作家？

不想。男孩摇摇头，我喜欢黑洞和时光穿越，所以我长大要当天文学家。不过我也想看看我会不会编故事。

吴桐的手停在挎包里，把钥匙攥得紧紧的，她觉得自己有满脑子的问题想问眼前这个男孩，但一时又不知先问哪个好。

那你爸爸的小鸡鸡……话才出口她又觉得不妥，正想换个问题，男孩已经转身准备走了。

不和你玩了阿姨。他双手一上一下，比画了一个像是武术招数的姿势。我要打《奥特曼传奇英雄》去了。

回家之后，直到把晚饭做好，摆上餐桌，吴桐都没怎么搭理李江。李江开始以为吴桐是因为给他打电话他没听见，所以不高兴，于是两次进厨房解释，说他当时正在客厅试听他刚为电视配的环绕音响，而手机又一直放在电脑室。

以后我们看大片的时候就爽了，他故作轻松地说，你能听到炮弹从远处飞到跟前，“轰”的一声，就在你的脚边炸开，真实得你都想卧倒在地。

其实吴桐自己也没弄清她的心神不宁到底是因为李江没接她的电话呢，还是因为那个男孩处心积虑地戏弄了她，或者两样都有。最后她觉得可能还是因为那个男孩。真是一个小魔鬼。她想。所以等她和李江坐到餐桌前准备吃饭时，她决定给李江说说那个男孩。

今天我下班，去星力百货买东西。原本我就只想买两袋麦片的，不想又看到做活动，金龙鱼油打七折，所以我又买了两桶……

李江“嘭”的一声把碗砸到桌上。

你还真是不依不饶了啊！他说，我还要给你解释多少遍？我试音响，我试音响，手机放电脑室了，手机放电脑室了！

吴桐端着碗愣了一会儿，感到眼眶一阵发热，她长长地吸了口气，等眼眶重新凉下来，这才慢慢把碗放到桌上。

我没怪你啊，她说，我是想跟你说另外一件事，你砸什么碗？

她清了清喉咙，一面想一面说。

东西不是很多吗，所以我从超市出来，站在门口给你打电话，你没接，我就想要不干脆打辆的士回来算了，也就十块钱的事。正在犹豫，旁边有个男的过来，要帮我提东西……

李江睁大眼睛，露出越来越难以置信的神情。

你为什么要用普通话和我说话呢？他很费力地笑了一下。这也太奇怪了吧。

听了李江的话，吴桐这才意识到自己的确正在用普通话说话，这让她跟李江一样感到惊讶，但她同时又觉得这样才是对的，而且非如此不可。她没理睬李江。

我根本不认识这个人，她继续说，他肯定也不认识我，但他就是坚持要帮我提，我怎么推托都不行。你说奇怪吧？

李江局促地看了她一眼，说，你能不能不要用普通话，听着怎么那么别扭呢。

吴桐还是没理他。

这男的年纪可能也就四十出头吧，她说，笑得有点贼，穿得倒挺有品位的，也时尚。

后来呢？李江问。

后来？吴桐说，后来我拗不过他，只得让他帮我一直提到小区门口。我不想让一个陌生人知道我们家的具体位置，就说我家进小区没几步就到了，坚持不让他跟进来。这次是他没拗过我。

你是遇到个热心人了。李江说，这有什么好奇怪的，换成我，我也会帮一把，路又不远。

你是没看到他那种笑。吴桐说，又讨好，又阴险。一般人脸上看不到，只有电影里才有。

你能不能不要再用普通话和我说了？李江说，你这样我们没法讨论。

你不用和我讨论。吴桐说，你只要听我说就行了。

好吧。李江叹了口气。然后呢？

没有什么然后了。吴桐说，我进了小区，回头看了一眼，那人没跟上来，就站在三号门花杆外面。不过，他也没离开，一直在后面笑嘻嘻地看我，看得我脊背发麻，所以走到第一个十字路口，我就赶紧朝左边那条路拐了进去。

你为什么拐进去？李江有点困惑。

刚才不是已经跟你说了吗？这次是吴桐“嘭”的一声把碗砸在了桌子上，只是声音没有李江刚才那么大。我不想让一个神神道道的陌生人知道我们家的具体位置。你到底在没在听啊？

啊！李江露出恍然大悟的表情。你反应真快，已经可以当特工了。

接下来一个星期，吴桐和平常一样，每隔一天或两天到星力百货超市去买一次菜，每次回来，她都会用普通话说到那个男人。

他每次都站在超市门口那株发财树的旁边。她说，不过每次穿的衣服都不一样，有时候是亚麻休闲西装，有时候是衬衣，有时候又是 T 恤。我发现这人喜欢简单搭配，全身上下的颜色从来不超过三种。如果不是他每次见到我，都要莫名其妙地帮我提东西，我会觉得这是我见到过的在穿着打扮上最有品位的男人。

他还是每次都硬要帮你提东西？李江问。

是啊，吴桐说，简直不由分说。不过好像也没什么坏心眼，除了笑得有点怪，他整个人甚至可以说是温文尔雅的。而且自从第一次我只让他提到花杆那儿之后，人家每次都是一到三号门就停下来，然后站着看我一直走到第一个十字路口。

你还是每次都先拐进去，过一会儿又绕出来？李江问。

是啊，吴桐说，还是小心点好。

李江想了一下，问吴桐，他也帮别人提东西？

这个我倒不知道。吴桐想了想说，至少我没看到。

这人脑子怕是有问题。李江说。

是啊，吴桐说，可能。

按照吴桐和李江沿袭多年的习惯，每个周六下午他们要回李江父母家吃顿饭，周日下午又回吴桐父母家吃顿饭，所以周五下午又去超市买菜的时候，吴桐分别给两家父母各买了一条鱼和一只鸡，再加上各二十个土鸡蛋，回到家时已经一头热汗。这次是李江责备吴桐不给他打电话了。

我又不是每次都在听音响。他说，现在我随时都把手机放旁边的，就是怕再出现上次那样的情况。

没事，吴桐说，我是想着你也刚下班回家，何必跑上跑下的。今天我特别准许那个人帮我一直提到电梯口。

李江歪着头看吴桐，捏捏自己的鼻子。

你不是怕陌生人知道我们家的具体位置吗？他说，怎么这次又不怕了？

我会那么傻吗？吴桐轻松地笑起来。我同意他帮我提到电梯口时就想好理由了。我说这是一个朋友家，这个朋友正好要到南京出差，这些东西就是请他顺便带给我在南京大学读研究生的儿子的。

为什么要把多多说成是儿子呢？李江问，再说多多明明才本科二年级。

你真笨。吴桐说，我说我有个这么大的儿子，是为了让他心里有点忌惮啊。我说了，我儿子站着比我整整高一个头不止，篮球打得好，穿四十三码的鞋；从小还喜欢打架，高中时曾经把一个同学打成脑震荡，害我们上门道歉，赔了一笔钱……

瞎七瞎八。李江说，你不能少说点，或者干脆不说吗？

好玩呀。吴桐说，我记得高二我刚分到文科班的时候，我们语文老师就说过，如果哪个同学长大想当作家，就得学会编故事，要把假的编得像真的，听得别人一会儿哭，一会儿笑。

那人信了？李江问。

为什么不信？吴桐说，他还说，啊，你看着这么年轻，没想到会有个这么大的儿子。

我觉得这人不对头。李江看着吴桐，我劝你以后还是小心点，不要再让他接近你。

怎么了？吴桐问。

李江轻蔑地看着吴桐。

这么热的天，他说，把鱼和鸡带到南京去，就算坐飞机，还能吃吗？何况人家准你带上飞机？

这倒是吴桐没想到的。她一时有点语塞，但仍倔强地辩解说，我托运不行吗？

托运？李江脸上的表情更轻蔑了。反正我劝你不要玩火，以后少和不认识的人啰唆。

吴桐闷了一会儿，说，就算他不信，那又有什么关系，不信就不信呗。

所以我才觉得这人不对呀。李江说，明明稍稍动一下脑子就知道你在撒谎，却始终不表露出来，还假装相信你，让你继续说。你在骗他，你怎么知道他不是在骗你？

你还以为你找到一个免费小工了。李江最后说。

吴桐被李江口气里的什么东西激怒了。

对了，她平静地说，我还忘了告诉你一个细节。今天那个人没有站在外面，而是一直跟着我在超市里逛，只是我没发现而已。直到我买齐了所有东西，在收银台那儿准备付款时，他才突然冒出来。你猜他想干什么？

李江没说话，只是眯着眼睛看吴桐。

他居然打开微信要给我付款。吴桐说，真是神经病。

你让他付了？李江问。

当然不可能啊。吴桐为难地看着李江。但当时收银台的人排着队，他硬要付，我怕我硬不让他付，推来扯去的，引起什么误解，反而不好；再加上收银员以为我们是客气，还劝我，说女士买东西嘛，当然得男士掏钱了，所以……

出乎吴桐的意料，李江没有一下跳起来，而是慢慢转身，走到茶几边，拿起烟盒，掏出一支点上，吸了一口，这才又回到吴桐身边。

多少钱？他问，我是说他给你付了多少钱。

两条鱼、两只鸡，再加上四十个鸡蛋，五百多还是六百多吧。吴桐说，当时我心慌慌的，也没听清。

李江没再说话，而是埋头抽烟。

你觉得，吴桐试探着问，这人到底什么意思啊？

我哪知道。李江说。

吴桐看看挂在冰箱上方的钟，说，哟，六点一刻了。你坐沙发上一边抽烟，一边好好替我想想，我得做饭去了。

那天的晚饭吃得很沉闷，李江从头至尾一句话也没说。吴桐不想打破他们之间这种在她看来极富张力的状态，就像各自待在一个吹胀的气球的两边。于是她用手机遮住脸，一面滑着屏幕，一面有一筷子没一筷子地夹菜吃。

一般情况下，他们吃完饭，吴桐会顺手把她自己的碗和离她最近的一碟菜端到厨房去，之后就留在厨房里收拾油盐酱醋、擦灶台和油烟机，等着李江把桌上所有的东西都端进来，这才接着洗锅刷碗。但那天晚上他们就像事先达成了某种默契一样，吴桐独自做完了所有事情，甚至把餐桌都擦得一尘不染；而李江放下筷子后就重新坐回了沙发，继续一声不吭地抽烟。

吴桐从厨房出来后，没有像平时那样去女儿多多的房间，而是也坐到了沙发上。自从多多出去读大学之后，她的房间就成了吴桐的私人空间，她喜欢用多多留下来的一台旧电脑上网浏览新闻或者看看网络小说。

她总觉得过了这两个多小时，李江应该想跟她说点什么，但直到她困倦得受不了，自己先洗漱上床了，李江都没有说过一句话。

睡着之后，吴桐梦见那个背着双肩包的男孩在多多的房间里教她打一个古怪的电子游戏，她明明打得极其糟糕，但那个男孩却在一旁拼命地夸奖她。

你是怎么找到窍门的？男孩故作沮丧的声音让她一阵反感。我打了三年，秒杀全班同学，怎么你一招就杀死了我。

开始的时候她不敢表现出她的反感，不知为什么，她隐隐有点忌惮那个男孩，所以听了男孩的话，她很勉强地说，是不是啊？阿姨其实还是挺聪明的吧。但后来她终于按捺不住，腾地站起来，正准备给那个男孩一耳光，李江却把她摇醒过来。

还没睁开眼睛，她就闻到一股浓重的烟味。

你是抽了多少烟啊。她说。

你到客厅里来。李江说。

她在床上坐了一会儿，等脑子里那阵让她眼前五色斑斓的晕眩慢慢消失，这才披了件衬衣来到客厅。

你第一次见到那个人的时候，穿的是哪套衣服？李江问她，还有第二次，第三次，包括今天，不对，已经是昨天了，又穿的是哪套？

听李江这样说，吴桐看了一眼挂钟，才发现时针已经指在一点四十的位置。

那么多天前的事情了，吴桐说，我哪记得住？我只记得今天的。

好吧。李江说，那就把今天的换上我看看。

这才过了多久啊，吴桐说，我穿什么你就忘记了？

我当然记得啊。李江说，我是想看看你穿起来什么效果。

吴桐没明白李江的话什么意思，但她被李江眼里的什么东西摄住了，没再多说，回卧室准备找下午的衣服和裤子穿上。找了一会儿，才想起下午天热，东西又重，出了一身热汗，所以回家后就全部换下来扔洗衣机里去了，于是又到阳台从洗衣机里把蓝衬衣和白裤子拿出来，就在阳台上穿上，穿好后回到客厅。

李江上上下下地打量她。

鞋子呢？他问，你下午穿的哪双鞋子？

还要换鞋子？吴桐急起来。差不多就行了吧，脏鞋底踩在地板上……我前天才打扫的房间，累得腰酸背痛的。

拿张废报纸垫着不就行了？李江一面说，一面从茶几下面抽了张前几天的都市报展开，仔细地铺在电视机正前方的地上。

吴桐提着她下午穿的那双白色旅游鞋，迟迟疑疑地站到了报纸上。她把两只脚伸进旅游鞋，弯下腰准备系鞋带，李江却阻止了她。

不用系鞋带了。他说，你站着别动，我好好看看。

他坐回沙发，又点了一根烟，先是左右调整身体，尽量让自己与吴桐处在同一条直线上，接着又眯起眼睛，前俯后仰，调整与吴桐的距离。终于，他把刚点上的烟按熄在烟灰缸里，双手抱住后脑，背部紧紧贴在沙发上。

但他脸上渐渐露出困惑的神情。

开始我有点怀疑那人是不是对你有点那种意思。他含糊地比画了一个手势说，那种男女之间的意思。但我现在觉得不至于啊。我没别的意思啊，我是想说，你毕竟也已经是四十几岁的人了。

不对。他突然拍了拍自己的额头。你下午一身汗，脸色是红扑扑的，还有，你头发扎的是个马尾辫，看着可比现在精神多了。

吴桐站在那张都市报上，感到睡意阵阵涌来，就像地平线上突然冒出来的黑烟。

好了。她说，你玩够没有，我明天一早还要上班呢。

我也要起早上班啊。李江有点不快。不是你要我好好替你想想的吗？我们这是在做实验啊。我就是想看看，你在一个陌生男人眼里会是什么模样。

那我是什么模样？吴桐问他。

说不清楚。李江有点沮丧。我发现我没法做到假装不认识你。

重新躺回床上之后，吴桐很希望能把刚才没做完的梦做完。她觉得那一巴掌如果不打在男孩脸上，整件事就不算完。但睡着之后她做了另一个梦，梦到她穿着蓝色制服，在一间空气污浊的病房里，与另外几个也穿着蓝色制服的女人围住一张病床，焦虑地检查一个中年男人肥胖的裸体，她们把他翻来覆去，却怎么也找不到他的小鸡鸡。

她仍旧每隔一天或两天到星力百货超市去采购一次，但回来后不再主动提及那个男人，除非李江问到。她不想让那个男人消失得就像他出现那样突兀，而且再说到那个男人时，她也不再用普通话讲述了。

我已经警告过他。她说，我说请你自重，我不想让我先生有什么误解。

那他怎么说呢？李江问。

我都这么严厉地警告他了，吴桐说，他还敢说什么？他当然只能躲得远远的，不再死皮赖脸地要帮我提东西了。不过，我每次横穿马路，都感觉他还在后面看我，一直看。有一次，我刚走到花杆边，一辆7路车从四季园方向冲下来，穿过横在我和他之间的马路，就像猛抽过去的一巴掌，把他看我的眼光打得七零八落。

但有个周三的下午，吴桐从星力百货买菜回来，进家第一眼看到李江，就觉得他看她的眼神里有种明明灭灭的东西，就像一个人刚准备发一个誓，又突然胆怯了一样。直到吴桐回卧室换了衣服，又到厨房里把刚买来的一棵白菜和四五根蒜苗泡在苏打水里，李江这才慢慢踱到她背后。她能感觉到李江的目光在她裸露的后颈上扫来扫去。

最近这段时间，李江说，估摸着你该买菜了，我就提前下班，到星力百货超市附近躲着，有时候躲在和平药店，有时候躲在意合园餐馆，还有一次躲在一家牛肉粉馆，看你进了超市，我才出来。我在超市附近转，看那些进进出出的人。有两次，我还进了超市，远远跟着你，直到你买完东西，从超市出来，穿过马路，进了小区。但我一次都没发现你说的那个男人，连稍微像一点的都没有。

吴桐捏着白菜和蒜苗在苏打水里反复涮，欣慰地意识到，整件事情总算自然而然地来到了结尾。

难怪你这段时间下班比平时晚呢，她说，原来是跟踪我来着。

她一面说，一面取下挂在墙壁上的手帕准备揩手，还没揩干净，就无法抑制地笑起来，越笑越厉害，到最后几乎喘不过气。

我坦白。她举起双手，做出一个投降的姿势，感到右手手掌上有一股细细的水流，顺着她的手臂一直流到了胳膊肘。

整件事情其实就是个玩笑。她说。

她从那个背着双肩包的男孩开始，一直说到那个永远等着她而实际上并不存在的男人。

那个男孩我后来也在小区里遇到过，她说，但我不敢招惹他。你真的无法相信，一个那么小的孩子，会把故事编得那样真实，居然还有细节，比如护工衣服的颜色，比如他爸爸被护工擦身体时那种害羞的反应……

这小屁孩长大肯定是个诈骗高手。李江说。

所以我也想看看我能不能编一个故事。她说，这就是为什么我要用普通话跟你说，相当于背台词嘛。我承认，这个玩笑开得有点过头，时间也太长了点。

问题是，李江慢腾腾地说，你如果只是想编一个让我相信的故事，可以编的事情很多啊，你为什么要编这样一个故事？

一个什么样的故事？吴桐问。

一个天天缠着你的男人的故事。李江说。

我当时也没想很多。吴桐一面想，一面说，帮我提东西的是个小男孩，我不知道一个小男孩会有什么故事，所以就把小男孩“放大”，变成了一个成年男人。我可能当时就这么想的吧。

李江对吴桐的回答不置可否。好一会儿，他才又问吴桐，我们结婚整整二十一年了，你说句实话，我算不算一个好丈夫？

哎呀，吴桐愣了一下，叫起来，你想到哪儿去了？

你先别管我想到哪儿去了。李江说，这么多年，你想过这个问题没有？

李江这样一说，吴桐才意识到，她还真没认真想过这个问题。

这个问题太严肃了。吴桐笑起来。这样吧，我一面做饭一面想，等吃完饭我再正式回答你。再不做，天都要黑尽了。

不行，李江说，你现在就想，现在就回答我，要不我哪有心思吃什么饭。

好吧，吴桐说，我专心致志地想，你别打扰我。

刚说完这句话，她就发现她其实是有答案的。只是她不敢马上说出来，怕李江认为她在敷衍他，于是假装想了一会儿，这才抬起头，咳了两下。

你是想听真话还是假话？她故意问李江。

当然是真话。李江边说边从沙发上慢慢坐直。

你是个好丈夫。吴桐说。

虽然你有这样那样的毛病。她继续说，比如烟灰抖得到处都是，怎么说都改不了；再比如，脏衣服哪儿换的就扔哪儿，不直接放洗衣机里；还有，吃饭的时候吧唧嘴，那声音太难听了，太不文明了，平时在家里就我们两个还不觉得，来个客人，我在旁边，都替你不好意思。

不吧唧嘴不香啊，李江说，从小养成的习惯。

吴桐不想又为这些小事拌嘴，所以没继续指责李江。

不过这些都不是事。吴桐说，除了这些鸡毛蒜皮的毛病，我敢保证你是个好丈夫。

真的？李江问。

真的。吴桐说。

那你到底为什么要编个男人的故事呢？李江说。

吴桐惊愕地张开了嘴。她没想到说了这么多，李江又把问题绕了回来。

我还没说清楚吗？她感到她的嘴唇突然之间变得十分干燥。我以为我已经解释得很清楚了。

你自己好好捋捋。李江说，你没发现你实际上什么也没说清楚吗？

我觉得我已经说得很清楚了。她执拗地说，看着对面电视机黑色的屏幕上映出来的她和李江的影像：一个直挺挺地坐着，另一个则侧身看着对方，姿态里有种咄咄逼人的意味。

随你怎么想吧，她说，反正我从头到尾就是想开个玩笑。

那天晚上，她始终盯着电视机屏幕里李江侧身而坐的身体，直到某个瞬间，她突然意识到，虽然李江的姿势没有变化，但那种咄咄逼人的意味不知什么时候已经消失，她这才把背重新靠到沙发上，感到后腰像做了一天的家务活那样僵硬和酸痛。

李江伸手到抽屉里拿烟，掏了几下没掏出来，一下显得有些焦虑。

哎哟，他说，我得赶紧下去买条烟，要不人家关门了。

走到门口时，李江回过头来，看着仍然坐在沙发上的吴桐。

但你得承认，他说，你这个玩笑开得太无聊了，相当无聊。

是无聊。吴桐说，这个我也承认。

国庆长假前几天，原本计划和三个同学利用假期去爬泰山的多多突然打电话回来，说因为有一个同学家里突然有事，爬泰山的计划取消了，她准备回家过节。吴桐和李江都很欣慰。

就是啊，吴桐在电话里说，有时间就该多回来陪陪父母，看看爷爷奶奶外公外婆，泰山什么时候不能爬？给你取了个多多的名字，意思就是让你多陪陪妈，多陪陪爹。两个多嘛。

但多多回来的日程也安排得满满的，大多数时间并不在家里待着，比如要和高中同学K歌一次，和初中同学吃一顿饭，还要和一个据说因失恋患上抑郁症的小学同学深谈一次。

她几次跟我说不想活了。多多说，我不知道就算了，知道了不劝劝她，哪天她真从楼上跳下去，我良心不安啊。

你还会良心不安啊？吴桐说，你要对我和你爸也这么上心就好了。

这样算下来，多多单独和吴桐李江待在一起的时间只有三个半天。吴桐有点不高兴，李江就安慰她，说她虽然每天出去，但好歹也在这个城市里，何况她每天晚上也要回家睡觉。

第二天又不上班，他说，你们聊晚点也没关系嘛。

也好。吴桐说，我只准备三顿饭，倒也省心。

按李江的想法，第一个半天，也就是多多回来的当天，在家里吃；第二个半天去爷爷奶奶家，第三个半天去外公外婆家。

七天假期，他说，不去和爷爷奶奶、外公外婆吃顿饭，肯定说不过去，所以你实际上只要准备一顿饭就够了。

多多的机票是李江在手机上给她订的，飞机的降落时间是下午四点三十八分，这样，从机场回来，冲个澡，再休息一会儿，正好从从容容吃晚饭。原本李江是准备开车到机场去接多多的，但被多多拒绝了。

我又没有什么行李，她说，跑这一趟干什么？我已经在网上预约了车，你们在家安心等着就行了。

因为时间比较充裕，所以当天吴桐和李江是吃了中饭才出门分头买菜的。李江到兴关路海鲜市场给多多买虾和鱼，吴桐还是到星力百货超市买菜。

下午两点多钟，吴桐提着大包小包的东西从三号门进小区，一路琢磨着是不是再给多多买个她喜欢吃的蹄髈，正想得出神，一辆印着景云山殡仪馆字样的黑色面包车突然从右边岔路拐出来，差点碰到她。好在旁边一个胖女人伸出手来，抓住她的后领猛地一拽，才算避开。胖女人穿着红色的薄毛背心，对吴桐的连声感谢充耳不闻，只是盯着黑色面包车看，直到车子开出小区，这才回过头看吴桐。

总算是解脱了。胖女人说，反反复复好几年。

吴桐没在意胖女人在说什么，那天她心情极好，所以就开了个玩笑。

如果不是大姐你拽我一把，我今天说不定就完了。她说，还恰好是辆殡仪馆的车，多巧，撞死了，将就一车拖两个。

说句不怕你多心的话。胖女人说，真要被车一头撞死，倒也干脆了。你看刚才拖走的那个男的，就住我家楼上，二十三栋二单元三〇二。脑出血，第一次发作就瘫在床上，老婆护理得好，好不容易慢慢好起来，屙屎屙尿可以自理了，又发作一次，直接就进了重症监护室，那叫什么？ CIP？

ICU。吴桐说。

对。胖女人说，在医院一躺就是半年多，前几天说稳定了，送回来，这不，今天突然就不行了。人哪！所以老辈人想咒谁，就说不得好死。你想想，都要死了，还有好坏之分。

吴桐没有接胖女人的话，她老觉得胖女人说的那个楼号和门牌号有点熟悉，接着她就想起了那个男孩。

这家是不是有个十三四岁的男孩？她比画了一下。这么高。

是啊，胖女人说，小佳。这几年他妈只顾着招呼他爹，没时间也没心肠管他，学习成绩全班倒数第二，还经常逃学。

那天下午李江从兴关路回来，进家没看到吴桐，叫了几声也没人应，以为她还在超市没回来。不想进卧室准备换衣服，才发现吴桐穿得齐齐整整的，正用被子蒙着头躺在床上。

你怎么了？李江问，上前揭开了被子。

吴桐原本是背朝着李江的，这时她转过身，从床上慢慢坐起来。

你还记得星力百货超市那个男人吗？她问李江。

怎么了？李江问。

其实我说的全都是真的。吴桐说，立即又用力摇摇手，不让李江说话。不过你一点都不用担心，以后他再也不会出现了。

什么意思？李江问。

因为他死了。吴桐说，我就说怎么好久都没见到他。后来你跟踪我，不是也没看到吗？今天我去超市买东西，才听一个穿红衣服的胖女人正在跟别人说。那人是胖女人的邻居，就住她楼上，今天早上突然死了，胖女人亲眼看到火葬场的车开来把他拖走了。我肯定她说的就是那个男人，因为她形容的样子和那个男的一模一样。

李江坐在床沿问，怎么死的？

听那个胖女人说，吴桐显得有点犹豫，是脑出血。

那你当初为什么说是在编故事呢？李江问。

因为你是个好丈夫。吴桐抽泣起来。我不想你多心。

那今天又为什么要跟我说是真的呢？李江又问。

因为你是个好丈夫。吴桐说，我不想有什么瞒着你，何况那人现在死了，烧成了一堆灰，再也不会来烦我们了。

李江从口袋里掏出烟盒，抽出一支烟点上。自从他们结婚，吴桐是坚决不许李江在卧室抽烟的，但这次她没出声。

当初你说到那个人，李江问，为什么一定要用普通话，劝都劝不住。

因为我怕你不相信。吴桐说，又一次哭出声来。

原刊《青年文学》2022年第8期

作者简介：

戴冰，中国作家协会会员，鲁迅文学院第八届高研班学员。作品见于《花城》《中国作家》《钟山》《长江文艺》等刊物，并被《新华文摘》《中篇小说选刊》《散文·海外版》等选载。出版小说集、散文集、学术随笔集十余部。

肉体消亡之后，记忆还能存在于世吗？在任青老师笔下，一段充满感伤的故事如冬日落雪般静悄悄地展开。随着侦探探案的过程，通过对碎片式的记忆重新组建，四位受体，四段人生，四个视角，互相分散，又交织缠绕，从混淆的记忆中探寻背后的真相。当世界降下白雪的时候，就是季节更替的时刻。

——《科幻世界》编辑　阿吾

雪中追忆

任　青

1

受访人：C君（第三受体），病档编号10XXXX31

侦探先生，要问我是怎样察觉欧女士一个人在家的，还要从我初中时的经历谈起。请您保持一点点耐心，让我把这不算漫长的经过讲完。

那是初三的时候，某天上午，语文老师拿着一张试卷走上讲台，说为我们读读邻班男生的作文。她说，这才是真的写作，而你们写的都是垃圾。于是，她开始声情并茂地朗诵。那篇作文的题目、内容我全都没在意，但却记住了老师大加夸赞并带着丰沛感情诵读出的一句话——“让田野装满痛苦，是不可能的”。读完这句话，老师停顿下来，严肃地环视着我们。你们能写得出来吗？她问，并且尤其严厉地瞪了我一眼。上周，我刚因为写刺杀希特勒和机器人的两篇作文被公开批评，在刺杀希特勒那篇文章里，我着重描写了名为施陶芬贝格[①]的独眼英雄怎样视死如归，第二篇作文则描述了未来世界大战中为扭转导弹轨迹

① 施陶芬贝格（1907—1944）：德国国防军上校，四次刺杀希特勒失败，遭处决并焚尸扬灰。

献身的机器上校。“他感觉整架战机融化在烈焰中”，我从一本游戏书上抄下了这句话。但老师却质问我——“人家死不死和你有什么关系？”

十几岁时，我的脸皮很厚，受批评，甚至殴打，都无所谓，拿好学生刺激我更是没用，这些无法对我造成任何影响。但是，“让田野装满痛苦是不可能的”这句话却给我带来了重大的打击。不是因为老师多么器重那个好学生，而是，我真的写不出来这样的句子。这句子和我之间的差距，就像陀思妥耶夫斯基之于彼得堡作协附属小学门卫帽子上的螨虫。于是，我全身都瘫软在木头课桌上，因为自己看到了真正的、绝对难以企及的天才。

彼时的我只有一个优点——不认输，或者说，犟，不撞南墙不回头。自那以后，我开始了艰苦的努力，每天都要练习一篇作文，也因此荒废了其他的学业。高一下学期，我交出了数学 18 分、物理 20 分、化学 34 分的不堪答卷，但高二开学后，我的写作能力受到了新语文老师的肯定，他对我“轰炸机的碎片睁开眼睛，看到萨达姆黄金的马桶”这个短句子赞赏有加。但同时，他也礼貌地提醒我，如果想考上大学的话，还是写一些“给定论点的议论文”为妙。要灵活一点，因势而变。

我很感激他，认为他说的完全正确，但就像人无法控制自己血流的方向，我也无法控制走文学道路的欲望。一个帽子上的螨虫，总想要成为月亮，这就是悲剧的肇始。后来，在旁听大学中文系的课程时，我终于发现，“让田野装满痛苦，是不可能的”这句话抄袭自伟大诗人戈麦的《界限》[①]，原作者年仅 24 岁便离开了人世。原来，那位邻班男孩是一个骗子。但已经晚了，我已坠入文字的泥潭里无法自拔。

而且，侦探先生，这首诗的最后一行是“死是不可能的”。我没有什么选择，仍要继续生活。

---

① 戈麦《界限》：发现我的，是一本书，是不可能的 / 飞是不可能的 / 居住在一家核桃的内部，是不可能的 / 三根弦的吉他是不可能的 / 让田野装满痛苦，是不可能的 / 双倍的激情是不可能的 / 忘却词汇，是不可能的 / 留，是不可能的 / 和上帝一起消夜，是不可能的 / 死是不可能的。

后来这几年，我边工作，边报了一个业余创意写作班，几乎把一半的工资耗费在了写作班中。这班级更像是失败者的心得分享会，老师是个温柔的女生，当过几年编辑，而班里最厉害的学员，也没有在晚报副刊之外任何的刊物上发表过文章。不过，创意写作班教会了我观察的重要性，这是作家的基本功，走到哪儿都要认真观察，像福尔摩斯，像福楼拜，确保细致入微。此外，走到哪儿都要冥想，先从一个点开始记忆物体，闭上眼睛，在心里用文字描摹它的图像，然后是一个面，一次行为，一个故事。我便时刻记着这些，观察、描摹、想象，点、面、故事。于是在下楼倒垃圾时，我便认真地看到住在一楼的欧女士也在倒垃圾。我看到，她毛衣袖子上有一个点，暗红色，像是滴了一滴油，又像小龙虾溅出来的汤，或者是一点血迹。她长发披肩，穿着白色碎花裙子，崭新的丝袜，却趿拉着红色的、脚跟磨得发黑的拖鞋，似乎与平时的美好形象不符。是什么让她顾不得换鞋就下来了呢，她可不像不修边幅的人呀。

我倒完垃圾的时候，她也完成了工作，心烦意乱地拎着自己的小桶，在一层薄雪中踢踢踏踏地走回楼洞。我跟在她后面，一起进去。她家是一楼，我按电梯的时候，看到她打开门，走进屋里，把门带上，随后是上锁的声音。啪嚓、啪嚓，两道锁扣，我就是从这声音判断出她是一个人在家的。如果家里有男人，或者有别的陪伴者的话，她为什么要在天光正盛的上午把门牢牢锁住呢？一般，大家只会在晚上锁门，您说是吗？这便证明了她是个独身在家的弱女子，或者——那里面发生了见不得光的事情，锁门只不过是种心理的防御机制。

好，第一个问题我回答完了，下面，我解答您提出的第二个问题。那就是，为什么我要进入欧女士家。非常令人难堪的是，我已经忘记了原因。我知道这件事情的确发生了，我也没有任何隐瞒的必要，但是，我真的不知道自己为什么要进欧女士的家，也不知道是用什么办法进去的——似乎冥冥之中有东西在呼唤我。之前，有什么在呼唤我的那一刻，是在山上的天然滑雪场，我受别人招待，第一次尝试滑雪。我站在旁边，看了一会儿别人的表现，然后拖着轻盈的雪板慢慢走上高级道，甚至，有可能走到了滑雪场以外。最后，我站在峰巅上，看着作为装饰的树木和壮丽的雪山远景，突然想要跳下去一死了之，结束这挣扎的一生和没完没了的失败……可那时，我突然看见眼前的场景扭曲了，一个越变越大的灰色旋涡出现在我眼睛里，逐渐铺满了视野，四围亮着一圈不停闪烁的白色引导灯。我似乎不知不觉间缩回了脚步，令人庆幸的是，我至今还活着。

言归正传。我想，我很有信心答出第三个问题。那就是，我在欧女士家到底看见了什么。

首先，是拴狗绳，它被割断了，放在进门之后的地垫旁边。对这一判断我很有信心，因为我冥想时曾多次描绘过某先生割断自己的拴狗绳、放动物回归自然的情景。绳子断面整齐，但有一点点小小的毛刺，这就是割断的特征。这根绳子，之前它肯定拴着一只宠物狗，我想想，是一条毛蓬蓬的喜乐蒂犬，就是它，我多次见过它，甚至……可能和它很熟悉，我还记得毛毛摸起来的柔滑手感，狗狗沐浴液与体臭混合的奇怪气味儿。现在它不见了，带着项圈消失了，只有拴狗绳孤零零地落在地上。随后，我往里走了两步，电视的声音很大，是购物节目。我顺手把它关掉。有哭声在屋里，于是我穿过餐厅，到发出响动的地方去。那是一个榻榻米房间，地板踩上去很厚实，地采暖很舒服，散发出淡淡的香水味。欧女士面对着方桌，跪坐在那里，面前摆着两把尖刀。我迈开双腿，不由自主地走到房间深处，经过书架、雕塑、插花和画框，最终，和欧女士面对面坐了下来。

随后……侦探先生，我就失去了主观上的经验，或者说，我失去了记忆。我只记得痛感，但眼前却是黑暗一片。在经历如滚筒洗衣机中的黑暗旋转和不知几年几代的时光之后，我觉得我看见了你，在已经遗失的茫茫生活中，在回复了记忆的那个瞬间，见到了你，侦探先生。我可以告诉你的是，欧女士正如新闻所述，果然是个大美人，即便她被泪水弄花了眼妆，嘴角抽搐不已，她也依然是所有文学作品和电视节目里最美的美人儿。

你看起来很失望，侦探先生。不过，在你询问我的时候，我也在观察你，我可以对你的身世、性格做一个初步的描述，你有兴趣听我讲讲吗，然后再请您从专业的角度对我进行批判。或者，我可以把咱们会面的这一幕写进我的小说，你留个联系方式吧，如果有幸发表的话，我会给您寄一份。题头上写，献给谦恭的侦探，那个，您叫什么名字来着？

2

受访人：阿B（第二受体），病档编号10XXXX30

兄弟，你叫什么名字？我听说，你是自己人，在我这么痛苦的时候，你可以专程来安慰我，足见老大对部下的关心。可你问的问题，我一个都听不明白啊，你为什么关心这些细枝末节，不应该首先告诉我老大去哪里了吗？他缺一个保镖，相信我，缺一个真正的保镖，我可以断言，在他身边，像我这样忠心耿耿的人，已经一个都没有了……什么？好吧，是不是我回答完这几个问题，你就会把真相告诉我？我相信你，兄弟。冲着你手臂上的纹章。你看，我也有同样的纹章，为了这纹章，我可以牺牲一切，事实上，我真准备这么做了，只是因为枪爆了个空响，我才得以苟全性命。

那天，我孤身一人潜入了敌对帮派“和衷会”的老巢，那地方处处杀机，一不留神就会有穿黑衣的死士冲出来，置人于死地。所以，我平时是不敢一个人去的，可那天我抱有必死的信念，所以才会独自潜入这恐怖的老巢。

我利用拿了好处的线人，得到了前厅的构图，于是仔细绕过了巡逻的小弟，没有动武，便来到了内厅。其实按照我的本事，完全可以把所有的小弟都给干掉。但老大要求一个人都不杀，这可是谈判的必要条件。我相信，我高举双手，突然出现在文远先生的休息室时，他着着实实地吓了一大跳。以致旁边侍立的两个小弟慌忙拔出枪来指着我，其中一位的枪还掉在了地上，文远先生竟也瞬间面如土色。哈哈，就算只为了看这一幕，我死也值了。

不过文远先生是讲规矩的人，他没有命令手下的侍卫开枪，在这一点上，我尊敬他。他看着手无寸铁的我，自始至终冷着脸。我向他跪下，代表老大请求他的原谅。我们会付出代价，我说，我们会将自去年以来得到的利益全部归还，并且再也不会染指该区域的生意。为了强化“不再染指”这一概念，我拔出了匕首，当场切下了自己左手的小指头。

侍卫把包在手绢里的小指呈给文远先生时，他仍旧是一副冷冰冰的表情。他接过手绢，然后将那根小指头丢进了锦鲤游弋的室内盆景。

“请回吧。”他说了唯一一句话，然后转身离开。几个侍卫把我架起来，扔进了院子里。这时候，我意识到，如果得不到文远先生的原谅，那么老大就会陷入极度危险当中。我翻身起来，打倒了两个小弟，然后根据地图的指示，钻入无人知晓的甬道。这条路通向老巢更加隐秘的角落，或许就是文远先生每日起居休息的密室。我在迂回曲折的甬道中前行，越来越深、越来越热，一生的经历从我眼前飘过：十几岁书包中的砖块，二十岁报纸里的砍刀，夜晚喷喷香的路边摊，拥入怀抱的裸露少女，神秘的高楼大厦，远郊的辉煌别墅，还有不知什么时候坐过的奇怪豪车。品着这些乱七八糟、不知哪来的记忆，我猜想，自己大脑已经紊乱，此行恐怕凶多吉少。钻出甬道的同时，眼前豁然开朗，一座楼房伫立在花园的中央。细细的雪花飘落，地上积了一层薄薄的白雪，我后头看看，身后留下了点点血迹，雪中的暗红色是最美的，那是血液盛开的花朵。我看了看自己的左手，伤口处滴出了最后一点血，也不再有那样蚀骨的疼痛。我小步走向楼前，垃圾箱边正有一个长发女人磕她的小桶，我躲进暗处，看着她苗条的身影。我认识这个女人，侧脸熟，影子也熟，一定是文远先生的小夫人，我记得，在一次大佬们的会议上，我见到她陪在文远先生左右，腿就在雪白旗袍的分叉处露出来，使人魂牵梦绕。这时，她回过头来，这小夫人……不对，我看见了她的容貌，这不是他的夫人，是谁呢？难道是来接将死之人的鬼魂……

“是欧女士。”一个声音告诉我。那声音来自我的脑子，听起来有些兴奋，又有些沮丧。我觉得莫名其妙，好吧，就叫她欧女士吧，自己总不会骗自己的。

她在家的话，文远先生也一定在家。倒完垃圾，女人似乎有些魂不守舍，我尾随着她，顺利进入了一楼的房门。电视开着，播送某企业董事会主席的丑闻，随后在购物节目开始后，便自动关掉了。我跟着她走过几个房间，没有看到文远先生，也没有见到“和衷会”的任何打手。走进最里面的屋子后，她和我面对面坐在方桌前，我这才发现，她已是满面泪痕。

“……夫人、夫人？”我问她话，可她并不回答，只是流着泪看我，让人很心疼。我突然明白了，这是在为我而哭，是文远先生传递的消息，就是要我死，替老大死，以死担责。这不算什么，我虽是江湖儿女，没读过什么书，可每天拜的关老爷却是记得的。关老爷云：“我堂堂丈夫，有死而已，又何惧哉！”我的家中生计，自会有兄弟照顾；老婆孩子，老大一定全给安排妥当。孩子上月已度过 3 岁生日，立住了根，以后顺利长大成人，便能将我的血脉传下去。

感谢文远先生，我说。然后掏出藏在袖管的最后一把枪，冲着心口开了一枪。

但是，枪好像放了空响。我只出了一点血，身体摔倒在地上，心脏却像被狗咬了一口般狂跳，我拼命捂住嘴巴，血从指缝里流出来，我在血液中爬行，迷迷糊糊地爬向出口。这时，我看见夫人也流着血，悄无声息地躺在一旁。是谁刺了她吗？我不知道，我找不到房间的出口，只能毫无方向地往前爬，直到突然发现灰色的旋涡在眼前连成一片，四周亮起一圈引路般的白灯。其他的，就全都不知道了，因为我的眼睛已经完全模糊，脑子也失去了思考的能力。再有记忆的时候，你已经来到了我的眼前。

或者，你就是阴间的引路判官呢，啊哈！

那么，兄弟，我回答完了你的问题。现在，你能告诉我老大的下落了吗？嗯，我在听。好的……他……他公开讲冲入“和衷会”是我个人行为？不可能——我 × 他的——

3

受访人：D 先生（第四受体），病档编号 10XXXX32

孩子，感谢你对我的慰问。因为年纪原因，我说话有些慢，可能前言不搭后语，不过经过这次治疗，已经好多了，希望你能谅解。从自杀中醒来，我感到……非常羞愧。我都这把年纪了，却因为想要了结生命，给大家带来如此巨大的麻烦，真是无地自容，无地自容得想把自己再次杀掉。但是，我不能这么做，因为我的命是大家辛辛苦苦救回来的。所以，我愿意回答你的一切问题。

没错，那天中午，我正是为了上吊，才去的一楼。为什么要选在这里上吊呢，因为这是间无人的空房子，毛坯房，因采光不好，根本没有卖出去。我之前曾在物业负责施工协调工作，所以拥有整栋公寓的装修钥匙。我想，这不算犯罪，只是为了避免大家这么快发现我而已。对不起，差点让这屋子成了“凶宅”。

说到我的工作，我完全可以自豪地多讲几句。我在退休以前，曾是湖外别墅区最好的“管家”。不管是号称在英国接受培训的年轻人，还是名牌开发商提供的物业，他们都不如我的服务口碑棒。在同行询问我成功秘诀的时候，我常常羞于启齿，因此落下个小肚鸡肠的名声。这确实冤枉我了，因为我的成功并非存在不可告人的捷径，也没有一劳永逸的口诀，只是由于自己不断累积的焦虑，才形成了一生的谨慎作风。我这个人就是这样，一旦未来有一丁点不确定的小事，提前几天就变得十分焦虑不安，就像整个人浸泡在……你们这代人可能没听说过，浸泡在没过鼻腔的红药水里。这使我没办法呼吸，也没办法睡觉。所以我必须想到未来的方方面面，提前做好万全准备，并且向每一个接触到的人卑躬屈膝，将自己的讨好型人格发挥到极致。这么说吧，为了避免未来的焦虑，我始终在用当下的焦虑填充着自己。这矛盾使我痛苦万分，但又无法解决，因为预想中的未来总是或迟或早都要来临的。在我担惊受怕了十年之后，我的母亲去世了，我甚至为此大大松了一口气，因为需要我焦虑担忧的对象少了一个。我终身未娶，当然也没有孩子，这样又减少了好几个需要担忧的对象。于是在我濒临退休的时候，需要我担心的亲人只剩下了一个，那就是我的父亲。我几乎怀着热切的盼望期待着他的死亡，如果我死在他前面，他一定会悲伤难挨，所以我不能这么做。等到他死后，剩我一人，我也就可以安心地离开这个世界了。我宁愿做最后一个悲伤的人，也不愿意让别人失望和悲伤，这就是我的症结所在，也是雇主们蜂拥而至聘请我的理由。一生中，我先后受雇于十几位雇主，没有哪位雇主对我的服务有一丝一毫的怨言。

当我的父亲活到 90 岁，终于一劳永逸地死去时，我大大地松了一口气。再没有人会为我的死而悲伤了，我的死不会给任何人带来麻烦，那么，我便可以随心所欲地处理自己，永远逃避开我的焦虑。

太棒了，我越说越快、越说越精神了，证明这次治疗使我的脑子更加年轻，对吧？那天，我轻松地用装修钥匙打开了一楼空宅的门，浓重的墙灰和潮霉的味道扑面而来。我不由得大口呼吸，神清气爽，我很喜欢这种味道，这是个小小的癖好，就像有人喜欢杀虫剂、有人爱闻汽油味一样。进门后，我来到客厅和餐厅的交汇处，找了一条灰突突的、没有任何装饰的房梁，准备执行我的自裁。如果成功的话，我就再也不必因为强迫症和无尽的焦虑而烦心，也不会在更加衰老的时候面对看护者的羞辱和漫无尽头的终结，这使我有些雀跃。但是，在把脖子伸进套索之前，我还是因死亡的恐惧犹豫了片刻。我在报纸上读过，某位专家对自杀未遂的人进行了统计，其中三分之一的人考虑自杀的时间不到十分钟，半数以上的人谋划自杀的时间不到两小时。我从反向理解，难道死前考虑得越久，越不容易真正执行自裁吗？这时，我的强迫症最后一次发作了，我必须数到 99 再死。于是我踮起脚，费力地保持头伸进颈圈的姿势，口中开始计数。数到 72 的时候，我的脚麻了，不小心踢开垫脚的小桶，全身的重量一下压在脖颈处的绳索上。这就是终结啊！我突然感到害怕、想要呕吐，仿佛整块喉结升到了口腔里，要不是凸出的舌头挡住它，就要立刻从嘴里吐出来。我的眼珠膨胀，脸庞发烫，“咔嗒”一声，脖子里有哪根骨头断掉了。终于，脑中的意识模糊起来，失去了实在的感觉，头顶出现一大片灰色，我死死地盯着它，用最后一点意识的余温盯着它，然后，半轮炽热的白灯把我照醒。

我发现，自己是在地上醒过来的。头有些痛，嗓子噎得难受，绳子依然悬挂在房梁上，晃晃悠悠。只不过，房梁不再是灰色渣土的了，而是装饰着镂空吊顶和华彩的瓷片。我突然感觉有人控制了自己，有种意识在我的脑袋里，和自身的回忆交叠在一起。于是我在混沌的支配下，翻了个身，从地上慢慢爬起来。这间房子面积变大了，而且似乎住了人。门口摆着一双高跟鞋，屋里装饰华美，打扫得干干净净，电视开着，正播放午间的新闻节目。一只毛茸茸的大狗看到我，走了过来。

“放你条生路。”我说。然后掏出小刀，割断了束缚它的绳索，它很快就向外走去，在门口消失不见了，就像毫不眷恋这个家一样。

什么？为什么把狗放掉？我也不知道，仿佛这就是我的使命。我放完狗，就向几个卧房走去，并进入其中一个熟悉的房间，是……欧女士的房间，我认识她，但又不记得她是谁。于是我跌跌撞撞往里走，追随着花的奇异香味，而窗外正在下雪，朦胧一片。我想起来了，我爱她，是一种不能大白于天下的爱。我来到她的面前，准备在一旁侍立，我这辈子已经习惯了侍立，但是，身体却不由自主地坐在地板上，和她面对面。

时间在此刻凝固了，我感到，自己丢失了一些片段。随后，我低下头的时候，看到胸口插着一把尖刀。女人，欧女士，仍然在我对面坐着，她开始哭了，为我而哭，为一个侍者而哭？我很怀疑，也很震惊。但我的确还活着啊，因你们的急救和治疗而活，当我从震惊中清醒过来时，便已经在你面前。唉，死亡！死亡的过程太痛苦了，我很庆幸我依然活着。今天很高兴和你聊天，孩子。但是，你回头看看，看到门了吗，就是那扇房门，它正虚掩着，给我带来极其微小的安全感，但我知道这一切都是虚妄，过去的影子从门的缝隙里跃然欲出。我心里仍然在计数，从和你聊天开始，已经数到了 2447，强迫和焦虑的感觉将注定永远萦绕在我的脑中。多年前，在我年纪轻轻、刚刚当上侍者的时候，老师交给我一本口袋书。里尔克的《安魂曲》，我看过很多遍。其中有一页写道——“谁还在言及胜利呢？忍耐就是一切。”

就是这样的，孩子，忍耐意味着一切。

4

受访人：A 小姐（第一受体），病档编号 10XXXX29

首先，帮凶，不要把脸离我太近。你让我感觉很压抑。

其次，把你的雪茄收起来，它散发着淡淡的味道，你没有感觉出不对吗？淡淡的味道，似乎真的能闻到味道似的，帮凶。

第三……没有什么第三。我已经过了害怕的年纪。人在二十二岁以前会害怕，而我今年二十五岁了，担任研究助理已满三年，也不再个是少女。我已经多年没有爱恋过任何人了，但是，伤害还在，这就是我为什么要死去。因为绝望，你也能看到绝望，绝望也在笼罩你，对吧？死对我们来说，原来都是一种奢侈。不要低头，请直视我。意外吗？在你无休无止的寻访中，最直击要害的竟然是个女流之辈？你曾经最熟悉的女流之辈？

你为什么不早点来找我，是因为害怕面对我，害怕我这个兴许会讲出真相的人。你在妄想通过别人就能解决问题。别幼稚了，看看你自己，帮凶。

好了，抬起头来。好好聊几句。我直击要害的能力，也是一种幸运。因为我对本次事件一直都记忆深刻，和你们顺口胡说全不一样。我记得置身在那间房子里，电视关了，狗跑了，这都是其中一个“我”做的。我记得来到没有窗户的屋子，女人在里边，她生过孩子吗，大概没有。她的体型比我还要好，因为我生过一个，而那个孩子已经遗失在茫茫的人海里，我不知道买家是谁，但是当时的我——十九岁的少女，根本没办法养育她。这是唯一的选择。当她每度过一岁生日，我就给自己的上臂来上一刀。是不是很变态呢？你永远都无法理解，帮凶，永远都无法理解吧。窗外的雪越来越大了，玻璃凝上雾气，我们拥抱和追逐，一直来到最里边的房间，这位体态优美的女人在屋里徘徊，不停冲我咆哮，我们争吵，但不知道吵的是什么内容。最后我抱着她痛哭起来，她的男人要带她去国外，我的商业帝国也即将垮塌，绝望就这样一层层在房间里叠加。没错，最后，我们达成了一致，我一只手竖着割开腕子，另一只手刺入胸膛。什么？你说这是两只手无法完成的，那你就推理一下吧，侦探，我到底是怎样同时杀掉自己两次。反正我割开腕子的时候，血很快流尽了，最后流出的是灰色的液体，然后我便被笼罩在环状的白色灯光下。

你笑了。看起来，你对我的答复很满意。但是，我要继续说下去了，别像白痴一样盯着我，别以为我什么都不知道。我死了，侦探先生，在肉体的意义上，我死了。死掉的应该不止我一个人，但可能只有我还记得，因为我是当天最早接受意识固定的人，或者我是损伤最轻的尸体。那天，总共死了四个人，对吗？在你们权力所及的范围内，只能找到这四具尸体。在你们毫无顾忌地面向尸体谈话的时候，我可断断续续地都听到了，是不是让人恐怖得汗毛直立？但是，在我失神而半睁的眼睛之下，被固定的意识也已经开始逃散，我当时很没有出息地发出了求救的讯号，无声地说着——在我因死亡而发白的口唇间——我说，救救我吧。

虽然谁也没有听到，但你们开始行动了。我的头发被剃得干干净净，骨头上钻了两个洞，黏稠的定性液体被注射进了大脑，在纳米层面上保存下完整无缺的脑、脊神经和每一组神经元过程，你们把我送进机器烧制，骨肉剥离，神经元和突触组成的体系被切成 5 纳米级的细线，由令人畏惧的电子显微镜联结在高速计算工具上，把我的一生扫描进我曾亲手抚摸过的系统里。

然后重构、剔除、重构、剔除。

你们重构了什么，又剔除了什么？我不知道，永远也无法知道了。但我明白，有谁的记忆进来了，那不是我，或者，从现在开始，那就是我。

如今，我只感到万分羞耻，我背叛了自己，但背叛自己总比背叛别人要好一些。我不会感谢你们复活我，就像不会感谢给我第一次生命的人。相反，我将诅咒你们所有人，直到末日审判的到来。

我是在用自己的语气讲话吗？如果不是的话，请你屈尊冷笑一声，再优雅地从我房间里滚开。

5

我的故事

完成访问之后，我离开了康复中心，走上微光闪烁的平移栈道，等待它把我送到会面的目的地。夫人一定早就到了，正在那里等我，想到她那冷冰冰的声音背后是怎样的权势，我不由得紧张不安、头脑发胀。

测试，五四三二一，五四三二一。我对话筒说。那边没有任何回应。我又重复一遍，目的只是让自己冷静下来，我必须完全梳理好思绪，明确地阐述出事件发生的真实情况，只有这样，我那挑剔的雇主才会满意。

目的地到了，我就像参加面试的学生，仔细整理了领子和袖口，袖口的扣子抖了抖，似乎模糊了一下。我眨眨眼睛，它又稳定下来。我曾经有双目干涩的毛病，但现在已经彻底好了，我已经很久都没有体验过病痛的感觉。没有病痛，就失去了共情，很多工作就做不好了。虽然因为这个世界的人口基数问题，委托数字大幅度下降，但我因为再也不用担心生计，反而有了更多的时间做喜欢的事。

是啊，未来不会再有什么变化，所以多找点喜欢的事吧，在日日如一日的沉闷夜色里。

我从栈道上走下来，穿过色彩艳丽、却荒无人烟的华美大道，进入一幢贝雷帽形状的建筑物，经过走廊上的抽象画和具象画，来到第三个房间。这是一个宴会厅，橙色的调子很温暖，夫人正在等我，声音露出不悦。

“你在路上说了什么？”她问。

“只是测试话筒，夫人。”我微笑地看着她。她没有形体，讲话的声音是从一个橙子大小的圆球中发出来的，圆球上有一个不断变幻的小口，在视觉上使人产生嘴巴的错觉。

她似乎叹了口气。“讲讲你的发现吧。”球体说。

“好的，夫人。我应该以先生的视角陈述，还是用几个受体的角色，或者是那个小妖精的眼光呢？”

“以你的观点说吧，”她说，“简明扼要一点，我今天不舒服，又犯了小感冒。”

夫人不舒服的时候，态度就不会过于强硬，我松了一口气，今天可以蒙混过关了，或许还能提出一点小小的要求。

“遵命，夫人。”我说，“首先，向您陈述我的结论。通过把四段记忆整合在一起，没有证据证实欧女士杀了您的丈夫。先生应该是自杀的。”

“切，”夫人哼了一声，“果真是相约自杀？”

“是的。”我说，“一号受体，就是那割腕的研究助理，她可以证实，是先生自己把刀插入胸膛。”

“那欧女士呢，是怎么死的？”夫人说。

“按照二号受体，即中枪的帮派成员的记忆，先生倒下时，欧女士也倒在了地上，流了很多血。由于没有先生动手杀她的记忆，所以她应该是自杀的。”

“你有把握吗？”

“很有把握。根据四号受体，即投缳的老人的记忆，先生被刀插入胸口的时候，欧女士还好端端地在对面坐着。应该是看到先生动手之后，她才紧跟着动手自杀。”

“好吧……原来和我想的一样。”她说，“你果然是效率最高的侦探，我没看错你。”

“是因为没有别人可雇吧。”我微笑了一下，“能和电子意识深入交谈的侦探，仅我一家。”

“另外还有个问题。”她说，“算我临时增加的委托吧。请你尽量回答我，你看过记忆，觉得……他还爱我吗？还是爱那个妖精？”

我沉默了一会儿。

“这才是您真正想问的吧，夫人？”我说，“但我不敢妄加揣测。我可以告诉您，三号受体，即那位落魄作家，凭借惊人的观察能力，完整地描述了在先生记忆里一同自杀的女人形象。他说，她留着披肩长发，穿着毛衣、白色碎花裙子，脚上却是拖鞋。他讲——‘她是世界上最美的美人儿’。您觉得，这是谁？”

球体转动着，那个类似嘴巴的小口慢慢闪烁。过了一会儿，她说：

“这是年轻时的我，初雪天，第一次约会。我仔细地洗了长发，换上新衣裳，紧张不安地在屋里徘徊。突然，看见他在楼下等我，我高兴地忘了换鞋，就跑去楼下找他。那个妖……欧女士，是不留长发的，她是个短发的女人。”

我点点头。

“您满意了吗？”我说。

“好的……谢谢你。”她低声说。

“您是在流泪吗？”我似乎问了不该问的问题。

“怎么会……啊，”夫人笑了一声，“那么，他会不会是看错了，不，记错了呢？”

“嗯，有可能。因为四名受体和先生的记忆混淆了，有些难以区分。”我说，“关于记忆混淆这一点，我恳求您多向我透露一些信息。”

“你的贡献很大，有权知情。以下的话，请你不要对外讲，但想必你已经猜出了八成——先生死后，在意识转移时出了岔子，他早已罹患轻度帕金森症，但出于对自身在公司管理权益的维护，他并没有向任何人坦承。意识紧急转移时，也来不及检测，技术员只能把他大脑某些区域产生的变异性缠结完全复制下来。这一功能性的损害在新模型构建时被意外扩大，影响了其他三个区域，导致新模型的记忆存储功能减少了 28%。”

“先生真是命途多舛。”我不动声色地说。

“他们太着急了。”夫人说，“这些年轻人，着急表现，着急拯救老板、升职加薪。”

她听起来异常平静，我想了想，没有继续深究。

“这是技术部的疏失。”夫人说，“转移过程中保留下来的部分记忆无处安置，只能使用别人的模型存储。但是，想制造模型的话，必须对脑部进行破坏性扫描，可我们去哪儿寻找志愿者呢？而且，至少需要四个志愿者！最后，只能通过自杀者救助协会，临时找来四具刚刚去世的尸体。我们扫描后，形成模型，把他们的部分大脑特征剔除，暂时存储了先生无处安放的记忆。我们想的是，等技术进一步完善之后，再对记忆进行剥离，把先生的记忆还原到统一的模型里。现在看来……可能是天方夜谭了。”

“是的，照目前的记忆混淆程度来看，这想法恐怕难以实现。”我说。

“命运不可强求。”夫人说，“人能活下来就不错。现在的他就像个幼儿，我会把他当作孩子一样，教育他，伴他成长，我们将会永远在一起，跨越这看不见的屏障……”

然后，在法律上，整个公司的产业仍然受你控制。我心里想。

“你说什么？”她问。

“是自言自语，夫人。”我说，“情况既已汇报完毕，我恐怕该离开了。只是，我还有个问题不解，想要再请教请教您。”

“请说吧，我的朋友，我愿意为你解答。”

“我对于那三个模型没有疑问，夫人。”我说，“唯有 A 小姐，一号受体，A 小姐是自杀的吗？一个人能竖着割断自己的手腕吗？”

“A 小姐？”

“那位研究助理。”我说，“询问受体时，我回忆起来了，她生前似乎曾经照顾过我。”

“看来你恢复得不错，”夫人说，“想起了不少东西。”

"我认为，你们最后可能缺一个人，不，缺一具尸体。"

"她是自杀的。"夫人说，"我想你应该走了，我对你的工作很满意。"

我站了约有两分钟的时间，看到圆球没有任何反应，才抿抿嘴唇，微微行了个礼，转身离去。

"如果说她是自愿牺牲的呢？"夫人突然说。

我停下脚步，背冲着她，偏了偏头。

"希望你不要冲动，别忘了是谁拯救了你，我的朋友。"夫人说，"盼望下次继续合作。"

"不胜荣幸。"

我和她告别，慢慢走到房门前，拉开大门。面前又是一片虚空，灰色的旋涡像峡谷中的激流般旋转，白色的引导灯光时隐时现。如今我早已习惯了它，便默默把门关上，走向另一个方向，打开了第二扇门。好不容易结束了紧张的工作，这次出去，我可以和她再谈一次。不，我又改变了主意，与其纠缠于谜一样的情感和往事，还不如直接去找点乐子，不如来场不醉不归，除此之外，别的还有什么意义呢？毕竟有人说过——

"让田野充满痛苦，是不可能的。死是不可能的。"

世界降下白雪的时候，就是季节更替的时刻。写作可能很有意思，做一名杀手也不错，或者成为忠心耿耿的仆役。永生很长，我有的是沉闷的时间。

原刊《科幻世界》2022 年第 8 期

作者简介：

任青，科幻小说作者，第 32 届银河奖最佳短篇奖得主，环境法学硕士，（非理性的）法律行业从业者，半梦半醒旅居地球多年，埋首故纸堆获遗珠若干。《还魂》《昨日幻梦》《消失的马戏团》《庞克的最后轶闻》等多篇小说刊发于《科幻世界》，其中《消失的马戏团》入选《科幻世界精选集 2020》。

阿虎文章的氛围塑造极佳，笔下人物有种“精致的粗粝感”。字句仿佛只是纱窗上无用的点线，不时能渗出凛冽寒风。这类故事更像是本土应有的悬疑，没有聪明绝顶的福尔摩斯和作为解说工具的华生，有的仅是普通人的挣扎。在中国社会特有的人际纠缠里，扒开了满身泥泞，抓住唯一的稻草，而稻草另一端，牵连着读者的心。

——“ONE·一个”App 编辑　梅不谈

无辜的囚徒

阿　虎

1

黄昏，龙志刚擦着骨灰盒，擦得杀气腾腾。乌黑的眼睛从窗玻璃里盯出去，一眼就盯到了下街角的丧葬一条龙。那儿离县医院大门也就一百米，野心灼灼，恨不能直接把店开进医院太平间，就差把名片塞到死人自己手上了。

门外在下雪，飘飘洒洒，妖孽地随风舞动。烟囱里的白气被打得七零八落。

龙志刚左臂折在胸口，纱布吊着脖子。受伤已经是第三天。他挑了挑炉子，把冰冷的左手搭在了壶盖上。

徒弟小岳办事回来了。车还没停好，龙志刚马上走出去说：“再陪我去趟老龙口。”

“还去？”

“去。”单臂已把卷闸门拉下来。

街上薄薄一层新雪，两行车辙延伸了出去。

因天阴路滑，五六公里的车程，行驶了约四十分钟。

车开到废弃的道桥边停下。白雪覆盖了荒芜，难见人烟。桥下有条河，河水已封冻。

他就是在这里遭遇不测。至今想起，都觉得后怕。

他是个小生意人，驻扎在县医院附近也有些年头，平稳地干着丧葬一条龙的买卖。生意虽不算大，但十几年过去，在县城也有一号。

那天，大雪纷飞，他从一个事主家离开。因村子偏远，路况不佳，便抄近道走了封冻的老龙口冰河。

他开的是辆小货车。车说不上有多结实，可从没出要命的故障。可这天，如同着了鬼，车一驶上村道，底盘声音就不大对劲了。

起始，他也没太在意，以为下雪，车轴沾了泥污。可刚一提速，底盘声音竟变得越发吓人。

他着实慌起来，原本打算把车开到平缓的地方查看一下，正这样想着，就见一个黑乎乎的东西从车前滚了出去。

再一看，竟是车轮胎。

“哐啷”一声，车便崴倒倾斜。

“操他妈的……”

幸亏车速不快，一脚刹车，车便停住了。

“妈的……见鬼！”

探头一瞧，左前轮位置空了。

惊魂甫定，他才鼓起胆，下车查看。谁知脚刚一落地，就感觉后背一刺。还没明白是怎么回事，一口气便闷在了胸口。

紧接着，麻木自肩膀迅速升至耳根，又迅速蔓延至面部。他还想再骂一句，嘴竟也木掉了。

眼前阵阵发黑。牙根一酸，后颈一热，人前趴，马上栽倒在地。

恍惚中，听到有人说：“倒了，倒了……”

又似乎看到两个人影，像两团模糊的烟雾。

那两人大概走了过来。其中一个似乎拍了拍他的脸，然后翻转他身体，从背上掠走什么东西。

那两人似乎还在说着什么，但声音遥远得像是从天边传来。

寒气扑打着龙志刚的脸，幻梦里一片白茫茫，耳朵里只剩下落雪的声音。

等醒过来的时候，天已经黑得伸手不见五指。四下察看，他发现自己正躺在车后排座上。

龙志刚强撑着手臂坐起来，理了好半天，才明白过来发生了什么事儿。但又不能够完全记起来。大概记得轮胎脱落过。

但打开车门一看，车轮好端端都在。心想，难道是着了事主家的鬼？操弄死人生意十几年，他还从来不信什么神鬼。

后背痛得厉害，浑身的血管似乎都在跳动。他抬起僵硬的手臂，勉强将车启动。

车战战兢兢行驶起来。

虽然车轴一路还在响动，好在再没发生什么状况。但越思索越觉着古怪，一定是有人在搞鬼。

“是哪个瘪犊子王八蛋……”

去医院，挂了急诊，一查，膀子脱臼。从X光室出来，医生告诉他，后背上有个十字形伤口。

“是吗？”

“这还能骗你？貌似让什么东西扎到了。”

龙志刚这才记起后背上挨“刺”的那么一下。

医生问是怎么回事。龙志刚也说不清，只说可能开车开蒙圈了，出了个小车祸，让车座弹簧上的铁丝垫了一下。

医生建议留观。老婆杨晓丽来陪床。

二日一早，医生又来告诉他：“查明白了，是个针眼。”

龙志刚一惊，“针眼？”

“没错。看过了你衣服，上面也有眼儿，幸亏你穿的衣服厚……血帮你查过了，氰化物中毒。”

“不会搞错吧？”龙志刚又是一惊。

“不能有错。”

医生拿出血液化验单给他看。

龙志刚的眼前突然鬼影动了一下。

“上个礼拜，有个套狗的误把毒针射到了自己。进急诊室没半个小时，人就没了。”医生信誓旦旦，“你的症状和他一样。”

又问：“你没得罪啥人吧？”

龙志刚一阵惶惑，同时生出恐惧。

老婆杨晓丽也吓坏了，脸色苍白，说：“你的意思是有人要害我老公？”

“有可能。快报警吧，这不是小事儿……”

回想起事发时的情形，龙志刚越发感到一股恶意正向他扑来。心里忽然走起马灯。

要说活四十来年没得罪过什么人也是假话，但龙志刚自认不是性格张扬的人。关于生意上的事儿，多年来都谨守“和气生财”的原则。谁也不是圣人，偶尔赚点儿昧良心的钱在所难免，可也不至于让谁恨到要弄死他。

龙志刚想破了脑袋，也没想出到底谁想害他。

在医院一住就是三天。出院，路过医院门口的丧葬铺子时，有辆车猛然启动，吓他一大跳。

“哈哈……矛好意思（不好意思）……”一个拐着粤语腔的声音从车里传出。

车窗里，一张讨打的脸。

去年，街面上突然冒出个戗行的，是个叫包勇的小子。平日走场拉单子，这小子如影相随，抢死人，拼价格，明争暗斗。仗着老丈人在县医院任职，越发地猖狂，县医院太平间好似都让他包圆。

猛一下，目标就锁定在这张脸上。

“哟，挂彩啦，叔。谁搞的，老弟帮你弄他。”

“你小子别得意。”龙志刚愤愤道。

“我咋得意了？不就换辆新车？”

“人在做，天在看，自个儿明白！”

“瞧您这话说的，就不许换辆车，装装门面？”包勇故意打着双闪。

“小心开快车闪了脖子！”

“好嘞，听您的，叔，老弟保证低调。”

包勇轰着油门，牛气哄哄离开了。

2

站在老龙口的出事地点，龙志刚再一次疯狂地猜疑。如果是包勇那小子，他非得剥他层皮下来。

但同时又有别的思虑，也许是个抢劫的，因他常把玩的一个玉石貔貅手把件也在那天丢了。

他来老龙口已经是第三趟，出事地点的雪地都翻遍了，还是没找到。如果不是落在这儿，一定是让暗算他的混蛋给顺走了。

师徒二人陷落在雪地里，绣花一样找着东西。到底天色已晚。

“妈蛋，不找了！回去！”

车没开出多久，办丧事的那家事主打来电话，说是那天有个亲戚看到有人靠近过他的车，问要不要来见见。

“靠谱吗？”

龙志刚已经让一些混杂的信息快折磨疯了。

“靠谱不靠谱的，先来见见，当面问啊。人也是好心，想提供点儿线索。”

龙志刚打转方向盘，去见了那位亲戚。

是个戴眼镜的小学女教师。

女教师说："那天，我看到有个矮个子在你车边绕了好几圈。他先蹲在车下查看，我以为他在修车，可没过一分钟，人就走了。之后，你就上了车。我心想，也不是他的车，干吗要在那儿蹲一下？想想，实在不太对劲。加上听说了你这事儿，越是觉着不太对劲。"

"他开车了吗？"

"好像开了吧。我看到他上了辆'鲁'字牌照的车，就停在山坡下。"

"车上有没有别人吗？"

"貌似有一个。"

"都长啥样？"

"这可说不清，都戴口罩，都没看清。"

龙志刚给女教师留了电话。

3

提心吊胆的日子不好过，龙志刚这些天出门，必让徒弟小岳跟随，连上个厕所都疑神疑鬼，也要小岳跟着。上车前，必检查车况，魔怔了一样。

思来想去，还是觉得包勇那小子最可疑。路上打照面，七个不服八个不忿，炮头脑袋顶个雷劈的缝，总领五六个花臂文身戴墨镜的，耀武扬威。

龙志刚摆了桌酒，"假意"请人说和，试图探探这小子的底。这种事他好多年都没做过，但为了对付浑小子，他愿意把脸舍下来。

包勇竟痛快应了。

见面这天晚上，龙志刚和中间人先到。那小子迟到半个钟头，身边自然少不了花臂文身的，一脸的装相。来了，假客气叫"叔"。

龙志刚皮笑肉不笑，只让中间人和他说。

包勇梗着高耸的脖子，脑袋上发胶得有一吨，就是要吃他一口的架势。

酒酣之际，龙志刚说：“你叫我一声叔，那就告你点儿实话，做生意没你这么做的。现在是法治社会，别仗着你老丈人是医院的，有层关系，你就敢胡来。天狂必有雨，人狂必有祸，听没听过？你弄死我，你也得不着好。”

包勇马上变了脸色。

“说啥呢，谁要弄死你？”

“别装糊涂……”

“喝多了吧你！”

“不心虚吗？老子差点儿完犊子。人在做，天在看，你记我这一次好儿……”

“记他妈你啥好？能来就够给你面子了。生意，我懂！谁行，谁上！不行，就他妈靠边儿站！”

“硬来，是吗？”龙志刚把血液化验报告单拍在了桌上，“这东西送公安局，告你个杀人未遂没含糊！”

“说啥呢？有病吧。要不是看你岁数大，早他妈擂你一顿了。”

几个跟班跃跃欲试，让包勇给摁下了。

“咱们走！”

包勇便梗着脖子，便带着跟班离开了。

中间人自始至终没插上话，脸儿冒绿光。

龙志刚气得胸鼓包，一起一伏。

中间人抱怨：“搞清楚没有？就怀疑是他？你这不是让我坐蜡！”

中间人也气哼哼离开了。

龙志刚顿时也没了底。

“难不成还有别人？”

4

包勇的老婆马春燕怀孕了，每日坐在铺子前晒太阳，偶尔会散步到龙志刚铺子这边。女人有天徘徊到门口，说："叔，您别跟包勇一般见识。他才干买卖不久，没啥经验，还得和您多学呢。"

龙志刚心想，包勇那小子人品不怎么样，倒是娶了个会说人话的老婆。但反过来想，又极有可能是那小子派女人缓和关系来了。

龙志刚皮笑肉不笑地说："我只要不让人欺负死，在这条街上还能混下去，就烧高香了。"

女人没再说什么，进了旁边的小卖部。

龙志刚诅咒女人的大肚子，诅咒那个还没出生的小生命。那女人不知道脑子出了什么毛病，买了好几根雪糕，边走边吃。龙志刚心里暗骂："神经病，也不怕把孩子搞掉！"

5

疑神疑鬼很多天，龙志刚决定去找徐柏祥。徐柏祥是公安局刑警队的，两家上下楼邻居住了很多年。那人有点儿不近人情，从来不太和邻居打交道。但遇上这种事儿，没别人可找，只能找他。

龙志刚把来龙去脉说了一遍，并把毒物化验单给徐柏祥看。

徐柏祥不动声色听着。

"我原想可能是抢劫，可想来想去，又觉得不是。我媳妇说，许是有人开玩笑。可开玩笑没这么开的。你也了解我，我这人向来不和人结疙瘩，也不留隔夜的仇，想破了脑袋也想不出来到底谁要和我过不去。"

"丢没丢东西？"

"丢个手把件，千八百块，还没手机贵。"

"手机没丢？"

"没。手机、钱包都在。"

“车轮轴检查过？”

“查过，肯定有人动过手脚。去事主家也问了，也没问明白。这不没办法了才来找你。”

“你怀疑是包勇？”

“对。我非得他妈的掰扯明白！”

“打击报复是不太好，最好还是先去报个案……你把照片拍下来吧，多拍几张，拍仔细。”徐柏祥点着毒物化验单，“拿这个，先立案。”

龙志刚觉得徐柏祥压根没重视他的说法。

“你可得帮我，老徐，我差点儿让人弄死。”

“你这不是好端端的？应该没那么严重。先回吧，明天局里说。有手把件的照片，也拿着。”

龙志刚只能先回了家。他翻了翻手机，翻到数张平时拿着手把件拍下的生活照。之后又下楼，给车轮轴拍了照。

二日一早，便去立了案。

徐柏祥出差了，龙志刚没见到人。近几日，有桩无头命案传得沸沸扬扬，连电视台都播报了。办公室里一片躁乱，似乎都在忙案子的事儿。

一等就是好多天，龙志刚也没等到徐柏祥答复。有天在楼下停车，恰好遇到徐柏祥。徐柏祥竟压根没提他的事儿，好像已经忘得一干二净。

龙志刚想，没谁能靠得住，漫说是邻居，面子情都不肯给。

徐柏祥没提，他也就没问，何必热脸贴冷屁股。

龙志刚找了小舅子杨强。杨强和包勇认识，算是初中同学，但同级不同班。

龙志刚说：“你帮我去探探，看是不是包勇背后朝我下绊子。”

“不太可能吧，他再怎么戗行，也不能背后下这种黑手。我们十来年的朋友，他也清楚咱俩的关系。看我面子，也不能给你使坏吧。”

杨强竟向着包勇说话。

妻子杨晓丽也帮腔，说不太可能。

龙志刚越发含了气，连老婆都这样，更没谁能信了。

又一天，包勇再一次刨了他的场子，那小子拼命压价，到手的单子飞了。那小子是和他较上劲了。

“操他妈的……”

龙志刚恨不得冲到下街角破口大骂。

6

这天晚上，将近十一点，徐柏祥忽然敲开了龙志刚家的门。人还穿着制服，刚下班的样子。

徐柏祥说：“记得上次你说，是丢了个貔貅手把件吧？”

真是破天荒，邻居这么些年，徐柏祥从没这么主动上过门。

龙志刚把着门框，冷淡地说：“我不要了。没事儿，老徐，您不用查了。”他这完全是气话。

“是这个吗？”徐柏祥一脸严肃，把手机屏幕亮给他。

龙志刚一看，竟是貔貅手把件的照片。

“找到了？”

龙志刚精神大振。

“大概是找到了。”徐柏祥脸上有些探索的神色，迟疑一下，说，“跟我去趟局里，认认实物。”

“现在吗？”

“就现在。”

“太晚了，明天了。”

“还是现在去，免得夜长梦多。”

徐柏祥这么一说，龙志刚忽然挂起紧张，连睡衣都没换掉，就跟随徐柏祥到了楼下。妻子杨晓丽以为出了什么大事，忙去找徐柏祥老婆。两个女人跟着下楼，徐柏祥骂："都跟着干啥？老娘们在家待着！"

他真是奇怪的物种，龙志刚感到徐柏祥身上有邪性在压迫着他，嘴巴被封印一路。

到达公安局，徐柏祥马上叫人把手把件拿来让龙志刚辨认。

"看好，是不是你的东西。"

那东西龙志刚已把玩七八年，闭眼都认得出来。

"是。"

"能肯定吗？"

"能。"

"这就妥了。"徐柏祥脸上的阴沉更加浓烈。

此刻，那东西竟放在一个透明塑封袋里，且编了号码。

龙志刚这才真正感到了不对劲。

"咋……咋找到的？"

徐柏祥稍稍松了口气，但阴沉仍保持着。

"最近的无头命案，听说没？"

"听……听说了，不都在传。"

徐柏祥把塑封袋翻转，上面写着：刘斌屯无头尸案死者遗物。

龙志刚心里"咯噔"一下。

"东西是在尸体口袋里找到的……晚上翻了翻你的报案资料，一下就对应到了……"

"这……这怎么……怎么会这样？"龙志刚浑身发冷，"到底怎么回事？"

"现在还不好说。你先和他们聊聊。"

"他们？"

"是青县公安局的，他们在主办无头案。"

龙志刚被带到隔壁讯问室。

进去没多会儿，猛一下进来好几个警察，一排黑色的人头。龙志刚突然屁股发紧，一把审讯椅正等着他就位。

“老徐……”龙志刚声音发颤。

“别紧张，都是老熟人。”徐柏祥拍拍他的肩，“他们问你啥，照实说就成。”说完便离开了。

龙志刚一下子明白过来，自己和命案摊上了关系。

那几个黑色的人头并排坐下来，狭窄的空间立刻变得焦躁、压抑。龙志刚还没反应过来，一副手铐就压在了手上。

“你们怎么能这样……”龙志刚挣扎一下。

“老实坐着，回答问题就好。”

正中一个黑脸汉子，连珠炮一样问了好多有头没尾的话，最后落到了他的被人“暗算”上。

龙志刚仔细做了说明，又回忆了之后每一天的行踪，见过什么人，办过什么事。

龙志刚百般解释，口干舌燥，他一直被审问到凌晨，才在几张纸上签了字，摁了手印。

“给他喝口水吧。”

一只纸杯放到手上，还没喝到嘴，就都洒掉了。他的手在颤抖。激动，困惑，恐惧，像是在迷魂阵里翻滚。

“我什么都没做啊，警察同志。”

凭空里一股冤屈之气突然将龙志刚包裹起来。

那几个黑色的人头离开后，徐柏祥才又出现。徐柏祥说：“志刚，为了你好，你必须和我说实话。”

“我说的都是实话，老徐！我啥人品，你还不清楚？”龙志刚几乎是声嘶力竭。

“看看……”徐柏祥把死尸照片推到龙志刚眼前。

无头尸体的脖颈切面大张，像切开的烂西瓜。

恐惧逮着龙志刚神经迅速从头顶传导至脚下。

“对这个衣着特征的人有没有印象？”徐柏祥指了指。

龙志刚惊惧扫一眼，摇摇头。

“确定？”

“要见过，我就说见过了，何必还和你绕这个嘴舌？”

“你说当时暗算你的有两个人，有没有特别的印象？”

“模糊就记得两个人影，一高一矮。听见一个人说，‘倒了，倒了’，再说了啥，再记不得了。”

“哪儿的口音？”

“不知道，听起来不像咱这儿人。”

“车轴确定让人动过手脚？”

“肯定动过，车轮胎都掉了。”

一问一答，龙志刚感觉脑子快变成了糨糊。

最后，徐柏祥说：“恐怕你得在这儿待个一两天……”同时意味深长盯龙志刚一眼。

龙志刚忽然激动起来：“老徐，咱们这么多年邻居，我啥为人，你能不清楚？是你叫我来报案，报完不管不问，现在把我拿在这儿！”

“一码归一码。你是遭人暗算，难保出去不再出点儿啥事儿。”

“那这算咋回事？”龙志刚晃晃手上的手铐。

“多担待，会查清楚的。你老婆那儿，我去和她说。好好想想，到底得罪过谁？”

“我要能想到，还用得着找你？”

“你需要冷静。就这样吧。”

徐柏祥叫人把手铐摘了，也没过多安抚，便带着那股警察特有的凛然之气离开了。

龙志刚伸出拳头，打在了空气里。恨意在身体里四处乱窜，像有一万只手在抓挠。

这一夜，龙志刚就在讯问室待下去了。手机被没收，想打个电话，也不被允许。上厕所，也要被人押送。

龙志刚勉强靠在椅子上睡去，噩梦在脑子里横冲直撞。他不断从惊恐中醒来。实在挨不住，便爬起来，扒着门缝对看守他的年轻警察说："我要见你们徐副队长。"

男警一脸冷漠，"徐副队出差了。"

"大半夜出差？"

男警没理会他。

"我给你手机号码，你给我老婆打个电话。"

"徐副队有安排，别瞎操心了。"

"我要手机，我还有生意要回话。"

"规定是不能给你，出去再说。"

"我给你点儿钱……"

"想啥呢？老实待着吧。"

男警把门撞上。

古怪焦躁的情绪反反复复，龙志刚被折磨得团团转。

二日一早，徐柏祥终于来了，带了几件衣服，说是他老婆送来的。屁字没露一个，便离开了。接着换由昨天的黑脸汉子进来，又重复问了他一堆昨天问过的问题。

第三日早上，龙志刚终于被带出讯问室，说是可以离开了。男警带他去签字。签字时，他看到了徐柏祥，还有那名小学女教师。

"他们叫我来问问那件事。"女教师说。

徐柏祥走过来，拍拍他的肩，意思是"暂时没事儿了"。徐柏祥陪他走出办公室。

徐柏祥说："那女的辨认了尸体……说是衣着特征很像对你的车做手脚的人。"

"就这？"

"暂时查到这儿。别的，还在查。至于这人是谁，现在还不好说。"

龙志刚稍稍松懈下来。他不想再开口说话，也不想再问点儿什么。他困乏极了，只想好好去睡上一觉。

小岳的车等在公安局门口。

龙志刚走到车边，对徒弟说："你师傅这次吃瘪了。"想一想，就想哭一场。

7

命案像颗钉子一样钉死了龙志刚的人身自由。这之后，他被限制离开县境。他是在出城办事的时候才发现这事儿。交警说："你身上有点儿事，请返回吧。"

龙志刚打电话给徐柏祥，才知自己被列为命案嫌疑人。徐柏祥说："没办法，案子是发生在两县交界，是青县主审，我这边也插不上话。"

随后，龙志刚更是发现，有便衣在进行跟踪，时不时在他家楼下出没。

龙志刚的生意多数铺在乡下。行动不便，更是凭空挨了一击，生意一下子败落。包勇那小子还以借电子花圈的名义跑来嘲弄，说要帮他赚点儿外快，免得花圈落灰。

令龙志刚更为痛心的是，徒弟小岳竟私底下去帮包勇做事。起始，他还不信，亲自跑去看了，才发现是事实。

师徒之间最见血的关系就是吃里爬外。小岳跟他时间最长，人老实，勤奋。他把看家本领都教给他，看风水，扎坟穴，净身装殓……他没儿子，想着以后若是年纪大了，就把整个摊子交给他来接手。现在，全落空了。

一巴掌打下去，师徒关系也到头了。

此后，龙志刚的精神状况变得越来越差。他决定把铺子关上一阵子。卷闸门拉下来的时候，他觉得这生意很可能到头了。

风水轮流转，是包勇那小子的“天下”了。

有些天，龙志刚开车常经过发现无头尸体的洗煤厂。他忍不住停下车来，去村子里转一转。不为别的，只为能打听到点儿什么。

因命案的发生，村子显得封闭又神秘。一到晚上，家家关门闭户。龙志刚把车停放在村子小广场旁边的小超市。

天快黑的时候，几个小孩子慌张从车前跑过，是一个高个儿孩子在追撵他们。高个儿孩子一脸兴奋，手里举一根树枝，树枝上悬挂着一个东西。

龙志刚忽然被那东西吸引。

“那小孩，等等！”

孩子一转头，骂：“滚！”又吐他一口唾沫，随即窜进巷子。

龙志刚跟了过去。

孩子回头做了个鬼脸，逃得无影无踪。

龙志刚拦下一个路人，问是谁家的孩子。

路人说：“邓庆河家的孙子。”

“住哪儿？”

“进巷子，门口有棵洋槐，就是他家了。”

龙志刚找了过去，还没走到门口，就听“啪”的一声，一枚石子落到他脚下。一个黑脑袋从墙头落下去，继而听到孩子笑声。龙志刚马上跑过去，一把拽住了还没来得及从树上滑下去的孩子。

孩子大叫：“叔叔，我错了！”

“东西呢？”

孩子擦着鼻涕，眼球翻转：“啥呀？”

“树枝上挂的。”

孩子两根手指交叉：“给十块，给你看。”

龙志刚上下一摸，什么也没摸到。孩子被触到痒点，哈哈笑。

“去找来。”

“给十块。”孩子一脸霸道。

龙志刚把孩子擒到了墙根，顺着孩子视线一踅摸，便在墙缝里找到那东西。那是块人的下颌骨。做死人生意这么多年，替人挖坟迁坟，龙志刚对人骨再熟悉不过。

龙志刚的目光忽然杀在孩子脸上：“哪里来的？”

孩子这次知道不是闹着玩的了，说：“捡的。”

“哪里捡的？”

“村东头，坟圈子。”

“撒谎把头给你拧下来。”

“真的，不骗你。还有个骷髅头，让野狗给叼走了。他们都怕，我不怕。”孩子一脸得意。

龙志刚愣了下神。

孩子突然挣脱，跑掉了。

“老兔崽子，你欠我十块！”

龙志刚捏了捏下颌骨，质地坚硬，有光泽，还很新鲜。他去街面打听到坟圈子的位置。那里和洗煤厂只隔一条河。河上还有条废弃的铁路。远远地，竟能看到发现无头尸体的位置，洗煤厂大门口悬挂着警戒线，横七竖八，被风吹乱，哗啦啦作响。

龙志刚爬上了铁路，洗煤厂尽收眼底。运煤隧道也已废弃，洞口黑漆漆的。隐约听到两声狗吠，回声四起，辨不清从哪里传来。

龙志刚找了根木棍，攥在手里。他壮着胆子，向隧道方向走了十几步。借着最后一点天光，他靠近了隧道口，冷风扑出来，鼻腔被刺激，他打了个喷嚏。就听“汪汪”两声，巨大的回声在洞子里震颤。

龙志刚吓得转身就跑。但道上都是石子，他根本跑不起来。

“汪汪……汪汪汪……”不只是一只，可能有三四只，伴随着回声，越发可怖。

狂吠声响彻空旷处，黑乎乎的家伙已出现在道口。龙志刚抓起一把石头就丢了过去。

狗没被吓退，反而冲了上来。

龙志刚把木棍镇在手上。他了解野狗秉性，不能跑，一跑，必被逮一口。

“来啊，过来啊！”他大声挑衅着。

野狗大胆冲过来，身体后挫，喉咙里发出古怪的吼叫。一股腐败的气息飘散。

道口又出现了两三只。身后也跑来两只。龙志刚已无退路。他折断棍子，猛一下跑过去，冲着狗脸扎了过去。狗一跃而起。龙志刚又是一刺，黑东西惨叫，像块被击穿的破布，沉沉落在了地上。

“妈的！找死！”

龙志刚踩着狗头，又狠狠给了几下。从前，他是杀过猪的。杀猪，杀狗，一个道理。他把这些天积压的怨恨也同时插了出去。

野狗四散逃走。

龙志刚感到浑身燥热。平复一下，再次走到隧道口。还没走进去两步，就见铁道上有个圆滚滚发白的东西。打亮手机一晃，很快辨认出，那是颗光亮的骷髅头。

“操！”

洗煤厂的夜空再次被警笛声划破。

两日后，人头确定属于无头尸体。根据死者的颅骨进行模拟复原画像，龙志刚看到一张陌生的脸，吊眉梢，窄额头，面目可憎。

在洗煤厂附近的坟圈子，警犬发现狗刨过的土坑，土坑里陷落着一个用黑色塑料袋包裹的高压锅，里面残留着人的皮肤组织，还有毛发。凶手大概用高压锅处理过人头。

徐柏祥说：“志刚，这次真有你的。”

龙志刚听不出是夸赞还是讽刺。

8

一晃半个月过去，龙志刚始终没听到关于案子的任何信息，也不知道这无头的人到底是谁。徐柏祥一直拿“是青县在主审”搪塞。

龙志刚仍被限制出行，似乎找到人头，更像是加重了一层嫌疑。无法，只能天天闷在家里喝大酒。这些天，妻子杨晓丽还总去前夫那儿看儿子。道听途说，杨晓丽和前夫总腻在一块。妻子一回来，他就趁着酒劲爆发了，夫妻俩大吵一架。妻子哭着鼻子回娘家住了。

小舅子杨强跑来说：“姐夫，我姐年纪比你小，你得宠着她啊。”

龙志刚说：“我还不够宠她？结婚两年，她爱吃啥吃啥，爱穿啥穿啥。能过就过，不能过就散。”

他是二婚，前妻因难产去世。之后十多年，都是单身过来。前年才在一个朋友撮合下，认识了小他十岁的杨晓丽。都是二婚头，他也快五十了，心想，能有个收拾屋子做饭的，也就心满意足。如他所愿，杨晓丽的确是很会过日子的女人，烧得一手好菜，会包十八褶子的饺子，还会拔罐、按摩、捏他那双常年痛风的脚。女人就一样毛病，太爱贴补娘家人，尤其是她不争气的弟弟。

杨强压根不是实心实意来劝和的，劝了几句，便过渡到借钱的事儿，说：“姐夫，最近生意上亏点儿，能不能帮衬一下。”

龙志刚说：“你难道没看到，我让包勇欺负成了啥样？我都到啥地步了，你还借钱？”

杨强一脸讪讪，没再提借钱，转而问：“听我姐说，警察老逮着你不放，到底咋回事？”

“不关你事儿。”龙志刚曾受过徐柏祥叮嘱，最好不要和人谈起案子。

但杨强还是追问了一番，龙志刚把酒话全倒了出来。

杨强替他鸣不平，说；“你放心，姐夫，回头找着暗算的，我替你教训他。”

龙志刚越发被煽动。

怨怒催着醉酒的龙志刚隔三差五去公安局要光棍，人人唯恐避之不及，渐渐又都放任他赖在办公室。徐柏祥开始还敷衍着和他聊一聊案子，之后便不怎么搭理他了。

徐柏祥有个公文包，公文包里放着工作笔记。有天，龙志刚做了次“贼”，趁着徐柏祥在开会，溜进他的办公室，偷看了那本工作笔记。龙志刚总认为徐柏祥瞒着他不少事儿。

笔记杂乱无章，龙志刚也理不清是什么意思，只看到最新一页笔记上写着一个人名和一个旅店的名字：段路红，春阳旅店。信息归类到“无头命案”的标签下边。

龙志刚恰好认识春阳旅店的老板高鸿业。他打去电话，问段路红是谁。

高鸿业说：“你怎么也问这个段路红？警察才来问过。”

“他是谁？”

“一个月前我这儿住过的一个客人。”

“警察咋说？”

“说是在查刘斌屯的案子，问到了我这儿，想看看监控。但我这儿监控一礼拜一清内存，没留下来。”

“就这一个人来住店？”

“俩人。登记了一个身份证，就这个叫段路红的。”

“住了几天？”

“头天晚上住，早上就退房了。”

“开没开车？”

“早不记得了。看起来好像附近工地的，提着编织袋，装着被褥。一只手还有点儿残疾，缺手指头，就剩个大拇指。”

“你确定？”

“错不了。”

“段路红哪里人？”

“扫一眼身份证，应该是山东的。”

龙志刚要高鸿业把身份证号码告诉他，他把号码首六位对应的数字输入手机查询，发现是山东 X 县。

9

龙志刚借了辆车，避开警察视线，悄悄去了山东 X 县。他不想坐以待毙，变成个废物。

X 县以矿产资源为名，但近年来资源枯竭，不少地方已沦为采空区。龙志刚去的路上，看到不少废弃的选矿厂、冶炼厂。县城里有一个热电站，高大的烟囱矗立在低矮的楼群之上，到处一片萧条，死气沉沉。

龙志刚先去了当地派出所，托词称一个叫段路红的欠了他钱，想以他的身份证信息查一查他家的具体住址。派出所民警并没有为难他，但很不走运，户籍信息显示，此人已亡故。想来，那个暗算者一定使用了假身份证件入住旅店。

龙志刚顿感失望，但还是按那个住址找到了“段路红”的家。

段路红家住在距离县城很偏远的矿区，满目疮痍的村子里，有个瓦屋破败的院子。有人给龙志刚指路，说那就是段路红家。

“有外地警察也来问过。”指路人说。

“最近吗？”

“就是最近。”

龙志刚心想，肯定是调查命案的警察来过。

“段路红家还有别人吗？”

“有个弟弟叫段庆红。”

“人在村子里吗？”

“早入赘出去了，早十几年就不在村子里了。赌博，没正业，不是个顾家的人。后来听说离了婚，撇下老婆孩子走了，也不知道去了哪里。”

“村里有没有一个缺了手指的人？就剩一根大拇指。”

“那倒没有。”

龙志刚带着失望离开了。

年关将至，县城里悬挂起红灯，到处张灯结彩。公园里，有人挥笔书写对联。人们脸上洋溢着节日前的喜气。唯有龙志刚，却像是流落在这座小城。

夜里，住进一个两面透风的旅店。忽然想起老婆杨晓丽，那个死女人，自从回了娘家，竟很多天没过问他的死活了，看来两年的婚姻也要到头了。有拉皮条的在楼下晃悠，他叫来一个半老徐娘，机械办了事儿。

女人说：“不快乐吗，哥？”

“看出来了？”

“哪能瞧不出来。人生起起伏伏，总会过去的。”

“嗯。”

“哥应该不差钱吧，快过年了，不去耍两个，痛快痛快？”

“没那瘾。”

“没事儿，你搭我班儿，输了算我的，赢了对半。咱都外地的，一块开心开心。”

“你楼下那位能同意？”

“我还不能有点儿私人空间？”

单纯是觉得这女人声音挺好听的，龙志刚便同意了。如果她骗他，他也认了。突然就很想堕落下去。

县城郊区有个村子，一到夜间，满村子都是开盘赌博的，都叫那里“小澳门”。人人过得跟活鬼一样，半夜十二点以后开盘，窗户都用黑纱罩着。

女人并没有骗他，赢了钱，对半分。输了，也没要他舍钱。第三天晚上，龙志刚自己一个去了。开门红，连赢两把。他在悲哀中忽然找到点儿快乐，就只那么一下，转瞬即逝。接连就输了下去。输了以后，反而心无挂碍，如同开堕落的快车，无所畏惧行进下去，无非一个“死”字。

龙志刚去了趟厕所，放了尿。出来以后，悲哀又迷茫，身上没现金了。想了想，本打算离开，有个人忽然引起他的注意。那人大概刚刚入场，正在洗牌。龙志刚听到有人叫那人“老段”。

“老段，有日子没见啦，哪儿发财去了？”

“滚蛋，发你娘 × 的财。”

龙志刚觉得那声音有些耳熟，便站了站，多听了一下，越发觉得好像在哪里听到过。他禁不住走过去辨认。

那人坐在靠角落一个隔挡里，背对着他。龙志刚绕到隔挡正前方，看到了那人的脸。那人不经意抬头，目光恰好和龙志刚撞在一起。如同闪电一般，那人像是被龙志刚吓了一跳。

老段冲龙志刚点点头，龙志刚也下意识点点头。

老段很快低下了头去，龙志刚的心脏猛一下便跳了嗓子眼。他认出了老段，确切地说，是他认出了他的手，洗麻将牌的两只手中，其中有只残疾，只剩下一根大拇指。

龙志刚平复一下，马上转移到门外，又自门外朝里观望，确定没看错。也许是命中注定，要他遇到这个人。他深刻记得那个声音，带着破锣一样的沉闷。他心里无数遍勾画过暗算者的形象，无疑就是那个坐在角落里打牌的人了。

龙志刚匆匆离开了麻将馆。谁知前脚一出去，老段也跟了出来。

“铁子，东北的吧。”老段的声音一下子钩住了龙志刚的后背。

龙志刚浑身如过电。

“好像在哪里见过。”老段说。

“是吗？”

“应该是。看这儿……”

龙志刚还没反应过来，一块板砖便拍了下来。

一双灰暗的眼睛像是两只恶鸟坠落。

“歇了吧，铁子。”

龙志刚沉沉倒了下去。

10

龙志刚陷在噩梦中不能自拔。醒来，发现置身一片黑暗中。

浑身火烧火燎地痛。本能地晃动一下身体，哗啦啦一阵金属的响动，两只脚好像锁在了什么东西上。两只手也被缚，卡在了大腿上方，无论如何努力，都无法挣开。

这大概是个仓库一类的地方，很空，很大。能感觉到风，时不时在脸上擦一下。一个圆形光斑落在墙上，不久变得黯淡，很快就消失掉了。

他想要呼喊出来，嘴巴里却堵了东西。咸腥之气随唾液下滑，他猛咳一下，唾液冲进鼻腔，有股刺痛顶在了额头上。他再一次晕厥了过去。

缓了缓，才又醒来，渐渐记起来曾被殴打。毫无疑问，是老段把他弄到这儿的。

他以为自己会恐惧起来，但并没有。心想，如果老段要害他，不至于要把他关在这儿。那家伙也许是怕他，他捏着他短儿呢。他是做死人生意的，平生最不怕的就是死了。

他把嘴巴抵在地上，把堵嘴的东西蹭掉了。那东西臭极了，可能是臭袜子一类的东西。

他期待着老段的出现。他只能这么期待。然而在昏睡和清醒中反复交替数十次之后，他渐渐开始变得恐惧起来。这地方冷极了，冷得像冰窖。

他很清楚，这种冷法儿是会要人命的。

他扭动着身体，后背传来一股强烈的刺痛。那股刺痛直接插入肺中，他突然变得呼吸急促。

“救命啊！”回声在空旷里震颤。

他终于还是依从了求生本能。

“救命啊！外头有人吗？”

没有人回应，除了呼啸的风声。

他努力蜷起身体，好让身体暖和起来，但后背早已变得僵硬，尝试好多次，才勉强把被缚的手臂挪动到膝窝处。两腋下痛得像插了两把刀。

隐约能听到烟花爆竹的声音，远一声，近一声，稀稀落落。爆竹声过后，冰冷又弹回到了脸上。

他气力不足，终于停止了呼救。伸出舌头，舔了舔嘴角，一股咸腥之气。

他再次昏睡了过去。

“咯吱，咯吱……”

不知过了多久，他听到了脚踩雪地的声音。进而听到门轴转动的声音。一股强烈的寒气将他激醒。

是老段回来了。

楼梯震颤，轰响惊人。

灯光亮起，眼前爆开炽白一片。他短暂性失明。只以耳朵听，便能听到老段的脚步声敲打在了耳朵尖上。耳根猛然收缩。

老段很快站在了他的跟前，他的视力也在阴影下有所恢复。齐腰的皮带扣闪着亮光，裤子绊上别一串钥匙，钥匙上一尊小佛。

他的视力渐渐恢复。老段的脸逐渐清晰。老段正盯着他的脸。

“铁子，受了点儿罪啊。”

“是你绑了我……”

“废话。”

“你干吗绑我……”但他想问的根本不是这个，他只想知道老段是不是就是那个暗算者。

“那得问你自己。”

“我没得罪你吧……”

“嗯，是没得罪。”

“前些日子，我让人给暗算了。”

“嗯，脑子还没坏。接着说？”

“有个叫段路红的，我来这儿找他……”

“啪”一下，龙志刚挨了一耳光。

“找他妈谁啊？”

“我知道是你……就是你！”

“妈的……”

“啪啪啪”，龙志刚又挨了几下，每一下，都有千斤重。他努力睁大眼睛，盯住老段的眼，越是如此，越是挨揍。那是双没感情的眼，卷毛野狗一样，有的只是兽的冷酷。在老段目光和拳头的调理下，龙志刚再没办法求证那件事。他仰起头，满脸血水。

老段终于放下了拳头，把他扶起，让他靠在墙上。他再不敢注视那双眼，怕又是一顿暴揍。心想，自己就这么完了，定是要死不瞑目。他忽然后悔来到X县，是他自找绝路。

“看着我，铁子。”老段弹了弹龙志刚的下巴。

龙志刚的眼睛已经肿得睁不开了。他胆怯地垂下目光，看到老段发黄的眼珠上残留着的一点点对同类的关照。那脸像极了瘦狗，两颊收缩，颧骨上两团横肉。嘴巴嚼着槟榔，一开一合。

“能看着我不？别再让我擂你。”

龙志刚只能把下巴降下来，视线落在老段的残手上。老段眉头一皱，又给了他一脚。

龙志刚滚倒在地，马上弹簧一样坐起来。他要扛下去。

“好啊，有点儿样儿，看着没那么窝囊了。”

“你有本事就弄死我……”龙志刚破罐子破摔，做出挑衅的姿态。

老段蹲下来，开始生火。

老段并没有被激怒，说：“弄死你，嘎巴就那么一下，多没劲。”

生完火，老段接着说：“眼看快过年了，想从你身上求点儿财，你觉得咋样？”

龙志刚说：“你说啥是啥，我还能跑得了？”

“嗯，不错，这么快就聪明起来。你叫个啥？”

“龙志刚。”

老段忽然一愣，脸上显出些许古怪。

“你老婆呢，姓啥？”

“杨。”

“你几个老婆？”

“头个老婆生孩子难产，姓杨的是第二个。”

“操他妈的！操！”老段一脸的气急败坏。

“你怕警察！你杀过人！”龙志刚故意刺激老段。

老段突然掏出一把枪，一下点在了龙志刚的脑门上：“让老子怕的人，还没生出来呢。”

“你弄死我，你也逃不掉！”

“是啊，是逃不掉。”老段的脸上竟渗出一点点悲伤，但马上挂起冷酷，“无所谓，反正贱命一条，活到哪儿算哪儿，早他妈是阎王爷的人了。”

老段用残手顶着毛巾擦起枪来，时不时把枪瞄向龙志刚的头。龙志刚不觉得老段会毫无征兆地解决掉他，也许连老段自己都不知道该不该解决他。

他犯在老段手里，毋宁说，是老段也犯在他手里，只是他手上没枪而已。

他捏着老段的短，老段捏着他的命，老段一旦结果了他，老段也死定了。

老段把枪擦了一遍又一遍。恶人喜欢以枪作胆，不见得本身有多可怕，是这东西助长了他的恶。如果这说得通，老段本质也是个可怜的家伙。

老段在火堆边坐了会儿，然后便踏上楼梯。灯灭掉了，火光映亮了龙志刚的脸。“哐啷”一声响，门关上了。

火渐渐熄灭，龙志刚再次堕入冰冷的黑暗。

直觉过去了三四天，但也许只有一两天。痛苦和恐惧将时间拉长。龙志刚分不清是白天还是黑夜，他早已失去了时间感。老段竟没再出现。

他不知道家里怎样，也许老婆已接到老段电话。她肯定要吓坏了，也许会去报警，也许不会。如果报警，徐柏祥应该已经在救他的路上。他幻想着。

他只能睡去。

一阵鞭炮声响起，且夹杂了二踢脚，“砰砰”数下，龙腾虎跃，活人的乐趣在虚空里完胜。而他，却像是落在人间地狱。

隐约听到几声凄惨的羊叫，一挣扎，他从噩梦里挣脱出来。

黑暗，无边的黑暗，他只能从楼梯顶上的缝隙看到一点点微弱的光，洁白而又吝啬。

从前，他帮人做过压墓穴的工作。棺木要放到合适的位置，必须有人在墓室里提前等待，棺木被推进来的那一刻，尤其穴土掉下来的时候，会有种自己也要被埋葬的可怕感受。那是他最初的丧葬工作。现在，那恐惧突然被层层唤醒。心想，难道这儿就是自己的葬身之地?

羊叫声听起来很远，很远，像是饥饿婴儿的啼哭。他想呼救，但又害怕老段的突然出现。羊叫声很快便被呼啸的风声盖去。也许放羊的根本就离这地方很远，羊叫声只是顺风传来罢了。老段绝不可能把他关在太容易出现人的地方。

他期待着老段的出现。他只能这么期待。又回想起这些苦挨着的冤枉日子，顿时悲从中来，止不住流下眼泪。

11

他昏睡过去。醒来，发现自己躺在一张柔软的床上。有两名脸孔规整的警察站在床前。

“你们……”龙志刚感到头痛极了。

“醒了？”

龙志刚辨识了好半天，才知道是在病房。

警察转而去了门口：“人醒了。”

一个人走进来。

“老徐……你来了。”

是徐柏祥。这一次，人看起来竟格外亲切。

“老徐……咋才来？”他几乎哽咽。

“到底咋回事？”徐柏祥迫不及待地问。

龙志刚的眼前顿时浮现起那双凶恶的眼：“有个缺手指的人，叫老段。”

“是老段打倒了你？”

“是他！快去抓他！”

“已经在查了。”徐柏祥安抚他一下。

徐柏祥是连夜赶过来的，脸上还带着旅途的疲惫。在X县警方的提醒下，龙志刚这才记起获救过程。他被囚禁在一处废弃矿坑，是一个放羊人发现了他。

X县的警察把他的衣服给他：“看看，丢没丢啥东西？”

龙志刚摸了一下，摸到了钱包，又摸出手机，已碎裂。

X县警察给他看了一张监控截图，指了指其中一个身影：“是他吗？”

龙志刚看到，那正是赌博点楼下他被打倒的位置。

“是他。”他孱弱到没有勇气回忆那可怕的夜晚。

随后，他从 X 县警察的口中得知，那人名叫段景山，是个有前科的赌徒。无头死者很可能是他的远房侄子段庆红。两人此前以射杀流浪狗卖狗肉为生。

龙志刚听徐柏祥分析说，那两个人千里迢迢去暗算他，极有可能是被雇佣。段庆红也许就是那个死于非命的人。

“这两个人很可能是杀手。”徐柏祥说。

听到“杀手”两个字，龙志刚顿时不寒而栗。此前他还半信半疑，现在终于肯相信，有人要暗害他了。

段景山驾驶龙志刚的车逃跑，车最终被弃在一处荒野。X 县警方的抓捕行动失败。

12

回家的车上，龙志刚情绪暗沉。徐柏祥有些话想说，但一直没开口。直到下车后，徐柏祥带他去了公安局，才问：“你和杨晓丽最近是在闹矛盾吗？”

“嗯。”龙志刚反应迟钝。

“为啥？”

“鸡毛蒜皮。不赖她，赖我心情不好，总想发火。”龙志刚不愿提起家事。

徐柏祥迟疑着，终于说：“志刚，有些话也许不该和你说，但还是得向你说明。”

龙志刚先是一愣，稍稍一想，便明白徐柏祥的意思了。

“是杨晓丽和李长明之间有事？”

徐柏祥点点头。

“是案子查到了这儿，无意中发现……”

“其实早听说了，我们就为这个拌嘴。”

“还有点儿别的事儿……”

“直说吧，天塌地陷，我受得住。”

徐柏祥从手机上翻出几张手机聊天截图，是杨晓丽和李长明的聊天记录。龙志刚了却了对夫妻关系的最后一丝幻想，但耻感陡然翻腾。

“你们凭啥调查她？凭啥？你们当警察的是这么办事的吗？”

徐柏祥沉着气，说：“先看吧。看完了，发火也不迟。”

龙志刚拿过手机，青光眼模糊了那一行行字，他宁愿睁只眼闭只眼。即便不看，他也能想到是些什么内容。他努力压制着耻感，但那些字很快冲破这层障碍，里面除了聊到孩子，还有大量暧昧的言辞。他一把把手机丢开了。

“我老婆对我挺好的，人不错。她还算年轻，只是爱和人瞎聊天罢了。”

他突然不想承认事实。

“何必骗自己呢？”

“我老婆和我咋样，和你有啥关系？我们好与不好，那是我俩的事儿！”

徐柏祥的目光一直沉稳：“我无心要打听你们的关系，是有点儿别的问题要和你说……你接受，咱就继续聊，不接受，那就先不聊。”

“你最多叫我相信他们又一起过上了，我可以离婚，成全他们，你是要说这个吗？”

徐柏祥仍然不动声色。手机仍然摆在了龙志刚眼前，手指点到了两行字。

“老婆，等老头子哪天死了，咱俩再一起过。”

“要不提前弄死吧，哈哈。”

龙志刚恍惚一下。

“原本想先不和你说明，怕影响你们夫妻关系，但的确到了必须要告诉你事实的时候了。”徐柏祥说。

龙志刚嗫嚅着嘴，再说不出一句话。

徐柏祥把电脑转向龙志刚，打开了一段监控录像。暗夜中，一个包裹严实的男子从马路上走过，之后走向了一个人。龙志刚看到，那是去往刘斌屯洗煤厂的必经之路。

徐柏祥将视频定格，将图像放大。龙志刚认出其中一个人，正是赌徒段景山。

“能认出来吧？”

“老段……”

“是他。”

图片横移，移动到另一个人脸上。

“这个呢？”

“杨强？”龙志刚嘴唇已经在打哆嗦了。

“没错。”徐柏祥又翻出另几张更逼近的监控截图，“这个路线已经很清楚……”

“杨强……杨强害我……他帮她姐姐害我……”

“目前事实还不清楚。总之，人已经失踪了。说是去贵州做生意，车票倒是买好了，可连车都没坐，票也没退，人就没了影。他姐姐还替他打马虎眼，说开车去了河北，可车还在车库里停着呢。”

龙志刚心里像有列火车驶过。

“杨晓丽呢？”

“她被拘留了，现在在看守所。她帮她弟弟撒谎很不可取。”

龙志刚记不起是怎么离开公安局的。只记得回到家时，徒弟小岳陪在身边。家里洗劫过一般，一片狼藉。连狗都不见了。

“师娘之前回来过，拿完东西又走了。”小岳说。

龙志刚看小岳一眼：“你个小混蛋跑这儿来干吗？”

“是徐叔叫我来看看你……”

“用不着谁来关心，死不了。”

墙上的婚纱照还很新，很光亮。山盟海誓，白头偕老，蓝天白云下做出甜蜜的样子。现在，一切像是莫大的讽刺。他一把把照片扯下来，踩了个粉碎。

之后查账的时候，更是震惊地发现，平日交由杨晓丽来保管的账户，里面的十五万竟转移得干干净净。

13

杨晓丽从看守所出来了。龙志刚一听说，便去找了她。

杨晓丽窝在沙发上一言不发，抱着狗，直勾勾盯着电视。女人一脸冷漠，看不出来丝毫夫妻情意。

“她想和你离。”杨晓丽表姐说。

龙志刚几乎认不出这就是在身边睡了两年的女人。如果就是这女人暗害他，还不知道暗黑的夜里，她怎么细致打量过他呢。龙志刚完全不清楚女人的心思。

“她早就想和你离了。”杨晓丽表姐又说。

杨晓丽始终没开口说话。

龙志刚越看那张脸越感到陌生，他想一拳打上去。

龙志刚又来了数次，但女人嘴里只有“离婚”两个字。龙志刚不想打官司，也不想再看杨晓丽那副嘴脸，他终于说：“钱不要了，我同意签字。来民政局吧，你单独来。”

龙志刚说了谎，一见面，他就将女人捆了，扔到了车后座上。他把车开到那天出事的地方，那片荒无人烟的冰河。

在高高的芦苇荡遮挡下，龙志刚做了一件自己都觉得疯狂的事儿，他把女人的衣服从上衣到下裤，从胸罩到内裤，一件件剥了下来，剥得一丝不挂。

……

他像扔一块破布一样把女人从车里拖出来，拖到了冰河上。

他抱了块石头，疯子一样冲到冰河上，凶狠地将冰砸出裂痕，砸出一个窟窿。他把赤条条的女人拖到窟窿口，白亮的阳光刀子一样在冰水里荡来荡去。

他摔了一跤，差点儿和女人一起滑入冰窟窿。当听到女人大喊“救命”时，他突然意识到，他正企图杀人。女人眼中的恐惧绝不是伪饰，他瞬间变得清醒。

他把女人拖回到了车上。女人浑身惨白，只有苟延残喘的嘴巴是血红的。

他把车发动，驶上冰面，绕着冰窟窿一圈圈转着，冰上的裂纹危险地向周围放射。他在逼迫女人，逼她说出暗算他的事实。但女人一声不吭，任由他凌虐，宰割。

天暗了下来。正是数九寒天，呼啸的北风在呼吼。女人死鱼一样躺在后座上。他把衣服扔给了她。

之后，他把她送了回去。他等待着她的告发，等待她前夫跑来张牙舞爪。但静悄悄的，什么也没发生。

没过几天，杨晓丽却主动来找他。女人一头乱发，衣服脏兮兮的，人看起来十分狼狈。

杨晓丽“扑通”一下就跪在了他面前：“咱俩还一起过吧。”

龙志刚只觉荒唐，和这种下贱的女人过了两年夫妻生活，简直难以置信。

女人说：“我知道我对不起你，你打我，骂我，都行。以后，我还帮你拔罐，帮你捏脚。我给你生孩子，咱俩好好过……”

“快给我滚吧，恶心！”龙志刚把女人拖到了门口。

女人却扒着门框不肯撒手：“我真的没害过你……我弟也不会害你，他不可能杀人，他从小连青蛙都不敢抓……”

“你滚不滚？”

杨晓丽抱住龙志刚的大腿，号啕大哭起来。

“是我弟遇到了麻烦，说三天拿不到钱，人家就要他的命……我妈死了，我爸早不认我们了。我们家就我们俩，我不帮他，就没人帮他了……我知道问你借钱，你肯定不会借他，我才把钱转给了他。我知道你肯定会因为这事儿和我离婚，我顾不上了，我只能先帮我弟……”

“快滚吧。”

龙志刚把女人拉起来，丢出了门外。他绝不肯再相信女人，她不过是跑来替杨强开脱，好叫他念点儿旧情，不要把她弟弟送到监狱里去。他“砰”一声就把门关上了。

这时，来了个电话。龙志刚一听，竟是那位前夫李长明。

李长明说：“那贱货是不是去找你了？奉劝一句，千万别理她。我还真以为她想和我复婚呢，妈的，骗老子三万，不过是给了他那个混蛋弟弟。你当我俩以前因为啥离婚？就因为她老贴补他那个不成器的弟弟，压根不是做生意的料，还总想发大财。”

龙志刚感到格外平衡，他和这位前夫找到了空前的认同。

龙志刚打开门，杨晓丽竟还坐在门边，他把她拖了回来。女人忽然把衣服脱了，躺到了沙发上，一副任龙志刚宰割的样子。

龙志刚说：“别来这套，我睡猪，也不会睡你！”

“你就当我是。”

“下贱！”

“我没地方去了，我哪里也去不了。你不要我了，我明天就去跳楼。”

“去啊，现在就去死！”

杨晓丽马上爬起来，冲向阳台。如果不是龙志刚手快，杨晓丽几乎就把自己丢了出去，半个身体已经挂到了窗户外边。

杨晓丽死活不肯离开。

龙志刚将她拖进了卧室，两人互殴，互撕，颠倒翻转，直至筋疲力尽。

杨晓丽这晚就在这里睡了下去。二日一早，竟像离婚前那样在做早饭，收拾起屋子。龙志刚恍惚像在做梦。

龙志刚要女人离开。女人这次竟听从了，乖乖走了。隔天又来了，仍是在夜里赖下。

龙志刚当起了混蛋，对女人时而热情，时而冷淡。他像条邪恶又冷血的蛇，热情时便上床，冷淡时便叫她滚蛋。

杨晓丽自然大受刺激。

龙志刚自觉邪恶，同时悲哀。他在玩火自焚。

14

昏昏沉沉的夜，龙志刚又找来洗头房的女人玩弄，一边辱骂一边揪打。他在发泄，惊心动魄。洗头房的女人被惹恼，骂他变态，恶狠狠咬他一口，连钱都没要，便离开了。之后来了两个壮汉，狠揍了龙志刚一顿，搜刮走他身上仅有的两百。他露着脑袋，没还手，就是要让人打得像条死狗一样。他被打落了一颗门牙。

龙志刚睡得昏天暗地。猛一醒来，以为是清晨，但已是黄昏。

肚子空得厉害，他下楼吃东西，点了一大盘子烧烤，都是内脏，恶狠狠吃了下去。吃完，满腹肿胀，还没到家，就吐得一干二净。

痛风又犯了，走起路来，一瘸一拐。

有些天，他忽然迷恋起麻将桌。桌子一撑，一场游戏一场梦。这天，鏖战正酣，忽然接到杨强的短信。

短信写道："姐夫，方便来老龙口铁桥吗？我要和你当面说些事儿，手机里不好说。"

怒火燃烧到头顶，龙志刚立刻就把电话拨了过去，但电话"嘟嘟"只响了两声，听筒那边便提示已经"关机"。

龙志刚本想告诉徐柏祥，但忽然就断了这种想法。

回到楼上，他摸了把刀，匆匆下楼，驱车便去了老龙口。他恨不得立刻冲到杨强面前，撬开这小子的嘴，叫他把所有阴谋算计都倒出来。

他心想，保不齐会给他一刀，叫他也尝尝过鬼门关的滋味。

他扭了方向盘，七扭八拐出城，去往老龙口。

月下的冰河一片白亮。车从冻得结结实实的冰面驶过，很快便看到老龙口铁桥。短信提示音又响了起来。车速放缓，他捏着手机查看。

短信写道:“过铁桥，到盘山道这边来，我再发短信给你。”

龙志刚心想，这小子一定是怕他把警察招来才这样谨慎。他把电话拨过去，又是“关机”的提示音。

车从岸边驶过，过铁桥，向东边盘山道驶去。很快，黑黢黢的山峦便压到了头顶。这小子还真会挑地方躲藏。

龙志刚摸摸车座下的刀，恨不得刀口立马横到那小子脖子上。

山风凛冽，吹得车窗呜呜作响。两边的树丛，不时惊起野鸡，“扑啦啦”向山谷里飞去。

山道曲折，时上时下。车灯忽然照亮树丛里一个人影，那人朝他挥了挥手。龙志刚驶过去时，鸣了两声笛。那人忽然又隐没在树丛，就听见一声惊恐的尖叫。

“不好，那小子有可能脚下踩空。”

龙志刚一惊，加速驶了过去。右侧有个深陷的山坳，人正簌簌滚落，“哗啦”一声便没影了。

龙志刚大叫:“杨强！”

龙志刚紧急刹车。下车一看，凶多吉少。一棵被撞的树正疯狂摆动。

“操他妈的！”

龙志刚来不及多想，马上从车上拿了绳子和刀。沿山坳边缘迅速走了走，很快便看到一条通往山下的羊肠小道。

刀劈着杂树枝，龙志刚快速向山坳下滑去，后背擦得疼极了，他已顾不上。

终于滑到那棵被砸断的树下，电筒一晃，便发现落满碎树枝的身体。

“杨强！”

没有回应。

“杨强！”

仍无回应。

龙志刚拿手电晃了晃地面，到处是尖锐的石头。心想，人肯定完了。

龙志刚来不及多想，抓着藤蔓攀爬了过去。

人折在那里，竟是一动不动。龙志刚拨开树叶，发现人面部朝下，头颈已经满是血。看衣着打扮，正是杨强。

龙志刚试图将身体翻转做些抢救，但摸一摸脉搏，已感觉不到任何跳动。

“你小子这不是找死吗？不能躲个安全的地方？”

龙志刚愤愤骂着，边骂边把衣服脱下来盖在了杨强的身上。

他不想再惹麻烦。于是又把外套拿了起来。他抓紧时间爬上了公路。

坐进车里的时候，发现满身都是血污，真后悔拿衣服去盖杨强的身体。后背又冷又痛。

车启动得惊心动魄。扭转了方向盘，他飞速向山下驶去。

路上静悄悄的，只有被树枝切割的月光在车窗外闪动。月光忽而消失，天黑成了瘟神的羽翼。还没到山脚下，隐约听到有警笛声传来。他一惊，心想，完了，这下跑不了了。

他只好硬着头皮开下去。开到山脚时，警车恰好行驶过来，一束强光扫过来，他一下被笼罩在白亮的光芒里。

“前方车辆，立即停车！”警察喊话。

龙志刚踩住刹车，熄灭了车火。

“车上的人，立即下车！”

龙志刚下车。

“把手举起，靠保险杠站着！”

龙志刚举起手，乖乖站好。有名警察走过来，一眼便看到他手上的血迹。

“咋回事？”

“有人……有人掉下山了。”

“是谁？”

“算是我小舅子……杨强。”

“啥叫算是？”

“我和她姐离了。”

“人咋掉下去的？”

“失足。”

“人咋样？”

“死了，没得救了。”

“在车上？”

“不在，在半山腰路下边。”

龙志刚没有半点儿保留地把事儿说了。但还是被戴了手铐，塞进了警车。

一个小时后，徐柏祥也到了，见面第一句便是：“穷折腾。”

徐柏祥去查验尸体了。过了会儿，上车，竟是一脸凝重，似乎有什么重大问题在发生。

龙志刚紧张地望着徐柏祥，问：“咋了？”

“你摸过杨强的脉搏？”

“摸过。”

“不觉得奇怪吗？”

“啥奇怪？”

“做死人生意那么久，不会没注意到尸僵吧？才死半个小时，就有相当于超过二十四小时的尸僵。”

龙志刚的疲惫和紧张里突然破出一个恐怖的洞。

“可我明明看到他掉下去。”

“听到了喊救命？”

“听到了。我的车一到，他还朝我挥手。不是他？还能是谁？鬼吗？”

“说不准啊，可能还真有鬼。半个小时前，有个自称杨强的人报案，说有人要害他。”

一张可怖的脸登时跳到龙志刚眼前。

警笛突然大作，满山的追捕开始扑向那个“鬼”。很容易想到，那一定是个自作聪明的人，他想到用这种愚蠢的办法处理杨强的尸体。

山区地形复杂，“鬼”似乎早已谋划好逃跑路线，直到早晨七点多钟，警方才发现疑似他的足迹。

尸检的初步结果，杨强的脸部、身上有大面积非坠落伤，疑似是被殴打致死。而坠落伤皆为死后形成。

二日早上九点钟，疑似第一现场在废弃的老龙口铁桥被找到。铁桥桥栏为了美观，粉刷了黑黄相间的油漆。有处护栏油漆十分新鲜，且喷涂线条很不规则。扒开漆皮，发现大片赤红的清洗过的血印迹。

一个五金涂料店提供了一条重要线索，有个青年男子前天夜里八点多钟曾去那里买过黄色和黑色油漆，监控拍下了青年的身影。

徐柏祥拿着监控画面叫龙志刚辨认的时候，已经是这天的下午四点钟。

“你徒弟小岳最近在做什么？”

“不知道……和包勇在一起混着了吧。”

龙志刚感到混乱极了。那个买油漆的青年竟是徒弟小岳。

“包勇跑了……跟班也不见了……杨强的事儿，可能和这帮人大有关系。小岳也参与了进去。”

15

新年就快到了。大年二十九那天，小岳的父亲来看望龙志刚，进门，连下脚的地方都没，到处是酒瓶子。龙志刚赤裸着上身，他刚从床上爬起来。

“你来干啥？”

“听小岳说，你吃了亏，一直想来看看的，一直忙，也没得顾上。”男人畏畏缩缩。

“用不着。”龙志刚又躺回了沙发。

男人臊着眼，自知理亏。没处坐，只好站着。

“不知道你在公安局有没有熟人？”

龙志刚转头，望到那张鄙俗巴结的脸，一脸算计。

“是小岳出了点事儿，他让警察给带走了，我急得火烧火燎。你看着小岳长大，孩子打小蔫炮一个，不骂人，不打架。可不知怎的就受了伤，手上一道长口子，咋问，都不肯说。这不没两天，就让警察带走了。有双脏鞋，也让警察给带走了。也不知道咋搞的，满鞋都是油漆。”

“不知道就别知道了吧，容易气死。”

“你这是啥话嘛？你要没熟人，我就找别人了。孩子好歹是你徒弟。”

龙志刚脸上露出一丝古怪的笑。这就是身边人的嘴脸，比天气变得要快。

“滚犊子吧。”

男人哭丧着脸离开了。

龙志刚望了望窗外的天，天红彤彤、阴沉沉的，要死不活。他觉得要没人理会他，他非得死屋子里。他感到有点儿饿，终于决定下楼，死也当个饱死鬼。找了饭馆，造了一锅铁锅炖鹅，把肚皮撑到痛。然后沿街徘徊，踱步回到了自己的丧葬门帘前。

望着门帘，竟是如此陌生。

打开门，尘灰遍布。顶层有个镶着玉石的骨灰盒，那是他的自留款。做死人生意年头一长，难保不想着将来有一天必要躺到里面去。世道人心再不济，那个小盒是确定无疑会把人装起来的，除非死无葬身之地。

隐约有警笛声响起，不知道又有哪个黑暗的灵魂被老天击中，暴露了可恶的行迹。但警笛声竟越来越近。他走出店门望了望，有两台警车正呼啸着驶来，又向着医院方向驶去。他看到了车窗里徐柏祥的身影。

一些迟疑的脚步开始向医院的方向滑去。一位邻居也匆忙从身边走过。

“刚哥，不去看看吗？听说医院有人跳楼了。是个孕妇，可惜了，一大一小，两条人命。”

陆续又有人从门口经过。进而，龙志刚听说，跳楼的是医院门口丧葬铺子老板的媳妇，那个叫马春燕的女人。

龙志刚愕然。

龙志刚徘徊着走到医院门口，又徘徊到围观的人群之外。他看到了徐柏祥，徐柏祥也看到了他，两人目光交错，徐柏祥又去忙碌了。龙志刚什么也没看到，只从人群缝隙里看到一个用粉笔勾勒留下的人形，人形里泡着一大片黑红的血迹。

这一幕忽然勾起龙志刚伤痛的回忆，他死去的前妻亦是死在血污之中。他永远忘不了那悲惨的一幕。

年轻时家里条件差，他去过北京，去过上海，去过武汉，进过工厂，上过工地。那时前妻怀孩子就是在工棚怀上的，天气冷，也不保胎，就那么风里雨里地过。原本等着生孩子的时候回家，但生产日期却提前了。羊水破了的时候，妻子在工地努力搬砖。一桩悲剧就此发生。他是带着两盒骨灰回去的，一个是前妻的，一个是孩子的。

死亡催逼着龙志刚干上了丧葬行业。他以此来排遣妻子死亡带来的悲伤，每每看到别人生死离别，不免要哭上两把自己的难过。到后来，逐渐变得麻木。生意刚有点儿起色，父母却又相继亡故，一天好日子也没让他们过上。在此之后，除了到处折腾生意这点儿事儿，再没别的人生乐趣。

16

晚上，徐柏祥来找了龙志刚，手里拎着二锅头。摆开酒杯，两人先喝了两口。徐柏祥显出从未有过的轻松神情，阴沉没了。

“认识包勇老婆马春燕吗？”徐柏祥问。

“都在一条街上的，认识。”

龙志刚平静地等着听下文。

“产检医生说，马春燕下边，大腿根子，烫了好多烟头疤……”徐柏祥几乎说不下去，“可能是包勇干的。禽兽不如。”

龙志刚想起女人总在吃雪糕。

“她总吃雪糕……”

“好多街坊也都这么说……杨强和包勇是初中同学，你是知道的吧？”

“知道。”

“马春燕没救过来，死了。”

“嗯。”

“这孩子真是窝囊死的。上学的时候，杨强追过她，后来，她在父母操弄下嫁了包勇。婚后，包勇对她不够好，她不顺心的时候，就找杨强诉诉苦，两人就这么一直保持着说不清道不明的关系。”

龙志刚感觉出点儿什么。

“你徒弟小岳也真是个傻小子，跟着包勇去教训杨强，结果把人打死了。包勇让他去买油漆，把血迹掩盖。包勇说，他要敢说出去，就打死他。之后，包勇问小岳，是不是你师傅挺恨杨强的。小岳说，是。于是搞了嫁祸。这孩子后悔极了。”

“他现在在哪儿？”

“在看守所。”

“别吓着他。”

“铁定得坐牢了。”

两人沉默着坐了一会儿。

“你被人暗算的那天，村里是不是还有另一家死人，在筹备葬礼？”

“是。”

“包场子的是包勇？”

“是他。”

“现在有个猜测，暗算你的事情可能是个天大的误会。”

龙志刚头脑里一声闷雷。

“检查马春燕病房的时候，发现枕头下边有部只存着两个号码的手机，手机里存有大量预谋杀人的信息。时间，地点，和暗算你的日期都吻合，但车牌号却是包勇那辆的。我去查看了一下，你们的车型太像了，车身上又都刷着‘丧葬一条龙’的字，车牌尾号也都有个‘6’。”

龙志刚哑然失笑。

“还能记得起来吗？那天因为下雪，你的车牌溅了泥污……”

“哈哈哈……”

龙志刚止不住笑出了声，但转而，脸上却滑落两行泪。

龙志刚突然陷入一种巨大的空虚，犹如被某种暗黑的力量托举到空中，又重重丢到了无边的黑暗里。他记起了杀手段景山那日问他名字后的气急败坏，顿时明白了那是怎样一种莫大的讽刺。

“哈哈……哈哈哈……”

四处躲藏的包勇很快被抓捕归案。跟班也都无处可逃，败露了行迹。当日正是除夕之夜，四处鸣响的警笛声不安地提醒人们，小城数月来曾有过的一桩桩罪恶。

17

赌徒段景山落网了。此时已是大年初五。龙志刚不知道是怎么度过的这个新年，只记得听到消息的时候，他正在十字街口为故去的家人烧纸。

十字街口，一个个火堆，在阴冷的天气里显得格外灼目。

初六，段景山被移交案发地受审。龙志刚在公安局门口看到了走下车的段景山，他戴着手铐，双脚上一副明晃晃的脚镣。龙志刚本来是想看看赌徒那张脸，但那张脸上却罩了黑色头套。

龙志刚望着段景山的时候，段景山停顿了一下脚步，也许透过布面，他看到了龙志刚。段景山下意识晃了晃戴手铐的手。

段景山被押送进了公安局大门。

龙志刚走上前去，走到了徐柏祥身边，说："我想看看他的脸。"那是他人生的噩梦，他想亲眼看到、记住他被缚的样子，再不要在梦里复现。

徐柏祥点点头，他理解龙志刚此时的心境。

讯问室的玻璃窗外，气氛严肃，一片安静。两县专案组成员严阵以待。

讯问室里的灯忽然亮起。门打开，段景山被押送进去，坐在了审讯椅上。暴露在强烈灯光下的囚徒显得格外平静，他头脸干净，目光低垂，似在盯着他那只残手。当有人提醒他抬头时，那双眼睛里才忽然闪烁出恶鸟的光芒。

就是他了！

龙志刚永远记得那双眼睛。他的脸紧紧贴近了单面玻璃窗。

"段庆红是你什么人？"提审员问。

"远房一个侄子。"囚徒回答。

"你对他做了什么？"

"你们不都知道？"

"请回答。"

"我杀了他。"

"为什么？"

"他先动手，我才动手。"

"请直接说原因。"

"压根儿不是这结果，是个贱娘们颠三倒四。"

"请不要爆粗口。"

"好，我文明。那女的先和我在电话说，我侄子想弄死我，把给我们俩的工钱都吞了。回头又和我侄子撒谎说，说我想弄死我侄子，把工钱给吞了。她妈的两头煽风点火。我侄子以为我拿到了工钱，我也以为我侄子拿到工钱，我俩约个地方，见面没聊两句，我侄子就射我一毒针。我一下子火大，拿刀攮他两下。攮完才知道，是那女的搞鬼。我以为我肯定得死，结果命大，没死。醒来一看，我侄子完蛋了。”

“你提到了工钱，请说明一下是什么性质的工钱。”

“哼……就是点儿外快。”

“不要打马虎眼，说事实。”

“好，好……就那个贱娘们说有人抢她弟弟女朋友，还挤对她老公生意，叫我们给那个家伙一点儿教训……”

一声响雷猛然炸在了龙志刚头顶，那恶鸟一样的眼似乎发现了窗玻璃外有人，古怪地一斜眼，犹如万箭齐发。

“我们也不想杀人，就是给那小子一点儿小小的教训……结果全他妈的搞错了……操他妈的，雪下太大了，全他妈看不清……”

“那女人叫什么名字？”

“就知道姓杨……”

“你侄子死了以后，你又做了什么事？”

“那女的想赖账，不肯给钱，我只好把我侄子的头送给她，她叫她弟弟来和我讲条件，我叫他们把欠老子的钱一个子别少都还给我。不然，一根绳上的蚂蚱，谁也别想好过。”

现场的人都是一脸惊骇，唯有徐柏祥一脸平静，他已经听过X县警方的审讯，早明了了事实。

龙志刚焦渴难耐，他的气血忽然像被什么东西快给抽干了。他看向徐柏祥，他是如此无力，他努力挤出一个声音：“我想喝水。”他是在乞求离开那张罪恶的脸。

徐柏祥陪着他走了出去。

龙志刚走进了卫生间，牛饮一样灌了大量凉水，像是要彻底洗掉身体里的肮脏感受。他把头压到了水龙头下，让冷水拼命浇下来。

徐柏祥说："马春燕自杀那天，杨晓丽去过病房，不知道说过了些啥……"

龙志刚冷得不能自制，他在瑟瑟发抖。

"那部从病房里查获到的手机，上面检出了杨晓丽的指纹。"

龙志刚不想再听到和这女人有关的任何事情。他跌跌撞撞向走廊外走去。

隐隐约约又有警笛声响起。龙志刚认为，一定是去抓那个可怕的女人了。此时的女人对他来说，越发陌生。她是个好女人？还是个坏女人？他早已忘记了是否和她有过一场婚姻。

他用力将门推开，如水的阳光忽然倾泻。此刻，他的脸显得如此透明。正是黄昏，天朗气清，他狠狠吸了口气，又长长舒了出去。他看到一张笑脸，不知是谁，他回笑着，张望着……他忽然轻快了脚步，毫不犹豫向空旷的街道走去。

"呜呜……"警笛声渐渐淡去。

原刊"ONE·一个" App　8月

作者简介：

阿虎，原名吕波，1986年生，山西人，编剧，小说作者，现居北京。作品有长篇小说《梅花钉》《刑案秘档》等。短篇多发布于豆瓣阅读、知乎盐选、"ONE·一个"App等平台。目前专注于悬疑推理类型的创作。

故事发生在上海打浦桥新式里弄的出租屋，一个姓曹的“小说家”，调查了一桩离奇的案子，找到一把五齿铜梳，还贴进去5000块钱。

小说在逼仄的空间里闪转挪移，用不到6000字的篇幅，穿透了一个特殊时代里两家三代人的人生。

——作家、“戏局 onstage”编辑　方悄悄

切齿梳

谢十三

第一场

1999年，春天，打浦桥新式里弄的一套四层小楼租了一个隔间出去，月租六百八十八块，需和上下两层的六户人家共用一个“灶披间”，也即是厨房。厨房有两个灶，已经装了煤气，因此尽管使用面积一样，公摊部位大小相仿，房租却比隔壁楼还在用天然气的贵三十块钿。卫生间也是隔用，里面墙壁上原来钉着三四个塑料的篓子，用来装草纸，上面还要用红色的油漆笔各自写好各家的姓氏。

新租客姓曹，男，二十七八岁模样，个子很高、人精瘦，皮肤偏白，戴着当时很时兴的无框眼镜，看上去很有知识分子的派头。他来了之后表示不习惯用篓子和草纸，自己不知道从哪里搞了个不锈钢的卷筒架子，像式像样地装好，又不吝于时时补充白柔软的卷筒草纸，避免了许多犄角旮旯里带着特殊气味的纷争，因此很受各家阿姆的喜欢，很快就被自来熟地称为小曹。

叫人意外的是，小曹是个写小说的，当旁人进一步询问的时候，他就会说：“我是写奇情小说的。”

没人知道奇情小说是个什么类型的小说——大家又一窝蜂地开始叫他曹

作家。

曹作家（据他自己说）是来采风、体验生活的，他有一个夹板，上面永远夹着厚厚的、有凹槽横线的稿纸，用以记录日常听闻的、他所感兴趣的所有事。记录一般发生在中午或者晚上，在声音嘈杂的灶披间里。参与者众多，主要讲述的可能是一个，补充说明或者在旁边加以纠正的另有几个。通常做一顿饭的时间过去，曹作家已能写满厚厚的几页纸。

而曹作家在隔间厨房里听完的第一个故事，与这栋楼里一个叫作张春燕的女人有关。

他们都这样称呼她：那个女精神病。

第二场

张春燕，前租客，本地人，十四五岁响应国家号召插队落户至外省，在妇女卫生所工作，于当地结了婚又离了婚。伊是大专生，20 世纪 90 年代初沪上人才引进，因她会教一些古文，得以迁籍回沪，开始在一个区重点高中里面教语文。

她回来的时候身边带着一个小孩，惊呆了父母、兄弟姊妹与朋友，在滇十年音信渺渺，只听闻她五六年前离婚的消息，竟不知道她曾经生育——是一个小女孩，当时大概两岁还是三岁。为了给非婚生的女儿上户口，张春燕跑了无数次派出所，到 1993 年补缴完所有社会抚养费，小姑娘才算有了个正式的身份，正好赶上可以上职工幼儿园。

张春燕人长得漂亮，气质娴静，又是高中老师，虽然离异还有一个小孩，但还是很多人愿意给她介绍对象，却都被她以女儿还太小为理由拒绝了。又过了大概一年多，有个年轻又斯文的男人开始频频造访，他个子不高，人很瘦弱，总是戴一顶鸭舌帽，也不与旁人讲话。邻里听到小女孩叫男人“林老师”，猜测是幼儿园的某位教师，与张是同行。

后来，就在小姑娘开始上小学的那一年，张春燕把她的前夫砍了。

事发地不在打浦桥，而是在张工作的学校附近。那个男的也是知青，比张春燕晚了几年回沪，想要找张复婚，得知她离婚几年后居然多了一个女儿，并且有一个稳定的“男朋友”之后，那长眠许久、在别处也不怎么用得上的男性自尊突然觉醒，天天去她单位门口蹲守，写信给校领导，说她生活作风有问题。此人甚至还出具了一份证明，说张在云南的时候就罹患某种精神疾病。

男人来过里弄一次，整个过程歇斯底里，上一分钟跪在地上哭，下一分钟又跳起来骂，林老师闻讯前来劝架，争执过程中从木质楼梯上滚落下来，摔折了一条腿，自此不再出现。一切并没有结束，因为男人发起癫来真的潜力无穷，后一个礼拜他继续神通广大，一路跟到了张小女儿的小学门口，揪住那个一年级小姑娘的胳膊说，你知道吗？你妈她脑子不正常。

张春燕之前到底是不是精神病，谁也说不好，讲这件事的那个阿姆总结说：“她办那件事那么利落，你其实不好说她是精神病的，但兴许是办了之后疯的呢？你办了这种事，再说不是精神病，好像就说不过去了。”

张春燕具体办了什么事呢？她将前夫约到学校附近的招待所见面，声称要与他复合，十分配合地脱掉了身上所有的衣物（所有），以此成功地诱使对方喝下兑入大量安眠药的啤酒。在男人昏迷后，她取出藏在随身挎包里的管制刀具，开始实施犯罪。过程不可详述，但她完成一切后，将自己冲洗干净，然后穿上没有沾到一丝血迹的衣服，平静地离开了招待所。

民警是从课堂上带走她的，整个公诉过程相当困难，因为张春燕拒不开口，招待所没有监控，也没有相关目击证人，从流程上来说，没有疑犯口供便无法很快结案。同样影响案件进度的还有死者身上一个令人费解的伤口：除却大部分非致命的刀伤外，死者后颈部大动脉处有并排的五个孔洞，是用尖锐利器扎入的，等差距排列，令人毛骨悚然。

刀具已经于张春燕家找到，但造成齿孔型伤口的凶器，至今下落不明。

曹作家默不作声地听完，此时才问：“那张春燕最后定罪了吗？”

“不太清楚。”旁边一个邻居炒完一盘蒜蓉茄子，很熟练地装盘，“反正伊现在一直在宛平南路的普慈医院。”（曹作家不是本地人，后来听人说，那是本地的精神卫生中心。）

接下来的故事就比较简单，张春燕表现出较强的攻击性后，死者父母反而彻底偃旗息鼓，没有再为难张的父母与两个兄弟——很可能是怕张的精神病是遗传的。小姑娘被张的父母接走，之后都没有再回过打浦桥。

曹作家听故事只做记录，不发表任何评论。

第一个礼拜，他刚刚来的时候，在安装不锈钢滚轮轴前，曾对那个逼仄的、在各处角落蒙着一层厚重污渍的卫生间做过一次彻底的清扫。在抽水马桶左手边那个门轴都已经快烂掉的木头橱柜背后，他发现一把布满灰尘的梳子。

它很脏，造型笨拙，是铜制的，有着五个异常尖锐的齿梳，好像被人无数次摩挲、并打磨过一样。

第三场

隔间第二个故事里的主人公，至今还在里弄里拥有一套房票本，曾是沪上颇有名气的一个摄影师，姓梁。曹作家所租的套间，承租人就是老梁。他三十几岁，长相英俊，间或回到里弄里来，缴房费或者拍几张照片。

曹作家与他见过一次。老梁看到人时基本不讲话，蹲在天井里、时间长久地看着一盆花。是那种土胎的花盆，非常重，很难挪动，原来架的是葡萄藤，后来因为爬类植物影响房屋结构，被房管所连根铲除。这会儿盆里种的大概是薄荷，因为照不见什么阳光，所以萎得厉害。

曹作家没有像其他人一样问你在看什么，他问，你要不要凳子？

老梁回过头来看他，眼珠子缓慢地转动，无法聚焦，嘴唇颤抖。隔了一会儿，忽然又直愣愣地盯着曹作家，说：“位子是我的。”

曹作家："什么？"

老梁又重复讲了两次，并手舞足蹈起来，曹作家实在不解其意，看老梁家里的司机来接他，就走开了。

后来在隔间的闲谈里得知，老梁原本在机关任职，做宣传工作，写得一手好毛笔字，还会摄影。沪上各区有援建指标，老梁人年轻、登样，常被派去各地公差。他早先长袖善舞，很得领导、同事的喜欢，二十多岁科室里提拔科长，老梁觉得无论是讲资历还是看能力都应当轮到自己，可后来临门一脚，组织上从市里调来一个宣传科长，他没能当上这个科长。

得知这个消息的老梁回到家里，好几天没有睡觉，也不愿意吃饭，后来再开口，就只会木木愣愣地讲一句话，位子是我的。

说来也有意思，老梁当不上科长之后，运气反而好起来，不日便因皮相优越，脑子糊涂，被一个领导的女儿相中并闪婚，几个月后便有了第一个女儿。据闻他自此在单位获批长病假，得以常年不去上班，但几幅摄影作品却相继得奖，渐渐竟变得有名起来。

隔间里的阿姆们总结，可见一个人有没有精神病，与其本身精神状态没有什么关系，而是看他/她"最后变成个什么人"。

总体来说，老梁的故事未见有尖利的齿梳或死于谋杀的前任，实在算不上稀奇。曹作家照例未做评价，他住的就是老梁早先的房间，因此在见到老梁前，已通过房间里胡乱堆放的杂物对他有所了解。譬如老梁的摄影技术其实连入门都算不上，拍的崇圣寺与洱海都没有基本的准线与构图。但他拍的人像相对较好，曹作家在那一沓没有上色的照片里，找到一张镜头姿态尤其鲜活的，照的是个三四岁的小女孩，穿着绒线衫与灯芯绒的小裙子，捧着一块红宝石蛋糕，一派天真地看着镜头。照片的后面用圆珠笔写着：1994 年 3 月 19 日，摄于邻居张小茜生日。

张小茜就是张春燕的那个女儿。

那堆杂物里还有数不清的私人信件，曹作家当然不会去翻看。他将照片归列整齐，放回那个蓝色的饼干筒内。他还注意到老梁有很多未寄出的信件，不曾写地址，只写了一个收件人，是一个叫连红的人。听名字，或许，这是个女人。

第四场

入夏的时候，曹作家收到一封信，信是带着邮戳、规规矩矩投入他信箱的，未曾写收件人，只写了他现在的地址。寄件地址是云南下关，寄件人叫娄晓芳。

曹作家不认得此人，因此当然也不便拆信，楼下阿姆看到他站在邮箱旁踟蹰，探头过来看了一眼，十分了然地叫他可以不用管。当天在隔间里，曹作家听完了这栋楼里其他人都老早知晓的、有关娄晓芳“万里寻亲”的故事。

娄晓芳来找的是她的女儿，或者说，是她女儿带走的一笔钱。她大约是在1994年末，张春燕与老梁都离开打浦桥之后几个月第一次出现，而早在那之前，她的信件已经被里弄堂里的人们熟知。

信是由人代笔，老太太因为笃定女儿曾住在这栋四层小楼中，但又不确切地知道是哪一个房间，因此孜孜不倦地给这栋楼里的每一个房间写信，信中阐述了老家的家人生活如何艰难，要求女儿不能独吞抚恤金，应当将这笔巨款交出来，重新进行分配。

由于谁也不曾回信，几个月后，老太太风尘仆仆地杀到，她瘦小而干瘪，像夜里栖息在树上的猫头鹰，会用阴鸷的目光死死地盯牢楼洞门口，看每一个进出的人。因通过这样的方式找不到女儿，她登堂入室，一家一家地敲门，甚至硬闯入别人的房间。居委为此报了警，民警将老太“请”出来的时候，老太还在恶狠狠地诅咒，信誓旦旦是有人故意将她的女儿藏了起来。在无数次的拉锯战中，在老太那如雷般的嗓门里，大家渐渐拼凑出一个相对完整（也可能是臆想）的故事来。

娄老太育有一子一女，女儿初中即辍学打工，儿子尚在读大学。娄老太的丈夫，据说“顽固、没有文化且脾气暴躁”。有一天伊出门走亲戚，叫女儿早点下工去照顾老父，回家后见老头倒卧在女儿的梳妆台前，满头是血，身体已经凉了，应系酒醉后摔倒碰撞到桌面上的琐物，戳破大动脉所致。老太这辈子以儿子和丈夫为天，哭天抢地，痛骂女儿疏忽照顾，将其骂跑。再过几个月后女儿回家，已经是大着肚子，问肚子里的孩子哪里来的，她也不说，被老太硬揪到卫生所做了流产手术。之后由老太做主，保了个媒，将其嫁给了当地一个五十多岁的装修工人。

新婚不到三个月，新婿被一根从天而降的钢筋砸中，死在了工地上，女儿拿了一笔抚恤金，没有多久说自己生了病，要去上海治病，自此杳无音信。

“生什么病？她的钱不是家里的钱？她弟弟要翻新房子，要养她弟媳和侄儿，这笔钱她怎么能自己一个人用？你们谁见过这么凉薄的子女？”

有人提醒老太：“你女儿的钱未必就是你的钱，要等她死了，你才有处置这笔钱的权利。”

老太偏不信，她整天地坐在台阶上，在新里弄和派出所之间来回折腾，直到儿子打电话来骂她，问她知不知道请一个保姆一个月要花多少钱，叫她赶紧滚回家带孙子。

娄老太走得很不情愿，她临走的时候恨恨地望着这栋外墙整洁、窗户明亮的建筑，满心仍以为她的那个很不安分的女儿隐藏在某个不为人知的角落里，享有一笔巨款，过着纸醉金迷的生活。

她没有再来，但仍不死心，隔三差五地会寄一些信来。居民将之当作骚扰，曹作家犹豫再三，最后拆了那封信，里面说宝贝小孙子就要上小学，需一笔择校费，并在结尾诅咒，如再不出现，那必定是要天打雷劈的。

曹作家不迷信，他将信重新装好，去楼下的公共电话亭给负责租房给他的中介打了个电话，说自己租约即日到期，这就要准备离开了。

第五场

曹作家搬离那日，有个小青年开着车来帮忙，他个子也挺高，古铜色的皮肤，穿着很时髦的皮夹克。伊物什不多，统共一个旅行箱，并一个老式的牛皮箱。两人坐到车里，小青年阿武递上一个文件夹，里面夹着三份文件。

曹作家默不作声接过来看，第一份是下关市某公安局的验尸报告，死者叫连卫国，死因是酗酒后跌倒，颈部被铜梳贯穿，其亲属栏里填写：妻娄晓芳，女连红，子连勇。第二份是滇南某社区医院的员工档案，其中记录张春燕曾于1986年至1991年间，在妇产科任护士。第三份是一张医院病历的复印件，连红罹患子宫癌，已于3个月前去世。

阿武问："都搞清楚了没？"

"大致已经比较清晰。"曹作家说，"张春燕本身并没有生育，她带回来的那个小女孩，其实是连红的孩子。这两个女人恐怕一直保持着联系，张春燕用来杀人又藏起来的那把梳子，很可能就是连红交给她的。张春燕带着孩子先来了上海，连红可能晚了几年。以她的学历，很难找到像样的工作，很可能是在幼儿园做保育员或者清洁阿姨。小女孩说的'林老师'压根不是个男人，其他人听错了，她叫的可能是，连老师。"

阿武发动了车："这样看，连卫国的死也有可疑。张春燕为什么会选择这栋楼？"

曹作家说："老梁是孩子的父亲，连红当然应该有他在沪的地址。可惜张春燕找过来的时候，老梁已经不大正常，并且已经搬离了。但他有时候会回来，所以居然还见过女儿一次——只是他估计也不知道这是自己的女儿。"

阿武笑了笑："你这个委托，我觉得实在是不大划算。"

曹作家没说话。

几个月前，一个叫连勇的男人找到他，付了一笔委托费，要求他帮忙调查一个密码。90 年代，银行基本都还在用存折，他说他妹妹留下一笔赔偿金，现在他妹妹的存折、身份证和户口本都在他手上，只要有一个取款密码，他就可以自由动用这笔钱。

这天下午他们开车来到银行，曹作家报出银行账号与密码，出示了早就准备好的一份“委托书”，要求查询账户余额。密码是 890319，张小茜的生日，余额是 27.9 元。阿武在旁边摸鼻子，曹作家却很不意外，他要了一张汇款单，自己拿出四千九百多块，凑了一个 5000，汇到某一个账户上。

阿武颇为意外，问：“你汇给谁？”

曹作家：“张春燕的父母，他们退休工资不高，还要养那个孩子。”

阿武问：“你打算怎么和连勇交代？”

“把密码给他。”曹作家满不在乎地说，“他委托的内容是：调查一个密码，这其中并不包括帮助他得到一笔钱。”

阿武笑了。

回到花园坊的途中，曹作家坐在副驾驶上，细心地将他找到的那把铜梳用纸巾擦拭干净，阳光下，它每一处小齿都闪烁着动人的光芒。其前后两个主人并未有机会亲自叙述各自的心路历程，但有的抗争本就是静默的，不必发出什么声响，也不存在对错。

就像这世上其他大多数的故事一样，都是既不过于悲惨，也不过于幸运的。

原刊微信公众号“戏局 onstage”8 月 30 日

作者简介：

谢十三，老油条，武侠迷。以前是个小学校长，现在预备躺平。

每一天我们都在做选择，当科技足以随心所欲地选择截然不同的第二方向时，我们能轻松愉快地吞下所谓的“后悔药”吗？游睿的这篇社会类悬疑推理小说，悬念迭起，从容节制。用科幻现实主义的创作手法，带我们领略科技与人文的冲突、圆融。

——《啄木鸟》编辑　谢昕丹

第二方向

游　睿

1

这一次失踪的是一个叫黎长安的货车司机。

黎长安，男，现年五十一岁，身高一米六五，体重约七十四公斤。来报案的是他的老婆李探岳。李探岳称，前一天晚上黎长安刚跑完长途，回家后一觉睡到了第二天中午。按照原计划，吃完午饭后李探岳要陪他去中医馆做椎间盘突出的理疗。在吃午饭时，黎长安接到货运公司的电话，有一批货物要加急运走，他必须马上过去装货。黎长安很不情愿，但又不得不去，当时烈日当空，人影投在地上特别短，热浪灼得人难以睁眼。李探岳把丈夫送出门，直到他打开车门才转身，作为货车司机的老婆，她已无数次这样目送丈夫，然后听着汽车的马达声继续着她的留守生活。但这一次李探岳回屋后却迟迟没有听到汽车启动，待她收拾完碗筷，发现货车依旧停在原地，驾驶室的门大大地开着，黎长安也没有在车上。李探岳觉得不对劲儿，就拨打黎长安的电话，但是无法接通。她到附近找了一圈，没有发现黎长安的踪影。这时候，李探岳想到了家门口的监控。她赶紧回屋调出监控视频，却看到了一个她完全想不到的画面：黎长安打开车门后并没有上车，他就站在车旁，缓缓伸出右手，用手指凭空点了两下，接下来就像变魔术一样直接消失了。

做完李探岳的笔录，夏冬至将黎长安的照片贴在了办公室的白板上，并用记号笔在下面标上了“4”。失踪者的编号是按照报案时间确定的，前面三个失踪者的照片下面已经写满了密密麻麻的文字，各种分析的线条像老街道的电话线般纵横交错。

1号失踪者叫田蔚蓝，男性，三十七岁，身高一米六八，体重约七十公斤，是一个电器商场的老板。他的生意做得不错，近三年销售额都上亿元。大约一年前，田蔚蓝的司机来报案，当时田蔚蓝要上厕所，就在一个公厕旁边下了车，司机在车上等了半个小时，却不见他回来，打他电话也无人接。司机到公厕里进进出出找了几遍，连女厕所都去找了也没看到他。司机以为他自行回家了，就分别跟商场和他的家人联系，均表示没有看到他。于是司机赶紧报了警。

2号张宝来是在田蔚蓝案件发生三个月后失踪的。张宝来，男，三十八岁，身高一米七五，体重约七十五公斤，系市实验中学英语教师、高二（六）班班主任。当天学校开运动会，张宝来本来在操场上当男子篮球赛的裁判，半场休息的时候，张宝来突然接了个电话。据前来报案的同事回忆，打电话的是他老婆，张宝来在电话里似乎和老婆争吵过几句。挂断电话后他来到球场边放背包的地方，同事看着他打开背包，拿出毛巾擦了擦脸，又看了看天，然后蹲下身继续在包里找东西。这时同事低头喝了口水，再抬起头时就发现张宝来不见了。下半场已经开始，作为裁判的张宝来却迟迟不出现。学校用广播喊他，没有回应；拨打他的电话，也无人接。就这样，张宝来在同事们的眼皮底下失踪了。

3号失踪者叫李乐途，男，四十六岁，身高一米八，体重约八十公斤，为某市级行政机关副职领导。报案人是一家酒店的保安，他并不知道李乐途的身份，当时他在酒店的户外停车场执勤，看到李乐途提着一个公文包，步履匆匆地走到一辆车前。李乐途面色苍白，略显疲惫，开车门的瞬间还踉跄了一下，保安见状准备上前扶他，他摆了摆手表示自己没事。他上车后，降下车窗，戴上墨镜，并启动了汽车。如果不出意外，车子马上就要从保安亭前路过，可这时候保安发现，本来已经起步的车开出几米后又停了下来，然后就一直不动了。保安想起他刚才的状态，认为他身体可能出了什么状况，于是上前查看，却发现车上没有人。一个大活人连车门都没开却硬生生不见了，保安吓了一跳，立马报了警。

夏冬至坐到电脑前，仔细查看李探岳提供的监控视频。之前失踪的三个人，他都认真看过相应的监控视频，但都较为模糊，李探岳提供的这个视频画面清晰度较高，镜头恰好对着大货车的驾驶室，无其他干扰。黎长安从视频中消失的时候，画面没有丝毫抖动，也没有任何环境变化，一眨眼的工夫，人就像被抹掉了一样。如果夏冬至不是量子力学专业毕业的硕士研究生，也不排除会把它当成灵异事件看待。

办公室的空调明显老化了，一边努力地吐着冷气一边忍不住发出吱吱的声响。从警五年，夏冬至算不上老警察，但他破的要案疑案可圈可点，也早已成为全市公安系统有名的破案高手。眼下的几起失踪案，却让他如坐针毡。从第一个案子算起，迄今已一年有余，几个失踪者依旧活不见人死不见尸。而夏冬至的侦查并没有实质性突破，他唯一可以肯定的是，这几个人失踪的方式几乎如出一辙，如果是人为，那么就应该是同一人所为。夏冬至觉得自己遇到了一个强劲的对手，对方在看不见的地方不断挑衅着自己，隔三差五就制造一起案件。眼下，他和同事们却拿对方没有办法，不但抓不住任何蛛丝马迹，还无法预防类似案件的再次发生。这几起失踪案像层层迷雾般笼罩着整个城市，失踪者的家属们哭哭啼啼盼着破案，其他人则人人自危，甚至不敢出门。网络上，这些案件更是早已成为全国关注的热搜头条。鉴于此，局领导明确指示，三个月内必须破案！

如今，旧案未破偏偏新案又发。看着失踪者的照片，夏冬至感到头微微作痛，不由得揉了揉太阳穴。

2

夏冬至并没有想到自己会成为一名警察。以他的实力，毕业后他本可以留校任教，但一个偶然事件改变了他的想法。

研三下学期的时候，夏冬至当时的女朋友也就是现在的妻子黄梅拉的叔叔遭遇了一起网络诈骗，虽然报了案却一直没有进展。黄梅拉把叔叔受骗的经历告诉了夏冬至，夏冬至略加分析，认为要破这个案子并不难。黄梅拉干脆鼓动他去派出所毛遂自荐，所长听后惊喜不已，说案子已经移交到刑警支队，正打算找专业人士帮忙。夏冬至随即就被邀请到刑警支队，在他的帮助下，案子很快有了进展。支队长告诉他，现在的犯罪科技含量越来越高，我们要解决专业领域的问题，很多时候只能依靠科研院校帮忙，但科研院校的专家教授们也并非随时有空。夏冬至笑了笑说，如果有需要，我可以尽一份力。支队长很高兴，当即请示局领导批准，又和学校对接，让夏冬至到支队实习两个月。

就这样夏冬至到了刑警支队，在这期间，夏冬至发现自己对破案的兴趣颇高，这是他从来没有发现过的兴趣，每一个案子结案，那种从未知到揭秘的成就感比任何一个课题的完成都要强烈许多。尤其是看到受害人或其家属在破案后的那份欣慰，他有种前所未有的满足感。

就这样，当一名警察的想法在夏冬至心里悄然萌生了，且一发不可收。毕业前夕，他参加了招警考试，顺利进入了刑警支队。

如今，五年过去了，夏冬至已经和黄梅拉结婚，还有了一个两岁的宝宝。但五年的从警经历，却让他别有一番感受。夏冬至的手机上，已经看不到黄梅拉的朋友圈了。黄梅拉并没有拉黑他，只是不想把她在家里的生活展示给他。算起来，最近一周他们俩仅仅通过一次电话，通话时间不超过十五秒，内容更是言简意赅。

当初夏冬至考警察，黄梅拉一直积极支持他。她甚至还说，她从小就对警察这个职业崇拜不已，她希望夏冬至穿着笔挺的制服和她拍婚纱照。后来他们俩的结婚照果然就是这样拍的，新婚的当天晚上，因为一起重大刑事案件的发生，夏冬至从新房里被召了回去。第二天早上他红肿着双眼回到家里，黄梅拉给他煮了碗面条，当他看到里面有一块肥腻腻的肉时，立马吐得翻江倒海。此后的许多个日子，包括很多重要日子，夏冬至都无一例外地缺席。结婚纪念日他不在，黄梅拉去医院做 B 超的时候他不在，儿子出生的时候他也不在……他不是在办公室就是在案发现场。

儿子出生后，双方的老人都因各种原因无法过来照顾。黄梅拉干脆辞职当起了全职太太。儿子体质偏弱，从出生到现在经常出现这样那样的小毛病。一开始黄梅拉会不停地给夏冬至打电话，还经常哭着问他怎么办。夏冬至虽心急如焚却往往难以立马从岗位上脱身。后来黄梅拉就不打他电话了。有一次夏冬至连续几天收到交通违法的信息，违章原因都是没有系安全带。等他有空了之后才发现，违章照片中，黄梅拉一只手抱着孩子一只手在开车，违章地点全在医院附近。还有一天早上，夏冬至拖着疲惫的身体准备回家休息，在楼门口意外看到了黄梅拉。她双手各提着一只篮子，艰难地爬着台阶，每走两步，她就停下来把篮子放在台阶上歇一下，歇息的时候，她用右手拉着右边的篮子，用左脚顶住左边的篮子，然后抡起左手敲打着自己的腰。夏冬至眼眶一热，赶紧上前去帮她，只见左边的篮子里装满鸡蛋和蔬菜，她右手拉着的篮子里，儿子正在一条毛巾下酣然入睡。

夏冬至答应黄梅拉带儿子去打预防针，却一次都没去。他们说好夏天去海南、冬天去东北老家，但至今都没兑现。结婚以来，黄梅拉从不抱怨，没和他吵过一次架，但是偶尔也会偷偷掉泪。这个默默支持着他的女人，几年下来，身材逐步走样，容颜逐渐暗黄，正因为这样，夏冬至心里才越发不安。夏冬至不止一次地设想，如果当初没有考警察，而是留校任教，那该是什么样子呢？

3

时间已经到了凌晨两点，刑警支队的办公室里灯火通明。夏冬至的桌子上放着厚厚的一沓资料，这段时间以来，他们已经对四名失踪者进行了全面摸底，并分别提取了DNA和视频资料进行集中分析。

1号田蔚蓝虽然是企业老板，但失踪前经济状况比较糟糕，他的手机短信记录里有大量讨要货款和银行催促还款的信息。

田蔚蓝的经济之所以会出现这样的局面，主要是因为赌博和跨行业投资。据司机回忆，那段时间田蔚蓝的主要精力都放在借钱上，他去求银行，去找合作伙伴提前预支货款，但无一成功。在田蔚蓝的包里，警方还发现了大量治疗抑郁症的药。尽管如此，结合视频资料分析，田蔚蓝的失踪依旧排除了自杀的可能性。

2号张宝来是学校英语教学的权威，几个月前他还拿下了全国中学英语教学的金奖。在同事们眼里，张宝来兢兢业业，一直是学校多年的先进人物。同时，他交际比较广泛，在各行各业认识的人不少。张宝来和老婆关系不好也是全校皆知的事情，在对张宝来深入调查的过程中，他老婆对他深恶痛绝，在她眼里，张宝来就是一个十足的渣男，如果不是考虑孩子的成长，她早就和张宝来离婚了。据他老婆说，她已经多次发现张宝来偷偷在外面开房，只是张宝来很狡猾，她每一次“抓奸”他都成功逃脱。警方按照他老婆提供的线索，调查后发现，张宝来并没有和任何异性交往，与他频繁开房的恰恰是不同身份的男性，除此之外他没有其他异常行为。

3号李乐途这几年算得上平步青云，从处级到厅级，几乎是掐着时间节点完成了提拔。他是个工作狂，一门心思扑在工作上，从早到晚不是在开会就是在调研，法定假日他也很少休息，基本是在办公室度过。除了工作，他还非常自律，多年来坚持不间断晨跑，这也算是他工作之余的唯一爱好，为了兼顾锻炼，他不开车也不坐车，总是从家里跑步去上班，到了办公室再换衣服。警方调取他失踪前几天晨跑沿途的监控发现，途中总有人接应他，帮他背包递水。经核实身份，这些人均为不同领域的企业家。

4号黎长安从事货运工作已有十余年，很能吃苦，跨省的长途一般都是他在跑。警方在调查中发现，在黎长安失踪前几天，也就是他跑长途期间，有一名中年男子曾在夜间到过他家。面对监控，李探岳说了实话，黎长安的身体有问题，在夫妻生活上一直力不从心，那个男人是李探岳多年的情人。她并不确定黎长安是否知道她情人的存在，至少迄今为止，黎长安一直和她相安无事。

在以往的刑事案件中，这类系列案件的受害人身上一般都有着某种共同特质，这种共同特质往往成为他们受害的诱因。就目前的调查来看，四个失踪者无论是从体重、身高、年龄、职业、兴趣爱好，还是从生活圈子、活动范围都没有什么相同之处。

面对着一大堆调查资料，夏冬至心里沉甸甸的。一方面，案子依旧停留在调查阶段，丝毫没有实质性突破，破案压力与日俱增。另一方面，从警以来，随着对受害人或者嫌疑人的深入调查，总会发现一些意想不到的东西，但这次却一无所获。

4

夏冬至在办公室眯了会儿，半梦半醒中被同事叫醒了。他艰难地睁开眼，李探岳站在他面前，说黎长安回来了。

真的？夏冬至从座位上弹了起来。这可是几个失踪者中第一个回来的人，只要有人回来，案子就有转机。他连忙问道，什么时候回来的？人在哪儿？

李探岳说人是昨天下午回来的，现在就在家里。夏冬至愣了一下，这么长时间了，为什么现在才告诉我？李探岳说，我想着人已经回来了，就没那么着急。夏冬至看了看她，转身拿了件外套说，走，去你们家。

在车上，夏冬至问李探岳，黎长安有没有受伤，或者有没有与往常不一样的地方。李探岳说身体倒没发现问题，不过感觉他精神有些恍惚，说话做事怪怪的，像换了个人。

算起来，黎长安从失踪到出现大约只有三天时间。这三天李探岳经历了一条漫长的心路历程，从最初的惊恐到无限自责，从自责到猜想，从猜想到回忆，从回忆到期盼，从期盼到不安。

昨天下午，大约五点钟的时候，黎长安真的回来了。来不及多想，李探岳本能地扑上去，一把抱住黎长安失声大哭了起来。

黎长安微微笑了笑，说了句莫名其妙的话，他说，这个世界真好。李探岳问他这几天去了哪里，都做了些什么？黎长安不说话，只愣愣地站在原地好半天才说，我想把货车卖了。

李探岳自然坚决反对，货车是他们家主要的经济来源，不开车黎长安该做什么？但黎长安坚持要卖，而且说干就干，立刻掏出手机开始联系二手车市场。

李探岳对夏冬至说，昨天晚上我一直追问他去了哪里，经历了什么，为什么非得卖车……他一律不回答我。我几乎一夜没睡，我觉得他变了，根本不是原来的他，所以一大早就来找你们了。

说话间，车已经到了李探岳家门口。货车还停在路边，黎长安正站在驾驶室的梯子上整理东西。夏冬至上前表明了自己的身份，表示想向他了解一些情况。黎长安并没有停下手里的活儿，像没听见一样。李探岳上前拍了拍他，说这就是那个为了找你好几天都没合眼的夏警官。黎长安从车上跳下来，站到夏冬至面前说了声谢谢。李探岳赶紧拉着黎长安的手对夏冬至说，快进屋，快进屋。

可到了家里，夏冬至和黎长安的沟通依旧困难。对于这几天他去了哪里、有什么感受、看见了什么等，黎长安一直闭口不谈，他的脸上看不出任何情绪，偶尔会回答一句“不知道”。夏冬至心有不甘，他告诉黎长安，还有三个人也和黎长安一样神秘失踪了，但这三个人至今没有回来，他们的家人每天都焦急地等待着他们，而黎长安的经历很有可能帮助警方把他们找回来。黎长安听后略有所思，过了一会儿才说，他们不会回来了。

到底发生了什么？夏冬至追问。

我无法描述，也讲不出来。黎长安说，你猜我的货车能卖多少钱？

什么？

二十万。

5

夏冬至担心的事还是发生了，果然又有人神秘失踪。

这名失踪者是一个叫姚琴的售楼小姐，今年二十八岁。姚琴的闺蜜黄女士介绍，大约两天前，姚琴给她打过一个电话，说她可能要出一趟门，给黄女士寄了个快递，让黄女士帮她处理一下里面交代的事情。黄女士问是什么事情，姚琴却故作神秘地说你收到快递就知道了。今天上午黄女士收到了姚琴的快递，打开一看竟是一张银行卡，还附了几句话：小黄黄，这是我的全部家当，密码是我生日，我送给你了，不要想我，友谊万岁！黄女士感觉不对劲，立马拨打姚琴的电话，但是打不通。黄女士马上联系姚琴的同事，得知她这两天没去上班，也没请假。去她租的房子里，物业也表示这两天没看到她回来。于是，黄女士只好去景兴路派出所报了案。根据黄女士的描述，派出所初步判断姚琴有出走或自杀的可能，并按照这个思路启用技术手段开展调查，最终在一家理发店门口调取了姚琴失踪前的监控视频：当天上午十一点多，刚做完头发的姚琴走出理发店，在距店门口约十米远的位置停下。她从包里取出化妆盒，描了描口红后放回包里。她在原地站立了大约三秒钟，就忽然像隐身一样消失了。

看了景兴路派出所提交的前期调查资料，夏冬至觉得，虽然同样是离奇消失，但是与之前的失踪者相比，姚琴的消失不像意外，倒像有计划进行的。如果是有计划地消失，其本质和自杀无异。结合她之前的举动来看，就算是被动消失，她也是提前得到了消息。谁给了她信息谁就有可能是整个失踪案的始作俑者，所以，姚琴对系列案件的侦破非常重要。夏冬至把姚琴标记为 5 号失踪者，决定把调查的重心放在姚琴身上。他和同事们兵分三路，一路调查姚琴近期的社交活动，找出接触频繁的人；另一路去姚琴的公司，了解她最近几个月的工作情况；而他自己则去姚琴的住处开展调查。

三年前，姚琴租了在市区的一套两室一厅的房子，每天早出晚归，和邻居们交流极少，大家对她没什么印象。物业打开门后，夏冬至发现，房间里收拾得很整洁，地板和玻璃一尘不染，沙发上的抱枕摆放得整整齐齐，每个垃圾桶也都清理干净了，衣柜里没有任何衣物，冰箱里空空如也，所有卧室的床上都只剩下床垫，就像没人入住一样。不过，夏冬至还是在书桌与墙壁的缝隙里找到了两张照片，一张是姚琴和一个小伙子嘴对嘴的亲密照，另一张是小伙子的单人照，戴着墨镜，眉宇间透着帅气。夏冬至把这张单人照进行了翻拍，并发回队里。

回到队里，同事已经把小伙子的资料放到了夏冬至的桌子上。他叫张翼虎，是姚琴的男朋友，生前是一名汽车导购员，五年前因为一场车祸不幸离世。夏冬至拿出男孩儿的资料放进卷宗，再次打开姚琴失踪前的视频，可是他发现自己静不下来，眼前总晃着小伙子戴着墨镜的脸。他想去卫生间洗把脸，在起身的那一瞬，他看到视频中姚琴从理发店出来时也戴着一副墨镜。他愣住了，立刻拖动视频，看到姚琴取下墨镜开始补妆，补完后又将墨镜戴上，之后才消失。

墨镜！夏冬至坐回椅子上，将几个失踪者的视频都调出来，发现所有失踪者在失踪前都戴着墨镜。不仅如此，通过视频放大和截图对比，他们所戴的墨镜外观几乎一模一样。难道，问题就出在墨镜上？

夏冬至立即驱车赶到黎长安家。黎长安正端着一杯茶坐在家门口，他的那辆货车已经不知去向。夏冬至问，车呢？黎长安也不回答，只自顾自地喝茶。

夏冬至坐到他身边，给他递了支烟，他摆了摆手。夏冬至说，你失踪前戴过一副墨镜，还在吗？黎长安看了看夏冬至，随即轻描淡写地说，扔了。夏冬至问扔哪儿了？黎长安说记不住了。夏冬至又问墨镜哪里来的？黎长安说记不住了。

一股无名火正从夏冬至心里往上蹿，这时黎长安的那辆货车开回来了。李探岳从副驾驶下来，看到夏冬至后连忙指着驾驶员解释道，这是我们刚请的司机，钱还是得挣的。夏冬至注意到货车的挡风玻璃前就放着一副墨镜，他上前取下来问李探岳，这是不是黎长安的？李探岳说是的。夏冬至又问，他那天回来时是不是就戴着它？李探岳想了想说，是的是的，他当时把它扔掉了，我又捡了回来，这墨镜好好的，扔掉多可惜。

6

从导师办公室出来，正好路过学校的篮球场。夏冬至在看台上坐了下来，看着年轻的师弟们在球场上生龙活虎地跑着跳着，他心中禁不住升起一丝惆怅。

来此之前，夏冬至对黎长安的墨镜研究了一个晚上。那副墨镜看起来平淡无奇，在网上一搜一大把，戴上也无任何异常。夏冬至用放大镜将墨镜的每一个细节都认真检查过，没发现任何奇特的构造。可他坚信，这副墨镜不简单，极有可能是打开所有失踪案件的钥匙，只是研究来研究去，它在他手里依旧是一副普通的墨镜。最终，他决定去向导师讨教。导师把墨镜拿到实验室折腾了几个小时，也只能无奈地摇了摇头。

夏冬至又拿出墨镜看了看，然后给自己戴上。目光透过镜片，他看到校园里依旧那么生机勃勃，但是在墨镜的作用下光线暗了许多。眼前的世界并没变，因为戴了墨镜，变的是我们看世界的目光。他忍不住叹了口气，再次想起了那个问题：如果当初选择了留校，又该是什么样子呢？

就在这时，神奇的事情发生了，他的眼前出现了一个虚拟的方向盘，它悬浮在空中，触手可及。夏冬至取下墨镜，方向盘就不见了，他再次戴上墨镜，方向盘依旧悬浮在眼前。夏冬至看到，方向盘上有两个闪烁的按键，分别标着“1”和“2”。他很好奇，按了一下“1”，等了一小会儿，他发现并没有什么变化，便按了一下“2”。他立刻感觉自己飞起来了，眼前涌现出无数道奇异的光彩，那些光线汇聚在一起，越来越强，越来越亮，亮得他睁不开眼。

不知道过了多久，夏冬至总算感到周围安静了，他停止了飞翔，一屁股坐了下来。这时他耳边响起了一段语音：温馨提示，你已经回到指定时间，请谨慎选择。他连忙睁开眼，发现自己正驾驶着一辆大货车，脚踏油门，双手正握住方向盘。夏冬至看了看前面，马路很宽，路面也比较平整，此刻正值晚上，两侧的路灯很亮。但夏冬至心中却是一片慌乱，一方面是他没想明白为什么会发生这样的变化，刚刚他还在大学校园里，怎么突然开起车来了？另一方面是他从来没开过货车，还不确定自己会不会操作。所以，他想把车停下来，但他发现货车车速很快，且周围还有几辆轿车在行驶，如果贸然刹车会非常危险。明白自己的处境之后，夏冬至迅速调整了一下呼吸，作为一名警察，他的职业素养不允许他继续慌乱，越是危急时刻越要理性才对。他松开油门，打算让车速逐渐降下来。可是很快他就发现，无论是松开油门还是踩刹车，他的操作都起不了任何作用，货车依旧保持高速前进。就在这时，前面出现了一段下坡路，借着灯光，他看见前面有几个摇摇晃晃的人。夏冬至倒吸了一口凉气，如果不马上停车，那几个人必然会被撞上，后果将不堪设想。就在这时，突然一辆轿车像找碴儿似的横穿过来，夏冬至来不及反应，他驾驶的大货车便直直地撞了上去。

货车在猛烈撞击之后停了下来，夏冬至赶紧下车。他看到轿车的后半部分被卷入了车底，车内有两个人，他们被夹在已变形的车内，血肉模糊。夏冬至懊悔不已，都怪自己没及时将车控制住。当务之急，先救人。他刚迈开步子，眼前又出现了那个虚拟的方向盘，方向盘上却只有一个闪烁着的按键，同时有语音在他耳旁提示：你只有三十秒，请谨慎选择。倒计时开始，30，29，28，27……夏冬至愣了一下，他盯着前方惨烈的车祸现场，心里一横，便不再管虚拟的方向盘，果断上前救人。

很快，语音就数到了0。夏冬至再次感觉自己飞了起来，眼前又出现了许多奇异的光彩，它们迅速聚集、闪烁，越来越强，越来越亮，亮得他不敢睁眼。

当夏冬至再次小心地睁开眼时，发现自己又回到了母校的篮球场观众席上。他如之前一样坐着，鼻梁上依旧戴着那副墨镜。只是那些生龙活虎的学生不见了，球场上空荡荡的。他赶紧将墨镜取下，脑海里却满是车祸时的画面。他不知道轿车里的人怎么样了，为什么方向盘会在那个时候出现？他没有碰按键，为什么又回到了学校里？

夏冬至拿着墨镜，对刚才发生的一切百思不得其解。但刚才的经历充分证明了他之前的推断，那几个人的失踪都和这种墨镜有关。那么，谁是这种墨镜的制造者，他的动机是什么？当务之急，必须要查清楚墨镜的来源。夏冬至摸出手机决定立马向队领导汇报，手机发出电量低的提示音。电话接通的一瞬间，队领导惊诧不已，焦急地问他在哪里，这些天去哪儿了？夏冬至有些发蒙，出什么事了吗？队领导说，你知不知道，你现在是6号失踪者，已经整整失踪了三天。你赶紧归队！不，不，你先回家里报个平安吧。

夏冬至推开家门，发现黄梅拉正抱着儿子坐在客厅里，她双眼通红，面部浮肿，儿子的额头上搭着一块毛巾。见到夏冬至的那一刻，黄梅拉像孩子般哇的一声大哭起来。

7

夏冬至重新回到工作岗位上，他将自己的经历写成了一份报告。但他确实没想到，他只感觉到前后不过几分钟时间，却是实实在在地消失了三天。从同事提供的监控视频里，他看到自己的消失过程与之前所有的失踪者一样，神秘而短暂。这时，他突然感到一阵后怕，尽管他不清楚自己是怎么回来的，但是如果没有回来，那就意味着他在现实生活中永远消失了。对于他的报告，队里认真进行了分析，并提出了质疑。从夏冬至消失到他回归的这段时间里，他自己也没讲清楚究竟是什么原因让他眼前出现了那个虚拟的方向盘。队领导让夏冬至一定要弄清楚原因，并决定继续让他牵头开展这个案子的调查工作。

夏冬至将同事们对姚琴前期开展的调查资料进行了汇总，所有的证据都表明，姚琴是所有神秘失踪案的关键人物。

调查发现，在姚琴失踪的前两天，她寄出了大量包裹，这些包裹被寄往多个福利院，寄出的全是她自己的衣物、床单、被套、书籍等。据她的同事们回忆，那几天姚琴并没有任何异常，她按时上下班，对前来看房子的客户一直都保持着热情。但是她失踪后同事们才发现，她工位上所有的物品都不见了。而最有价值的线索是在姚琴近一年的通话记录里发现的，原来她与每一个失踪者都有过联系。就在黎长安失踪的前两天，姚琴还专程去找过他。

夏冬至去找黎长安，他却不在家里，倒是李探岳向夏冬至吐了一肚子的苦水。自从黎长安消失又回来后，李探岳感觉黎长安已经是另外一个人了。对任何事他都与世无争，这且不说，最近他突然开始烧香拜佛，还买了佛像和念珠，早上和晚上按时跪在佛像前读经。眼下黎长安找到了一座寺庙，准备把自己关进庙里，说是要斋戒一个月。他没带电话，也没说寺庙在哪里，说走就走了。李探岳认为，他的脑子可能出了问题。

夏冬至安慰了李探岳几句，就把话题引到了姚琴身上。他本以为李探岳不认识姚琴，没想到她不光认识，还对姚琴有些了解。李探岳夸姚琴是个好姑娘，不仅人长得漂亮，而且热情大方、心地善良。大概是半年前，姚琴联系了她，说是货运公司提供的电话，她要找个货车给他们公司拉建筑材料。李探岳感激不尽，就让黎长安去拉货。李探岳和姚琴见过几次面，每次姚琴都热情地请他们夫妻俩吃饭，一来二去，他们很快就变成了熟人。姚琴还在周末的时候，陪李探岳逛过一次街，并抢着帮她付钱。李探岳得知姚琴没有男朋友，一直寻思着把自己的侄儿介绍给她。姚琴最近一次来找黎长安，李探岳在场。就在前不久，姚琴从他们家门口路过，特意停下车，送给黎长安一个礼包。姚琴说，那是他们公司回馈给客户的，她看里面的东西比较实惠，就给黎长安带了一份。李探岳打开看过，礼包里面有一把雨伞、几盒藿香正气水和一个水杯，还有被夏冬至带走的那副墨镜。

当时姚琴有没有特别交代过什么？夏冬至问。

李探岳说，姚琴告诉他们，那副墨镜特别贵，市场价值好几千，叫黎长安自己戴，送人可惜了。

离开前，夏冬至嘱咐李探岳，一旦黎长安回家，立刻通知他。李探岳说没问题，这回一定第一时间告诉他。

夏冬至随后分别与另外三名失踪者的家属取得了联系，搜集到的情况陆续验证了夏冬至的推断——他们失踪前戴的墨镜，都出自姚琴之手。姚琴的公司证实，她送出去的确实是公司送给客户的礼包，但礼包里没有墨镜。现在可以断定，这起系列失踪案都是人为的，姚琴的嫌疑最大。尽管她是墨镜的赠送者，但目前还是没有查明墨镜的来源，单凭姚琴自己，无论是她的人际关系，还是学识学历、时间空间，要制作如此神奇的墨镜基本不可能。谁才是这种墨镜的发明者呢？启动墨镜的方法是什么？为什么要选择把墨镜送给这几个人？这一系列问题，只要能找到姚琴，就迎刃而解，可现在姚琴消失了，这条线索似乎也断了。

查不到真相的时候，难免会有挫败感。失踪案的重点依旧聚焦在姚琴身上，夏冬至和同事们对姚琴再次展开更加深入的调查。

姚琴不是本地人，她出生在西部地区一个偏僻的小山村，十二岁时就成了孤儿。她靠着各种帮助和自己的努力读完大学，毕业后留在了这座城市，且认认真真地工作。她不仅人长得漂亮，还特别热情大方，房产销售业绩一直在公司名列前茅，无论是同事还是客户，都对她印象不错。夏冬至注意到，自从五年前姚琴的男朋友因为车祸不幸离世，她一直没有再谈过恋爱。身边的朋友多次热心地为她介绍，也有不少客户花大心思苦苦追求她，但都被她拒绝了。除了张翼虎，似乎没有第二个人能走进她的心里。

姚琴的闺蜜黄女士恰恰是她和张翼虎爱情的见证者，他们是在一家敬老院认识的。姚琴所在公司有个规定，凡是季度销售业绩突破约定标准之后，就拿出一定比例搞公益活动。作为销售中的佼佼者，姚琴自然要参与其中。比较投缘的是，姚琴两次去敬老院都遇到了张翼虎，一开始她以为他是敬老院的工作人员，因为他在敬老院里忙前忙后，和每个老人都挺亲热。后来一交流才发现，张翼虎也是来搞公益活动的，与姚琴不一样的是，他一有空儿就来，院里的老人们都把他当儿子看。而张翼虎之所以经常来，是因为他很早就父母双亡，和哥哥张锐界几乎是吃百家饭长大的。成年后，他们兄弟俩特别感恩，除敬老院外，还在自己的能力范围内做了大量公益事业。黄女士说，姚琴对张翼虎的爱慕，是始于颜值，敬于人品。

夏冬至调查到，张翼虎出事的那次车祸是他哥哥张锐界造成的。据交警部门提供的资料显示，车祸不太符合常理，本来行驶平稳的轿车，突然向右转了九十度的弯，横向行驶了五米远后，被一辆直行的大货车撞上。坐在副驾驶的张翼虎因失血过多没能抢救过来，张锐界自己也被撞断了双腿，成了一名高位截瘫的残疾人。警方根据现场判定张锐界承担车祸全责。巧合的是，撞上张锐界的那辆货车，驾驶员正是 4 号失踪者黎长安。由此，夏冬至不由得想起了自己戴上墨镜后发生的事情，他驾驶的货车撞上了一辆忽然变道的轿车，车上同样坐着两个人。夏冬至推断，他戴的那副墨镜是姚琴送给黎长安的，难道他戴上墨镜后的经历也是黎长安的？无独有偶，他从失踪到回来时间也是三天，这与黎长安失踪的时间一致。由此可见，墨镜与这场车祸息息相关。

8

张锐界住在一栋海滨别墅里，夏冬至按响门铃之后，来开门的正是张锐界本人。他四十多岁的样子，面容极其消瘦，金丝眼镜后面的眼睛却显得特别有神。他将头发一丝不苟地向后梳着，上半身穿着一件白色衬衣，腿上搭着一条素色的毯子，给人总体感觉精神、干净且不失儒雅。张锐界靠着电动轮椅，微笑地看着夏冬至。待夏冬至表明身份后，张锐界扬起嘴角，伸手对着别墅做了个请的动作。

别墅里有一个篮球场大小的花园，穿过花园，张锐界带夏冬至来到一个五十平方米左右的露台。露台正对着大海，海涛阵阵，不时传来几声海鸥的叫声。在露台的一侧，有一个造型别致的凉棚，里面放着一张桌子和几把椅子，桌子上搁着一套茶具，茶壶内的水正沸腾着。

坐下来后，张锐界取出紫砂杯，给夏冬至倒了杯茶，说，尝尝，昨天刚到的安徽黄大茶。夏冬至道了声谢谢，便进入到正题。来此之前，夏冬至做了些功课，公开资料显示，张锐界是一家电子元件生产企业的创始人，此前他在德国留过学。车祸发生后，张锐界将公司交给了其他合伙人，自己则待在海滨别墅里，很少与外界联系。夏冬至首先提到了五年前的车祸，他想了解导致张锐界突然变道的真正原因。张锐界品了口茶说，这场车祸是我一生的痛，我失去了双腿，更失去了我唯一的弟弟。车祸原因我已经说过多次，当时我的手机掉了，正打算弯腰捡起却不小心带动了方向盘，然后就发生了车祸。我后半辈子都在为自己当时的行为后悔。夏冬至问，手机掉在了左侧还是右侧？张锐界说右侧，而且掉得比较远。

夏冬至笑了笑，将自己的手机放在了右侧地面上，然后一只手模拟着握住方向盘，弯腰去捡手机。夏冬至摆动着手，试图摆动到改变方向的最大极限，在拿到手机的那一刻，他弯着腰说，按照你的描述我试过很多次了，你看，即使手机落在右侧最远的地方，另一只手能改变的方向弧度也不会超过四十五度，而车祸发生时，你的车改变的路线接近九十度。

张锐界将手中的茶杯放下，看着大海说，你分析得没错，实际情况是，我当时很慌乱，本想将方向盘打回去，却操作反了。

这个解释显然很牵强，但碍于车祸时间较长，相关资料又非常有限，在没有得到更多调查资料之前，夏冬至也无法反驳。于是他抛出了第二个问题，你最近见过姚琴吗？

张锐界转过脸问，姚琴？

对，你弟弟的女朋友。夏冬至补充道。

翼虎离开后，她隔三差五会打个电话过来，客套地问候一下。我好久没见到她了，上一次见到她还是去年翼虎的忌日，她出什么事了？张锐界问。

夏冬至说没什么事，有个案子可能牵连到她，顺便问问。

也对，那么励志的一个姑娘，应该不会犯什么事。

说着，夏冬至提出要到别墅里面看看，张锐界欣然应允。这套别墅一共四层，地下一层，地面有三层。别墅里装有电梯，室内使用了大量感应和声控的装置。张锐界说，别墅是他出车祸后装修的，因为腿脚不便，采购了一套智能化装备。他像导游一样，带着夏冬至把他的别墅用心地介绍了一番。在这个过程中，夏冬至特别留意每一个细节，不过，除了满眼高科技的豪华装修，他倒没看出不寻常的地方。

临走时，夏冬至问，这么大的房子，就你一个人住？

张锐界说，还有一个管家和一个保姆，他们今天刚好不在。

张锐界将夏冬至送到门口，目送他上车之后，才转动轮椅回屋。

9

随着调查的深入，夏冬至觉得真相越来越近了，但目前头绪仍很多，需要进一步梳理。目前可以确定的是，每个失踪者都与姚琴有关，姚琴与墨镜有关，墨镜与车祸有关，车祸的受害人又与姚琴有关。夏冬至画了一张关系图，把姚琴的名字放在了关系图的中心位置。夏冬至盯着那张图，发现自从确定姚琴为重点人物之后，他和同事们的调查方向都放在了其他人与姚琴的单线联系上，这里面还存在着巨大的漏洞。如果侦查工作是一张网，那么现在这张网仅仅只有竖线而没有横线。夏冬至拿起笔，把环绕在姚琴名字周围的几个人名连了起来，并打上了问号。

夏冬至回到座位上，拿出那副墨镜再次戴上。思考问题的时候，他会习惯性地将墨镜戴上，他一直在寻找启动墨镜里虚拟方向盘的方法。对此，他努力回忆自己失踪前的每一个细节，包括说过的每一句话，不仅如此，他还把几个失踪者的视频进行了对比，但是到目前为止，依旧没有任何发现。

黄梅拉这时给夏冬至打了个电话。最近一段时间夏冬至很少回家，眼看着离局领导要求的破案时间越来越近，夏冬至一门心思扑在了案子上。黄梅拉告诉夏冬至，希望他今天晚上能回趟家，儿子又发烧了，她还提醒夏冬至，昨天是儿子的生日，他连电话都没打一个。挂断电话，夏冬至心里有种说不出的滋味。

这时，夏冬至眼前那个虚拟方向盘突然出现了。它依旧是上次的样子，闪烁着两个数字按键。夏冬至伸出手，却不敢触摸任何一个按键，他赶紧将墨镜摘了下来。尽管他无数次想重新启动墨镜，但真正启动的时候，却不敢像上次一样去尝试，一旦失误，他可能就再也回不来了。为了保险起见，夏冬至将墨镜留在自己身边，他担心其他同事误打误撞启动了墨镜，弄不好就会造成无法挽回的后果。

刚才墨镜是怎么启动的呢？夏冬至只是接了个电话，之后什么话都没有说，只是心情不好，难道和心情有关？夏冬至回忆，上一次他启动墨镜时，他的心情确实也不好。这么想着，他又将墨镜戴在了鼻梁上，虚拟的方向盘却早已不见了，之后任他怎么改变心情，眼前也没有发生丝毫变化。

李探岳这时给夏冬至打来电话，告诉他黎长安斋戒结束回来了。夏冬至迅速起身，离开办公室前，他吩咐其他同事马上重点梳理一下几名失踪者之间的关系，越深入越好。

黎长安穿着一套素色的衣服，人清瘦了许多。看到夏冬至，他笑了笑，似乎开朗了些。夏冬至问他斋戒的时候悟到了些什么，他说自己愚钝，没有大彻大悟，也说不出什么大道理。夏冬至拿出墨镜戴上，说我和你一样，因为戴上这副墨镜，消失了三天。

黎长安脸上的笑容立刻消失了，真的？

夏冬至说，我在墨镜里看到了一个方向盘，上面有两个按键，我按了其中一个，然后就被五颜六色的光线刺得不敢睁眼，接着我就被带到了另一个地方。

不用说了，黎长安打断道，你没说谎。

夏冬至说，我后来就有些理解你，你回来之后为什么会有些变化，说实话我也很后怕，怕自己没能回来。

黎长安说，我害怕的不是这个，而是车祸，发生一次车祸，一辈子都会胆战心惊。

我想和你说的就是车祸。夏冬至说，我戴着墨镜进入到里面的场景时，也经历了一场车祸。后来我们了解到，五年前你出过一次车祸，撞了一辆小轿车，造成对方一死一伤。当时是对方全责，所以你并没承担什么后果。我一直在想，会不会我在墨镜里经历的就是你当时出车祸的情景。所以我想知道，你在墨镜里面看到了什么？是不是就是你当年的车祸场景？

黎长安说，我一辈子就出过那么一次车祸，我一直以为过去了就过去了，没想到戴上墨镜之后，硬生生地重演了一遍。太难受了，我不敢去回忆。

你必须得回忆，得面对。夏冬至告诉黎长安，他的经历并不是个案，还有四个人因为戴上类似的墨镜失踪了。到目前为止，那四个人都没有回来。墨镜显然是有人精心设计的，对于那四个人而言，如果不能回来，就等于被谋杀了。请把你能记起的细节都告诉我，这才是对你自己负责，也是对那四个人负责。

你在墨镜里看到的，就是我的经历。黎长安用手抹了抹脸，缓缓地说。当年车祸发生前，我曾接到一个电话，电话的内容不方便讲，反正挂了电话之后我就心急火燎地往家里赶，所以车速要比平日里快一些。行驶到事发地点时，那辆轿车鬼使神差地撞了过来。随着一声巨响，我的耳朵持久耳鸣，面前的挡风玻璃上开出了一朵白色的花，接着玻璃碴唰唰往下掉。我艰难地打开车门，从车上滑落下来，然后就迈不开腿脚了。我是第一次看到那么血淋淋的场面。那个场景，车祸发生后的这几年，我不敢去回忆，也不愿意去回忆。我从来没有想过那副墨镜会有什么不同，之前戴过好几天也没任何异常。偏偏那天戴上后，刚准备打开车门就发现眼前有一个明晃晃的方向盘，上面还有两个按键。我觉得奇怪，就用手按了下其中一个键，结果就飞了起来。后来，又发现自己坐在了货车上，接着经历了同样的车祸。还是那辆车，还是那个时间段，还是在那个地点，就连撞击的声音、耳朵里的耳鸣，甚至下车后看到的场景都一模一样。我当时就怀疑自己是否在做梦，可又清楚地意识到自己并没做梦。

夏冬至问，车祸再次发生后，你下车看到其他东西没有？

黎长安说，我之所以意识到自己没有做梦，是因为那时我看到那个明晃晃的方向盘又出现了，还有一个声音提示我只有三十秒时间，然后就开始倒计时了。

夏冬至有些紧张，黎长安讲的和他经历的完全一样，但黎长安会怎么选择？他是因为没有按键才回来的，黎长安呢？夏冬至问，你当时怎么处理的？

我没顾得上处理。黎长安说着埋下头看着地面，低声说，五年前的车祸发生后，我是真的吓傻了，我就那么站着，腿抖个不停。我看着医生来了，又看着交警来了，但我依旧那么站着，脚像绑了石头一样抬不动。后来我听医生说，要是早点儿把那个小伙子救出来，早点儿给他止血，他就不会死。这事我一直都在后悔！所以这一次我就想着一定要去救人，哪怕只有三十秒也要去，于是我跑到了轿车前面，我都已经去拉车门了，却突然感觉自己飞了起来，然后就回到了家门口。这段时间我一直走不出来，我真的不清楚他们究竟能不能被救下来。

10

办理了这么多年的案子，夏冬至有一个很深的体会：所有的案件都是一棵树，而真相就是深埋在土里的树根。有时候我们仅仅砍掉了树干或者刚刚破土就以为无计可施了，如果我们挖的方向没错，那就一定是挖得不够深、不够细。

按照夏冬至的安排，同事们对除姚琴以外的前几个失踪者之间的人际关系进行了深入细致的调查，果然，很快有了新的发现。在2号失踪者张宝来的电脑里，民警发现了一张驾校学员通信录，电脑显示，这张通信录建档时间在六年前，1号失踪者田蔚蓝赫然在列。这说明，张宝来和田蔚蓝是认识的，他们是同一期驾校的学员。

拿到这张通信录，夏冬至觉得挖得并不够深、不够全，他决定以通信录建档时间为起点，调取至张宝来失踪前的全部通话记录，重点整理张宝来和田蔚蓝的通话记录。夏冬至和同事们盯着密密麻麻的通话记录单，眼睛看出了重影。经过近一天时间的筛查，张宝来和田蔚蓝的通话记录全部被整理了出来，其实他们总的通话次数并不算多。引起夏冬至注意的是2017年5月22日和23日这两天，他俩通话最频繁，5月22日晚上8点15分，田蔚蓝给张宝来打过一次电话，通话时长大约十三分钟，是他俩所有通话记录里最长的一次。当晚9点40分，张宝来给田蔚蓝回过一次电话，时间只有三十秒。5月23日，他们先后通过四次电话，有三次是田蔚蓝打进来的，时间分别是上午9点12分、下午5点33分和晚上10点25分。另外一次通话是当天下午5点47分张宝来给田蔚蓝打过去的，时间仅有十五秒。按照一般人的思维习惯，前一个电话往往和后一个电话有所关联，所以夏冬至特别留意张宝来接到田蔚蓝电话后的第一条通话记录，他发现，5月22日晚上9点38分和23日下午5点34分，也就是挂掉田蔚然的电话之后，张宝来的两条通话记录都是打给了同一个号码的。经过查询，这个号码恰恰是3号失踪者李乐途的。后来证实，张宝来当时已经是实验中学的老师，而且是班主任，李乐途的孩子就在他班上读书。

夏冬至又把三个人在相应时段内的短信记录进行了调取，发现了一条非常有价值的信息。这条信息是5月23日上午由田蔚蓝发给张宝来的，张宝来紧接着又转给了李乐途，短信的内容为：天山有鱼，好山好水好鱼。尊敬的贵宾，已于5月23日（周五）为您预留了天山有鱼2楼（天门山）包房晚餐，祝您用餐愉快。地址：天山南路83号。

此时夏冬至已经很清晰地分析出，5月22日晚上，田蔚蓝找到张宝来，通过张宝来请李乐途于23日晚上在天山有鱼餐厅吃晚饭。值得注意的是，这顿饭恰好将三个失踪者聚集在了一起。再结合前期调查的情况来看，所有的失踪者都与墨镜有关，墨镜又与车祸有关，这是不是意味着这顿饭也与车祸有关？

夏冬至马上调出黎长安那场车祸的资料，车祸发生的时间刚好是2017年5月23日晚9点51分，车祸地点就在天山南路中段，距离天山有鱼餐厅不到一百米。现在案件的焦点再次汇聚到这场车祸上，时间、地点都与三个失踪者当时的活动轨迹吻合，但这仅仅能说明车祸发生的时候三个失踪者在附近，并没有任何证据表明他们与车祸有直接关系。在车祸的卷宗里，无论是伤者还是目击者的证词中，都没有三个失踪者的任何痕迹。夏冬至为此还专门找到了黎长安，黎长安对他们三人毫无印象，且确认在车祸中没看到过他们。黎长安还告诉夏冬至，最近他一直在反思，觉得自己在那场车祸中有很大的责任，他车速太快，如果开得慢一点儿，撞击的程度也不会那么严重。而他之所以开那么快，是因为之前接到的那个电话——有人告诉他看到李探岳和其他男人在一起。夏冬至着实意外，问黎长安，后来你没有追究？黎长安说，没有，车祸发生后我就想明白了。车祸不会无缘无故，任何矛盾也一样。

如果三个失踪者与车祸没有直接关系，那么姚琴为什么要把墨镜送给他们？会不会与他们吃的那顿饭有关？

夏冬至把车祸发生时三个人当时的身份重新梳理了一遍。他们三个人当中，除了2号张宝来的身份一直没变，另外两个人后来都发生了很大的变化。当时田蔚蓝只是个小生意人，而李乐途也只是市国土房管局的副处长。就在吃了那顿饭的两个月后，田蔚蓝拿到了市商业中心最好的地段开起了电器商场，从此走上了发家致富之路，而李乐途则平步青云。调查到这里，夏冬至也着实震惊。如果饭局就只有他们三个人，他们该怎么吃那顿饭？是大家平起平坐推杯换盏、频频举杯，还是一个人低三下四、另外两个人欣然享受，或者一个人享受着另外两个人的讨好和奉承？总之，这是一个对他们每个人都很重要的饭局，但到目前为止，依旧没有发现那顿饭与车祸有什么联系。

11

关于姚琴的调查也一直在深入。夏冬至在视频资料中看到，失踪的前一天，姚琴下班后坐出租车到了郊区的一个农贸市场，直到第二天上午 9 点才从里面出来。在此期间，她的通话记录为空白，社交软件也是零互动。夏冬至到那个农贸市场看过，里面只有摊位没有住户，但是监控盲区较多，监控录下的画面还挺模糊，加上人流量大，无法获取姚琴在市场里的视频。除此之外，农贸市场旁边还有一个棚户区，因为拆迁在即，仅有少量住户尚未搬出，而里面的所有监控都已经拆除。因此只有两种可能：一是姚琴留宿在了棚户区内；二是她刻意避开监控，制造假象。在对棚户区现有住户进行走访之后，基本排除了姚琴留宿于此的可能。

从姚琴进入农贸市场到出来的这个时间段里，共有 443 辆车在农贸市场门口停留过。夏冬至和同事们通过逐一对比排查，最终锁定了一辆尾号为 8 的红色奥迪。这辆车在姚琴失踪当天的早上 8 点 45 分到达农贸市场，驾驶员是名女性，进入农贸市场十分钟后提着一袋菜返回车里，之后将车开到了一栋海滨别墅里。经查，这辆车的车主正是张锐界的保姆窦红。

窦红去农贸市场买菜看起来并无异常，但查到窦红名字的那一刻，夏冬至却有些激动了。准备了一番之后，他决定立马带人抓捕张锐界。

张锐界依旧坐在阳台上喝茶，夏冬至让同事们在别墅外面等着，他想先和张锐界聊聊。看到夏冬至，张锐界给他倒了杯和上次一样的黄大茶，然后一脸微笑地等着他说话。夏冬至开门见山，说他今天才发现，上次过来，张总对他撒了个谎。张锐界笑得更灿烂了，表示自己并不喜欢撒谎，除非没办法，不过他倒想听听自己撒什么谎了。

夏冬至说，上次你说你很久没见过姚琴了，但据我调查，就在前几天，她还来过你这里，并且待了一个晚上。

张锐界端起茶杯喝了一口茶，然后竖起拇指说，夏警官你挺有意思，不过口说无凭就没意思了。

夏冬至没说话，只拿出笔记本电脑，先后播放了姚琴去农贸市场和窦红去农贸市场的视频。张锐界耐心地看完之后说，恕我直言，我没明白这两段视频与本人有什么关系。

别急，还有。说完夏冬至又打开了两段视频，第一段视频里，一个体型极像窦红的女人在农贸市场门口上了辆出租车；第二段视频中窦红那辆尾号为8的红色奥迪正停在路边，她从一辆出租车上下来，回到奥迪车上，径直把车开回了张锐界的别墅，视频上最后的时间显示为姚琴失踪的前一天晚上7点15分。夏冬至说，如果把前后四段视频联合起来看，就必然存在一种可能性：姚琴到农贸市场后换上了窦红的衣服，扮成她的样子到指定位置把车开回别墅，在别墅逗留一晚之后，第二天早上，又如法炮制地将车开到农贸市场。而此时，窦红本人再出来开走自己的车即可。

这种可能性固然有，但仅仅停留在假设上可不行。张锐界提示道，如果假设成立，你至少需要证明两件事：第一，当晚窦红并不在别墅里；第二，开车的人是姚琴而不是窦红。

夏冬至苦笑了一下说，你说得对，我为了证明这两件事吃了不少苦头，所幸的是功夫不负有心人。我先说说开车的人，我们对比了姚琴和窦红的体型、身高与体重，粗略看差别不大，如果穿上一样的衣服，几乎看不出来。但窦红年龄偏大，体型比姚琴略宽，这一点我最先注意到。在四段视频中，只有第二天早上的两段视频最清楚，因为是在白天。我对比了这两段视频，并截了图，发现有两处明显不同：第一，虽然都戴着墨镜，但开车去的人眉毛间有颗痣，开车走的人却没有；第二，开车去的人左手手腕上戴着一块粉色的表，而开车走的人手腕上没有。夏冬至把几张视频截图逐一打开后说，你再看看姚琴之前的照片，这手表和眉毛间的痣是不是她的？

张锐界点了点头，似乎陷入了沉思。夏冬至继续说，窦红不在家的证据更难找了，因为她什么时候离开的、到了哪里都无从知晓。无奈之下，凭着经验我查询了她当天的身份证使用记录，结果发现当天晚上她在惊鸿酒店开了间房。夏冬至打开一段视频接着说，这是酒店的监控视频，入住和退房的视频都有。

张锐界瞥了一眼说，你让我刮目相看了。夏冬至说了声谢谢，接着问，那么，现在你是不是该告诉我，你让姚琴如此乔装打扮到你的别墅里做什么？张锐界说，对呀，我为什么要如你所说这般处心积虑呢？她要来随时可以大大方方地来呀。

因为，你不想她牵出你。夏冬至盯着张锐界的眼睛说。

张锐界哈哈一笑说，我到现在都不明白，你查你的案子，却到这里来对我说了这么多，和我有关系吗？

你这嘴，还真是硬。夏冬至摇了摇头，又拿出一沓纸说，我这里有三份通话记录，你自己看看。在你出车祸后的第三个月，你分别给这三个人打过多次电话。我已经查明，这三个人当天晚上曾在车祸现场附近一起吃饭。无独有偶，这三个人现在都失踪了，他们失踪前戴的墨镜，恰恰又是姚琴送给他们的。我们怀疑墨镜出自你的手，你偏偏又刻意隐瞒姚琴和你见面的事实。现在，你觉得和你有没有关系呢？

12

张锐界把轮椅转向海边，然后张开双臂，让海风迎面吹着他。他开怀大笑起来，对夏冬至说，你知道我此刻是什么心情吗？我很开心，很久没这么开心过了。至少有三件事让我这么开心：首先，我完成了自己的心愿，同时也帮姚琴完成了心愿；其次，你能把案子查到这里来，说明我遇到了一个厉害的警察；最后，最让我高兴的是，有人能从我的墨镜里回来。趁着高兴，我就把你想知道的都告诉你吧！

所有的事情，都得从那场车祸说起。

在张锐界的生命里，对他影响最大的事情，莫过于那场车祸。惨烈的车祸让他失去了双腿，更让他失去了唯一的弟弟，至今他都承受着车祸带来的严重后果。所有知道这场车祸的人都有一个共同的疑问：他为什么要突然横向转弯。只有他自己心里最清楚，根本不是意外，捡手机只是他编造的借口，他其实是有意而为。而且，在他选择变道的那一刻，他就做好了承担一切后果的准备。

当天晚上张锐界驾着车，张翼虎就坐在他旁边，向他喋喋不休地讲述自己和姚琴的爱情故事。张翼虎告诉哥哥，其实他私下里已经向姚琴求过一次婚了，但姚琴说不算，必须得在人多的地方再来一次正式的。他还催促哥哥也赶紧找个女朋友，像自己一样幸福。父母双双离世之后，张锐界和弟弟相依为命，成长过程中，他们受过许多委屈，但也得到过不少好心人的帮助，这也是后来他和弟弟一直热衷于公益事业的重要原因。张锐界上大学后，对科学研究表现出极高的兴趣，他做过一些非常大胆的研究，但因为缺乏经费无法推进。博士毕业后，他利用自己的专业知识，创办了现在的公司。随着公司的发展，他积累了一些财富，但也忽略了个人问题。张锐界在公司给弟弟留了一些股份，但弟弟觉得自己能力不够，依旧选择做一名最普通的汽车销售员。张锐界对弟弟的懂事感到欣慰。那天晚上兄弟俩有好几天没见面了，张锐界从公司出来，就顺道去接弟弟，并和他吃了顿饭。自从恋爱后，张翼虎就住在了姚琴那里。吃完饭，张锐界就载着弟弟送他回自己的爱巢。他俩一路说说笑笑，车一直很平稳地行驶在路上。快到事发地点时，一辆大货车呼啸着从右侧超过了他们，且丝毫没有减速的意思。这时张锐界发现，就在前方不足两百米远的地方，摇摇晃晃地走来三个人，而货车直直地奔着他们三人而去。张翼虎显然也看到了危险，他大喊，哥，拦住它。张锐界喊了一声你坐稳了，就立刻加速超到了货车左前方，他不停地按喇叭并闪动灯光，但货车依旧没有减速，而前面的行人也相互搀扶着，根本没注意到他的提醒。眼见悲剧就要发生了，张锐界咬了咬牙，猛地打了两把方向盘，本想着逼货车一把，让货车改变方向，或者减速停下来。但他没想到，随之而来的后果如此严重。随着一声巨响，他的耳边发出一阵轰鸣，接着看见弟弟耷拉着脑袋，鲜血正喷薄而出。而他自己一点儿力气也没有，他想动，却动弹不了。他费了很大的力气，才扭过头来，那三个毫发无损的人正在前方惊魂未定地看着他们。这时，货车司机从车上爬了出来，像根木头一样杵在地上，一动不动。

料理完弟弟的丧事，张锐界心里久久不能释怀。其实直到此时，他并不后悔自己的举动。在划定车祸责任的时候，由于周边没有监控，交警只能依靠现场痕迹进行分析。他跟交警讲过自己为什么会那么操作，但货车司机黎长安否认自己的车速快。要证明自己的举动，除非找到目击证人。张锐界觉得，目击证人自然是有的呀，他和弟弟付出沉重代价保护下来的三个人不就是人证吗？为了找到这三个人，他让人推着自己把周边的几个餐馆都找了个遍，最终从天山有鱼餐厅的服务员那儿得到线索，并从订餐电话中找到了田蔚蓝的手机号码。张锐界找到田蔚蓝，第一眼看到他张锐界就确认自己没找错。田蔚蓝也表示确实亲眼看到了车祸的发生，他们当时听到了喇叭声才发现货车车速很快，也意识到了危险，可是因为喝了酒挪不动步子。面对张锐界的请求，一开始田蔚蓝表示愿意当人证，并建议三个人一起做证更有力度，还热情地把另外两人的电话告诉了张锐界。可是，当张锐界联系上另外两人之后，他们三人忽然统一了口径，不但拒绝做证，还矢口否认当时去过车祸现场。张锐界对他们说，如果我当时不选择逼停货车，或者说不被货车撞上，你们三人就会是另一场车祸的受害者。我不求你们感恩，只求你们说句公道话就行！可是，不管张锐界怎么说，他们都表示没去过车祸现场。不仅如此，他们还狠心地拉黑了张锐界，不再理睬他。这让张锐界伤透了心。

张锐界说，他曾经无数次幻想再回到车祸前夕的那一瞬，想看看如果他不选择去逼停货车，那三个人会遭遇什么。如果他们知道后果后，再来面对毫发无损的现实时，会知道感恩吗，会拒绝说公道话吗？说到这里张锐界有些哽咽了，随即，他叹了口气问夏冬至，如果有机会让你后悔一次，你还会对某件事做同样的选择吗？

这个问题夏冬至无数次问过自己，老婆黄梅拉也问过他许多次。他承认，自己此前纠结过、后悔过，可此刻，想起这几个月的破案经历，想起他在墨镜里消失又侥幸回到现实世界，他从来没有感觉到像现在这般笃定，他点点头说，还会，我坚信，不忘初心，方得始终。

张锐界点点头。他说，人的一生中会面临很多选择，我们经常出现在十字路口，当我们走向了一个方向之后，也就失去了另一个方向。我们常常会对另一个方向充满好奇和憧憬，自然也会对既有的选择后悔。所以，我们更想看到，如果能后悔一次，选择另一个方向到底会是什么结果。

张锐界不仅是个企业家，还是个科学家。很早以前他就搞过时空方面的研究，之前因为缺乏经费没有继续研究，可现在不一样了，他已经有了足够的财富积累，也有了独立支配的时间和空间。于是他潜下心来，发明了外形和普通墨镜一样的时空管理装置，取名为“第二方向”，意为给人第二种选择——可以后悔的选择。这种装置能充分感受到人的情绪变化，启动它的开关就是人心中的悔意。当人戴上它后，一旦心中有真正的悔意时，墨镜就会应时而动。

难怪，夏冬至曾经两次试图启动墨镜却始终没有找到开关，原来，开关在人的心中。

张锐界说，目前为止他的这项发明还远远不及他预期的那样强大，如果十分算完美的话，目前的成品最多算两分。但就是这两分的发明，也足以实现根据特定人员进行特定环境设置。其原理就是将人放回想进行选择的那个时间节点上，让他可以重新选择一次。如果他选择了和现实生活一样的路，现实生活里便不会发生任何变化。一旦选择了另一条路，他就会从现实生活里马上消失，进而到他新选的路径里去。在没有外力修改时间轴的情况下，人只能按照新路径发展下去，没有办法再回到现实生活里。

如果是这样的话，时空难道就不会错乱？一旦墨镜失控，岂不是可以为所欲为？夏冬至感到骇然。

张锐界说不会了，他不打算继续研究下去。一方面，他的目的已经达到。另一方面，目前已经定制出去的几幅墨镜，几乎耗尽了他的全部财力，要继续研究也非一般财力能及。因为每一副墨镜都是特殊定制，且只能定制某一个特定的场景，对于浩瀚的时空而言，一个小小的场景几乎可以忽略不计。同时，墨镜定制的对象是唯一的，即便其他人捡到，就算顺利启动了装置，也只能回到别人的某个节点中。

夏冬至说，你花这么大心思设计出这种墨镜，其目的就是报复？

张锐界立刻否认，这算不上报复，我只是让他们进行重新选择。我给那三个人设置了几乎一样的内容，他们得到墨镜的时间也差不多，只是因为每个人心中有悔意的时刻不一样，所以他们启动墨镜的时间就有了先后。当墨镜启动后，他们就会回到当时车祸的场景中去，这时，我修改了我与他们的时间轴，他们会以第三者的视角看到我选择不去逼停货车而任它继续前行的后果——他们三个人都会被撞死。这时候，我给他们设置了一个重新选择的机会，他们会看到我像现实生活中一样再次求他们当人证，一旦他们选择愿意，他们就会马上回到现实生活中来。

要是他们不愿意呢？夏冬至问。

如果他们坚持不愿意，三十秒之后，我给他们设置的机会就马上变成无效，他们只能回到之前看到的后果中。张锐界叹了口气说，我至今都没想明白，三个人中，为何一个人都没有回来。

张锐界接着告诉夏冬至，给黎长安的墨镜里，他设置的考验更大，因为他只设置了唯一的一个按钮，一旦按下，货车就会回到没有任何阻碍的情况下，直接撞向那三个人的场景，且置身于后果里无法回来。

夏冬至不禁感慨，选择一条正确的路真的那么难吗？对那三个人而言，实事求是做个证并不难，如果知道感恩就更不难。他们为什么坚持不做证，甚至昧着良心说没到过现场？这个原因待夏冬至发现那是一个不寻常的饭局时就明白了，那顿饭为什么只有他们三个人？因为那顿饭的本身就是个秘密，他们说了什么、做了什么、为什么要说、为什么要做、产生了什么效果都不能被外人知道，尤其被公众知道。但是，一旦他们三人当中任何一个人出面做证，就会把那顿晚餐的情况暴露无遗。显然，他们始终会选择守住自己的秘密。更让夏冬至庆幸的是，在黎长安的墨镜里，他和黎长安都做了正确的选择。

那么，姚琴呢？她去了哪里？

张锐界说，他和姚琴有个约定，她负责帮他把墨镜送给指定的对象，他帮她回到和张翼虎在一起的场景中去。姚琴对张翼虎的爱是她做所有事情的动力，在她的帮助下，几副墨镜顺利地送到了指定对象的手中。然后，他就给姚琴定制了当时张翼虎私下向她求婚的那个时间节点。为了确保万无一失，前一天晚上姚琴到他家里对时间节点进行了精确校准，他还给她说了注意事项。姚琴为自己能回到有张翼虎的生活里兴奋不已，于是，她还专门去理发店做了个精致发型——她要漂漂亮亮地见到张翼虎。

张锐界问夏冬至，黎长安那副墨镜还在吗？夏冬至说还在，他一直带在包里。张锐界要过来看了看，又还给了他。张锐界说，一副墨镜最多只能启动三次，三次之后也就是一副普通墨镜了，这玩意儿的成本真的很高。说着，他往前转动了一下轮椅，转身问夏冬至，我想去趟洗手间，能推我一下吗？夏冬至点点头，来到张锐界身后，小心翼翼地推着他。张锐界在卫生间门口回头，对着夏冬至笑了笑说，谢谢。夏冬至说不客气。待他关上门之后，夏冬至挥了挥手，外面的民警才陆续进来。

他们在卫生间门口等了许久，并不见张锐界出来，叫他也不见应声。有人提议，破门吧。夏冬至说不用，说完轻轻一推，门就开了。卫生间里只剩一把轮椅，轮椅上除了一副金丝眼镜，空空如也。

原刊《啄木鸟》2022年第9期

作者简介：

游睿，男，1984年出生于重庆市开州区。中国作家协会会员，出版了《鸡皮疙瘩》《嘴巴里的栅栏》等10部小说集，曾获第五届巴蜀青年文学奖、第六届茅台杯《小说选刊》奖等。

从个人喜好而言，我一直比较偏爱专业化写作的内容。《空车》的作者扶鸟的专业性在对医院的工作流程、医疗活动和各类药品的使用及作用的描述中可见一斑。悬疑小说的写作是有门槛的。作者如果可以利用自己的专业背景及知识储备去完成作品，将会赋予作品极强的可信度与逻辑性。在这一点上，作者扶鸟做得非常好。更难能可贵的是，作者的文笔上佳，语言流畅，笔触冷静。因此，这是一篇内容和形式都很出色的作品。小说本身的暗黑色调也是我很喜欢的。

——著名刑侦推理作家　雷米

空　车

扶　鸟

1

今年三月中，我通过了城南区医院的招聘考试，六月底，自医学院毕业，七月初，上医院报到，正式入职。

名曰入职，实则离真正的执业医生相去甚远。

新上岗的应届毕业生，要获得坐诊看病、开刀开药的资格，先得通过执业考试，取得医师执业证，并进行为期三年的住院医师规范化培训，如实习生般在各科室间轮转。

规培之路首站，便是急诊科。

无论哪家医院，急诊都是一线重镇，是急危病人接受诊治的起点——对于某些重病号来说，或许也是终点。

按规培计划，我需在急诊科轮转三个月。

七月，以见习为主，跟着几名带教医生熟悉环境，学习诊疗，时不时做点跑腿的杂事，比如替某些烟鬼医生买烟。

到了八月，急诊科主任终于重视起我来，证据便是，他给我排班了。

整整一个月的 120 急救班。

120 急救班，俗称出车班，内容是坐救护车出门，把病人抬上救护车，坐救护车回医院，把病人抬下救护车。

这项工作，本属市中心急救总站，因其辐射范围有限，人手不足，便在全市各医院分设站点，总站给车给钱，分站出人出力。

出车班实行白夜分班制，每班配备医生、护士、驾驶员各一名，白班从早上八点到下午五点，夜班则从下午五点到第二天早上八点。

第一个班是夜班。

八月一日，下午五点，我背着包，苦着脸，拖着步子，走进急诊大厅。

左手边是导医台，其后一条走廊，走廊一侧，由外往内依次是库房、开水间、洗手间、男女更衣室和值班室。

没走几步，男更衣室的门突然打开，一道人影穿门而出，随之而来的，是尖锐刺耳的怒吼。

“我他妈上夜班，哪有时间给你送去？！”

一个高瘦的中年男子，披一件脏兮兮的白大褂，正对手机大骂。

是肿瘤科主治医生，急诊值班人员之一，我的带教老师之一，使唤我跑腿买烟的烟鬼之一——胡邦龙。

擦肩而过，我向胡邦龙行注目礼，却被无视。

他那张扑克脸读不出丝毫情绪，若调成静音，没人能看出他正怒火中烧。

尽管如此，对着手机说的每一句话，皆夹带“他妈”二字。

和老婆吵架？

我来到男值班室，与值白班的鲍医生交班。

鲍医生等候多时，白大褂已提前脱下。

我注意到他的裤腿、鞋面有血迹，问怎么回事。

“哎，别提，临下班还出了趟车，的哥与外卖小哥抢红灯对撞，外卖小哥脑外伤，头上一道大口子，从这，到这——”鲍医生一边说，一边用手在自己脑袋上比画，“我在现场给他包扎，沾了一身血，白大褂也送去洗了。”

“人死了？”我问。

“半死，头皮裂伤也就算了，回来查 CT，蛛网膜下腔出血，重度，这会进 ICU 了。”

鲍医生语速极快，动作也极快，拍我肩膀、道声辛苦、踏步出门，一气呵成，等我回过神，人已无影无踪。

我接着来到隔壁更衣室，推门入内，室内没人。

更衣室陈设简单，不足十平方米，衣钩挂白大褂若干，右边一整墙带锁置物柜。

我从背包取出手机钥匙等随身物，将包放入自己柜中。

锁柜门时，不自觉向旁一瞥。

胡邦龙的柜子。

犹豫片刻，我走过去，右手伸向柜门把手，一拉——

开了。

果然。

若更衣时，他已在和手机那头的人吵架，则极有可能忘锁柜门。

柜内，一只棕色真皮包，两包软中华，几个一次性打火机，一罐铁盒装龙井茶，两桶康师傅方便面，都是些日常物品。

柜子最深处，塞着一个黑色塑料袋，袋口紧束。

我伸双手解开袋口，露出几支安瓿瓶，小心翼翼取出一支，瓶身印着：盐酸哌替啶注射液。

是杜冷丁。

全身血液沸腾。

虽仅相处一月，与胡邦龙倒常常闲聊。

大概因家族遗传，他好几位亲属患有骨癌，且已错过手术时机，只能化疗。

骨癌常伴剧痛，普通止痛药无效，只能依赖吗啡、杜冷丁等阿片类药物。

可这类毒麻药管控极严，很难大量购买。

胡邦龙干的是肿瘤科，故而会趁工作之便屯些药备用。

我将药瓶放入裤兜，系上袋口，确认物品均在原位，迅速合上柜门。

突然，更衣室门被打开！

我慌忙缩手，扭头一瞧，门口站一男子，三十出头，高个，黑肤，圆脸，短发，粗臂，穿蓝灰色牛仔裤、黑布鞋和显眼的白色短袖上衣——救护车驾驶员专用穿着。

所以，眼前此人是——

“哥们你好，”男子粗声粗气，却有礼貌，“请问是出车班医生吗？”

我赶紧点头。

“哦，你好你好，我是驾驶员，今晚和你搭班，”男子样貌虽粗犷，却颇腼腆，边说话边挠头，“那个，你有没有安卓充电器？我忘带了，想借一下。”

“好，好的。”我赶忙找来给他。

“谢谢谢谢！”

对方朝我作揖挥别。

我关门后，定一定神，回想自己方才的举动，确定没留破绽，放下心来，披上白大褂出门，前往导医台报到。

出车班工作流程——接 120 求救电话，急救总站调度中心向各分站派发任务，分站接收指令，安排出车。

我院由导医台接收任务指令，并通知值班人员。

所以，接班后第一件事，便是去导医台报到。

刚进大厅，胡邦龙从诊室那头走来。

他仍在通电话，但怒火似已熄灭，不再使用“他妈”等语气助词。

“你等着，我再想办法，就这样。”

见胡邦龙挂电话，出于做贼心虚，我下意识想回避，他却朝我挥手，走了过来。

我硬着头皮上前打招呼。

“小查，终于排你值班了？”胡邦龙的嗓子像被烟熏过。

“是的，这个月上出车班。”

“出车班啊……唔，我过去最烦出车，每次都会吐。”

出车这种苦活，通常安排年轻医生干。

胡邦龙大我一轮，今年三十五岁，已告别救护车多年。

他双眼眯成线，苍白的马脸看不出喜怒哀乐，伸手抓抓鸟窝般的卷发，又从口袋掏出烟盒晃晃。

“出去抽根烟。”

说完，自顾自朝大门走去。

医院室内禁烟，急诊大厅外，救护车停车点旁，设有吸烟区，不论医患，但凡烟民，都会上那过烟瘾。

胡邦龙这种老烟枪，待在吸烟区的时间，绝不比诊室少。

一到值班，总能见他两点一线来回穿梭。

望着胡邦龙的背影，我舒了口气，走向导医台。

导医台两名护士。王英，工龄二十余年，急诊科骨干。周宗琴，和我一样，新入职菜鸟。

我喊声“王护”，说：“我今晚上出车班。”

王英看看我，点点头，朝一旁周宗琴努努嘴。

“值班表上登记一下。”

周宗琴拿出一本黄色封皮的登记册，翻到“八月一日夜班”一页，护士栏“蓝莹”，驾驶员栏“朱春林”。

原来，向我借充电器的人叫朱春林。

周宗琴用笔尖指着医生一栏，扭头问我：“你叫什么名字啊？”

“查帆。”

名字被填上。我顺势问：“能不能用下库房钥匙，拿点手套。”

出车常常接触流血伤员，医生总会备些乳胶手套，防止沾染血液。

不过，我的目的不在手套。

王英摸出一串钥匙，指着黄铜色的，说：“这把。”

我拿着钥匙，打开走廊左边第一间的库房门。

库房三面墙均被黑色不锈钢置物架占据，十分逼仄。

架上分门别类，摆放各种医疗物品。左边置物架底层，一个带红十字标志的银色急救药箱，一台乳白色小型医用冰箱，两者用来储藏常温或低温保存的急救药品，例如肾上腺素、多巴胺、胰岛素、氯化钾。

我先找到一盒乳胶手套，抽一把塞口袋，然后寻找真正目标——

一支两毫升注射器，一瓶碘附，一袋棉签。

回导医台还钥匙，左肩被重重一拍。

我扭头看，一名年轻女子，身材高挑，瓜子脸，扎丸子头，五官神似紫霞仙子，上身粉色紧身T恤，下身白色护士裤。

搭班护士，蓝莹。

“菜医生，第一天上班，可别坑姐姐。”

急诊待了一个月，蓝莹总喊我“菜医生”，意指刚上班的菜鸟医生。

每听此称谓，我唯有满脸堆笑。

蓝莹大我四岁，工龄却有七年。父亲乃医院药剂科科长，丈夫为区卫健委年轻干部，背景很硬。

我正想礼节性打个招呼，她却快步绕到导医台，对王英说：“大朱今晚请我吃大餐，出车打我电话哈！”

她举起右手，晃晃掌中手机。

“哟，大朱这抠鬼难得请客嘛！”王英笑道。

我还了钥匙，没回值班室，拐进洗手间，将门反锁。

取出口袋里的注射器、碘附、棉签，放在带镜柜的洗手池台面。

最后，藏于裤兜的杜冷丁出场。

我卷起左边袖口，露出三角肌，先用碘附棉签做局部消毒，接着掰开安瓿瓶，用注射器抽取药液，直至一滴不剩。

我右手握注射器，两眼看镜子，深吸一口气，扎下去。

我是在大三下学期迷上杜冷丁的。

那天夜里，突发尿结石，被室友送至医院，医生诊断后，认为结石不大，可自行排出，但眼下需止痛，毕竟肾绞痛非常人所能忍。

先打了两支非甾体类止痛针，无效，追加缓解痉挛的654-2，依然无效。

无奈，医生祭出大招——盐酸哌替啶注射液，两毫升，肌肉注射。

立刻不疼了。不仅如此，还伴发某种异样的欣快感。

对杜冷丁的迷恋，从那一刻起，在我心底生根发芽。

那时对杜冷丁等药品管控不严，开药权限宽，用药指征松，加上我学医，又确实得过此病，模拟病情十分逼真，多次伪装结石复发骗药成功。

我本对学医不感兴趣，打算毕业改行，杜冷丁却让我转念。

毕竟，相比普通人，医生应更容易搞到药。

药液缓缓注入，局部肌肉一丝酸胀。

注射完毕，拔出针头，用棉签按压止血。

……

我一动不动，静静体味这感觉。

许久，回过神，用卫生纸擦干台面，将药瓶、注射器和用过的棉签扔进马桶冲掉，再将剩下的碘附棉签装回口袋。

确认没有遗漏，我离开洗手间，回到值班室，向食堂点一份盒饭外送，吃完已是六点，往值班床一躺，从兜里掏出两部手机来，一部用来通信的华为，放到床头，随时接电话，一部游戏专用的苹果，握在手里，点开《王者荣耀》，开始排位。

隔壁隐约传来男女嬉笑声，从方位判断，是驾驶班值班室。

我想起蓝莹说，大朱要请她吃大餐。

她口中的大朱，应该就是驾驶员朱春林。

也就是说，笑声是两位值班搭档发出的。

笑这么开心，莫非在偷情？

脑中闪过无聊念头，继续沉浸游戏中。

几局打完，已过七点。这时，隔壁笑声已消失，被电视声取代。

驾驶班配有电视机，此时，正传来某部经典动作片的声音。

玩腻了游戏，杜冷丁带来的快感也逐渐退去，电话始终没响过，我就这么躺着，听着墙壁另一头传来的电影对白，放空思绪，不知不觉睡着。

2

刺耳的噪音将我惊醒，大脑一阵混乱。

噪音从墙后传来——依然是电视声。

动作片仍在继续，剧情似乎抵达高潮，打斗声不断。

不知为何，音量被调至最大，震得耳膜难受。

怎么回事？按错键了？

我拿起手机看时间，已过八点半。

躺平，等睡意消退，等噪音消失。然而，过去近十分钟，睡意是没了，噪音却依旧。

心烦意乱之下，下床，披上白大褂，出门。

导医台，王英与周宗琴正聊着天。候诊区，几名病患在等待叫号。

截至目前，未出一趟车，我打着哈欠，目光涣散，朝着诊室的方向发呆。

过了一会，胡邦龙又一次出现。他步履优哉，白大褂口袋露出烟盒一角。

老烟枪烟瘾又犯。

正当他走到大厅中央，门口却传来一阵急迫的呼声。

“快！医生——快！心梗发了！”

我循声望去，只见大厅门口出现一张轮椅，轮椅上瘫坐一名老大爷，满头白发，表情痛苦，冷汗直冒，呼吸急促，右手用力抓心口。

轮椅后，一对中年男女，男人快步推轮椅，女子正朝导医台大声呼喊。

王英赶忙站起，看见胡邦龙，一手招呼对方，一手指着老大爷，大喊：“胡医生！来一个心梗病人！”

转头又对家属说：“赶紧跟这位医生走！”

胡邦龙似乎愣了一下，随即迎上前，引三人入诊室。

他脸上闪过一丝懊恼，刚燃起的烟瘾就这样被掐灭了。

几乎同一时间，一阵锐利的警报声响起，吓我一跳。

声源正来自导医台。只见王英拉开一旁抽屉，拿出一部手机。

一部黑色小米，警报声正是从手机传来。

出车信号！

急救总站给各分站配备的专用手机，装有急救 APP。

APP 能接收任务通知，发出警报提示，显示出车信息——包括任务派发时间、出车地点、伤病员情况以及联系电话等，也含通话和导航功能。

王英打开手机，快速浏览，一边递给我，一边对周宗琴说：“打电话通知另外两人。”

紧接着又转向我，语速飞快：“一名糖尿病人，独自在家，打胰岛素过量，出现低血糖，情况危急，动作要快，地点是南集镇瓜田村！”

我接过手机跑出大厅，沿急诊楼右拐，尽头是驾驶班值班室、救护车停车点。

朱春林已把救护车后门打开，又转身去开值班室一旁的库房门。

驾驶班库房，用来存放担架和其他车辆设备。

他看见我，有些意外：“哥们你动作好快！等一下，我去推张担架来。”

说完，他钻进漆黑的库房。

身后传来脚步声，我回头看，蓝莹已穿上护士服，看上去十分干练。

蓝莹环顾四周，问："大朱人呢？"

我指指库房："推担架。"

蓝莹朝救护车后门一瞧："咦，车上没有？"

库房门后一阵声响，朱春林推着担架出现。

"老丁这鸟人把担架卸下来洗，也不换张干净的上车，还好我看了一眼，不然一会都没东西抬人。"

老丁是白班驾驶员。

我想起接班时鲍医生提到，先前接了一名脑外伤病人，头部流血严重，担架应该也沾了不少血。

救护车担架由驾驶班保管。如果出车时担架弄脏弄坏，返程后，驾驶员需拖回库房清洗维修，并另换一张上车。

朱春林将担架推向救护车后门，一边推一边低头查看，咂嘴嘀咕："咦，前轮有点卡，不太灵嘛……算了，回来再换吧。"

见朱春林推担架上车，我正欲上前帮忙，他却说声不用。

我便头一次抵近观察救护车内部。

后车门为双开式，门上设窗，单向透光。

车厢当中放担架，左边一整排架子，摆放监护仪、氧气瓶、除颤仪、急救箱、真空骨折夹板等各种急救用品，右边装有车窗，以及一前一后两张座椅。

正对后门的车顶一角，安装了摄像头。急救转运过程中，车内发生的一切都在监控之下。

上好担架，关好车门，我们迅速坐进驾驶室。

车子启动，经由救护车专用通道驶出医院。

警笛声划破夜空，救护车飞速行驶，如蛇般在车辆间穿梭。

我的心七上八下，如坐过山车一般刺激，不自觉握紧扶手。

蓝莹却泰然自若，坐在我与朱春林之间，天南地北地聊。聊到兴起，不时将手搭在朱春林肩头。

朱春林话倒不多，专注开车，有一句没一句应着。

此次出车目的地——南集镇瓜田村——曾是有名的西瓜种植地，村里家家户户种西瓜。

可后来年轻一辈不愿当瓜农，纷纷外出，要么读书要么打工。

村子日渐荒废，几乎沦为鬼村。

一路向南。夜色下，窗外景致由高楼街灯渐变为农田水塘，道路两旁树木矗立，路面愈发颠簸。

突然，朱春林咂砸嘴："那鸟地方不常走，路有点记不清了。"

蓝莹听了，把手掌摊开伸向我："手机。"

我赶紧递上急救专用手机。她划开屏幕："开导航呗。"

对了，急救 APP 附有导航功能。

"别用那个，那鸟导航更新不及时，好多偏僻地方导不来。"

朱春林边说边腾出右手，从裤兜摸出一部手机丢给蓝莹。

"用我的。"

一部黑色苹果 7。

蓝莹摆弄手机，很快，导航开始播报路况。

按导航提示，继续向南行驶数分钟，接着拐向东，开进一条小路。

夜色更浓，唯有车灯照明。路边是田，但田里种何作物，却瞧不清楚。

继续向东，前方，渐渐出现成排的房屋轮廓。

"到了。"朱春林说。

没有一点亮光，整座村子漆黑一片，死一般寂静。

"什么地址？"朱春林问。

蓝莹点开手机查看。

"瓜田村，六组九号。"

"打电话过去，问在什么位置。"

蓝莹回拨电话，然而——

“您拨打的用户已关机。”

“什么情况？”蓝莹和我面面相觑。

朱春林一声不吭，将救护车开进村，停车，开门，跳进黑暗中。

他打开手机电筒，走到最近的房屋前，照着墙四下查看。

我意识到，他在找门牌。有门牌号，便能依据房屋布局，推测目的地所在。

可是，眼前颇具年代的农房，还保留门牌吗？

朱春林摸索好一阵，返回车上。

“找到没？”蓝莹显然也知道他在干吗。

“没。”朱春林摇头，发动车子，“不过我想起六组九号在哪了。走。”

“哈？”蓝莹一脸诧异。

朱春林没再多说，沉着脸，继续向东，朝村子深处开，警笛鸣响，车灯闪耀，与村子的寂静漆黑形成鲜明对比。

经过一排排农房，直抵村尽头最后一排房屋。往前一片空地，以及一条夹在农田和水塘之间出村的路。

朱春林停车，指着右边，说：“沿那条巷子走，最里那栋。”

顺其所指，最后一排和倒数第二排房屋之间，一条小巷，黑得像长满毛发。

“你们下，我调头。”

走进小巷，我打开手机电筒。软土路面，走上去悄无声息，巷宽不足两米，幽暗逼仄。

“感觉好恐怖，莱医生，你得保护姐姐。”蓝莹语调轻快活泼。

黑暗中，看不分明房屋外观，大体是带小院的两层自建房。

我数院门计数，经过三道门，到达第四栋房子，再向前，是巷子出口。

照朱春林所说，眼前就是目的地——六组九号。

我将电筒对准院门，院门紧闭。移动光源，整栋房子黑漆漆，静悄悄，嗅不出一丝人气。

蓝莹上前，张开右手掌拍门，连拍十下，没人应，再拍十下，还是没人应。

“该不会昏过去了吧？低血糖昏迷？”

有可能。

蓝莹再次打电话，依旧提示对方关机。

“如果对方昏迷，电话应该是没人接听，而不是关机。”

有道理。

蓝莹转身，走到倒数第二栋房子前，用力拍门，也没动静。

“一个活人都没有，还真是鬼村啊！”

蓝莹似乎来了火气，叉着腰，站在原地皱眉。

我只是个才上班的菜鸟医生，拿不了主意，只好如喽啰般站在一旁。

过了一会，蓝莹叹口气，朝我招手：“走吧！”

“这就走了？”

“不走在这等天亮？碰到这种情况，大概率只有一种可能——有人在搞恶作剧！”蓝莹一边走一边说，“先回车上，汇报总站。”

走之前，我用电筒射向这栋房子。

光柱扫过二楼窗户，不知是否幻视，感觉似有黑影闪过。心中一凛，赶忙转身离开。一路上，背脊寒凉，暗处似有一双眼睛，死盯住我。

走出小巷，上车待命。

蓝莹向总站汇报情况，沟通一番后，挂了电话，说：“总站让我们先返程，走吧！”

回到南北向的大路，救护车转向北。

蓝莹突然开口：“大朱，你怎么知道那栋房子就是六组九号？以前去过？”

朱春林左手把方向盘，伸右手摸摸下巴：“南集镇瓜田村六组九号，忘了吗？五年前可是闹得沸沸扬扬。”

“嗯——你说的难道是——”

“那座凶宅。”

“啊！”蓝莹低呼一声。我听见“凶宅”二字，立刻警觉起来。

“当时听到消息，我和几个哥们闲得没事，专门去现场逛了逛，所以记得那个鸟地方。”

“原来就是那栋房子……”蓝莹神情复杂起来。

3

南集镇瓜田村六组九号，曾住着老肖一家五口，祖孙三代，分别是老肖，老肖老婆，老肖儿子小肖，小肖老婆，以及老肖孙子小小肖。

五年前国庆节，老肖一家外出旅游，老肖不喜出门，独自守家。

家人抵达目的地，当晚给老肖打电话，没有打通。

当时，家人没在意。老肖向来不爱随身带手机，也常常不回电话。

可是，第二天，第三天，电话始终没人接，这才赶紧联系邻居去看一看。

十月三日，傍晚，邻居到肖家，见大门反锁，也没人应门，征得老肖家人同意，翻墙上二楼，钻窗入户，几乎吓尿。

据描述，邻居钻入窗户，抬头的瞬间，见一道人影悬在半空，纹丝不动，一把椅子倒在脚下。

长头发，鲜红色连衣裙，黑色网格长袜，一张苍白扭曲的脸正对窗户，天花板垂下一条绳套，蛇般死死缠住脖子。

屋里除尸体外，全无老肖踪影。

魂不附体的邻居，惊恐之余，急忙报警，并通知老肖家人。

邻里间议论纷纷，心生疑虑，不知这女尸究竟何人，为何会吊死在肖家，老肖又去了哪里。

没想到，警方调查完毕，家人回来确认，这具女尸竟是男扮女装，上吊自杀者，正是老肖本人。

可是，老肖平日十分正常，性格温和内敛，完全不见有精神问题，也从未暴露特殊癖好。

他为何会以这种方式死掉？

等尸检结果出来，才真相大白。老肖体内，检测出大量盐酸哌替啶成分。

注射杜冷丁过量，引发幻觉。

连家人都不知道，老肖竟是个瘾君子。

趁家人不在，他打算吸毒吸个痛快，却因用药过度，在致幻作用下，干出如此荒唐之事。

老肖死后，家人再无颜面留在当地，举家搬走，六组九号沦为凶宅，就此闲置。

“所以说，那栋房子不可能住人！”蓝莹总结。

回到医院，我们前往导医台交还手机，各自回值班室。

一进门，我懒得脱白大褂，一头倒上床，坐车时的颠簸感依旧残存，叫人无法平静。

我直直躺了好几分钟，还是没能缓过劲。

要不，再去偷一支药来……

就在这时，手机铃声忽而响起，一看，竟又是出车通知！

拖着身子出门，蓝莹已先我一步到达导医台。

她一手握急救专用手机，面色凝重，正和王英说着什么。

见我走过来，她举起手机晃晃：“又来了，同样的电话，六组九号。”

我吃一惊：“又是恶作剧？”

蓝莹绷着脸，将手机塞给我：“站这等我！”

说完，往我身后走去，径直打开库房门，走了进去。我只好原地待命。

这时，胡邦龙从大厅一角电梯间走出来。

他远远看见我，挥挥手，走过来。

我想起之前那位老大爷，问：“胡老师，那心梗病人怎么样了？”

“嗯，忙了半天，这会送二楼监护室了，”胡邦龙指指天花板，“老毛病，暂时没生命危险，但要观察——嗯，我得抽根烟缓缓。”

他再次从口袋摸出烟盒。

“对了，今天值班怎么样？”

我将发生的事说给他听。

胡邦龙眼睛眯成线，嘀咕起来，喉咙仿佛堵了一口痰：“瓜田村啊，我老家就在那……六组九号，是那户人家吗……”

他突然盯住我，眼睁开，目光闪动。

“你得当心哦，新人值班，有这么个规律——要么忙疯，要么遇邪事。”

就在这时，蓝莹现身，递给我一样东西。一根手掌长的黑色金属短棍。

“这是——”

“甩棍，一甩就变长。”

“干吗用？”

“防身。”

“这又是什么？”

我指着她手里另外两物——一支大号红色手电筒，一只带喷嘴的小黑瓶。

“强光手电筒，辣椒水——别啰唆了，快走！”

我跟在蓝莹屁股后头，不时瞧瞧手中甩棍，心中愈发紧张。

救护车后门敞开，朱春林似乎刚把担架推上车，见到我们，迅速关门，走向车头，招呼我们上车。

屁股刚落座，车子已启动。

拐弯时，我看见胡邦龙独自站在吸烟区，嘴里叼一根烟，火光在暗处一闪一灭。我看不清胡邦龙的脸，他似乎在注视我，或者说注视救护车。

我想起他刚才说的话。

难道，真有邪事发生？

“明知恶作剧，为什么还要出车？”驶出医院大门，我问。

“对方后来又拨打120，解释说之前昏了过去，手机恰好没电，所以打不通。后来醒了，赶紧充电，才又和总站联系。”蓝莹说，“听上去没毛病，但我肯定，这家伙在扯淡！”

“地址没搞错吧？”朱春林问。

“总站再三确认，就是南集镇瓜田村六组九号！”

“所以还是恶作剧？”那栋凶宅明显没人住。

“问题是，就算明知恶作剧，接到120电话，还是要出车，这是死规定，没办法。”蓝莹咬牙切齿。

我看看她攥在手里的辣椒水，又看看自己手里的甩棍。

“会有危险吗？”

“一而再再而三，不知道对方企图，得当心点。出车在外，黑灯瞎火，什么事都有可能发生。”

夜色更浓，先前勉强可见的景物，已完全融入黑暗，车灯光柱之外，墨色一片。车窗敞开，凉爽的晚风拂过，却拂起我一身鸡皮疙瘩。

朱春林紧握方向盘，一言不发。

蓝莹倒充满干劲——或者说愤怒——看她的眼神，似乎打算将恶作剧之人抽筋剥皮。

相同的路重复走，感觉行车时间短了许多。

九点五十分，再次来到瓜田村村口空地。

“你们下，我调头。”同样的话自朱春林口中说出。

走近巷口，巷中充斥浓郁黏稠的黑，黑中似藏不知名之邪物，蠢蠢欲动。

忽然，身旁一道耀眼光束射向前方，刹那间，整条小巷，包括一旁房屋，全被照亮，犹如白昼。

蓝莹打开了强光手电筒。

“这回姐姐来看个清楚。”说罢，率先行动。

照明更强，视线也更清晰。

未加修整的天然软土路，坑坑洼洼，路边杂草乱生，墙根苔藓散布。

成排的自建房外观相近，带院子的两层小楼，不加粉饰的水泥墙面，平屋顶，铁院门，极具年代感的斑驳褪色。

一路走过，我确定一点——不仅六组九号，这一整排房屋，全没人气。

看来，老肖事件后，不单老肖家人，连邻居们也相继搬了家。

来到巷尾，再次站在六组九号院门前。

锈迹斑斑的铁门，依然紧闭。

我心中五味杂乱，不过，那股被暗中窥视的诡异感却不复存在。

蓝莹上前一步，将电筒换至左手，伸出右手朝铁门拍去。

嘭——嘭——嘭——

果不其然，没有任何回应。

“有人吗？！”

蓝莹的呼声在夜空中回荡。

大概为了泄愤，她以更大的力道拍门，再改用拳头捶。

接下来发生的事，令我俩愕然。

“咣当”一声，门居然开了！

蓝莹一个条件反射倒退，整个后背撞向我。

我忙用左臂托住她，右手下意识握紧甩棍。

重新站定，我俩交换眼神，然后一齐朝门看去。

电筒照射下，院门朝内打开，门后空无一人。

“有人吗？”蓝莹试探性地问，一手高高举起辣椒水瓶。

没有回应。我俩一前一后，猫着步子，潜入大门。

院子不大，水泥地面，左边两排山竹搭的晾衣架，墙角堆满纸箱、塑料桶、竹篓等杂物。右边另起一间矮房，像是厨房、厕所。

正前方，两层楼的主屋如坟墓般矗立，全部门窗关闭。

棕红色金属防盗大门居中，两旁各开一扇窗户，二楼则多一扇。

这次，换我上前叫门。

先喊门，没人应。使劲敲，门始终紧闭。重复几次，只是徒劳。走到一旁窗前，用电筒朝屋里照射，却发现窗帘被拉上。

退回院子，举高电筒，射向二楼，窗帘都严严实实拉紧。

“奇怪，”我摸摸鼻尖，“就像屋里藏了什么东西，不让人看似的——”

话音刚落，蓝莹一拳袭来，正中左肩，疼得我直甩膀子。

“闭嘴！大晚上的，别说这些吓人的话！”

她想了想，又掏出手机，给对方打电话。结果可想而知，对方已关机。

我长叹一声，蓝莹也像泄了气的皮球，连生气的力气都没了。

“走吧。”

出院门前，我停下来检查门锁。

门后一道铁门栓，处于拉开状态，除生锈外，栓杆和对应的栓扣完好无损。

另有一把老式弹子锁，锁舌坏损，卡进锁槽出不来。

“看，门锁老化了，刚才你用力拍打，把锁舌拍坏，门就自动开了。”

穿过小巷，回到救护车旁。车灯闪亮，驾驶座一侧车门开着，驾驶室却空无一人。

再一看，朱春林人在车尾，正来回张望。

“怎么了？”蓝莹上前问。

朱春林面露疑惑，摸摸下巴，想了想，说：“没啥——你们那边怎么样？”

蓝莹将经过大略一说。之后，三人返回驾驶室，蓝莹再次向总站汇报，取得回程指令。

一路无言。

朱春林依然沉默无言，蓝莹也不再活跃，显得疲倦乏力。

我凝视窗外，沉浸于夜色，胡思乱想。

回到医院，下车。吸烟区，不但胡邦龙在，其他几名值班医生也聚在一起抽起烟来。看看时间，已是十点一刻。

我正打算回值班室，却被朱春林叫住：“哥们等会，我把充电器还你。”

我便随他进了驾驶班值班室。

室内挺宽敞，陈设却简单。

一张单人床，一副餐桌椅，墙角一座矮柜，柜上摆一台电视机。

左边墙另开两道门。一道通洗手间，还有一道，从方位判断，应该通隔壁库房。

我接过充电器出门，烟枪们也开始散场。

胡邦龙朝我招手，问我出车情况，我如实告之。

听罢，胡邦龙又一次眯起双眼，若有所思，张张嘴，却最终什么也没说。

回到值班室，我坐在床边，把玩手中的充电器，又掏出游戏用的苹果机，滑开屏幕，看了眼《王者荣耀》图标，却没点击，思忖片刻，点下另一图标。

4

警报声又一次响起——

出车地点，依然是，南集镇瓜田村六组九号。

不过，这次换了一个手机号码。

对方自称病人家属，回家后发现病人昏迷，手机因没电关机，情况紧急，请尽快派车。

再三确认地点，南集镇瓜田村六组九号，没错。

阴魂不散……

这一次，蓝莹不再情绪高昂，她面色苍白，像只受惊的兔子。

朱春林也没了劲，等我们走近救护车，才慢悠悠钻出值班室，眼里尽是迷茫。

一路无话。空气如夜色般凝重。

我悄悄观察两人，朱春林虽仍沉默无言，却不如之前淡然。

蓝莹更不用说，像一只忘了充气的娃娃。

两人似乎被同一种情绪浸染——迷惑，和不安。

好像过了很久，又好像只经片刻，救护车第三次来到瓜田村。

如影片循环播放，朱春林正要开口，说出那句“你们下，我调头”，却被我抢先打断——

“等等，听我说！”

两人诧异地望向我。

我深吸一口气，调整坐姿，挤出笑容。

“你们俩，杀人了吧？”

此话一出，如下棋以“过河炮”起手，两人被攻个措手不及，愣在当场。

好一会，蓝莹率先做出回应——出右拳击打我的左肩。

这一次，我胳膊一横，巧妙挡住。

“说什么呢？你有病吧！吃错药了？！”

动武失败，转用言语攻击。

我不理会她，开始挪动脑中棋盘的第一枚棋子。

“我问你们，一栋凶宅，明明没人住，却一而再再而三地接到求救电话，这究竟是怎么回事？”

“怎么回事？当然是恶作剧啊！不然闹鬼吗？！”蓝莹极其激动。

“如果我说，这不是恶作剧呢？如果这一切背后，其实藏着某种目的呢？”

炮后走马。

“什么鸟目的？”

“想想看，接连打来的电话，导致的唯一结果就是——我们把救护车开来这，又开回去。”

“你是说，对方打电话就是为了让我们把车开来开去？”朱春林摸着下巴。

“是的，可为什么要这样？既然设计将救护车引来这，至少该有后招。可到了这里，什么人也没看见，什么事也没发生。这一点，让我百思不得其解——

直到不久前，朱师傅将充电器还我。”

突然提这事，让朱春林十分意外。

“我注意到导航时，你用的是苹果 7，问我借的充电器却是安卓。这说明，你至少有两部手机。”

“所以呢？”

“你用第二部手机打电话，不会被发现。”

马走日后，象走田。

蓝莹“啊”一声，不自觉看向朱春林，后者皱起眉头。

“这是个盲点，容易入套。接到求救电话，我们会下意识认为，电话来自外部。其实，坐在车上的我们仨，都可以拨打，只要有一个别人不知道的手机号。”

“放屁吧你！大朱怎么可能做这事？！”蓝莹气势汹汹。

“对啊，我干吗要做这鸟事？”朱春林紧随其后。

“确实，身为救护车驾驶员，为什么要伪装病人，打 120 求救电话？”我不慌不忙，“救护车用来送病人上医院，这是常识，人人都会这么想。可要是反过来呢？如果今晚出车，不是为了接人，而是把人送出去呢？”

进兵过河。

蓝莹瞪大了眼，朱春林的眉头皱得更紧。

“那么，到底是什么人，要用这种方式送出医院，又为何被送到这里？”

“听你这么说，难不成是死人？”

朱春林边说边笑。

“的确是死人。”

朱春林的笑容凝固。驾驶室内，气氛变得越发紧张。我深吸一口气……

“死人是谁？这一点过会儿讨论。我们先来看看，这死人是从哪冒出来的。”

我盯着朱春林。他继续笑，我则继续移动棋子。

“先讲讲我今晚经历的一件事。第一次出车前，我在值班室睡觉。不知为何，隔壁驾驶班电视音量被突然放到最大。我被吵醒，等了将近十分钟，噪音却始终不停。

“电视音量突然变大，问题常出在遥控器上。要么朱师傅看电视睡着，手不小心压住音量键，但这种情况，会立刻惊醒。要么遥控器本身出了问题，音量自动升高，可是这样，会第一时间关闭电视。

“当时噪音持续太久，极不正常，只有一种可能——电视声被故意调高。其目的，是掩盖另一个声音——杀人声。”

朱春林微微张嘴，似乎想说什么，我不给他狡辩的机会。

“今晚，一定有人来值班室找过你，爆发矛盾。也许临时起意，也许蓄谋已久，结果是你在电视声掩护下，将对方杀死，并通过侧门，移尸隔壁库房，藏在担架上。

“接下来，你找准时机，打 120，并先我一步将担架藏进救护车，借出车之机送到这里，又趁我们离开，神不知鬼不觉抛尸。如此一来，你便拥有完美的不在场证明。

“之所以选这个地点，是因人烟稀少，尸体不易发现，以便下班后再伺机二次抛尸。毕竟，抛尸地点和出车地点相同，会被怀疑。”

连续走卒。

朱春林一会摇头，一会摸下巴，陷入沉思。

蓝莹看看他，看看我，烦躁不安。

我挠挠鼻尖，揉揉睛明穴，准备下一步棋。

“接下来的问题是——为什么求救电话不止一个？”

“因为死人不止一个？”朱春林再笑，像苦笑。

我摇了摇头：“因为，第一次抛尸失败了。将藏在库房的尸体搬上救护车，看似简单，实则风险极大。毕竟停车点旁就是吸烟区，不时有人来往，容易暴露。麻烦又在于，绝不能提前装车。值班期间，随时会接到出车通知，到时来不及卸下尸体，后果可想而知。

“因此，想要安全快速移尸，首先需确保救护车附近没人。其次，先得把车上担架提前卸下，以节省时间。接下来，就是拨打120。瓜田村属我们辖区，救护车又正好空闲，出车任务必然会派发过来。这之后，要抢时间。必须在我和蓝莹赶来之前，将载尸担架推出库房，藏进车厢。问题，便出在这里。”

两人像是放弃抵抗，仍由我的兵卒越过楚河汉界。

“回想第一次出车。因为噪音，我离开值班室，来到急诊大厅。不久，接到出车通知，我第一时间出门，往救护车停车点走。当时，你一定非常惊讶。按照你的推测，医生值班室位于走廊尽头，走到停车点，要穿过走廊和急诊大厅，还得在导医台停留片刻。这段时间，足够移尸上车。可万万没想到，我提前出现，只能中止计划，从库房挑一张空担架推出来。

“如此一来，第一次抛尸计划宣告失败。返回医院后，你立即着手二次行动。这就是再次接到求救电话的原因。这一回，又发生什么事呢？”

“不用说，这回肯定也失败了，所以我们才又来第三次。”朱春林还在努力尝试保持笑容。

“不，这回成功了。”

他咂咂嘴，不再说话，两条胳膊架在方向盘上。

“接到出车通知，我离开值班室，走到急诊大厅时，蓝莹已到导医台，并让我原地等待，自己进库房找来电筒甩棍辣椒水。经这一遭，我们到停车点时，你已将装尸的担架推上车，见到我们，立刻关上后车门，并示意我们去驾驶室。若我们早到两分钟，应该就能抓个正着。

“仔细一想，第二次出车前上担架就不对劲。第一次出车，担架已在车上，也没用过，根本没必要下了又上。

“总之，你成功将尸体运来，趁我和蓝莹不在，又成功抛尸。我记得，我们返回救护车时，你不在驾驶室，而在车尾，应该才将尸体处理完，来不及回车上吧。”

我一口气说完，扫一眼棋局，胜券在握，准备杀招。

“最后一个问题——你是单独作案，还是与人合谋？”

此话一出，蓝莹的脸立马变色。

“你……”

“换句话说，蓝莹有没有参与？”

望着对方的瓜子脸变成猪肝脸，我暗笑不已。

“其实答案显而易见。由于第一次计划失败，第二次电话打来后，蓝莹抢先到导医台，将我拦下，以准备防身用具为由，拖延时间。正是这一点时间，让朱师傅搬尸成功。”

我盯住蓝莹，问：“你们俩，其实是情侣吧？”

战车长驱直入，直捣黄龙。

话音一落，两人皆震惊不已，蓝莹更是表情复杂。看来猜得不错。

“我注意到，你俩聊天亲密，举止暧昧，绝非同事间的熟络，猜想大概是情侣。可是，蓝莹已结婚，你们就是婚外情。如此，关于之前那个问题——死人是谁？答案便可推敲一二。”

蓝莹听了这句话，恶狠狠瞪我，看来她已知道“答案”所指。

“蓝莹你丈夫察觉了奸情——抱歉，我太不委婉了——你也许知道他今晚会来找麻烦，又或是你主动约他来谈。总之，你借口朱师傅请吃饭，去了驾驶班值班室，其实是等丈夫前来。

“接下来的情节，与我先前所说无二。蓝莹丈夫到来，双方起冲突，朱师傅将电视声调高，两人合伙将其杀害。之后，蓝莹回护士值班室待命，朱师傅则负责将尸体搬去隔壁库房。

“不过，蓝莹后续行动中出了差错，本该在朱师傅打完120后，第一时间赶到导医台拖住我，争取时间。可由于刚杀过人，没能平复心情，在值班室逗留过久，加上我早到导医台，导致第一次计划失败。但后来的表现堪称完美，不着痕迹地拖延时间，利用六组九号的故事转移我的注意力。我险些被瞒住。”

棋子布置完毕，收局前，我细细观察两人反应。

朱春林恢复面无表情，蓝莹则气到脸歪。

“我以上所说仅为推测，没有证据。要证实这一切，只有一个办法——”

我竖起右手食指。

“赶在二次抛尸前，返回现场。”

两人齐刷刷看向我。

“你是说——”

我从口袋掏出游戏专用的苹果手机。

“手机的话，我也有两部。”

是的，第三个求救电话是我打的，目的有二——

其一，借此观察两人反应。其二，回到此地，寻找尸体。

只要找到尸体，推理坐实，就可将军。

所以，接下来，是下车寻尸——

“我来打电话！”

蓝莹突然掏出手机。

“你不是说，我杀了自己的老公吗？我让他跟你聊两句！”

她咬牙切齿，用力按手机，然而——

无人接听。

再打。

依然无人接听。

蓝莹额头渗出汗，手指胡乱敲击手机屏幕。

“对了，都十一点，他肯定睡了，电话调静音了，要不我用微信试——”

朱春林张开右手，压在蓝莹头顶，轻轻拍拍。蓝莹停了下来。

“我说几句吧。”

他开始搓摸下巴，一个劲地咂嘴。

“那啥，我的确有两部手机，一部苹果，一部华为。不过，华为只打游戏看视频，没打过电话。

“然后呢，关于电视噪音。那个鸟遥控器的确有问题，音量键有时按下去回不来，声音就往上飙。我可能吃坏了外卖，看电视时，突然肚子痛，就把遥控器往床上一摔，直奔厕所。结果正好撞到音量键。可屎都到肛门了，来不及拎裤子回去弄遥控器，只好任由电视响，拉完再说。

“还有担架。你去问白班老丁，他着急下班，卸下脏担架，没换干净的上车，我只好另找一张。可那担架前轮有点卡，不好推，第二次出车，顺手又换了一张。

“另外，我将尸体藏车厢？你大概不清楚，后车厢的摄像头，只要车子一启动，就会同步打开，实时监控，影像传到总站。这样抛尸，相当于现场直播。

“再来。你和蓝莹离开那会儿，我下车，是因为从后视镜看见人影闪过，怀疑眼花，就下来看看，但没看到人，想了想，就没跟你们说。

“最后，你说我和蓝莹关系不一般，不像一般同事，这点倒是不错。至于我俩什么关系，蓝莹，你来说吧——”

仿佛憋了很久，蓝莹一拳用力砸我左肩，大叫：“我俩是兄妹！表兄妹！奸情你个鬼！恶心死了！”

事出突然，这回我没能躲过拳头，并且两人的话太具冲击力，我忘了疼痛，足足愣了十秒钟。

但很快恢复冷静。

没想到对方会试图翻盘，但我毫不动摇。

我的处境相当凶险，发生任何事都有可能。就算他俩要杀我，也属正常。不管如何花言巧语都不意外。

狗急都会跳墙。

只差最后一步。

不要急。将军前，先出士保帅。

痛觉恢复，我揉揉肩膀，微微一笑：“反正来都来了，不差这点时间，下车找找看吧！”

说完，拿起强光手电筒，率先开门下车。

两人只好随我下车，蓝莹在身后嚷嚷：“我一定要跟主任告状！”

每次来，朱春林在我们下车后，将车调头，看似方便回程，实则为让后车门开向村外，方便抛尸。

毕竟，尸体不能直接丢村里。

我走到空地尽头。

这里，一条出村小路延伸向前，没入黑暗。面朝小路，左边是田，右边是塘。

不能将尸体丢塘里。一来难以打捞运走，二来距离太近，抛尸的落水声，会引起我注意。

所以，抛尸地点只能是——

我转向左边，走上田埂，打开手电筒。

不需地毯式搜索，强光照射下，脚下杂草丛中直挺挺躺着一个人。

虽有草叶遮掩，还是看得清楚。

一个男人，约莫中年，个头不高，身材壮实，光头，脖上挂金链，右臂刻文身。他面容僵硬，毫无血色，嘴巴微张，眼珠一动不动，目光浑浊。

不用触摸颈动脉，也不用检查自主呼吸，更不用心肺复苏。

任何人只要一眼，就能判断，这是一个死人，死透了的死人。

虽从样貌来看，不像卫健委干部，更像一混混，不过无所谓——

将军。

我在心中笑，却沉着脸，转头看站我身后的两人。

朱春林，蓝莹，呆若木鸡，面如死灰。

“别害怕，我会保密。”我轻声说。

是的，我会替他们保密，并以此作为要挟的筹码。

我不会闲来无事玩推理游戏，更不会平白无故冒生命危险与杀人凶手斗智斗勇。我之所以揭穿他们，与我之所以当医生一样——

为了杜冷丁。

近些年对毒麻药管控越来越严，胡邦龙这样拥有处方权的肿瘤科医生，给家人开药都不容易，从他那里偷药，不过权宜之计。

欲找稳当的途径，蓝莹，正是目标。

谁叫她是药剂科科长的千金呢？通过蓝莹，搞定药剂科科长，杜冷丁应该就像白加黑一样容易到手吧？

我抑制住内心激动，冷眼注视两人。

两人没有任何反应。

于是，我再次压低声音：“我说了，我会保密，不要担心。”

蓝莹总算有了动作。

她将目光艰难地从尸体上移开，转向我，盯着我的脸，看好一会，才像终于听见我说话，回过神，喊——

“说什么呢？！赶紧报警啊！”

这一回，轮到我呆若木鸡。

冷不防被反将一军。

5

十分钟后，警方到达现场。

由于我们正在值班，向警方做了简短说明，便返回医院。

此后一整夜，再未出车，也一宿没睡。

凌晨一点，警察造访，对我们三人做笔录。

从警方口中，我了解到案件的调查进展。

死者名赵超，男，三十五岁，原瓜田村村民，无业。

初中辍学，嗜好赌博，开过麻将馆和老虎机店，因打架斗殴进过几次看守所。

后来又染上毒瘾，有证据显示，他五年前就开始贩毒了。

他通过某种途径，从医院获取吗啡、杜冷丁等毒麻药，高价卖给吸毒者获取暴利。

然而，两年前，因一场赌局，赵超将钱输光，欠一屁股债，遭黑道追杀。

警方掌握了赌博贩毒证据，也对他进行通缉。

在黑白两道双重追捕下，赵超却神奇消失。

万万没想到，警方找了这么久的犯罪分子，却以这样一种方式现身。

对可疑地点——六组九号——进行搜查，显示有人生活的痕迹，鉴识人员采集到赵超大量的指纹。

原来，他居然藏身凶宅之中。

同时，室内发现不少空药瓶，包括吗啡、杜冷丁、地佐辛、地西泮等，皆为精神镇静类药物。

看来，赵超藏匿期间，依然有渠道获得这些药品。

陈尸地点位于瓜田村东口田埂下，此为第一现场，无移尸痕迹。

尸体上未见暴力痕迹，经初步尸检，判定死因为静脉注射过量胰岛素，诱发严重低血糖。

尸体左胳膊上，找到针孔一个。

初估死亡时间为今晚——不，应是昨晚——九点四十五分到十点十五分之间。

尸体裤兜，装有钥匙一串，旁边地上，找到手机一部，五毫升注射器一支，针筒内测出胰岛素成分。

另外，还找到一团透明膜状物，经鉴定，是一张被揉成团的输液贴膜。

这种贴膜，用于挂水时将针头固定至皮肤，打针用不上，不知为何会出现在现场。所有物品，均只采到赵超本人指纹。

从案情分析，自杀的可能性很大。

毕竟长期躲藏，遭双重追捕，心理压力极大。况且，尸体无暴力痕迹，并非被他人胁迫打针。

体内除胰岛素外，未检出其他药物成分，亦可排除被迷晕后注药的可能。

但，有几个疑点。

第一，赵超为什么要大晚上跑去田里打针，而不是在室内？

第二，搜查陈尸现场，以及六组九号整栋房子，皆未找到胰岛素注射液药瓶。药瓶去哪了？

第三，奇怪的求救电话，与赵超之死是否存在联系？

朱春林嫌疑被排除，除我打的第三个电话外，前两个始终无法查明来源。

电话所指目的地，正是赵超藏身之所。

电话所称病情为注射过量胰岛素导致低血糖，与赵超死因近似。

赵超的死亡时间，与第二次出车时间存在重合。并且，据朱春林描述，他从后视镜看见人影闪过。

如果属实，那人影很可能就是赵超。

警方展开调查，两个可疑电话查不到号码来源，用的是未经实名认证的黑卡。

对手机追踪定位，也以失败告终，手机或已关机，或已销毁。

再检查赵超的手机，同样是黑卡。

查看通讯录和通话记录，有了重大发现——

与这部手机保持通话联系的，只有一个号码。

正是这号码，两次拨打 120！

自昨天下午五点起，直到赵超死亡，两个号码共有六次通话，分别发生在五点、八点五分、八点五十四分、九点六分、九点三十七分、十点三十三分。

第一次通话由赵超打给对方，其余均由对方打来。

最后一次未接通，想来那时赵超已死亡。

可见，两个求救电话与赵超死亡之间，必定存在联系。

但这是一种怎样的联系，打电话之人是谁，与赵超是何关系，皆未可知。

笔录持续近两小时。

之后，我回值班室休息，却毫无睡意，上床辗转，直至窗外泛鱼肚白。

一看时间，已是早上五点。

我离开值班室，来到户外，望着朝阳，呼吸新鲜空气。

倦意，渐渐被驱散。

胡邦龙又出现在吸烟区，我犹豫片刻，走上前："胡老师，给根烟。"

胡邦龙依旧挂着扑克脸，一边摸烟盒一边问："嗯，你也抽烟？"

"谢谢——平时不抽，有时熬夜困了，会抽一两根提神。"

胡邦龙替我点上火，我俩并排站着，吞云吐雾起来。

我用力吸一口，有点呛，接着一阵晕，等缓过劲来，思绪忽而变得清晰无比，像这清晨的天。

悄悄看一眼胡邦龙，他眼睛眯成线，望着远方，脸上带着疲倦，和轻松。

伴着尼古丁，我的思维飘散，又汇聚，结成一条线，指向脑海中某个点——

赵超死亡事件的突破口。

陈尸现场有三处不正常——

为什么要在田里打针？

为什么现场只找到注射器，却没发现胰岛素药瓶？

挂水才会用的输液贴膜，为什么出现在现场？

我想到一个答案，可以解释所有疑点。

从赵超的贩毒经历、藏身处找到的药瓶、两个黑卡手机号来看，他有一名同伙。同伙有办法从医院获取药物。

赵超藏身时，一直是同伙在照应他，继续为他供药。

赵超并无自杀打算。只不过，他昨晚毒瘾发作，打电话让同伙送药。

当时，同伙或者手中没药，或者抽不开身。毒瘾上身的赵超却纠缠不休，甚至威胁对方。

同伙早已厌烦赵超，顿生杀意，并拟定出完美的杀人计划，既能除掉赵超，又能摆脱嫌疑——

一套巧妙的远程杀人诡计。

同伙从医院某处——比如急诊科库房——偷了一瓶胰岛素注射液，一支注射器，以及一张输液贴膜。

胰岛素注射液规格是两百单位，一次性静脉注射入体，必死无疑。

他用注射器将胰岛素抽出，套上针帽，丢弃药瓶，将装满药液的注射器和输液贴膜随身藏好。

做这些事时，他应该戴了手套，确保不留指纹。

接下来，找准时机，拨打 120，要求派车至赵超藏身处。

说明病情时，有意使用胰岛素注射过量的借口。

之后，他暗中观察，等我们出发，尾随至救护车旁，趁我们上车、车子未开的那一刻，用输液贴膜将注射器粘上后车门。

只要提前戴上手套，撕开贴膜，将注射器放至贴膜内面，粘上车只需几秒钟。

输液贴膜黏性很强，且面积够大，足以将注射器裹住、粘牢，不用担心途中掉落。

同伙再打电话给赵超，告诉他手头暂无吗啡、杜冷丁，但弄到一种静脉注射的新药，效果不错。

赵超贩毒吸毒，却不懂医，加上毒瘾缠身，轻易相信同伙。

同伙告之运送药物的方法，让赵超提前出门，找地方躲藏，等救护车到达，医生护士离开后，便上前取药。

就这样，我们开着救护车，带着杀死赵超的凶器，到达目的地。

赵超卒。

因此，第二次出车前，除我、蓝莹、朱春林外，唯一靠近救护车的人，就是赵超同伙，也是真凶。

回想夜色下，胡邦龙独站吸烟区，抽着烟，目送我们离开的画面。

我又一次看向胡邦龙。他依然望着前方，眯着眼，面无表情。

他在想什么？

回味杀人的感觉？

我再次用力吸烟，轻轻吐出烟雾。

凭警方的调查结果，结合我的自身经历，重建了案情——

赵超本是瓜田村村民，胡邦龙说过瓜田村是他老家。

赵超与胡邦龙同龄，都是三十五岁。很可能，两人打小就认识。

后来，胡邦龙当了医生，赵超成了混混。

五年前，两人偶遇。赵超发现，胡邦龙能轻易获得吗啡杜冷丁。

这些药在医院售价很低，拿到外面，却能高价卖出。

两人一拍即合。胡邦龙供药，赵超卖药，两两分账。

赵超本身吸毒，认识一大票毒友，不愁销路。

从“五年前”这个时间点来看，六组九号的户主老肖，极有可能就是赵超的买家之一。

为安全起见，赵超弄来两部黑卡手机，专用于点对点联系。

一开始，赚了大钱。可后来毒麻药管控越来越严，从医院拿药越来越困难。赵超又正好赌博将钱输光，可谓山穷水尽。

胡邦龙提议散伙，再做下去风险太大，也怕赵超连累自己。

赵超恼羞成怒，又无可奈何，答应去避风头，但胡邦龙得提供吃喝和毒品。

胡邦龙柜子里的杜冷丁，不是给所谓癌症家人用，而是留着应付赵超的。

胡邦龙虽不情愿，却没办法，毕竟把柄握在赵超手里，一旦赵超把他捅出来，就完蛋。

尽管无数次起杀心，却没胆真动手。

直到昨晚五点，他刚上班，便接到赵超电话，要求立刻送药。

胡邦龙打电话时的情形，历历在目。

那是一种压抑已久的愤怒。

赵超这一举动，逼胡邦龙扣下扳机。

下定决心后，胡邦龙压下怒火，转而安抚赵超，一面盘算如何动手。

我记得他挂电话前说："你等着，我再想办法。"

他想的，是杀人的办法。

于是，他一边值班，忙治病救人，一边琢磨如何杀人。

最终，琢磨出那套杀人手法。

立刻着手准备。

八点五分，打电话给赵超，说明运送药品的方法，交代其如何行事。

赵超言听计从，没丝毫怀疑。

八点五十四分，处理完诊室病人，再打电话，让赵超做好准备。

接着，拨打120，并立刻离开诊室，借吸烟为由，打算靠近救护车。

关键时刻，出现意外——心梗老大爷恰好现身。计划被迫中止。

我想起当时他一脸懊恼，原来并非烟瘾之故。

胡邦龙边看病，边找机会。

九点六分，急打赵超电话，通知计划暂停，叮嘱他救护车到了后，仔细藏好，别被发现。

因此，我们查看六组九号房子，不但漆黑一片，没有丝毫动静，连每块窗帘都拉上。

离开时，被窥视之感并非幻觉，一定是赵超躲在窗边，监视我们的行踪。

之后，胡邦龙将心梗老大爷转到二楼监护室。

他从二楼窗口恰好见我们回来，立刻着手二次行动。

这回，先拨打120，并立刻下楼，来到我身边，打听情况，确认没出差错。

我和蓝莹动身后，假借吸烟，尾随至救护车旁，趁机将注射器粘上后车门。

等我们出发，于九点三十七分打给赵超，让他按指示行动。

赵超提前出门，大概躲在池塘边的墙角。

由于弹子锁已坏，又只能从内上门栓，赵超没法锁院门，只能用力关上。

因此，蓝莹才会将门拍开。

赵超躲好，等我和蓝莹离开，朱春林将车调头停好，便悄悄上前，找到注射器并拿走。

救护车调头后，驾驶座后视镜正对池塘一侧，故而朱春林觉得镜中有人影闪过。

赵超拿到注射器，察觉到司机下车，没法原路返回，只能从另一边逃走，藏进田埂下的杂草丛。

他忍着毒瘾，不敢出声，焦急等待，直到我和蓝莹回来，与朱春林碰头，开车离去。

这时，他再也忍不住，决定当场打针，顾不上皮肤消毒，借手机屏幕的亮光，撕下粘在注射器上的贴膜，揉成团，丢一旁，找准左胳膊血管，一针扎下去……

待我们返回医院，胡邦龙正和其他医生一块抽烟。

其实，是算好时间等我们回来。通过和我搭话，了解出车情况，确定没问题，一个人回到诊室，拨打最后一个电话。

无人接听。

计划成功。

手机关机，藏好，或直接销毁。如此，再没线索牵扯到自己。

不过，我打的第三个 120 电话，想必吓了胡邦龙一跳。

他以为出了岔子，又不好表现出来，一定暗中观察许久，才放下心来。

对胡邦龙来说，这是一出近乎完美的杀人计划。

但，只是近乎，并非真的完美。

他留下了一个破绽。

一个微小却致命的破绽。

多年不上出车班，他忘了救护车里有摄像头。

胡邦龙需等我们上车，才有机会将注射器粘上车门。

我们一上车，发动机立刻启动。车子启动，摄像头同步开启。摄像头正对后车门。后车门装有车窗，虽从外看不见里面，却能从里看见外面。

所以，胡邦龙粘注射器的动作，一定会被摄像头清晰捕捉，并上传急救总站影像库，长期保存。

另外，让警方对后车门做微物检测，一定能找到残留的输液贴膜。

这些证据，虽不足以定罪，却足以让警方对胡邦龙展开调查。

我又看看胡邦龙，盘算下一步行动。

我不会闲来无事玩推理游戏，更不会平白无故冒生命危险与杀人凶手斗智斗勇。我花费心力做这些事，目的只有一个。

胡邦龙利用职业之便，长期向赵超提供毒麻药。

现在赵超已死，胡邦龙自认为解脱，其实不然。

因为，我会取代赵超的位置。

此刻，只要向眼前之人摊牌，握住其把柄，便能控制他。

可是，我犹豫了。

之前面对假想犯朱春林和蓝莹，独自一人，夜深人静，身处了无人烟之地，我没丝毫犹豫，更无胆怯。

可此时，天已亮，站在急诊大厅外，却心生恐惧。

并因此犹豫不决。

我可以将推理埋在心里，烂在肚里，秘而不宣，只当没这回事，毕竟事不关己。也可向警方告发，对犯罪宣战，做个正义好市民，领一红花或锦旗。

以上，无论怎么选，主动权都握在自己手里。

一旦向胡邦龙摊牌，便断了退路，再无选择余地。

手握对方把柄，也会把自己的七寸交付对方。

那时，与胡邦龙较量，我有十足胜算吗？

又或者，沦为赵超第二？

“嗯，抽完了，回去吧，等下班。”

胡邦龙突然开口，如一只慵懒的猫，眯着眼，打着哈欠，缓缓背转身。

我望着他的背影，吸完最后一口烟，将烟头往地上一摔，一脚踩了上去。

原刊《今古传奇》（故事月末版）2022 年第 9 期

作者简介：

扶鸟，“85 后”悬疑推理写手，阅读推理小说二十余载，2007 年初尝写作，热衷于本格推理创作，曾以笔名“怿陀使”于《推理世界》杂志发表短篇若干。作品《死神闯入雪密室》入围第一届华文推理小说大赛，《雪人》获第五届全国侦探推理小说大赛优秀奖，《空车》获第一季谜想故事奖短篇组二等奖。

一桩凶杀案，一个预设悬念，在阴冷的冬天凝聚成小说叙事的内驱力。受囿于原生家庭的躲债者，沉湎于丧子之痛的砂锅店夫妻，目睹父亲杀死母亲的扒手党，因偶然关联却成为命运必定的他者地狱。作者伏見鹿无疑是位擅长讲故事的高手，将人性内处的深渊和对于光明的追寻借助于侦探小说的外壳在叙事中自然流露出来，既写出了人间悲情，又呈现出了人类普遍面临的困顿中的温暖与尊严。

——《小说月报》执行主编　徐福伟

窥　光

伏見鹿

1

面对桌子上一排手机，陈肖原眉头蹙成川字。他已经跟刘波说过，不刷机，不解锁，刘波依旧砸他门。老式绿色铁皮门，在刘波抡起又落下的手里哐哐哐，像有杀父般的深仇大恨。陈肖原开门，刘波把新搞来的手机放在他桌上。

几声轻响，手机一字排开，苹果新款 5S，两个银色，两个金色。听说刚发售的时候，大城市的店门口排队买，黄牛抢货，加价卖，是稀有品。

陈肖原不抬头，说，刷不了。

刘波一屁股坐在床边，跷起二郎腿，抖着肩膀，从兜里摸出烟，塑料火机咔嗒一声，烟头冒起火星。他狠狠地吸一口，吐出一个圆圈，凑到陈肖原耳边，说，帮个忙。凑过来时，先到的是刘波嘴里浓厚的烟味，再是牛仔外套上挂的钢链子响了一声，哗啦啦。

陈肖原往后仰了一点，木着脸，说，新款，刷不了。

“哥们儿，帮个忙，一个加五十。”

刘波站起来，抖着，围着陈肖原的椅背转圈，说，这是最后一次。

上次也是说最后一次，陈肖原眼角动了一下，说，刷不了。

“操，你复读机啊。”

刘波推了一下椅背，气力大，陈肖原没防备，下巴快要磕到桌子。

“信不信我到学校门口堵你。”

刘波笑，又轻推一把椅背，调戏似的。椅子擦在地上动了一下，嚓啦一声，刺耳。

“随你，刷不了。”

“给脸不要脸，”刘波重新坐在床边，伸出脚，勾椅子，勾得陈肖原身体来回摇晃，“是不是给你脸了？”

“我不要谁给脸。”

刘波伸手，一巴掌呼在陈肖原后脑勺，说，刷，不刷我揍死你。陈肖原直起脑袋，不说话。刘波起身，一把按着陈肖原后脑勺，将他的脸按在眼前的电脑键盘上，一手拍他的脸，问，刷不刷。

“恁妈了逼，一个穷学生，给你机会，你还使脸子，使脸子……”

刘波重复着看似在立威的三个字，不停地拍打陈肖原的侧脸。

脸压在笔记本电脑的键盘上，电脑发出连续不断的邦邦声，规律而急促，像在进行垂死前的呼救。陈肖原努力挑起眼皮，看着光标在黑色界面上迅速移动换行，脸在瓦数不大的老式钨丝灯泡下，颜色难辨。突然，他伸出手，撑着桌子，直起背，也撑起刘波按他脑袋的那只手，说，不刷。刘波怒目，要抡膀子。膀子还未抡下来，陈肖原已经从椅子上逃到刘波背后，蛮力把人往门外推。刘波利索地后退，躲过陈肖原，身体划一个半弧形，像一道影子仰面躺在床上。床被压出嘎吱声，刘波流里流气地说，不刷，今晚我睡你床。

陈肖原厌恶有人碰他床。

脏。

他一把拉住刘波牛仔衣上的钢链，使劲把人往外拉。

两人扭打、拉扯、推搡。

房间里家具不多。一张老旧的褐色红木书桌，书桌上放着电脑，是早已被淘汰的老款笔记本电脑，很笨重。电脑是他从网上买来的二手货，有些卡顿，反应慢几个拍；书桌旁有一张木板床，床上的被褥折成长条状，床单皱了一块儿，枕头静静地摆在床头，靠枕头里边放着一本《局外人》；床尾不远处放着一张小桌子，上面摆着各式各样的书，旁边的方便面桶下垫着一本，桶上压着一本。

刘波瘦高，占体型优势，他一把推到陈肖原肚子上。肚子吃痛，陈肖原后退几步，撞在小桌子上，桌子上的书掉一地，已经闷得白胖的泡面倒在书上，一节一节，盖上红绿的调料，像丑陋的毛毛虫驮着不堪重负的败叶。刘波说，别他妈给脸不要脸，给你做是看得起你。陈肖原不说话，眼里透着一股狠，像荒原里遇到强敌的半大野狼，带着尖利的刺头，能把空气刺开。他闷着头，抓起桌子上的手机，塞进刘波口袋，使劲把人往外推。刘波被推到门外，转了个身，反手拧着陈肖原的胳膊，骂道："想干仗，我出来混的时候，你还在娘胎里打转。"

骂完，不歇气，使劲儿拧转一下反剪在背后的手。

"你他妈今天给我把这几个手机刷了，别耽误我事儿。"

刘波伸手，要去勒陈肖原脖子。

"不然弄死你。"

手臂被反剪在身后，拧着，别着筋，疼，使不上劲儿。陈肖原看见试图掛上他脖子的手臂，龇牙，眼睛一动不动地盯着眼前积满灰尘的栏杆，疾退，整个身体像颗弹丸，撞在刘波身前。

楼梯的水泥地光滑、乌黑，且长。

刘波扯着陈肖原的手，没抓紧，后仰滚了下去。

像颗憋气的皮球，却仍利落地滚了下去。

钢链落在水泥台阶上，哗哗，哗哗响。

陈肖原垂着痛得不能动弹的右手，一动不动，看着刘波往下滚。快要到底时，刘波的后脑在水泥石阶上猛磕了一下，伴随着响声，那颗枯萎的黄色脑袋弹起来，又落下去。

水泥石阶上沾了血，不是红色的，沾在乌黑的石阶上，像不明污迹。

这里是市果汁厂建的楼，二十世纪八九十年代，厂子很红火，生产果醋、果汁，远销海外。陈肖原没赶上那个时候，他出生时，厂子面积缩水，生产效益缩水，大面积裁员，下岗。如今，老房子暖气不够，管道老化，没人管。冬天，冷得人打战。能搬走的人已经走得差不多，剩下老弱病残、搬不走的，守着一亩三分地的老房子，等岁月从角落漫过去。

四层楼，他住二楼。一楼住着一位老太太，九十高龄，耳背，嘴碎。刚进腊月，老太太的泰迪犬死了，她站在楼下佝偻着腰，抱着狗的尸体，瞅着三楼骂，鳖孙子，要遭报应，杀生，不得好死。三楼是租户，住着一个男人，陈肖原在半夜三更见过他一次背影，很宽，像熊。四楼空着。

有人走出屋子。陈肖原听见三楼微弱的关门声。

他站在门口，刘波躺在地上，后脑渗出一摊血，像漫开的花瓣，托着那颗坏蘑菇一样耷拉下去的脑袋。

刘波身体很瘦，像一根弯曲的、被蒸发干水分的枯木，躺在水泥地上。

楼梯变得阒寂，感应灯灭掉，人站在楼梯上，像埋进一片坍圮的黑暗里。

片刻后，远处一缕汽车灯光透过楼梯气窗，映在陈肖原脸上，像一条裂开的疤痕，将他的脸从左额角斜切至右下颌。

2

1月8日，腊八节。

雪大。铺天盖地下了一整宿。一片白。白得几乎片尘不染。

天还未大亮，也迟就被冻醒了。一年回来不了两次，要收拾的太多，昨晚，擦干净老照片，收拾完两间屋子，躺在客厅的沙发上，就睡过去了。

外头灰蒙蒙的，很静，雪无声落。他从沙发上坐起来，身上盖的毛毯掉到地上。捡起毛毯，丢在老式的弹簧沙发上，走到窗前，在玻璃上抹出一片微微的亮色。从亮色里，他看见路队提着黑色的皮包，迈着大步子，嘴里冒着白气，往他所在的地方走来。

西河市作为栗安下辖市，不大不小，一直算太平，很少发生劣性命案，办案人员大多时候处理的都是鸡毛蒜皮的纠纷，上升不到刑事案件，能不插手，就不插手。有些事一旦插手，反而不好处理，两方脸红起来，什么理都不认。

但前几天郊县苹果园外发现了无头男尸，已经传开，又临近年关，想要在年前破案，路队压力不小。

路队拿着皮包，敲响了门。

开门，路队将年头不短的旧皮包夹在腋下，搓着手，问，咋没开暖气，干冻着。说着，走到一张黑白照片前鞠了个躬，又对着照片说，老太太，给你问好了，找你孙子帮个忙。

二十多年前，因为乜迟他爸杀人的案子，路队认识了去世的老太太。近几年，路队和乜迟一直断断续续有联系。

乜迟不读警校，他读大学时选修了一门与犯罪学相关的课业。还未毕业时，带他的老教授把他推荐给栗安市刑侦支队的支队长，提供参考意见。年初，他协助市刑侦支队破了一起大案，年中又是一起。作为一个系统的，路队去开会时听同事提过，说，他有感知犯罪的天赋。

“如果他犯罪，我们很难抓到证据。”

路队没想到，会在同事口中听到这样的评论。他未亲眼看着乜迟长大，回想起来，偶尔来看望老太太时，他从未在这个孩子眼中看到悲伤。他的眼睛纯粹得过分，却又带着天然的疏离。

那是不信任。

不信任什么，路队说不上来。

请路队坐下，乜迟走到窗边，开暖气，又找电热水壶烧水。他问，路队，什么事儿。路队说，死人了，你知道了吧。

“案子有点棘手，尸体发现时冻得硬邦邦，法医说死亡时间5天左右，也就是3号晚上。2号就开始下雪，温度低，冻住了。”水壶呼噜噜响起来，路队走到暖气片旁，靠上去，又说，“排除抢劫杀人可能性……附近没找到头……身体上也没留下什么有价值的线索，下了一星期雪，什么痕迹都没了，到现在都没人报失踪，指纹啥的也比对不上。

“我知道透露案情不合规矩，但这案子目前也没内情，尸体的大致状况网络上说什么的都有，你也不是外人，你协助那个市局破的两起大案，系统里的人都知道，过来找你聊聊，看看有什么新思路。”

说着，路队走到沙发旁，打开黑皮包，从里边拿出几张照片——

一张侧卧的无头男尸，双手反剪绑在身后，背弓得像煮熟的虾，上身穿着深蓝色的牛仔衣，很薄，很硬，像一片钢片，贴着皮肤，冻在肉上。剩余几张特写，窄身破洞牛仔裤，露出膝盖，脚上穿了一只鞋，耐克流行款。鞋底花纹也拍了照，没什么价值，穿这种鞋的年轻人太多了。

路队说，死者生前颈部可能受到过大力撞击，颈坠骨断裂，死于窒息性休克。不是因为断头造成的撞击，断头是死后发生的。凶手抛尸时应该是想凿开冰面抛尸，但没想到冰面凿小了一点，尸体只沉了一半，剩一半卡在冰窟窿外，这才被发现。

也迟在刑侦队待过，命案现场去过不少次，细看尸体肩上残留的一小截脖子的断口，依然让他有干呕的冲动。脖颈上的伤口已经冻住，但是还是能从杂乱的、冻成冰溜子似的断口判断行凶者的凶残手法。也迟想，凶手杀害死者后，为了不让死者身份暴露，想出了砍头这招。身边也许没有称手的工具，就用钝器生生砸断了死者的头颅。也许是石头，也许是锤子。凶器用得很随意，不像是虐杀，抛尸现场也很随意，抛尸时同样也草草了事，以至于死者卡在了凿得不够宽的冰面上。说明凶手对死者并无多大的仇恨，作案时也许在野外，也许是工地，总之，要足够偏僻，足够安静，发出巨大声音，也不会被发现，根据凶手敷衍的态度，乜迟推测案发现场离抛尸地应该不会太远。

看完，路队又掏出手机，打开，给乜迟看了一眼尸体解冻后的照片——

双肩下方一条贯穿左右的压痕，脖颈处的断口形似高低不一的锯齿，被暴力弄断的筋、皮耷拉着，像屠宰场被暴力强行扯断脖子的鸡，挂在架子上，等着被挑选回家，炖成汤。还有指甲，很短，甲缝里却填满污垢，太脏了。

“甲缝里的东西检查过吗？”

路队点头，说，常年不洗手形成的污垢，还有其他的，没查出来是啥。

乜迟觉得说不出的别扭，衣服别扭，脖子别扭，像是全对，又全不对。衣服太新潮，指甲过短，参差不齐，有的已经修得贴肉，又填满污垢……凶手有足够时间行凶，他却不耐心给死者修指甲，他用凶器一次次砸下去，快速地，激烈地，期望脑袋快点从死者脖颈上滚落……

乜迟按了一把空荡荡的胃，强压下要冒出来的酸水，说，路队，出去吃个早饭吧。

路队以为乜迟冷，看了眼他身上不厚的衣服说：“行，这里供暖不足吧，我去给反映反映，这冷的，咋过年。”路队望着窗外茫茫大雪，又说，这房子有些年头了，果汁厂的老房子，现在没人管。

乜迟没回话，出门前，视线落在路队手里尸体正面那张照片。他指着右边胸口的位置，问，这里是不是少了什么。

照片上右边胸口位置，牛仔衣的口袋上挂着个银色铁环，口袋下边另一角，有布环。

“队里讨论过，可能是装饰品，衣服上自带的。”路队拿出烟，在手背上敲了两下，扎到嘴里，没点，“现在小孩儿的衣服花里胡哨，啥都挂，我那妮儿，天天在校服上粘个布做的娃娃。”

从楼梯口出来，乜迟看见小区围墙旁站着一个头发花白的老太太，在院子里来回踱步。老人步伐迟缓，边走边念叨着什么。走近了，才听见她在叫小花，说小花被坏人拐跑了。说话时，她会望向 3 号单元三楼的方向，狠狠地瞪眼。

也迟不认得老人。小时候，家属楼里住的人尚多。一到年底，整个院子里都很热闹，有小孩刚进入腊月就开始买鞭炮，甩得满院响。他很少参与，连带对邻居们也很陌生。奶奶去世以后，他远走外地，鲜少回来。

路队说，他听辖区派出所的提过，前一段，老太太狗死了，她怀疑是三楼的租户杀的，还报过警。辖区派人来看，才发现那只狗是只老狗，按人的岁数算一百岁了，老死的。

3

腊八节，学校不上晚自习。放学后，陈肖原打扫完卫生，收拾好书包，走出学校大门。

天上又开始飘雪。雪粒子像小米粒似的唰唰往下落，打在脸上，生疼。

本来可以早一点打扫完卫生的，四个人一组。但每次轮到陈肖原这一组，总是他一个人。同桌的女生会把椅子搬起来之后走掉，其他两个男生则在放学后就消失得无影无踪。

凛冽北风里，陈肖原觉得手冷，抬起手端详手上的手套，才发现左手小指头位置破了个洞。这是双不分指的厚毛线手套，老陈好几年前买的，里边加了一层绒，很厚。老陈拿回家给陈肖原戴上后才发现应该买那种带指头的，这样不分指的，做起事情来不方便。他说第二天重新买双新的，陈肖原一直没等到。

陈肖原将手连带手套踹进羽绒服兜里，背着书包，低头在风雪里向前走。从背后瞧着，整个人鼓鼓囊囊，跟身体里灌满了风霜似的，拽得他走不动路。

走了近二十分钟左右，拐过一个弯，转进果乐街。

果乐街是条上了年头的老街。这条街从头到尾也就 500 米长短，却因为毗邻网吧一条街，又离体育馆不算远，街上常年异常热闹，挤满了各式各样的小店。陈肖原低头，走到街尽头，掀开一片厚重的藏青色防风帘，走了进去。

大众砂锅店的老板是一对中年夫妻。老板娘后脑勺扎了一把不多的头发，夹杂着不少花白的硬发，身材有些臃肿，齐腰围着一条深褐色的围裙，看到陈肖原进来，回过头问：“今天还是要砂锅烩面？”陈肖原找到靠里的角落坐下，脸朝门，嗯了一声，说多要点辣。说完，取下手套，开始端详那个破了的小洞。小洞像是磨破的，又像被什么钩破的。最后，他得出结论，是在课桌兜下那个反向钉出来的短钉上钩破的。

钉子是一周前出现的，从桌兜里反向钉出来，如果他坐下去，跷二郎腿、起来，恰好会扎进膝盖的位置。上课后，他低伏在桌子上的书后头，手里捏着从桌兜里拿出的手套，百无聊赖地到处乱摸。隔着手套，感受到了尖锐的东西，就是那时发现的。拿开手套，他用手细细感受过，还拿作业本试了一下。钉子在作业本上留下一个深深的坑。陈肖原拿出红色中性笔在指肚上涂满一片血红，再小心地沾到钉子上。下课后，他站在走廊外观察过谁会去他的课桌旁，同学来来往往，两天过去，没有发现。

出神间，老板一手用夹子夹着黑乎乎的砂锅，一手拿着铝制的盘子走到他桌前。

“没多放辣，吃完这锅就暖和了。”

老板放下砂锅，转身离开桌前。陈肖原回头，视线跟着老板到后头煮砂锅的隔间。隔间很小，下半截装着隔板，上半截是玻璃，里头烟雾缭绕，光头老板在里边忙活。夏天，煮砂锅的地方在门口，三排砂锅整整齐齐地放在火上咕嘟着，砂锅底下冒着蓝色的火焰。他常来这里吃饭，家里没网，他是网吧街常客，包大夜是常有的事情。而这间砂锅店是这条街上最干净的。不仅干净，老板的手艺也很好，料给得很足，海带、豆皮、豆芽、肉丝，足足占了一半。时间一久，夫妻俩记住了他，经常会送他一碟酥肉，说，最后一点了，也不好卖，不收钱。刚开始，他给钱，老板娘说，这咋收呢，不够一份，没几个钱的。几次后，不想再进行无畏的对话，干脆不给了，默默地吃了，说句谢谢。

过了饭点，店里人不多。陈肖原吃得很慢，他从未想过，会在这样一个不起眼的砂锅店，连续吃了两年多。吃完最后几根面条，擦干净嘴巴，他又出神地坐了一会儿，才起身给钱，说了句谢谢，漫不经心地掀开帘准备出门，掀帘的动作太慢，迎头撞上了外面进来的人。撞上的人全身黑衣黑裤，腿极长，个子极高，陈肖原没抬头，连声说不好意思，不好意思，侧着身，从一旁挤了出去。

网吧里键盘声噼里啪啦，此起彼伏。陈肖原站在网吧门口，看看手机上的时间。晚上八点，离包夜开始还有两小时。普通机子计时两块钱一小时，两小时四块，包夜从十点开始到第二天早上六点，八块。他不想多浪费四块钱，便开始思考如何度过这两个小时。陈肖原背着书包，在刀子似的风雪里，朝着体育馆的方向走了一段儿。网吧背面的街上，二楼有一家台球厅，灯箱上写着台球、上网，下头还有几个小字，写着八球、斯诺克，听说里头可以赌球，赢钱。钱驱使陈肖原跃跃欲试过几次，但每次走到门口就开始打退堂鼓。他怕在里边碰见同学，也怕在里边碰见老陈的债主。他觉得满世界都是老陈的债主。

世界不过是黑暗悄无声息拉开的、一张遮天蔽日的网，他置身其中。

抬脚，从窄窄的楼梯口往上走。楼梯打扫得很干净，在楼梯转角往上，两扇玻璃门出现在陈肖原眼前。眼前是从未涉足过的地方，是未知的黑洞，他怕黑洞吞噬他，如吞噬掉老陈一样。他猛然转身，冲下楼梯，重新走进风雪中。那是属于他的安全地带，四周皆是风雪，唯有他在其中独行。

快十点时，陈肖原从空无一人的街心小公园走出来，留下身后连成串、杂乱的脚印，走进网吧，开卡，上机。坐在电脑前的椅子里，盯着眼前电脑桌面，手、脸同时开始发热，脚趾开始痒。他在桌子底下脱掉鞋，两只脚在一起蹭。脚上的冻疮发痒，这是无法解决的难题，只能硬挨。稍微缓和后，他打开聊天软件通过几个新的好友请求。

陈肖原有很多业务，作业代写、游戏代练、刷机。他在论坛、贴吧里留下信息、价格及自己的聊天软件号，晚上统一回复。那两年，流行买水货手机，尤其是 HTC，他自己在网上找到教程研究过后，又学了苹果刷机解锁，比作业代写挣得多。刘波通过贴吧找到他，给钱很大方，陈肖原活儿也做得很好。刘波说，还真没刷成砖块儿。

陈肖原很后悔接下刘波的活儿。约在网吧第一次见面，他就不喜欢刘波。刘波留着一头枯黄的头发，额头前的头发很长，盖住了那一双小小的、漆黑的瞳孔。小眼里透着狡黠，凶狠；高瘦的身体像一捆捆得不均匀、四楞八叉的柴火，这捆不协调的柴随时都能烧起来，燃起滚烫的大火，烧坏周遭的一切。

第三次，刘波不请自来，在网吧找到陈肖原，丢下一个最新款的苹果手机，扑通一声坐在一旁的空位上，跷起二郎腿。破洞牛仔裤里露膝盖，膝盖黝黑，纹路像树皮的皴纹，晃动时，在昏暗的灯光下闪着波纹一样幽幽的光。他说，解锁，两百。陈肖原正在代练，紧要关头，不能分神。他带着夹耳朵的耳机，蹙眉，盯着巨大的电脑屏幕，键盘敲得啪啪响。

刘波不耐烦，一把拍到键盘上，游戏画面关闭。钱没法到手了。逃课，浪费一下午时间。陈肖原眼睛瞪着，眼里有一把刀。稚气未脱的眼里，露着决绝。他起身，拍一把桌子，说不刷机了，刷不了。

刷机是一次性买卖，没人隔几天又刷不同的机子。机子哪儿来的，怎么来，陈肖原知道，他不想和刘波这种人扯上关系。

临近期末考试，聊天软件上没有新消息，新的好友申请也没人说具体做什么。他想，大家都开始临时抱佛脚了，以求过个好假期，拿更多压岁钱，或者出去玩一趟。他无所谓，伸手把键盘往里推了一把，一头扑在桌面上，双手垂在肩侧。

他想好好睡一觉，自从刘波的尸体莫名消失后，他就没怎么睡过好觉。

4

雪粒子刷得人脸疼。

果乐街尽头，大众砂锅店的门头没有灯箱，老式店招，红色的字，在亮着霓虹的晚上，像悬在暗处的孤岛。

乜迟一把掀开砂锅店的藏青门帘，里头出来的人迎面撞上他胸口。低头，只看见那小孩儿黑色羽绒服里露出的校服领子，小孩儿已经连声说着不好意思，从他身旁挤了出去。走进店里，拿掉头上的毛线帽，搓着手，喊了声赵姨。老板娘闻声，从放着菜、面的桌子后回头，哎哟了一声，拍着围裙站起来。“回来了啊。”老板娘眼里闪着光，走到乜迟身边，想伸手，又想起什么似的，走到旁边的桌子，收了餐具，“坐这里，我让你叔给你做。”老板没应老板娘的话，在隔间里头也不抬地问：“还是老样子？”

乜迟读书时，在网吧街背后的台球室兼职收银、打扫卫生等一些杂活，这家砂锅店几乎成了他固定的食堂。吃了几次后，他在台球厅餐牌上加了大众砂锅店的电话，给砂锅店夜间带来了不少顾客。光头老板送餐时看到过他几次，他再到店里，老板问，是不是他帮人点的，他说随手在台球厅做了个点餐的单子，上面写了几家店的号码。

乜迟在台球厅一待两年多。大众砂锅店老板经常来送餐，台球厅老板和他聊起砂锅店的光头老板。

夫妻俩在果乐街开店是2004年左右，那时网吧街还是大块头电脑，网吧两块钱一个小时的费用对一个月两三百生活费的学生来说很高，但是很多学生依然省吃俭用，从学校偷跑出来上网，打传奇，聊天。夫妻俩的儿子那时刚上初三，也是网吧街常客。因为跑出去上网，光头老板打过儿子一次，但是管不住。初三，面临升学，夫妻俩怕耽误下去考不上一高，俩人一商量，干脆就把儿子送到学校寄宿。谁知，儿子和几个同学半夜跑到网吧上网，死在了网吧外面。

警方调查过，说是意外死亡。据说那晚，几个同学翻出来后，在小商店里买了啤酒，还是光头老板儿子给的钱，拿的酒。其他几个同学说他们都喝多了，上网出来头晕，走路东倒西歪，光头老板他儿子喝得最多，走路踩空了，从二楼楼梯上掉下去，头着地，摔死了。因为半夜私自跑出学校，又偷喝酒，学校也只是出于人道主义给了一些赔偿。光头老板到学校闹过几次，说是同行的同学里有人撒谎，他儿子是被人害死的。光头老板坚称他儿子讨厌他喝酒，怎么可能去买酒，还自己喝。

儿子死后，夫妻俩找学校断断续续闹过，无果，不久，便盘下果乐街头的门面，一开店就开到现在。也迟记得台球厅老板说过，砂锅店侧面正对着夫妻俩儿子死去的楼梯口。

店里最后一个客人放下筷子，结账走出去，老板娘起身收拾碗筷，笑着说：“都多久没来了，大学也要毕业了吧？”

“毕业了。”

也迟说完，老板娘快速拿着桌上的碗筷转过身，走进隔间。也迟看到她转身时，手在轻微地抖，转进隔间，筷子从手中掉到地上。也迟知道，毕业两个字让她想起儿子。如果他们的孩子活着，如今应该也早已经大学毕业。

或许，他每次进来，夫妻俩都会想起那个死去的儿子。夫妻俩守着这个地方近十年，他们在等什么，守什么？

是想有一天能从那个楼梯口看见一个鲜活的生命，还是想寻找一个真相，抑或是愧疚？

从砂锅店出来，也迟走到侧面，瞧着对面的楼梯口。楼梯口的感应灯熄灭，黑洞洞，仿似后头藏了万丈深渊。二楼亮着霓虹招牌，“联盟网吧”四个大字静静地矗立，在一片墨色的夜里洇染出一团囫囵的亮色。也迟走过去，走到楼梯口，感应灯点亮，他瞧着淡黄的地板砖，一阶一阶，拾级而上，走到二楼，浓重的烟味扑鼻而入，呛得他咳起来。

下楼梯后，也迟朝体育馆的方向走。台球厅老板知道他回来，已经打过几通电话要找他打球。从拐角转过去，他看见一个黑色的身影，在风雪里，低着头，走进一旁的街心公园。

走到二楼，推开台球厅的门，一股热气扑出来，老板哈哈笑着走过来，上下打量着他说：“好久不见，今年没再蹿个儿了吧。”

台球厅老板姓胡，熟人都叫他胡老板，真名叫什么不知道。也迟从初三毕业开始在这里打杂，起初，三天两头有人来场子里借机找他麻烦，他憋不住动过几次手。下手又狠又准，跟几个差不多年纪的半大小子干仗，还能占上风。胡老板见过学生干仗，原因五花八门，但这阵仗却让他觉得这小子是个狠茬，准惹出事儿。胡老板想让他走，奈何几次麻烦惹下来，球打得好传了出去，很多人慕名而来，都想找他开两局。留下后，胡老板说让他收着点，他还真收了，找他自己碴的再没来过，遇上在台球厅找碴的，他站在一旁打扫卫生，收拾残局。

高二离开西河后，也迟没回过台球厅，倒是每年回来，都要去一次大众砂锅店。胡老板在砂锅店遇见他，比画着身高，说，你怎么这么能长，快赶上姚明了，来来，留个电话，有空来两杆。

也迟寡言少语，没聊几句，胡老板带他进到包间，摆好球，等他开杆。黑八，一杆到底。胡老板问："这几年练来着？"

也迟摇头，说没有。

"也不赌球了？"

也迟摇头。

胡老板摇头叹气，说："听说你是研究生了。我那时就说你是个天才，应该去参加职业比赛，谁在台球厅干几个月，就能一杆到底的。"

也迟说，没什么兴趣。胡老板听完这句话，笑着说："干警察有兴趣？听说你在帮破那个无头案？"

包间里闷得厉害，也迟走到窗前，推开一小缝，风灌进来，他吸一口冷气，没答胡老板的话，却问："胡哥，你见过砂锅店老板的儿子吗？"

胡老板从台球桌角上的烟盒里摸出一根烟，叼在嘴里，走到他旁边，沉默了半天，说，见过。

"活久了，见过的东西就多。"胡老板没点烟，打趣，"你以前在我这儿偷赌球，赚外快，我以为你长大一准干不了好事儿，没想到……"

胡老板停下来，把烟丢在烟盒上，问："你想知道啥？"

"那孩子是不是真不喝酒？"

“不知道，但我见过那孩子，白白净净，个头儿不高，看着斯文，背着大书包，走路老低着头，像是会上网的孩子，说抽烟喝酒，确实不像。”

乜迟想起刚刚低头走出砂锅店、走进街心公园的小孩儿。

5

早上五点钟，网吧里烟雾缭绕，一片繁荣。

陈肖原抬抬酸麻的胳膊，看了眼屏幕右下角的时间，换个姿势，继续窝在椅子里。

离下机还有一小时，他思考着吃点什么，再回家补一会儿觉。上午请过假，不想去上课，最近总走神。

下机时间到，网吧里熬了一个通宵的人伸着懒腰，陆陆续续走到果乐街吃早饭。

雪停了，天有些暗，寒气逼人。陈肖原买了几个水煎包，随手拿了杯豆浆，边走边吃。他走得很慢。果乐街走到头，手里包子剩最后一个，豆浆已经见底。他把透明的豆浆杯丢进前方的垃圾桶，从衣兜里摸出张纸擦干净嘴巴、手，继续朝果汁厂方向走。走到能瞅见家属楼大门的路口，他站定，看了会儿路口杂乱无章的脚印，深吸一口气，踏着脚印，朝大门走过去。走到一楼门口，楼上发出巨大的踢门声。哐哐哐。连续几声过后，骂声连篇响起。陈肖原好似突然掉进一口沸腾的锅里，身体却格外冷，牙齿也冷得打战。

这时，一楼左边的门吱呀一声打开，头发花白的老太太拽着陈肖原的手臂，说，进来。陈肖原木然地走进门，老太太使劲关上门，走到餐桌旁，说：“书包放下，过来吃点吧。”陈肖原摇头，安静地站在门口。老太太吧唧吧唧地嚼着嘴里的咸菜，说：“去坐着吧，等楼上王八羔子走了，再回去。”

“你那不成器的爹也是个王八羔子，年轻时赌，媳妇儿赌没了，老了还赌，早知道就该去吃公家饭，害人害己……”

老太太嘴里的粥、咸菜挡不住念叨。

陈肖原坐在老式沙发上，感受着微弱的暖气带来的温度。他脑袋里并不清醒，隐隐地听到有人提老陈。老陈已经消失三四个月了。老陈走的那天，天阴得厉害，犹如头顶罩了一个大锅盖。老陈一早出门，买了包子、胡辣汤，回来装进碗里，坐在他面前问，你在学校还好吗？老陈很少买早饭，从果汁厂下岗后，他夜里赌，白天睡。陈肖原心里预感不好，没抬头，呼噜了一口醋加多了的胡辣汤，说，还行。老陈沉默半晌，长叹一口气，起身，走到门口，回头说，那你好好的，我出去转转。陈肖原站在二楼窗口，看着老陈的身影消失在大门外，再也没回来。

老陈走后没几天，要债的敲门，说老陈欠了他们老板钱，给他一星期，还不上就不客气。一周后，那帮人再次上门，逼问他老陈在哪里。他说不知道，领头的嘴里叼着烟，把他逼到墙角，其他人翻遍家里的角落，砸坏了老陈不久前扛回家的平板电视机。电视机是老陈的战利品，扛进门后，他粗着嗓子说，不讲理的家伙，破电视值几个钱。再往后，门上出现了红色的油漆字——还钱。陈肖原知道，再拖下去，会有更严重的事。他不想挨打，也没钱，只能躲。

睁开眼，大雪遮挡了窗外的一切。陈肖原环视过周围的环境，再看身上盖的毛毯，才想起他在一楼许奶奶家里。他起身，想离开。许奶奶恰好开门进来，说：“吃了中午饭回去吧，冰锅冷灶的，回去吃啥。”

陈肖原谢绝许奶奶，出门，上楼。

走过楼梯转角，血红的油漆如一条被冻住的河，从家门口淌到转角处，盖过那摊和尸体一起消失的血。绿色铁皮门上写满血红的大字，上次陈肖原用水擦了几个小时，今天，他不想管。他伸手从挎在一旁的书包里摸出钥匙，打开门，走进房间，仰面躺在床上。

细碎的微尘被打扰，在雪映出的光线里飞舞。

陈肖原睁眼，盯着天花板。

刘波从楼梯滚下去的那天，三楼的男人看见了，他靠在墙角思考要不要报警，起来时，腿很麻。他按着门回去取手机，再出来，人已经不见了。之后，他打消报警的念头，用旧衣服擦干净楼梯上的血迹，假装一切都没有发生。

或许，人没死，只是晕过去了，醒来自己离开了。

但，扪心自问，刘波会自己走掉吗？如果他醒来，应该会想要杀掉自己，而不是默默离开。

好几天了，这个结论陈肖原想到过无数次，又立刻推翻。此时，悔意总会一丝丝蔓延，笼罩小小的房间，挤得他无法呼吸，犹如溺水时，胸腔被无限压迫，水冲进肺叶，使他五脏六腑失调。

像即将死去。

惧怕。

学校、牢狱、红字、血……

6

清晨，天色铅灰。

乜迟站在果园冻瓷实的河边，站在莽莽一片白色中。

他已经在同一个地方站了半小时以上。四周白雪覆地，一切都被大雪掩埋，不留痕迹。搜索、走访毫无进展。

那人急躁、凶残，又有些缜密，体力很好。从抛尸现场来看，他不希望死者被很快发现，但又希望死者能被发现。抛尸后，他一定回头注视过卡在冰面上的尸体。他甚至暗自庆幸尸体被卡在冰面上，如此，只要有人经过果园，就会发现他的杰作。

他很得意。

他为了掩盖什么。

他为什么选择在这里杀人，草草抛尸。

他会怎么处理头颅。

那个人熟悉果园一带的地形，他知道这里入冬后罕无人迹，他可以安心地在某处完成行凶；死者没有与他发生过搏斗，他们认识，或是他突然袭击，导致死者倒地，产生撞击，晕死……头颅。头颅应该被带走了，远离尸体……

撞击。后颈的撞击……

乜迟想起大众砂锅店外，黑洞洞的楼梯口。

无头尸后颈的伤痕可能是仰面、多次撞击楼梯所致，从穿着判断，年纪不大，可能经常出没于网吧、台球厅等娱乐场所。

一点微末的信息，让路队兴奋。他早前已派人排查网吧、娱乐场所，工作量巨大，远没有楼梯这条推测来得有价值。果园周边人烟稀少，稀稀拉拉几十户人家，都自建一到两层平房居住，逐户排查，轻松得多。

距离无头案抛尸地七八百米，有一座久未住人的一层自建平房。

上次路队带人来查过，没有痕迹。邻居说，以前的户主姓刘，住一家三口，夫妻俩和一个儿子，好几年前把果园承包出去，搬走了。上次路队没查血液反应，这次扫掉了通往楼顶楼梯上的雪，没有血液反应，却在一楼楼梯口外靠墙处发现了少量血迹，通往地下。

西河冷。早些年，很多农户在院子里挖地窖，存土豆、红薯、白菜、苹果。

院子里的雪扫干净，露出角落里的水泥板。水泥板四周有缝，把手断掉了，路队判断是新痕，弄断的时间不久。撬开水泥板，一道铁制楼梯通往幽暗的地窖底部，尘土在手电的光里肆意横行。

地窖呈圆形，很大，四壁凹凸不平，泥土地面，保持着原始风貌；左前方放着农具，农具旁扔着一堆白色的塑料袋；铁制楼梯脚一道一人多宽的拖拽痕迹，通往正中间架好的铁架，铁架下留着燃烧过的灰烬；铁架旁立着一个巨大的铁皮桶，铁皮桶旁有一张约两米长宽的红蓝条纹防雨布，上头布满干涸的喷溅血迹；不远处摆了一张木制小凳、生锈的铁皮小水桶。

也迟从楼梯上走下来，脚下发出哐哐声。铁制楼梯从下往上第三四级处有干涸的血迹。下到地窖，从左至右走了一圈后，他停在小凳子旁，弯腰摸了一把凳面，很干净。

这是天然的作案环境。

隐秘，隔音，无人打扰。

那人趁死者不备，从正面猛然袭击死者，死者后脑撞在楼梯上，晕过去。之后，他把在铁制楼梯上撞晕的死者拖到铁桶旁，装进桶里，架到十几厘米高的铁架上，装水，点火。

“凶手是想要煮熟受害人的脑袋吗？”

一个警员看着铁皮桶里半桶腥臭的黑水，捂着嘴惊呼。

“沐浴……他只是想洗干净死者，也洗掉一些跟他有关的痕迹。

“在沐浴过程中，死者曾经醒过……醒后，想要出桶，挣扎间指甲抓到桶里的污迹，嫌疑人随手拿起装苹果的塑料袋套在他头上……

“死者头上套着塑料袋窒息后，他需要把死者从桶里弄出来，死者双肩下的贯穿细痕可能也是这个时候形成的……为了不让太多水流出来弄湿没有水泥的地面，他站在凳子上把死者拖出来，放到防雨布上……死者的指甲又长又脏，他为死者修剪指甲，换上了新衣服……然后，烧了死者的衣服。”

这也是当初，也迟觉得死者全身衣着别扭的原因所在。他蹲在小凳子旁，盯着眼前铁皮桶下的灰烬，片刻后，伸手摸索灰烬的边缘，从下面捡出一小块未烧完的布片。

“烧完衣服，他没有取掉死者头上的塑料袋，而是坐在凳子上，直接用凶器砸断了死者的头……直接收进塑料袋里带走了。”也迟站起来，继续说，“因此地面上很难发现水迹，烧过的灰里也只溅了少量水迹……”

凶残、冷血、镇静。

他曾经杀过人，或目睹过凶杀现场，觉得杀人没什么大不了，做得好还能不被警察发现。

地窖里搜证、痕检逐一应对，几个警员目瞪口呆。

“可是，他为什么要设计这么复杂的行凶过程……动机是什么？”

乜迟回答不出来。

一套既为了掩饰，又为了展示的杀人手法。

矛盾而古怪。

搜证尚未结束，乜迟走上楼梯，走出地窖。下地窖时灰着的天，此时正飘大雪，清扫过的院子瞬时已被盖上薄雪。他沿着平房的楼梯，走向屋顶。屋顶视野很好，但雪太大，雾气四散，像在人眼前拉了一层褪色的旧帘子，让前方坍圮在一片昏暗里。

转身下楼，路队站在地窖口。路队说，没找到作案工具，没有指纹，其他的基本差不多了，先联系这家的户主看看。乜迟说，路队，我想了解点 2004 年市三中那个学生坠楼的案子。

那个死去的人给了他启发，他觉得该做点什么。

从一片昏暗掩盖的地方，撕开口子，窥见点什么。

更深层的原因，他不愿想。

砂锅店光头老板名叫姚卫国，他儿子姚宇死于 2004 年夏天，死时距离自己十六岁生日仅剩两天。

按规定，乜迟无法查看卷宗。下午回局里，路队把姚宇的个人信息交到乜迟手上时，他想到了羽毛，很轻。路队说结案报告内容也不多。一个人短暂的一生，何时出生，何时死亡，都化为四四方方的文字，寥寥几行，宣之于众。

路队说，死者身上发现的淤青证实是他爸醉酒打的，人从楼梯翻下去后，脑袋撞上楼梯，当场死亡，几个当事人当时都未成年，案子从头到尾没有任何疑点，就作为意外事故结案。路队皱眉，问他想干啥，说这案子当年除了网吧二楼楼梯口没装监控是个遗憾，其他的工作都做得很扎实。

路队无奈，翻了一会儿通讯录，打了通电话，问当年姚宇在哪个班，班主任是谁。等那头回话的空隙，路队说："有规定，没法给你看卷宗。我今天说的基本是全部情况，但只是当一个案例给你讲，里头没名没姓……你怎么猜，怎么想是你自己的事儿……想知道啥，怀疑啥，自己想办法。"

"也迟……你要知道，任何定性的案子不是说翻就能翻的。"

天色尚早，也迟走到公交站前，坐上了去三中的公交。西河市新城向郊外延伸，市内这几年没什么变化。公交车一路摇晃着，经过市一中，二十多分钟后到市三中。

按年纪，姚宇比他大两岁。但他在小学和初中都跳过级，姚宇 2004 年在三中上初三时，他正在一中读初三，只是因为姚宇死在暑假前，他当时尚未到台球厅打工，在胡老板告诉他姚宇的死之前，他并不知晓死的是砂锅店老板的儿子。

学校大门紧闭。也迟由东向西，围着学校围墙走，一直走到一扇小门前。按路队给他的描述，再往前走 100 米左右，围墙有个豁口，就是当年姚宇和同学翻出来上网的地方。如今，围墙早已重砌，加高，甚至以他近一米九的身高，想要翻过去都要费一番力气。

翻进去的计划落空，也迟重新走到正门，敲响了门卫室的窗子。门卫问他找谁，他说不上来。门卫回他一句，外人不让进，家长在外面等，有事下课学校门口说。说完，唰一声关上窗。也迟摸出兜里随身带的烟，拿一根出来，又重新敲响窗子。窗子打开，也迟递烟进去，说："叔，我以前是王丽英老师的学生，三六班的，想回来看看他，他还在这里吗？"

门卫接过烟，放在桌上，说："那我也不能放你进去。"

"要不你帮我打个电话，就说姚宇找，2004 年毕业的，看她愿不愿意见。"

王老师戴着一副黑色窄框眼镜，眼睛挡在厚镜片后。她隔着大门瞅了瞅也迟，问，你是谁。也迟问，我能进去说吗？

雪簌簌落，冬日的校园，枯衰萧条。

王老师没让也迟进办公室，说，有什么事就外面说吧，我还要去上课。

也迟看着王老师垂下的一只手里勾拿着一摞卷子，他说：“王老师，我来是想问问，姚宇是个什么样的学生，他在班上人缘怎么样？”

王老师动了动眼睛，看着正前方，又一次问，你是谁。也迟说，我没有恶意，我是他小时候的朋友，我就想知道他是怎么死的。王老师简短地说，警察调查过了。他学习不上不下，平常话也不多，也没有听说过跟哪个同学有矛盾。说完，借口要去上课，转身往教学楼方向走去。

也迟没再追问。他知道，这答案跟当时的调查结果一样。很多时候，老师不相信自己的学生会作恶，更遑论致死，那只是发生在影视剧和小说里的夸张桥段。

沿着教学楼，走到后操场，最后绕到姚宇翻出学校的地方。也迟目视那一堵白色的围墙，降低高度，留出豁口，想象着以姚宇一米六多一点的身高如何翻越围墙。他看见一个小孩儿，低着头，被几个比他高一些的同学威逼着，朝着豁口走过去。豁口下的位置被前方高大的食堂遮挡，很安全。姚宇踩上墙脚放的旧课桌、石头，伸手，憋着劲，想抓住什么，最终什么也没抓住。他像一只被困于井底的青蛙，以滑稽的姿势蹬脚蹦跶，试图跳出那堵围墙。其他同学在一旁，笑得很大声，让他快点爬。他爬不出去，有同学从下面推了他一把，他终于抓住豁口，爬到围墙上。

从学校出来，也迟打车来到果乐街。他在一旁的小商店买了卷尺，走楼梯上二楼，拿出卷尺，蹲下身量栏杆的高度。

栏杆高105厘米，姚宇死时身高163厘米。也迟站起来，瞧着眼前的栏杆。他想象不出，一米六三的姚宇如何会在下楼时一脚踩空，从一点零五米的栏杆内垂直跌到楼下，摔烂脑袋。另外，翻越围墙是为了解决网瘾，为何会半夜买酒。如果光头老板说姚宇讨厌他喝酒不假，那姚宇买酒的行为就更奇怪。

他抬脚，走进网吧。二楼重新装修过，已经由以前的普通区域变成VIP区，装修、设备豪华，只是里头依然烟雾缭绕，一格一格，亮着幽幽的光，犹如装在巨型容器里的罐头盒。也迟站在过道尽头，在蒸腾的烟雾里，看着姚宇被同学簇拥着走出容器，走到果乐街通宵营业的商店，买了酒，坐到街边。同学打开酒瓶，强迫他仰头喝下去。喝完酒，几个人又重新走进二楼，继续上网。几个小时后，他们从电脑前站起来，准备回学校。姚宇喝多了，走路摇摇晃晃，同学觉得好笑，走出网吧，几双手开始拽着他摇晃。姚宇脑子不清醒，在酒精的作用下开始反抗。几个人开始抓扯、推搡、殴打，直到他被推出栏杆。

冬天，天黑得早。乜迟看了眼手表的指针，把卷尺装进兜里，到砂锅店斜对面的烟酒店买了瓶五粮液。

尚未到晚高峰，砂锅店没顾客，老板娘看乜迟进来，略有些惊诧，不过一瞬，又恢复正常，指着前头的空位，说："先坐这儿吧。"

乜迟走过去，放下酒，说："我想跟我叔喝两杯。"

老板娘微张嘴，半晌，说："你叔出去了，一会儿回来，他早不喝酒了，戒了。"

"那我没带对东西。"

"以前小宇不喜欢他喝酒，就戒了。"

老板娘说完，哦了一声，又说："小宇是我们的儿子，不在了，再也不会回来了。"她声音喃喃，仿佛怕人听见，又像是只说给自己听。

7

进入腊月后，雪像点卯似的，几乎每天一场。

陈肖原手肘支在课桌上，托着脑袋，看着窗外飘扬的雪片发癔症，没听见下课铃响。

晚自习下课铃响，就意味着要回家里，上午要债的没找到人，晚上也许还会来。去网吧。他算过最近的收入，刷机暂停，作业代写、游戏代练都不景气。

日子对他来说，就跟穷人眼前要过的年关似的，很难挨。

同学陆陆续续地走出教室，年轻的女老师走到他身旁，问，是不是有什么困难，可以跟老师说。

陈肖原手肘被这一声惊得出溜出去，慌乱间，他点头又摇头，说没有。

“没有困难，谢谢老师。”

女老师笑得很温柔。

“那早点回家，努努力，这次考试争取冲到年级前五十。”

陈肖原点头，准备站起来。屁股还没完全挪起来，想起桌兜下的钉子，他又重新坐下，把书本一本本往书包里装。

最近，他小心翼翼，没被钉子扎过，但是在教室外摔了两个屁股墩。一次是他跑出去上厕所，被人伸脚绊倒的，一次是几个同学打闹，从后头过来冲倒他。进一高，跟人拼过几次命之后，没人再明目张胆地堵他，但这种背地里的小动作没断过。他不想像疯狗一样扑上去乱咬，只能处处小心。

当初是怎么被盯上的，如今，也不重要了。

生活跟这个寒冷的冬天一样糟糕，冷硬、凛冽，又毫无道理可言。

比如，他无法预知几个小时后，他会抱着头，蜷缩在家属楼的墙脚，接受久违的殴打。

放学后，他去网吧坐了一会儿，回来穿过家属楼前的十字口，就被人跟上了。走到单元门入口，几个人迅速从黑暗里蹿出来，围住他，像围着一只待宰的羔羊。

他抱着头，脑袋蜷进膝盖里，拳头疾风骤雨地落下来。有一脚踢在他膝弯里，他又蜷紧了一点，不让那一部分暴露。哪一块儿不挨疼，哪一块儿能抗打，他老早就知道。

领头的是市职高的李大龙，他往陈肖原身旁吐一口痰，用脚底研磨，一手甩着一截二十公分左右的钢链子，说：“死扑街，敢欠老子钱，死哪去了，害我在冰天雪地等。”

刚才几个人围上来时，陈肖原瞅准了其中一个小个子。他想对着那个小个子狠揍。左右免不了一顿毒打，他不想太吃亏。以前在学校也是如此，他知道自己不能示弱，一旦让那些同学尝到甜头，他们会变本加厉，这是他从影视剧里总结出来的经验——不要命地拼，你不怕，他们就怕。但这一招显然不适合用在这一帮真正的混子身上，何况他们人多。对方有五六个人。他抱住那个混混朝李大龙撞去时，后背已经被一脚踢中。那一脚很用力，陈肖原感受到胸腔内一阵振动，好像内脏快要从身体里荡出来。

市职高和市一高离得很近，相距五六百米。市一高是市里最好的高中，每年，百分之七十左右的毕业生考入重点大学；市职高，考不上高中的人去的地方，交钱就能进。李大龙原名李龙，是市职高有名的混混，人如其绰号，头大，个儿高，像电线杆子。传言，他老子在沿海一带经商，生意做得很大。他常说广东话，走路双手插兜，蟹行。

此前，陈肖原和李大龙毫无交集，也并不知道老陈是在李大龙他爸开的娱乐室欠下赌债。

李大龙摆摆手，居高临下地瞅着墙角的陈肖原，说，我只问一次，你爸躲哪儿去了。不说，就剁了你的手，我看他躲到什么……

语音未落，陈肖原猛然起身，脑袋顶开离他最近的一个混子，甩开膀子，抡起书包，抡成圈。然后，他冲开那个小个子，开始跑。

见过困兽吗？

陈肖原就像一头困兽，在锁牢的铁笼子里发狠，在铁笼子上乱撞，四周的看客笑得很大声，笑声跌进笼子里，来来回回飘荡。

家属楼老，院里路灯早坏了。小区内住户零星，窗户里微弱的光照不透漆黑的夜。陈肖原拼命地跑。在一脚厚的雪地里，借着微光，向前跑。

在杂沓纷乱的脚步声里，陈肖原后背如被秤砣击中。他觉得自己飞了出去，像一只被拔掉翅膀的鸟，一跃而起，然后失重，向下坠落。

太疼了，他觉得自己要死了。

于是，他抽出奔跑间、已经从书包藏到袖子里的单刃刀，用尽力气，从腰间反刺出去。

8

也迟没等光头老板回来，提着酒上二楼，坐在网吧电脑前。搜索页翻到几页后，找到了市三中的官网，从官网上又找到了市三中 2001 级三（六）班毕业照。

胡老板生在西河，长在西河，台球厅在这条街开了 15 年，三教九流，他都涉猎。对他来说，巴掌大的地方找个人，不是什么难事。也迟把酒放在收银处，手机里的照片推到胡老板面前，说，要找 2004 年和姚宇一起去网吧的人。胡老板没有抬头，有几秒，嘴里扎着烟，整个人定在一旁，像冻住的冰。

两三秒后，胡老板笑起来，说，跟我到办公室来。

办公室在一间包间后头，也迟以前来过，变化不大。家具换过，一旁的茶几上多了一套工夫茶茶具。胡老板坐在沙发上，开始烧水泡茶。泡好一泡茶，他问，为啥非要管这事儿？也迟说，闲的。胡老板倒一杯茶出来，叹一口气，说，犟啊。把照片发我。

胡老板拿手机发消息，说，等回信。

一泡茶喝完，一个银发、皮衣、牛仔裤的青年拿着手机，说，找到他们班级群了，照片发群里，说姚宇明年死祭十周年，有没有同学愿意去祭奠，没人回应。也迟觉得胡老板这个借口很奇怪，但又似乎很合理。也迟让银发青年把自己的电话留在群里，说有意愿联系这个号。

从台球厅出来，也迟在风雪里踱过烟酒店、砂锅店、音像店、理发店，走过一条冷寂的街，穿过十字路口红绿灯。走到果汁厂家属楼院口，迎面扑来一个黑乎乎的影子，扑得他一个趔趄。他伸手撑住黑影，鞋底在雪地上滑出一截，手里胡老板让他拿回家的酒被撞飞，摔在铁门上，哐啷一声，浓烈的酒香在大雪里四散。黑影身后四五个影子，齐齐在他面前刹住脚，呼哧呼哧喘气。

他拉起黑影，一手架好，不让人倒下去，一手摸出兜里的手机，打开手电筒，照出雪幕后煞白的五张脸，视线向下，距离他脚边不远，还趴着一个。趴着的手掌似乎滴了几滴血，他在雪地上抬起另一只手，呻吟着，试图按住流血的手掌。哗哗哗！李大龙摔着手里的钢链子，呼出一口惨白的热气，说，别多管闲事儿。

乜迟锁好手机，装进兜里，扶着黑影往前走。尚未关掉的手电筒，从他兜里挤出一丝光线，照出一条模糊的路，照着他和身旁垂着头的影子。

李大龙骂了一声，他妈逼的，转头，说，谁他妈的多管闲事。

乜迟停住脚，把架着的黑影轻轻靠在一旁盛满雪的花坛边缘，一步一步，走到李大龙眼前。李大龙比乜迟高出一个头，他翕张的嘴唇还没吐出音节，一拳已经擦过他耳朵，另一只手的手肘压上他的脖子。他不知道自己是如何倒下的，只记得脚下一滑，整个人已经带着对方的肘和拳，倒在地上，在地上砸出一个大坑，其他几个人顿时作鸟兽散。

记忆模糊了，但手下并未生疏。乜迟收着力，拳头瞄准地上的人，向着腹部、肋骨挥去。有一拳，落在腮帮上。血缓慢地从李大龙嘴里流出来，在他脸上刺开一条口。他龇牙嘶吼着，如愤怒的野兽，眼里挤出恶狠狠的光。但那光随着拳头落下去，最终偃旗息鼓，变成痛苦的呻吟。

乜迟上学时，曾试过很多种方法来解决这种问题，最后，只有暴力。暴力有时能解决很多问题。他打掉过一个同学的门牙，从此那个同学见他绕着走。乜迟蹲下身，捡起了李大龙身旁的钢链子，看了一眼长度，问他哪里来的。李大龙弓着背，嘴里呜啦不清，说，牙，牙。

“没掉，这东西哪来的。”

乜迟指着手里光滑的钢链子，拍了拍沾雪的裤腿。

“捡的。”

“哪里捡的？”

“楼梯口。”

“具体点。”

“刚才在、楼、梯……”

“叫一个人过来跟我说，具体在哪儿捡的。”

也迟瞧着雪地里的几个人，等着有人走过来。

个子最小的挪步，走到也迟前头，指着前方黑乎乎的夜，说，那里。

也迟突然觉得，这人脑子不好使。他走到花坛旁，扶起靠在花坛边的黑影，对小个子说，带路。小个子带着也迟，走到单元楼门口，打开手机电筒，指着一楼楼梯拐角处的死角，说，那里，我开电筒看到的。

也迟一手从兜里摸出手机，照向楼梯死角。铺满灰尘的角落里，印着几双杂乱的新鲜脚印。也迟回头，照着小个子的脚，问，还上学吗？小个子说，市职高。也迟说，回去跟你老大说，要找我，去市局。

也迟把人带上楼，开灯，才看见他垂下的手里攥着刀。一把类似伯纳德的单刃刀，刀柄死死地攥在手里；脸上青红交加，双眼奄着，嘴唇煞白；黑色羽绒服上沾满混着雪水的脚印、污迹，融出道道脏痕。羽绒服拉链开了，露出里头市一高的校服。

一个半大小子。

也迟放下一起捡上来的书包，把人放在沙发上，掰开手，拿走刀，脱掉身上的脏羽绒服，裹上厚毯子，又弄来温水清理脸上的伤口。弄完，想起家里的酒精、碘酒早过期了。冬天穿得厚，一层摞一层，除了脸上的擦伤，看不到其他外伤。也迟隔着毯子在胸口按了按没反应，挨到后背就开始直哼哼。

知道那儿抗打。

他放下心，把开了一天的暖气又调大些，拉过奶奶以前的躺椅靠在暖气片旁睡了过去。其间，乱梦交织如网，有奶奶拉着他摇摇晃晃长大，有身后追来的人，有烂了脑袋的人向他求救。

睁开眼，窗外的雪依然没停下来的意思。沙发上的人蜷成团，拧着眉，声音则来自兜里正在振动的手机。一个陌生号码，连发两条短信，问他是谁，问他什么意思。乜迟按号码打过去，电话那头是个女孩儿，乜迟开门见山，说，想知道姚宇是不是被同学打过。电话那头迟疑了一会儿，说要见面聊。

去市三中前乜迟跑了一趟市局，把从李大龙手里拿来的钢链子交给路队，说明情况，让路队把链子和无头尸衣服上缺了东西的地方比对。

上午 11 点，他在距离市三中不远的避风塘等来一个女孩儿。

9

陈肖原醒来，浑身疼痛，骨头散架似的不听使唤。沙发太软，人已经陷进去，拐着手，掀开毛毯坐正，他看到了茶几上的刀。刀上有干涸的血迹。刀昨晚扎到身后来抓他的人。

昨晚他才知道，人即使被打得快死，也不一定会昏死过去。

因为太疼了。

疼得声音卡在嗓子眼儿，怎么都发不出来，眼睛也不怎么睁得开。

他缓慢起身，一口喝掉茶几上的水，开始观察。屋里收拾得很干净，片尘不染。家具不多，都是十年前常见的款式，沙发以前自己家也有，很软，后来老陈卖掉了，没卖几个钱，不够赌，又卖了其他家具；进门左手墙上挂着旧挂钟，嗒嗒走，时针指向 12 点，12 点下方显示着 1 月 10 日；下方柜子上有一张照片，是个老奶奶，笑得很开心，他没见过；门口放着一双很厚的拖鞋，灰扑扑的，样式很老，却很干净；暖气片上方挂着两件羽绒服，其中一件是自己的。陈肖原产生一种错觉，昨晚救他的人好像没有存在过。他取下自己的衣服，污渍已经被收拾干净，袖口的破洞格外明显，有细小的羽毛从里头往外钻。穿好衣服后，拿起放在椅子上的书包，把刀装进书包，出门。

哐一声，门在他身后关上，门里透出的一缕光消失在楼道里。

走到单元楼门口，听见外面闹哄哄的。走出去，在大雪笼罩中，他看见自己住的3号单元楼门口挤满了人，人群朝单元门里伸头，还有人哇啦哇啦地说着什么。白花花的热气从每个人的脸上爬上去，消失在大雪里。往前走，他听见许奶奶又在说自己的狗。声音很大，说狗被人毒死了，没人管，现在来查什么杀人案，狗的命不是命，人就比狗值钱哪。他背着书包，低头，踩着肮脏的雪地，缓慢地走过人群，走到门口。

“那不是二楼老陈家的娃？那摊血就在他家楼梯上啊。”

“不是血，说是油漆，你没看见门上那字。”

有人看见了他。

陈肖原挤着人群，走进3号单元门。陈肖原从书包里摸出钥匙，打开门，让路，等警察进去。

穿着厚羽绒服的中年警察站在门口，问，脸咋了？在学校跟人打架了？打成这样，要紧不？陈肖原不吭声，警察也没进屋。

此时，许奶奶上楼，站在门口，说，这是做什么呀，这孩子天天让要债的吓得不敢回家，警察也不管管啊。

“死人死了，活人还要活的呀。

“不管管活人的事儿，看看，你们看看门上，哪个孩子敢回家。”

许奶奶拽着陈肖原的胳膊，说，走，走，去我家，有啥事儿，你们警察到我那去问。

陈肖原被许奶奶拽进屋，坐在沙发上，手指抓紧书包，低着头。中年警察坐在他对面，说，还疼不？陈肖原摇摇头。中年警察从兜里拿出一根钢链子，说，那叔问你点事儿，你别紧张，知道什么就说什么。

“这个，见没见过？”

“没见过。”

“腊月初三，也就是1月3号，你在哪里？”

陈肖原抬头，眼里露出茫然。

中年警察换了个说法。

“就是上星期五，晚上。”

“放学后，我去网吧了。”

“脸上伤咋弄的？”

“打架。”

中年警察又拿出一张照片，问，这个人见过吗？陈肖原视线落在照片上，低下头，缓慢摇头。

中年警察问罢，又问名字，学校，班级。问完，起身对老太太说，打扰你老人家了。许奶奶哼一声，说，还怀疑个小孩子，什么世道。

警察走后，许奶奶嘴里念叨着什么世道，撵走看热闹的人群，哐一声关上锈迹斑斑的单元门，把热闹关在门外。

二楼门虚掩着，陈肖原离开许奶奶家，回屋，关门，反锁。屋里跟他昨天早上离开时没什么区别，警察应该没进来。陈肖原坐在桌子旁，打开手机，打电话请假。他说，感冒发烧了，要请假。女老师在那头叮嘱他好好休息，周一按时上课。

陈肖原放下手机，陷入恍惚中。

刘波摔下去的那晚是周四，1 月 2 号，警察问的是 3 号，周五。为什么是三号？是不是刘波摔下去后没死，自己真的走了，3 号又死了。还有那根挂在刘波身上的链子，是摔下去的时候掉的吗？李大龙捡到，被昨晚救他的人拿走了。他是警察。他说去市局找他。可警察会那么年轻，会那样打人吗？他看起来比自己大不了多少，好像还要打掉李大龙的牙……油漆、血，油漆盖住了血……警察会不会已经发现了血迹……是不是不该说谎，照片上是刘波，他死了……三楼的男人说了什么……

10

也迟从避风塘出来，接到路队电话，让他回果汁厂家属楼。

也迟走进大门，路队从3号单元门出来，说，3号单元三户有人，楼上说没看到过人起争执，我又走访了几户，没啥发现。

“那根链子挂在无头尸的衣服上正好，但是不能证明什么。这种款式的衣服太多了，随便一条链子都能配上。”

也迟蹙眉，不接话，摸钥匙，打开门。沙发上的人不见了，毛毯叠整齐放在沙发角落。

路队进门，接着说，无头尸的身份跟果园刘家没关系，但是有了嫌疑人。

“平房户主刘福山的儿子，刘波。”

也迟没什么表情，等路队继续往下说。

“刘福山一家六年前搬到外地。这个刘福山，常年对老婆家暴。五年前，因为和自己老婆发生口角，一怒之下，杀了自己的老婆，肢解尸体，藏在冰箱里，半年后才案发。案发后，没抓住刘福山，让他给逃了。

“刘福山有个独子，叫刘波。据那边的刑侦说，这个孩子是看着自己的妈妈被杀死的，他跟放他妈妈尸体的冰箱共同生活了半年。刘福山说，他要是敢报警，连他一块儿杀。刘福山跑了以后，刘波也不见了。

“我派人查过，他两年前就回到了西河，一直靠小偷小摸为生，还加入了一个扒窃组织。根据抓到的几个人交代，他们偷的钱、物都要上交，刘波每次都不全交。案发前，刘波曾被他们的头头抓到过，说再不老实就要弄死他。刘波说自己要脱离组织，领头的说，他们一个别想跑，跑到天涯都能找到他们，弄死他们。刘波还被打了一顿，在床上躺了好几天。

“无头尸身上的衣服是刘波的……最后一个见到刘波的人供述，刘波3号凌晨穿着那身衣服回宿舍，说自己遇上麻烦了，脑袋差点被开瓢，可能要被人弄死，说完什么没拿就走了。”

“刘波现在在哪里？”乜迟问。

“失踪了。已经在找了。”路队拿出外地刑侦发来的照片，放到乜迟面前，“现在怀疑，刘波费力杀人，断头，自导自演，都是为了让扒窃组织误以为他死了。”

路队说完，才发现坐在躺椅上的乜迟垂着眼，似乎很疲惫。他很年轻，20出头，比自己刚出来办他爸案子那会还要小。自己那会儿，没法根据现场推断出嫌疑人的过往，说不出嫌疑人杀过人，或者见过凶杀现场这种推测。自己家上高中的妮子见过乜迟一回，说，长得太帅了，像个电影明星似的，但是冷冰冰的，看着怪吓人的。但此刻，他闭眼，躺在椅子上，头发乱了，胡子没刮，冒出青茬。像个疲惫的行者。路队干了几十年刑警，看不透。他拍了一把乜迟的肩，说，走吧，想吃啥，饭点要来了。乜迟起身，说，果乐街，大众砂锅。

砂锅店老板娘看到乜迟身后的中年男人，收拾干净上一桌客人的碗筷，问，今天吃点啥。乜迟说，老样子。路队也照着点了一份，问，熟人啊。乜迟说，以前上学时，我在旁边台球厅兼职，经常来。

“还在台球厅打架来着，有同学追到里头，就在里头打。”

“半大小子，火气旺，就喜欢干仗。”

路队拿起桌上的大蒜开始剥。

“有时候也不是，看不顺眼一个人，他身上不论有什么特质，都能被放大……家庭、父母、性格、穿着、行为……就像有人不喜欢说话，也是被欺辱的理由……或者，有时连喘气，都是错的……在这样一个微缩的社会里，不想成为被欺辱的人，没有多少路可以选……”

依附、顺从、抗争、逃……

路队手里的蒜衣已经剥干净。拿着蒜瓣，他想起，两周前，自己家妮儿说她同桌的爸爸赌博，同学都看不起他，打扫卫生也让他一个人干，还总欺负他。今天中午在家属楼调查时，他打电话去学校核实过，那个叫陈肖原的，周五白天上课，晚上去网吧通宵了。他跟自己女儿在同一个班级。

“警察也有管不了的事情。”

店里热气蒸腾，人越来越多，一片嘈杂。乜迟在嘈杂声里，吞了一口面条。

“那个女人是姚宇他妈妈，后头煮砂锅的是姚卫国。姚宇很内向，成绩一般，个子长得慢，走路喜欢低头；他不喜欢说话，不喜欢交朋友，唯一的爱好是上网跟陌生人聊天。那天晚上，他本来和班上唯一聊得上话的女同学在网上聊天，但是没聊几句，姚宇就说同寝的几个同学让他喝酒，说喝完胆子就大了，就不是哑巴了。姚宇说自己讨厌酒，因为他爸一喝酒就不停说他学习跟不上，性格太内向，将来做不成事儿。姚宇还说，上次他爸喝完酒，发现他偷偷去网吧，动手打了他。

“警察调查时，那个女同学找到老师反映。老师说，这跟姚宇的死没有关系，让她不要乱说话。

“他就死在砂锅店侧对面的楼梯下，从栏杆翻下去，脑袋烂得看不出形状……

“凶手四个人，其中一个叫刘波。”

乜迟从砂锅店走回来，走进3号单元门没有光的门洞中。走上二楼，便看见那扇被红色油漆涂满大字的铁门，像一块制作潦草的墓碑，刻着讽刺的墓志铭，杵在建筑上。他转身，在门前楼梯口坐下。

乜迟认得那个书包。书包太旧，拉链头磨出一层毛，另一只拉链头坏掉了。在砂锅店门口、街心公园，都是那个书包。他想，人还在门里头吗？他没多少路选。他爸赌博欠债。他认识刘波，曾和刘波发生过争执，刘波撞到了脑袋，衣服上的链子掉下来。他是不是认为刘波死了，自己会被抓。乜迟觉得刘波确实已经死了。坐在砂锅店，他本想告诉路队，但是开口那刻，犹豫了。

在避风塘，那个女孩告诉他，两个月前，姚宇他爸曾找过她，问过姚宇的事情。女孩说，姚宇他爸试对了姚宇的聊天软件密码，给好友列表里的每个人发消息。

姚卫国一定在某个地方遇见了刘波。在刘波完成猎杀后，他逼问刘波，并杀了他。尸体也许很快就会找到，也许永远找不到。

11

1月20日，大寒。

天将亮未亮时，持续十几天的大雪有了停的迹象。

陈肖原从网吧的椅子上起来，去厕所抹了一把冷水脸，刺骨的寒意让他瞬间清醒。他已经在这个黑网吧待了近10天。这里价格低廉，每个人都顶着巨大的黑眼圈，双目无神地盯着眼前发着亮光的屏幕，没人注意到他。

他走到唯一的一扇窗前，伸出手指，在玻璃上摸出一块亮色，看着边缘的水珠慢慢向下滚落。

回到电脑前，习惯性打开浏览器，正中间的一条本地新闻跳入他眼内，点开，上面说，本市日前发生的一起无头命案，现在已进入全面侦破阶段。其中，嫌疑之一人姚某国为本市一砂锅店店主……案件正在进一步侦破中……

陈肖原关掉电脑屏幕，背上书包，走进楼道里。楼梯黑而狭长，他一步一步向下，开始想学校、家属楼没有暖气的家。学校早已放假，没参加期末考试，无故旷课，也许学校早已经开除他了；老陈也许永远不会回来了，家里的东西还在吗，还能回吗……

走出楼梯口，雪还在飘，大雾弥漫，如拉着一张看不见天空的网，还未熄灭的霓虹融化在大雾里。

上午十点，雪停了。

乜迟和路队坐在果乐街的早餐店。旁边砂锅店卷帘门关着，好几天没开门了。

路队吃完最后一个煎包，说，头还没找到，刘波的尸体是在下水道口发现的。

“尸体顺着污水管道一直飘到排污渠，清洁工发现报了案。”

路队说，从尸体身上的口袋里发现了一张市三中 2001 级三（六）班的毕业照，因为装在塑料袋里，没被水泡烂，照片上发现了姚卫国的指纹。姚卫国的面包车里也发现了刘波的血迹。姚卫国承认自己杀了刘波。乜迟问，刘波身上为什么会有照片，姚卫国杀人后为什么没把照片拿走？

路队长叹一口气，开始叙述：

“照片是两个多月前从姚宇同学那里拿到的。姚卫国这几年记忆力开始衰退，他把照片揣在身上天天看，想把和姚宇一起去上网的同学印在脑子里，想着哪天能看到那几个害死姚宇的同学，就问问他们，姚宇到底是怎么死的。

砂锅店一般夜里两三点关门。3 号晚上，砂锅店关门后，姚卫国收拾了店里的泔水，用面包车拉到指定地点去倒。车上拉了泔水，下雪路不好，开得格外慢，路过果汁厂家属楼门前的红绿灯时，他看到一个染着黄头发的人手里拿着把匕首，在路边等红绿灯。车还没开过去，马路对面的灯变红了，姚卫国停下车，看到黄毛比画着匕首，准备过马路。黄毛转身的一瞬间，在路灯下，姚卫国认出了他。看过太多遍了，即使有变化，他还是确定那个人是姚宇的同学刘波。姚卫国走下车，拦住刘波，问你是不是刘波？之后，两人发生争执，姚卫国拿出照片指着几个人问，姚宇是不是你们推下去的。刘波抽过照片，看了两眼，揣进兜里，拿着匕首朝姚卫国比画，说是又怎么样，没有证据，谁会信。网恋狂魔一个，尿包一个，死就死了，刘波说。姚卫国被这句话激怒了。他身高和刘波差不多，但是身材比刘波宽很多。他制服刘波，夺走刘波手里的匕首，照着刘波后脑勺扎进去。刘波倒下后，他怕人没死，慌乱间拿起车上的扳手又朝后脑砸了几下。确定人死后，姚卫国把尸体搬上车，开到倒泔水的地方，和泔水一起排进了下水道。

大雪下了一整夜。第二天，家属楼前的十字路口，车轱辘碾过去，血和雪一起融化在雪水里。

下午，乜迟在看守所见到姚卫国。他穿着橘色马甲，光头上有了发茬，还夹着白发。整个老了一些，但精神不错。见到乜迟，他说，你来了。乜迟说，我来看看你。姚卫国笑了一下，转瞬即逝。他说，早就知道你脑瓜子灵，应该跟你说说的。

“我就想知道姚宇怎么死的，快十年了，我每天晚上都做梦，梦见他说我不该让他住校，不该逼他跟人说话。”

“我知道，我来替一个小孩谢谢你，你救了他，他常去你店里。”

乜迟猜想，刘波头一晚和住在3号单元的陈肖原发生冲突，伤了脑袋，他转头想到了杀人断头，瞒天过海，脱离那个扒窃组织。第二天，他又为自己的杀人手法得意，想了一套杀掉陈肖原的方法，却倒在了那个十字路口。

离开时，姚卫国说，给你姨带句话，让她好好过。乜迟问，赵姨看过那张毕业照吗？姚卫国的脚顿住，不过一瞬，便抬脚转身，出了那扇门。

那张毕业照不该只有一个人的指纹，也不该被遗忘在尸体上。

乜迟看着姚卫国出门，看着那扇门在他眼前关上，好像那个光头老板只不过是拿着盘子，给他上了一锅滚烫的砂锅，说，慢慢吃，然后转身走进煮砂锅的隔间里。

乜迟走出看守所，街道上的雪已经扫成堆堆在树下。树上挂满灯笼，红彤彤，喜气洋洋，井然有序，给腌臜的雪堆穿上一层遮羞布，也遮掩一些看不见的罪恶。

就像那个消失的头颅，他也许属于扒窃组织的一员，也许属于某个流浪汉。

乜迟沿着马路一直走，在雾气弥漫中，走向砂锅店，走向网吧，又走向台球厅。

他要找到那个没被杀死的、消失了十天的半大小子。

12

大众砂锅店卷帘门拉了三分之二，老板娘在隔间里煮砂锅，泪从眼眶里滚出来，落到砂锅边缘，发出滋啦声。

胡老板坐在桌子上，等着砂锅上桌。

砂锅煮好，老板娘拿着盘子，把砂锅放上去，说，以前都是老姚弄，我弄不好。胡老板拿着筷子，没动，说，走吧，换个地方过，店盘出去。老板娘手放在围裙上搓，说，我不想走。

“走吧，老姚跟我交代了，你想去哪儿都行，就是别在这儿。”

“店当时还是你帮忙盘的呢……我得在这儿守着他们爷俩。”

“留在这里，能过得下去吗？”

老板娘不答话，望着门缝下的光，想起不敢回想的晚上。

那张毕业照，她这两个月常拿在手里摩挲，想象小宇已经顺利毕业。她知道不可能了，只是一种幻想、慰藉。老姚指着照片上的几张脸，说，要记住这几张脸，一定要知道小宇是怎么死的，否则他死了没脸在底下见小宇。

那天晚上下着雪，车开得慢，她在老果汁厂那条路上的路口，看到了一个染着黄头发年轻人。那个年轻人站在路灯下，手里拿着刀，太惹眼。红灯亮了，车停着，她看见他转过身比画刀，朝他们车里看了一眼。那张脸虽然有变化，但是她还是认了出来。鼻子、眼睛，瘦长的脸。她碰了碰累得趴在方向盘上的老姚，说，你看。

老姚看见了，下车，和刘波说了几句，刘波就嚷嚷起来，说，死了活该，网恋狂魔一个，尿包一个，死就死了。老姚上手和刘波扭打。刘波手里拿着刀，不要命似的往老姚身上捅。眼看着刀要扎到老姚肚子，情急之下，她拿起手套箱里的扳手，下车跑过去，一扳手砸到了刘波的后脑勺。

刘波就那样倒在雪地上，血从后脑流出来，在白色上烫出一个红色的洞。

她说，报案吧。老姚说，你不能坐牢，这一辈子够苦了，小宇也是我送到学校的。老姚说完，来回转了几圈，拿刀往刘波后脑扎了几刀，扎完开始把人往车上挪。挪到一半，台球厅胡老板开车停在了面包车后面，脑袋伸出驾驶室，问，老姚，车坏了，要不要搭把手？老姚把尸体往里推了推，说，不用，这就走。

但胡老板已经下车了，他看到了地上的血窟窿。

老姚说，人是我杀的，他当年推了小宇。胡老板抬头望望天，大雪落在他眼睛上。他说，我还忙，你们也收拾好车赶紧回家吧，一夜大雪，明早车一碾，人一踩，啥都没了。

卷帘门外突然响了一声，是小孩子在玩鞭炮。

老板娘回神，抹一把眼睛，说，不走了，能去哪儿呢？

原刊微信公众号“谜想计划”2022年10月13日

作者简介：

伏見鹿，北方人，常年蛰伏于西南，策划从业者。因为“谜想计划”征文活动，写下第一篇悬疑小说，摸到小说创作的门槛。想用自己的笔书写属于北方的故事。

本文是负二在《萌芽》开设的短篇小说专栏“失眠症候群”中的一篇。顾名思义，这一系列小说都是围绕着一群因为种种原因失眠，于夜晚聚在一起分享故事来彼此安慰的人而展开。作者着重的并不是安排表面上的悬念或惊悚情节，而是直指故事背后的核心——那些藏在人性中的，真正使我们无法入睡的东西。

——《萌芽》编辑　唐一斌

唯有死亡可以被原谅

负　二

这个夏季我喝了太多柠檬茶，结果搞坏了我的胃。我一觉醒来已是午后，拉开窗帘的时候，窗户就像电影院的大银幕一样亮。外面热浪滚滚，而当时我的胃却感觉像是有座冰山在崩塌。我艰难地从床上爬起来，在药盒中寻找奥美拉唑片，但我没找到，于是我退而求其次，开始找达喜——我明明还有一盒达喜的。但最近的生活不知怎的，总喜欢与我作对——我明明还有一个热狗面包剩下没吃；我明明将伞放在门旁边的；我明明已经付了这个月的手机费……就好像有个隐形的人在与我一起生活，而他又恰好与我有着相同的喜好和生活习惯，以及同样的胃疼的毛病。

在翻药盒的时候，我找出了我的医保卡，以及如同麻将牌一样排列在药盒中的安眠药片。我的药盒以前不是这个样子的，以前这里面有抗生素、抗过敏药、胃药、感冒药，以及碘附、酒精和创可贴，但现在这盒子已经全被各式各样的安眠药占据，仅在最上面盖着四盒居委会发的连花清瘟。要是我的神经内科医生见到我像松鼠囤积松子一样囤积安眠药，她搞不好会比我更焦虑，夜里失眠，为我专门建一个档案，然后请她的主任医生来会诊。因为在上一次她帮我开处方的时候，我曾承诺她要减量——事实上我真的有在减量了。在不用查案，只要帮社区做志愿服务的那两个月里，我睡得很香甜，只是出于生活的惯性，我还是每周按照处方量去开安眠药而已。它们就这样积攒得越来越多，我又不可能像夜里起床偷吃热狗面包，但不把这样的夜食记在卡路里摄入表上一样，把它们偷偷地消耗掉。

我就是在面对着一大盒子安眠药，但实际上我需要的是胃药的情况下，接到“法师”的电话的。

“法师”问我：“今晚有个聚会，你要来吗？”

我想了一下，说我可能不行，我的核酸六点半就过期了。

“你可以现在去做。”“法师”说。

“现在？”我说，“你看看窗外。最近的核酸检测点我要走十五分钟才能到。”

电话的那头，“法师”好像在和人商量些什么，我模模糊糊听了个大概，他应该是用手捂住了电话话筒。我想象着那样一个古老过时的动作被用在他的iPhone手机上的滑稽场景——他直到现在都不会使用iPhone在通话时的“静音”键，而是像在使用古老的电话机那样用手捂住手机的麦克风。去年年底的时候，他和我有过一次业务上的往来，这也是自从我们在“失眠症候群”的线下聚会认识以来唯一的一次，他跑来找我，问我苹果的设备是不是可以远程抹除所有数据，他需要将他丢失的那台 iPad 里的数据全部擦掉。我告诉他，我可以追踪到那台 iPad 的位置。

你不想把机器拿回来吗？我说。

他说，不用麻烦了，我再买一台就好了。

就是在那时，我发觉他不愿在科技产品上花任何心思，这是让人羡慕的状态，因为他只买顶配的机器，丝毫不考虑性价比，或是“够用就好”这些问题——但有时这种态度也会带来风险。当我发现他的 iPhone 一直都在共享位置给他的妻子时，他对我的这一发现感到很震惊。

“她这么干有多久了？”他问。

“不知道。”我答。

“那我能查看她的位置吗？”他又问。

“不行。位置共享不是双向的。”我答。

他想去点那个“停止共享我的位置”的按钮，但我建议他别这么做，因为当他停止共享位置时，对方会收到一条通知，那么这场猫鼠游戏就穿帮了。他思考了一下，接受了我的建议。

在那之后的一次聚会里，我问他，手机位置共享的问题是怎么解决的。

“我又买了一台一模一样的。”他说。

——这就是他解决问题的方式。

直到现在，他也没什么长进，还是一样不愿在电子产品上花心思，不愿去搞清屏幕上那些图标所代表的含义。就像他把妻子偷偷定位他的手机这个问题留在了他们的婚姻中，没有去解决它一样，他把那些他搞不懂，或是搞不定的事就留在那里，敬而远之。

接着，我听见电话那头他说：“哎，知道了，你还是来吧，我们今晚聚会的地方不用查核酸。”

“需要有人来接你吗？”还没等我答应，“法师”又问。

我问：“为什么今天是你来通知我聚会的事，‘字跳’呢？”

“‘字跳’说他不再失眠了。”法师在电话那头有些惆怅地说。“字跳”是个既自大又刻薄的讨厌鬼，总是在聚会上说一些不合时宜的话，他已经和群里的三个女人谈过恋爱，“失眠症候群”对他来说大概和其他的微信群并没有什么两样。但是当这样一个人不再出现在聚会上时，我们却觉得既嫉妒又失落。

“他不来，那就代表他和诺拉还没分手吧。”我说。

“我听说他们要结婚了。”“法师”说。

我们在电话里沉默了一阵，说到“结婚”这个词的时候，我们似乎都变得没有什么话要讲了。最后我说：“把地址发给我，我能来就来。”接着我又说：“既然‘字跳’不再失眠了，叫他把安眠药都匀给我吧。”

那天下午，我吃光了冰箱里仅剩的吐司和牛奶，胃酸的状况依然没有改善。我没出门买胃药，更没去做核酸，我就这么在床上躺着，那台老旧的空调在奋力运转，让房间保持清凉。我睡过去两次，分别梦到了不同的人，两次都一身冷汗地清醒过来。一次梦见的是我的客户，我帮忙捉奸的那个女人，她出现在我家中，不知道怎么进来的。我从外面回来的时候，看见她开始脱衣服，直到一丝不挂还在脱，将套在自己身上的胶皮扯下来，露出我神经内科医生的脸……另一次，我在与人争论，话题我已经不记得了，或许根本没有话题，接着手机响起，打断我说话，我听见女儿在电话里问，爸爸你为什么不给我打电话呢？

我从梦中惊醒。以往我是不会在白天这样睡着的，尤其是在昨晚睡足了八小时且没有吞安眠药的情况下。神经内科医生曾对我说，尽量不要在午后睡长觉，那样会影响夜里的睡眠。她老公是我的消化科医生，他则有着另一番看法——如果我屈服于血糖升高所带来的倦意，而不是醒着让胃排空的话，那些滞留的食物刺激胃酸分泌，会带给我报应。现在我经受着褪黑素和胃酸分泌过量所带来的双重折磨，爬起来拖着身体去洗漱。镜子中的那个人双眼眼圈黑得就如同被揍过一样，不禁让人怀疑，他真的不再依赖安眠药就能入睡了吗？

微信有三条通知，其中一个未接的微信通话是我爸打来的，紧接着那通电话，是他在微信里用语音质问我今天为什么没去墓地拜祭我女儿——我这才想起今天是女儿的生日，但现在去也来不及了。我又蜷缩回床上，想了半小时，却没有想出任何借口，我就是忘记了女儿的生日。在女儿生前我就不是个好父亲，现在甚至连在她生日时去给她的坟上放一束花都做不到，不过她在明白我这个父亲烂在哪里之前，就已经离开人世，获得了永久的平静，这算是某种幸运吗？我不知道。我在微信里回我爸："我的核酸过期了。"

另一条不用回复，是"法师"发来的聚会地址——我终于意识到为什么他说今晚的聚会不用查核酸了，因为那地方根本没有具体的地址，看上去就在川杨河的某个河岸边上。

到了七点多，镶嵌在墙上的那块大屏幕开始暗淡下来，我出门买了两个包子。只需再往南走三百米就是药店，但此时，胃酸已经退潮，我已经不太需要胃药了。我往另一个方向走了两百米，去买了两瓶柠檬茶，全家有优惠活动，两瓶十元，结账时机器显示我这一单便宜了三块六。在吃包子喝柠檬茶的时候，我忽然发现了生活中的一个秘密——我出门时，身体朝北走向全家，灵魂却朝南走去药店里买药了。那些我“明明买了”但却找不到的东西，大概就是这样消失不见的。

怪不得在路上见到的那些人就像是假人一样，他们沉默寡言，死气沉沉，彼此之间只会发生“请扫核酸码”“扫过了”这样的对话，就像是人工智能——他们的灵魂大概也飘去别的地方，去做那些真正需要灵魂才能做的事了吧。

夏季的傍晚来得很迟，但很迅猛，似乎只是一刹那，天色就黑了下来。我在手机上规划路线，从家里到聚会的河岸边，单程是十四公里，即使在夜里空旷的道路上也大约要骑一个小时。与“字跳”不同，我对我的丰田铁罐头并没有什么特殊的爱，对我来说，那台机器最讨人喜欢的部分是空调，但如果在晚上，与以时速十五公里飞驰的自行车相比，空调也没有那样不可或缺，而且也不会有一只与我时速相同的蚊子总是绕着我飞。

夜里十点半，我从家里出发。这并不是个对自行车友好的城市，我扫到的那辆共享单车的车况也不大好，但夏季深夜，时速十五公里的风却是这个城市的秘密恩赐。今晚，大家到得都很早，我在路边锁车时，河岸边的路肩上已经停满了车，除了零星的自行车，更多的是轿车和SUV，但好在他们没有像一群赶露营时髦的中年人那样，翻开后备厢盖，坐在车尾，或是干脆从后备厢中拿出折叠椅和烧烤架，然后给每一个来聚会的人分发柠檬苏打水。河边修着塑胶跑道，跑道边有供人歇息用的长椅，大部分人都坐在那里，还有少数几个则坐在铺满青草的斜坡上。我一眼就看见了“字跳”和诺拉，诺拉用浅灰色丝带将头发在脑后扎成一个马尾，穿着纹样不明的裙子，挽着“字跳”的胳膊，和“字跳”一起在塑胶跑道上席地而坐，正在和坐在长椅上的“法师”小声聊天——“法师”这家伙，不是说他们不来的吗？我走过去，和相熟的几个人互相打招呼，然后走到那三人面前。

"'法师'说你不再失眠了。"我对着"字跳"说。

他扬起头，笑着说："哦，对，我们不再失眠了，我们只是喜欢在夜深人静的时候开保时捷出门而已。"说这话的时候，他的瞳孔扩大，大概因为我挡到了月光。他的眼睛就如同两枚灰色银币。

塑胶跑道看上去灰扑扑的，草地看上去也灰扑扑的，河道和行道树看上去都灰扑扑的，总之在夜里一切都看上去灰扑扑的，是我们的大脑将它们脑补成红色、绿色、蓝色、褐色，以及其他颜色。但如果像我们这样老是在夜里出门，进入这个世界里，我们对色彩的感受会不会慢慢地退化呢？我不知道。但我可以看出来，这些在夜里出来聚会的人是带着魂的，他们是一群灰扑扑但被注入灵魂的人，比我白天在太阳底下见到的那些人更跃跃欲试。

今天晚上没有人主持，大家谈论了一阵过去两个月的生活。出乎我意料的是，大部分人在这两个月中的睡眠都不好，理由很多，比如和伴侣、孩子待在一起的时间太久，做的饭太难吃……当我说我睡得很好，这是我过去这几年中睡得最好的两个月的时候，大家都惊讶地望着我。我说，你们睡不好是因为刷手机刷得太多了。接着，我就后悔了，我杀死了这个话题——我不该戳穿他们的。

好在接下去，有位妈妈开始分享她的困扰。与以往不同，她的分享一开始非常随意，就像是在聊天。大家还在小声闲聊，没有人注意到分享已经开始了。她说她终于摆脱了她的女儿，把女儿送去了暑托班，暑托班每天都要求全家做抗原才能允许孩子进校，街道发的抗原很快就用完了，她又花两百块买了一大盒，顺利的话大概可以用到暑假结束。

"孩子在家总得看着，"她说，"不然她会欺负弟弟。"

有人安慰她，或许是在家上了太久的网课的缘故，两个小学生在一起相处得久了，难免有摩擦。等到开学就好啦，他们说。

"那弟弟呢？"唯有"方方土"的女儿问，"你怎么没把弟弟也送去暑托班啊？"

她沉默了片刻。所以我知道，我不是这次聚会里唯一一个煞风景的人。此时，大家才都沉默下来，望着那个妈妈，她露出微笑，但看上去没什么笑意，有些勉强。

“疫情暴发的前一年，还能出国的时候，就在和现在一样的季节，我曾带着孩子们去美国北部露营。”她说。

“我们去了蒙大拿州的大分水岭，那段步道很多人走，风景很美，难度也不高。”她说。

“只是有熊！”

有人惊呼了一声。她又露出那个没有笑意的微笑，说：“其实熊也不是那么危险的，只要你把食物都密封好，它们就不会来烦你。”

“但是，”她又说，“但是那天我们在小溪边扎营的时候，我女儿执意要洗头，我带了一个有淋浴配件的水袋，有十升的容量，装满水的话能洗八分半钟，它有一个花洒配件，只要找一根粗壮的树枝，就能在野外洗个淋浴。”

“不过我没让她洗澡，只给她洗了头。”她说。

她望向“方方土”的女儿，但眼神失焦，“方方土”的女儿则以严厉的眼神回应她。

“然后呢？”

“我在睡觉前密封了所有食物，但是我忘了我给女儿用的洗发水是水果味的了。”

又有人惊呼出声，有人用双手捂住了嘴，有男人小声骂了句脏话。

“熊闯进我们的帐篷的时候，我拉起睡在我身边的儿子就跑，我发誓，我惊醒的时候没看见我女儿，我拉着儿子跑出帐篷，大声叫我女儿的名字。帐篷塌了，熊在里面打滚，我找不到我女儿，于是我拉着儿子向小溪的方向跑去。”她说。

“你女儿没事吧？”我问。这其实是个多余的问题，她的女儿当然没事，不仅能去上暑托班，还会欺负弟弟。

“她没事，我在小溪边碰到了她，她一点事都没有，只是有点被吓到。”那女人说，“我带着他们两个跑了很长的路，一路跑到另一个露营者的营地才停下来。他们问我们发生了什么事，我们说，我们遇到了熊。他们拿驱熊喷雾喷了我们全身。那天晚上，我女儿抱着我一直哭，一边哭一边问，为什么我只要弟弟不要她。”

那女人说完这些，长长出了一口气，就好像那一声长叹也是这个故事的一部分一样。我仔细观察着那个女人，在夜里看不出她的肤色，但她是个强悍的女人，她独自一人带着两个孩子去美国北部和加拿大的交界处徒步，并且从熊的袭击下逃生。

“姐姐现在夜里睡得好吗？”我问她。

她点点头，说：“姐姐现在和我睡，弟弟自己睡小床。她现在剪了短头发。”——我知道她指的是姐姐。

我有点同情她，但却不能代替她女儿原谅她。“方方土”的女儿一言不发地站起来，转过身，朝主路的方向走去，她对这个女人的故事大概有着不同的看法。

那场聚会就这样散了。

在离开前，我又和“法师”聊了几句，问他屁股手术的状况怎么样。他说这次手术很成功，应该能够根治，就此彻底告别肛肠科。我问：“你那两台一模一样的 iPhone，怎么保证不会拿错？”他说：“两台手机，只有一个手机壳，就永远不会拿错了。”

“很聪明的办法。但是你准备什么时候去解决问题呢？”——后面这句我没有问出口。

三天后，两个警察到我家来敲门，他们用一辆挂着白牌但没有刷成警车样式的警车把我载到分局的刑侦处。我在那里看了一段影片，是监控摄像头拍下的深夜里的画面，灰扑扑的。画面中，我们三三两两地围坐在川杨河边，听一个女人说她失眠的故事，但却没有声音——我的大脑自动在为那无声的画面配音。那个女人还在讲，大概刚讲到熊，此时，在画面的角落，一个人从草地上站起来，走过两个我不认识的人身边，翻越围栏，消失在黑色的河道中。我反复地看那个视频，看了好几遍，然后和带我来的其中一个警察说，我不记得当天见过这样一个人了，我也不认识他。

“别离开上海。”最后他们放我回去的时候对我说。

我给“法师”打电话，问他认不认识那个自己走到河里去的群友。

“不认识，真是触霉头！那人应该是第一次来参加聚会，搞不好是专门来自杀的，我们最近应该都不能再聚会了！”他在电话里说。最终他叹了口气，语气有点无奈。

我走出分局，外面太阳炽热，行道树、道路和车，还有极其明亮的天空，一切都色彩浓烈。我眯起眼睛辨认方向，接着向地铁十号线走去，如同游魂，直到地铁站的入口把我吞进去，藏进这城市的肚子里。

出地铁时，我在明暗分界线前止步，我不知道究竟是阳光让人有压力，还是我们在夜里待得太久了。

原刊《萌芽》2022年第11期

作者简介：

负二，中年作家，中年文学编辑，上海作协中年会员，挚爱硬汉侦探，大多写悬疑犯罪，有时也写科幻，作品发表于《人民文学》《上海文学》《萌芽》《长江文艺》《悬疑世界》《独唱团》等杂志……曾出版科幻侦探小说《时间中的侦探》。

附录

序号	作品名	作者	出版社	出版时间
1	良渚密码	南派三叔	杭州出版社	2022 年 10 月
2	刹那	郭沛文	中信出版社	2022 年 10 月
3	大医・破晓篇	马伯庸	上海文艺出版社	2022 年 9 月
4	大漠奇闻录	拟南芥	广东旅游出版社	2022 年 9 月
5	她的名字	于雷	北京联合出版公司	2022 年 9 月
6	黄雀	谢刚	湖南文艺出版社	2022 年 8 月
7	心狂 . 大结局	初禾	北京联合出版公司	2022 年 8 月
8	麒麟	周游	长江文艺出版社	2022 年 7 月
9	荒墟归人	那多	中信出版社	2022 年 6 月
10	鱼猎	史迈	湖南文艺出版社	2022 年 6 月
11	我们没有秘密	吴晓乐（中国台湾）	中信出版社	2022 年 5 月
12	镜中	艾伟	浙江文艺出版社	2022 年 5 月
13	必须犯规的游戏	宁航一	天地出版社	2022 年 5 月
14	心狂 3	初禾	北京联合出版公司	2022 年 5 月
15	智齿	雷米	重庆出版集团	2022 年 4 月
16	相声神探	王晓磊	河南文艺出版社	2022 年 4 月
17	百妖捕物帐	拟南芥	北京联合出版公司	2022 年 4 月
18	千里江山图	孙甘露	上海文艺出版社	2022 年 4 月
19	苏州河	海飞	浙江文艺出版社	2022 年 3 月

续表

序号	作品名	作者	出版社	出版时间
20	无鞘	隔窗云雾	广东旅游出版社	2022 年 3 月
21	心狂 2	初禾	北京联合出版公司	2022 年 3 月
22	乌江引	庞贝	人民文学出版社 / 花城出版社	2022 年 2 月
23	偷生	小饭	浙江人民出版社	2022 年 2 月
24	幸存者	法医秦明	北京联合出版公司	2022 年 2 月
25	罪全书 7	蜘蛛	上海文化出版社	2022 年 1 月
26	心理大师	钟宇	中国友谊出版公司	2022 年 1 月
27	论语密码	冶文彪	江苏凤凰文艺出版社	2022 年 1 月
28	狂蝶	一夫	上海三联书店	2022 年 1 月
29	逆空追凶	老谭	台海出版社	2022 年 1 月
30	深宫女捕快	暗布烧	新星出版社	2022 年 1 月
31	心狂	初禾	北京联合出版公司	2022 年 1 月
32	如何杀死我最好的朋友	宋小君	中国友谊出版公司	2022 年 1 月
33	谁是凶手	孔优优	江苏凤凰文艺出版社	2021 年 12 月
34	床下的旅行箱	巫昂	新星出版社	2021 年 12 月
35	太阳转身	范稳	人民文学出版社	2021 年 11 月
36	谋玉天子玉传奇	探宝之旅	中国水利水电出版社	2021 年 11 月
37	金银图	孟繁勇	重庆出版社	2021 年 11 月
38	土楼杀人事件	青稞	新星出版社	2021 年 11 月

2022 年选系列封面绘图画家介绍

文瑶 1996 年就读于广西艺术学院美术系油画专业。现为广西艺术学院美术学院副院长，副教授，硕士研究生导师。中国美术家协会会员，广西美术家协会理事，广西青年美术家协会常务副主席，漓江画派促进会理事。

《深林公园》 2021 年

文瑶画作短评

文瑶的画有野兽主义的气度，也有印象主义的灵动。大块的坚定运笔，有味道的经营布局，再加时不时的一些小点缀，使文瑶的画透出自己的独有韵味，画面效果既有装饰趣味又不缺油画的厚重。

……文瑶的语汇里还有着贴近他性情的逗乐与调侃式的把玩心态，他总是不按常规地强化出对象的某种特殊的形貌状态，无论是画人物或者风景，他的处理总会有一些让人眼睛一亮的闪光点出现。这样的能力来源于他对现实对象的独特体察与概括性的整体把握，尊重事实而又能跳出常理的束缚。

——黄菁（广西艺术学院教授）

图书在版编目（CIP）数据

2022中国年度悬疑小说 / 蔡骏主编 .-- 桂林：漓江出版社，2023.5

ISBN 978-7-5407-9416-3

Ⅰ. ① 2… Ⅱ. ①蔡… Ⅲ. ①推理小说—小说集—中国—当代 Ⅳ. ① I247.5

中国国家版本馆CIP数据核字（2023）第050131号

2022 ZHONGGUO NIANDU XUANYIXIAOSHUO

2022中国年度悬疑小说

蔡骏　主编

贺老鱼　马亿　选编

出版人：刘迪才

责任编辑：谢青芸

装帧设计：石绍康

责任监印：张璐

出版发行：漓江出版社有限公司

社址：广西桂林市南环路22号　邮编：541002

发行电话：010-85891290　0773-2582200

邮购热线：0773-2582200

网址：www.lijiangbooks.com

微信公众号：lijiangpress

印制：香河县闻泰印刷包装有限公司印刷

［河北省廊坊市香河县安平镇二街　邮政编码：065402］

开本：690 mm × 1000 mm　1/16

印张：21.25

字数：293千字

版次：2023年5月第1版

印次：2023年5月第1次印刷

书号：ISBN 978-7-5407-9416-3

定价：49.00元